삼십일포

四十一炮

1

四十一炮
莫言

Copyright ⓒ 2003 by MO YAN
Korean Translation Copyright ⓒ 2008 by Moonji Publishing Co., Ltd.
All Rights Reserved.

This Korean edition was published by arrangement with MO YAN, the author.

사십일포

四十一炮

모옌 장편소설

박명애 옮김

문학과지성사
2008

사십일포四十一炮 1

초판 1쇄 발행 2008년 5월 30일
초판 2쇄 발행 2012년 10월 15일

지은이 모옌
옮긴이 박명애
펴낸이 홍정선
펴낸곳 ㈜문학과지성사
등록번호 제10-918호(1993. 12. 16)
주소 121-840 서울 마포구 서교동 395-2
전화 02)338-7224
팩스 02)323-4180(편집) 02)338-7221(영업)
전자우편 moonji@moonji.com
홈페이지 www.moonji.com

ISBN 978-89-320-1866-9
ISBN 978-89-320-1865-2(전 2권)

일체 간절히 말할 뿐

많은 사람들이 여러 차례 심중의 밝거나 어두운 성장 과정을 드러내고자 하지만 성사되지는 못한다. 이런 식은 어떤 풍부한 의미가 있는 문학적 명제로서 몇십 년 전 독일의 귄터 그라스가 표현한 적이 있다. 사정은 어쨌거나 이렇기 때문에 다른 사람이 표현해놓은 작품을 당신이 읽고 인식하는 것까지는 좋은데, 만일 재차 표현한다면 곧 모방이 되고 만다. 귄터 그라스가 쓴 『양철북』 속의 주인공 '오스카'는 인간 세상의 추악한 면을 너무 많이 목도하고 세 살 무렵 스스로 술독에 빠진 후로 더 이상 성장하지 않는다. 그러나 더 이상 성장하지 않은 것은 단지 그의 신체였고 그의 정신은 오히려 사악한 방향으로 끝없이 성장해서 일반인보다 더욱 복잡하다. 현실 생활 속에서는 그런 일이 일어날 가능성이 거의 없지만, 현실 속에서는 거의 일어날 수 없는 일이기 때문에 소설 속에 출현해서 더욱 의미심장하게 되고 사람들로 하여금 깊이 생각하게 만드는 것이다.

따라서 『사십일포四十一炮』는 그와 정반대로 갈 수밖에 없었다. 주인공 '뤄샤오통'은 우통신五通神 사찰 안에서 '란따' 스님에게 자신의 어린 시절 이야기를 할 때 자기 신체는 이미 다 자랐지만 자기 정신은 아직 완전하게 성장하지 않았다고 말한다. 바꿔 말하면 그의 신체는 이미 성년이 되었지만 그의 정신세계는 아직 소년에 머물러 있다는 것이다. 일반적으로 그런 사람은 백치와 아주 유사하지만 뤄샤오통은 백치가 아닌데, 만약 그가 백치로 그려졌다면 이 소설은 존재 가치를 잃었을 것이다.

성장에 대한 심리적 동기가 차단된 이유는 바로 성인 세계에 대한 두려움, 삭막한 인생에 대한 두려움, 죽음에 대한 두려움, 그리고 덧없이 흘러가는 세월에 대한 두려움에서 비롯된다. 뤄샤오통은 흘러가는 소년 시절을 붙잡고 싶어서 끝없이 이야기를 시도하는데, 이 책의 작가는 기획한 글을 쓰는 것으로 세월의 바퀴를 붙잡으려고 한다. 마치 물에 빠진 사람이 기를 쓰고 지푸라기라도 잡고 매달려 물속에 가라앉지 않으려는 것처럼 말이다. 아무리 그런 행위를 한다고 할지라도 그것은 단지 자아를 잃지 않으려는 일종의 자기 위로의 한 방법에 불과하다.

소설의 주인공이 자신의 소년 시절을 독자들에게 간절하게 말하고 있는 듯하지만, 기실 이 소설을 쓴 작가는 소설의 주인공을 이용해 자신의 소년 시절을 창조하면서 또한 자신의 소년 시절을 붙잡아 두려는 것이다. 소설 속 주인공의 입을 빌려 소년 시절을 새롭게 만들어가면서 늙어가는 인생에 항거하려는 것이며, 실패했던 것에 고군분투 저항하는 것이고 흘러가는 세월에 항거하는 것인데, 이것은 작가라는 직업을 가진 사람이 지닌 유일한 긍지라고 할 수 있을 것이다. 온갖 생활 속에서 전혀 만족을 얻지 못하지만 간절하게 말을 하는 와중에 다시 만족을 얻는 것이다. 이것 역시 글을 창작해 나가는 사람이 자신의 실수나 자신이 저지른 죄악을 스스로 노력해 개선할 수 있는 길인 것이다. 서사의 화려함과 풍부함으로 실제 생활의 삭막함과 성격적 결함을 보완하는 것, 이건 항구적인 창작 현상 중의 하나인 것이다.

바로 이러한 창작 동기 속에서 『사십일포』가 서술하고 있는 이야기는 아주 큰 의미가 없을 수도 있다. 그러나 이 작품 속에서 간절하게 말한 그것 자체가 목적이며, 간절하게 말한 그것이 주제이고, 간절하게 말한 그것이 사상인 것이다. 간절히 말하고자 하는 목적을 단지 간절히 말한 것이다. 만약 이 소설 속에서 반드시 확정적인 하나의 이야기를 들라고 한다면, 그렇다면 그 하나의 이야기란 바로 한 소년이 끝없이 주절주절 늘어놓고 있는 이야기인 것이다.

소위 작가란 다만 간절히 말하는 가운데 생존을 구하고 게다가 간절히 말하는 도중에 만족과 해탈의 과정을 얻는다. 모든 사물과 마찬가지로 작가 역시 하나의 과정이 있게 마련이다.

수많은 작가들은 모두 평생토록 성장을 멈춘 아이거나 혹은 성인이 되는 것을 두려워하는 아이들이라고 말한다. 물론 수많은 작가들이 모두 그런 것은 아닐 것이다. 성장하는 것을 두려워하지만 어쩔 수 없이 성장하게 되는데, 이 모순은 한 덩어리의 소설적 효모가 될 뿐이고 그런 연유로 인해 수많은 소설을 쓸 수 있게 된다.

뤄샤오퉁은 입만 열면 황당한 소리를 떠들어대는 아이이며, 아무런 생각 없이 떠든 소리에 대해 책임지지 않으면서 제멋대로 간곡하게 말하면서 만족감을 얻는 아이이다. 간절하게 떠드는 것이 그의 최종 목적이다. 그런 식의 언어는 탁류 속에 있거니와 이야기가 이렇게 전개된 이상 언어의 운반체이며 또한 언어의 부산물인 것이다. 그렇다면 사상은? 사상이라는 것은 말할 건덕지도 없는데, 나는 소설 속에 담긴 사상으로 어떤 영예를 얻고 싶은 생각이 없으며, 특히 소설을 창작할 무렵에는 더욱 더 그러하다.

뤄샤오통이 진술하는 이야기가 막 시작될 때는 그런대로 '진실'이란 것이 약간 있지만, 그러나 뒤로 갈수록 점점 제멋대로 환상적으로 변하면서 임기응변으로 창작해 나간다. 일단 간곡하게 말하기 시작하면 곧바로 일종의 관성을 얻어 자신이 추진력을 얻어 스스로 앞으로 나아간다. 바로 이러한 과정 속에서 화자는 점차 말을 전달하는 하나의 도구로 변화되어간다. 바로 그것은 그가 말한다기보다 이야기한다는 것이며, 그가 말한다는 것은 그가 이야기하는 것만 못하다.

화자가 아주 그럴듯하게 목청껏 주장함으로써 진실하지 않은 모든 것들도 일체 '진실'로 바뀐다. 한 소설을 창작함으로써 이처럼 마치 사실적 가치가 있는 사건처럼 아주 그럴듯하게 주장할 수 있는 방법을 찾는다면 그것은 바로 소설의 성전 안으로 들어갈 수 있는 열쇠를 찾은 거나 마찬가지일 것이다. 당연히 이런 생각은 내가 깨달은 하나의 관점인데, 물론 천박하거나 혹은 편집증적이라 할지라도 여전히 말을 하게 된다. 사실 이것 역시 내가 창안한 것은 아니며, 이미 수많은 작가들이 깨달은 것으로서 단지 말하는 방법이 다를 뿐이라고 생각한다.

이 작품 속의 부분적인 상황은 중편소설로 발표한 바 있다. 그러나 그 점은 이 소설의 '새로움'에 전혀 영향을 끼치지 않았다고 보는데,

그 중편소설은 삼만 자 정도였고 삼십만 자가 넘는 이 작품의 일부 효모에 지나지 않기 때문이다. 나는 충분한 '밀가루'와 물'을 준비했으며 또한 적당한 온도를 제공하여 그것을 최대한 급격하게 팽창시켰기 때문이다.

뤄샤오통이 자신의 이야기를 늘어놓을 때 나이로 봐서는 이미 어린아이가 아니지만 그러나 실질적으로 그는 아직 어린아이에 불과하다. 그는 나의 '아동 시각' 소설 속에 등장하는 수많은 어린아이들의 대장이며, 탁류 속에 흐르는 언어를 사용해 아동과 성인 사이를 가로막고 있는 제방을 무너뜨렸으며, 또한 나의 다른 소설과 마찬가지로 이 소설 이후의 소설과 서로 맥이 연결되면서 하나의 완전한 형태를 이루게 된다.

이 작품을 창작하는 과정 중에 뤄샤오통은 바로 저였습니다. 그러나 그는 현재 제가 아닙니다.

저는 작품 『사십일포』로 다시 한국 독자들을 만나게 된 것을 무척 영광스럽게 생각합니다. 제 작품을 누차 번역한 박명애 선생은 여러 차례 제 작품과 중국 소설을 열정적으로 번역하면서 아마 하루에 서너 시간씩 수면을 취하면서 몇 년째 강행군을 하는 것으로 알고 있습니다. 이렇게 정신력 강한 번역자를 만난 것을 늘 고맙게 생각하며, 이런 친구로 인해 한중 양국의 문학이 보다 원활한 교류가 있기를 희망합니다. 작가에게는 작품을 통한 교류야말로 직접적인 만남을 몇 배 능가하는 진정한 의미가 있다고 저는 늘 생각합니다.

저는 지금 고향 마을에 은둔하면서 새 작품을 창작 중입니다. 성장을 거부하는 듯한 소년이 성장한다는 것을 인식하기 때문에 성장을 받아들이기 힘든 것처럼 저 역시 한동안 새 작품 창작을 스스로 거부해왔습니다. 그러나 새 작품을 창작해야만 제 자신이 존재할 수 있다는 것을 가슴 한가운데 인식하고 있었기 때문에 거부하고 있었던 겁니다. 내년에는 보다 새롭게 성장한 새 작품 창작으로 다시 만날 것을 기약합니다.

2008년 봄
중국 산둥 성에서
모옌

차례

제 1 포

第一炮

십 년 전 어느 겨울 아침, 그래 십 년 전 어느 겨울 아침이었어.

"그래, 그러니까 그때가 대체 언제였지? 네가 몇 살이었느냐?"

구름처럼 각처를 정처 없이 떠돌아다니다 폐허가 되어 버려진 이곳 작은 사찰에서 잠시 머무르고 있던 란蘭 큰스님이 눈을 둥그렇게 뜨더니 아주 깊은 동굴 속에서 울려나오는 듯한 그런 목소리로 나에게 물었다. 음력 칠월의 찌는 듯한 무더위 속에서도 나는 자신도 모르게 온몸을 부르르 떨어야 했다.

"큰스님! 그러니까 그때가 1990년이었고, 저는 열 살이었습니다."

나는 나지막하게 웅얼거리며 평소와는 좀 다른 톤으로 스님의 물음에 대답했다. 이 절은 번화한 두 소도시 사이에 자리 잡은 우통신五通神*을 모신 사찰인데, 들리는 말로는 우리 마을의 촌장인 란蘭 씨네 선조들이 사재를 들여 수리했다고 한다. 이 사찰은 사통팔달의 큰

대로에 인접해 있긴 하지만 분향하는 사람들은 드물었고, 문간에는 새들이 날아와 시끄럽게 지저귀고 있었으며, 법당 안에서는 케케묵은 먼지 냄새가 풍겨져 나왔다. 사찰의 담장에는 마치 여러 사람들이 타넘어 다니다가 생긴 듯한 틈새가 있었고, 그 틈새에 연두색 저고리를 걸친 채 귓가에는 빨간 꽃을 꽂은 여인이 엎드려 있었다. 그런데 나는 다만 밀가루로 동글동글 반죽한 듯한 그 여자의 커다란 얼굴과 아래턱을 받치고 있는 하얀 손밖에 볼 수 없었다. 그 여인의 손가락에 끼여 있는 반지가 햇살에 눈부시게 반짝거리고 있었다. 그 여인을 보고 있자니, 해방 전에는 우리 마을의 대지주였던 란 씨네 집이었으나, 지금은 소학교로 개조한 큰 기와집이 연상되었다. 수많은 전설과 그 전설로 인해서 생긴 상상 속에서 이런 여인들은 한밤중이 되면 수리를 하지 않은 오래된 기와집을 종종 드나들면서 사람들의 간담을 서늘하게 만들며 온몸을 부들부들 떨게 만드는 괴상한 소리를 질러 댄다고 한다. 큰스님은 이미 허물어져 본래의 모습을 찾아볼 수 없을 정도로 초라해진 우통 신상 앞에 놓인 다 낡아 해진 방석 위에 가부좌를 틀고 앉아 참선을 하고 있었는데, 그 모습은 마치 잠을 자고 있는 한 마리의 말과 같았다. 그의 손에서는 적갈색의 염주가 연신 돌고 있었는데, 몸에 걸치고 있는 가사는 흡사 비에 젖은 종이로 만든 듯 조금만 움직여도 조각조각 찢어질 것 같았다. 큰스님의 커다란 귀에는 파리가 온통 덕지덕지 달라붙어 있었으나 번들거리는 그의 이마와 얼굴에는 단 한 마리의 파리도 붙어 있지 않았다. 사찰의 정원에는 우람한 은행나무가 한 그루 서 있었는데, 그 나무에서 새소리가

---

* 우통신(五通神): 중국 남부 지방의 절간에서 경배하는, 백성들의 제사의식에 등장하는 존재. 신도 아니고 귀신도 아닌 인간적인 욕망을 지닌 존재이다.

들려왔고, 새소리 속에는 간혹 고양이 울음소리도 뒤섞여 들렸다. 그
것은 두 마리의 들고양이로 암컷과 수컷이었다. 고양이는 나무 동굴
속에서 잠을 자면서 나뭇가지에 앉아 있는 새들을 잡아먹었다. 득의
양양하게 울어대는 고양이 울음소리가 작은 사찰 안으로 울려 퍼지
고 나면, 연달아 작은 새의 처참한 비명이 들려오게 마련이었다. 그
리고 놀란 새 떼가 위로 날아오르면서 푸드덕거리는 소리가 들렸다.
피비린내를 맡았다는 표현보다 오히려 피비린내를 연상했다는 편이
나을 듯하다. 그리고 깃털이 날아다니고 피가 나뭇가지를 물들이는
정경을 보았다기보다 그런 모습을 상상했다는 편이 낫겠다. 그 시각
수고양이는 피가 흐르는 사냥감을 발톱으로 움켜쥐고 꼬리가 잘린
암고양이에게 아부하고 있을 것이다. 그 암고양이는 꼬리가 없기 때
문에 삼십 퍼센트만 고양이 같았고 나머지 칠십 퍼센트는 뒤룩뒤룩
살찐 토끼 같았다. 나는 큰스님의 질문에 대답을 하고 나서 다음 질
문을 기다리고 있었으나, 큰스님은 내가 말을 다 마치기도 전에 눈을
감아버렸다. 따라서 나는 방금 전의 질문이 단순히 환각에 지나지 않
는다는 생각이 들었고, 또한 방금 전 둥그렇게 떴던 큰스님의 두 눈
과 날카롭고 생기가 돌던 눈빛마저도 환각처럼 느껴졌다. 큰스님이
두 눈을 반쯤 내리 감자, 약 한 치† 정도 되는 두 뭉치의 새까만 코
털이 콧구멍 밖으로 삐져나와 있었는데, 그것은 마치 귀뚜라미 꼬리
처럼 가늘게 떨리고 있었다. 나는 큰스님의 코털을 보면서 십여 년
전 우리 마을의 촌장인 란 노인이 앙증맞도록 작은 가위로 코털을 다
듬던 모습을 연상했다. 란 노인은 란 씨 가문의 후손이었다. 그의 조
상들 중에는 걸출한 인물들이 제법 있었다. 명나라 때는 거인擧人*이
있었고, 청나라 때는 한림翰林**이 나왔다. 중화민국 초기에는 장군이

나왔고, 해방 후에는 한 무리의 지주와 반혁명분자들이 나왔다. 계급 투쟁이 끝난 뒤에야 란 씨 가문의 얼마 남지 않은 후손들은 허리를 펼 수가 있었는데, 란 노인이 나타나 란 씨 가문을 계승하게 되었고, 그 무렵부터 바야흐로 우리 마을의 촌장이 된 것이다. 나는 어렸을 때 몇 번인가 란 노인이 탄식하는 소리를 들었다.

"에이! 대를 이어갈수록 조상만 못하구나!"

그리고 나는 마을에서 공부를 제법 했다는, 밍_明 노인이 하는 소리 를 들었다.

"나 참! 점점 더 못해지는군!"

란 씨 가문의 운세가 다한 것이었다. 밍 노인은 젊었을 때 란 씨네 집에서 소를 사육하는 일을 맡아 했었는데 그때 그는 단지 란 씨 가문 의 겉모양만을 보았다. 그는 란 노인의 뒷모습을 가리키면서 말했다.

"너! 이 자식! 조상들 고추에 돋은 한 가닥의 털보다도 못한 놈!"

한 줌의 먼지가 마치 초봄의 버드나무 꽃가루처럼 어두컴컴한 사 찰 천장으로부터 하늘하늘거리면서 큰스님의 번들거리는 머리 위로 떨어졌다. 또다시 한 줄기의 먼지가 마치 봄날 버드나무의 꽃가루 뭉 치처럼 담담하게 계절의 숨결을 드리운 채, 희롱하는 듯한 자태로 가 볍게 날리면서 큰스님의 대머리 위에 내려앉으며 조금 전에 내려앉 은 먼지 입자들과 함께 쌍둥이처럼 나부죽이 가라앉았다. 그 대머리 위쪽에는 계를 받은 흔적 열두 개가 번쩍거리며 가지런하게 배열되 어 있었는데, 그 때문에 스님의 두상은 무척 장엄해 보였다. 그것은

---

*거인(擧人): 명청(明淸) 시대에 '향시(鄕試)'에 급제한 사람에 대한 칭호.
**한림(翰林): 당대(唐代) 이후에 설치된 황제의 문학(文學) 시종관(侍從官)으로서 명 청 시대에는 진사(進士) 중에서 선발했음.

진정 영광스러운 스님의 상징이었다.

언젠가는 제 이마에도 저런 열두 개의 계를 받은 흔적을 아로새기고자 하오니, 큰스님께서는 제 이야기를 끝까지 들어주셔야 합니다.

높고 큰 우리 기와집 안은 어두침침했고 냉기가 감돌았으며 습기로 인해 눅눅했습니다. 벽에는 온통 아름다운 꽃 모양으로 결빙된 성에가 뒤덮여 있었고, 심지어 내가 잠을 자면서 내뱉은 입김조차 머리위의 냉기 때문에 하얗게 응결되어, 마치 고운 소금을 한 겹 뿌려놓은 것 같았습니다. 입동이 되어서야 겨우 우리집을 다 지을 수 있었고, 벽에 바른 모르타르가 채 마르기도 전에 우리는 입주를 했습니다. 어머니가 잠자리에서 일어나면 저는 머리를 움츠리고 이불 속으로 숨어들어서 칼날같이 예리한 냉기를 피했습니다. 아버지가 '야생 노새'라는 별명의 여자와 함께 도망간 뒤, 어머니는 오 년 동안을 한결같이 열심히 일했고 모진 고난을 견뎌내면서, 어머니 자신의 노동과 지혜로 재산을 모으더니 마을에서 가장 크고 웅장한 다섯 칸짜리 기와집을 지었던 것입니다. 제 어머니 일대기를 말하자면 마을 사람들은 모두들 탄복하며, 제 어머니가 대단하다고 칭찬합니다. 그리고 제 어머니를 칭찬하는 동시에 제 아버지를 비판하는 것을 잊지 않았습니다. 아버지는 제가 다섯 살 되던 해에 우리 마을에서 악명이 높은 여인인 야생 노새와 함께 사라졌는데, 어디로 갔는지는 모릅니다.

어디서든 좋은 인연은 있기 마련이다.

큰스님은 눈을 감은 채 잠꼬대를 하는 것 같은 목소리로 중얼거렸지만, 사실은 내가 말하는 내용을 귀 기울여 듣고 있었다. 연두색 옷을 입고 머리에 빨간 꽃을 꽂은 여인은, 여전히 담장의 허물어진 틈 새에 엎드려 있었다. 그녀는 내 시선을 끌어당기고 있었다. 그러나 내 눈길이 그 여자에게로 빨려들고 있다는 사실을 그 여자가 알고 있 는지 그것은 알 수 없었다. 건장한 야생 고양이가 초록색의 작은 새 한 마리를 물고서 사찰 문 앞 길을 가로질러 지나갔다. 그 모습은 마 치 큼직한 사냥감을 노획한 뒤 의기양양하게 대로를 활보하는 사냥 꾼과 흡사했다. 사찰 문 앞을 지날 때 고양이는 걸음을 잠시 멈추더 니, 고개를 돌려 사찰 안쪽을 흘깃 쳐다보았는데 그 모습이 마치 호기 심 많은 초등학생 같았다.

오 년이 지났지만 확실한 소식은 하나도 없었습니다. 하지만 아버 지와 야생 노새에 관련된 소문은, 마치 플랫폼으로 막 들어서는 완행 열차가 일정 시각마다 부려놓는 소 떼들이 눈자위가 누르스름한 소 장사꾼들에게 내몰려서 천천히 우리 마을로 들어서는 모습과 같았습 니다. 고기소들은 우리 마을에 있는 도축장에 팔려서 최후를 맞이합 니다. 우리 마을은 도축 전문 동네지요. 이런저런 소문은 무리를 지 어 날아다니는 회색의 새들처럼 우리 마을로 전해지고 퍼져 나갔습 니다. 어떤 소문에 의하자면 아버지는 야생 노새를 데리고 둥베이東北 지방의 울창한 밀림 속으로 들어가 자작나무로 작은 통나무집 한 채 를 지었답니다. 통나무집 안에 설치해놓은 큼직한 화덕 속에서는 소 나무를 쪼개 만든 장작들이 훨훨 타오르고 있었고, 지붕에는 하얀 눈 이 덮여 있었으며 벽에는 빨간 고추를 엮어 만든 타래가 걸려 있었다 고 했습니다. 그리고 처마 밑에는 칼날 같은 고드름이 매달려 있었답 니다. 두 양반은 낮이면 사냥을 하거나 산삼을 캤고 밤이 되면 화덕 위에 노루 고기를 올려놓고 삶곤 했답니다. 제 상상의 나래 속에서 떠오르는 아버지와 야생 노새의 얼굴은 화덕에서 타오르는 불빛에 비쳐서 모두들 새빨갰는데, 마치 붉은색 물감으로 한 겹 칠한 듯했습니다. 또 다른 소문에 따르자면 아버지는 야생 노새를 데리고, 네멍구內蒙古로 도망을 갔다고 합니다. 그들은 낮이면 큼직한 몽골인의 옷을 걸친 채 키가 크고 몸집이 비대한 말을 타고 목동의 노래를 부르면서 끝없이 펼쳐진 초원에서 소와 양을 방목하면서 살았다고 합니다. 저녁이 되면 그들은 몽골 파오 속으로 들어가 말린 쇠똥으로 불을 지피고 그 위에 솥을 걸어놓고서 양고기를 넣어 삶았다고 하는데, 양고기의 향기가 코를 찌르곤 했답니다. 그들은 고기를 먹으면서 진한 나이차*를 곁들여 마시곤 했답니다. 저의 추상적인 생각이긴 하지만, 야생 노새의 눈동자는 쇠똥 불빛이 비쳤을 때 마치 두 개의 검은 보석처럼 반짝일 거라는 생각이 듭니다. 또 다른 어떤 풍문에서 거론되기로는 그들은 국경을 넘어서 북한**으로 갔다고 합니다. 그리고 아름다운 국경의 변경 도시에서 작은 음식점을 열었다고 하더군요. 그들은 낮이면 자오즈餃子***를 빚고, 국수를 눌러서 북한 사람들에게 팔았다지요. 저녁이면 음식점 문을 닫은 뒤 살찐 개 한 마리를 가마솥에 삶아놓고, 소주 한 병을 따서는, 한 사람이 개 다리 한 짝씩을 움켜쥐고 뜯었다지요. 가마솥 속에는 아직도 두 짝의 개 다리가 코끝을 자극하는 향기를 내뿜으면서, 그들이 다가와 먹어주기를 기다렸

* 나이차(奶茶): 네멍구 지방의 초원에서 나는 신선한 우유를 끓여서 만든 차이다.
** 북한: 원서에는 '조선(朝鮮)'으로 되어 있지만 '북한'으로 의역한다.
*** 자오즈(餃子): 밀가루 반죽으로 얇게 빚은 자오즈 피에 고기와 야채를 다져 넣어 만든다. 자오즈는 우리나라의 만두와 비슷하지만, 사실 중국식 만두는 속에 아무것도 넣지 않는 것이 보통이다.

답니다. 제 상상이긴 하지만, 그 두 양반은 손에 각각 개 다리 한 짝씩을 든 채 다른 한 손에는 술잔을 들고, 술을 한 모금 마신 뒤 개고기를 한 입 뜯어 먹곤 했는데, 불룩 튀어나온 양 볼은 마치 기름이 번지르르한 작은 고무공 같았을 겁니다. 물론 제 생각이긴 하지만, 두 사람은 필경 배 터지게 먹고 마신 뒤에 서로 끌어안고서 그렇고 그런 행위를 했을 겝니다.

큰스님의 눈빛이 순간적으로 반짝였고, 입가를 조금 움직이는가 싶더니 큰 소리로 웃음을 터뜨리다가 돌연 소리를 뚝 멈추었다. 마치 징채로 힘껏 징을 내리쳤을 때처럼 웅웅거리는 소리가 공기 중으로 퍼져 나갔다. 순간적으로 깜짝 놀라, 나는 눈을 둥그렇게 떴다. 스님이 그런 기괴한 웃음소리를 갑자기 토해낸 이유란 무엇인가. 날더러 이야기를 계속하라는 뜻인지 아니면 여기서 이야기를 그만 멈추라는 뜻인지 그의 의중을 파악하기 어려웠다. 생각해보니 사람은 당연히 성실해야 하고, 더군다나 큰스님 앞이고 하니 당연히 사실대로 이실직고하는 편히 좋을 것 같았다. 연두색 상의를 입은 여인은 여전히 그 자리에 엎드려 있었다. 자세는 한결같았으나 다만 입에 고인 침으로 장난을 하고 있는 장면이 다를 뿐이었다. 여인은 입술 사이로 작은 거품 방울을 뿜어내고 있었는데, 거품 방울은 공중으로 날아올라 어느 순간 터져버렸다. 나는 그 거품의 독특한 맛을 연상하면서 말을 이어갔다.

그들은 서로 상대방의 기름진 입술을 빨아댔으며, 수시로 트림을 해댔지요. 고기 냄새는 몽골 파오 안에 가득했거나, 숲 속의 작은 통나무집을 넘치게 하였으며, 어쩌면 북한 스타일의 작은 음식점 안을 넘쳐흐르게 했겠지요. 잠시 후에 그들은 서로 상대방의 옷을 벗겨주고, 각자의 알몸을 드러냈겠지요. 아버지의 알몸은 제겐 매우 익숙합니다. 여름이 돌아오면 아버지는 종종 저를 업고 강으로 달려가 함께 목욕을 했었지요. 저는 야생 노새, 그 여자의 알몸도 아주 어렴풋이 한 번 본 적이 있습니다. 그런데 이번에 저는 확실히 볼 수 있었습니다. 그녀의 육체는 등불 아래에서 무척이나 매끄럽고 윤기가 돌았으며 독특한 빛을 발산하고 있었습니다. 저처럼 어린 소년마저 손가락을 내밀고, 손가락 끝으로 살살 만지고 싶을 지경이었죠. 만약 그 여자가 저를 때리지 않는다면 저는 마음껏 만지고 싶었습니다. 그건 도대체 어떤 느낌일까요? 차가운 느낌일까요? 아니면 뜨거운 느낌일까요? 저는 진정 알고 싶었지만, 알 수가 없었어요. 그렇지만 제 아버지는 알고 있을 겝니다. 아버지의 손은 줄곧 야생 노새 고모의 육체를 더듬고 있었는데, 그녀의 엉덩이를 어루만지다가 나중에는 유방을 애무하기 시작했습니다. 아버지의 시커먼 손은 야생 노새 고모의 하얀 엉덩이와 유방의 피부색과 너무나 대조적이었기 때문에, 저는 아버지의 손이 아주 야만적이라고 느껴졌으며, 심지어 날강도 같다고 여겼죠. 그것은 마치 야생 노새 고모의 엉덩이와 유방 속에 들어 있는 수분을 모두 짜내려는 야만적인 행위 같았죠. 야생 노새 고모는 신음을 하고 있었으며, 그녀의 눈과 입에서는 빛이 났고, 아버지의 눈과 입에서도 빛이 발산되고 있었지요. 그들은 서로를 끌어안고 곰 가죽으로 만든 자리 위에서 뒹굴었으며, 뜨거운 온돌 위에서 뒹구는가 싶더니, 나중에는 나무로 만든 마루 위에서 굵직한 라오따삥烙大餅*을

*라오따삥(烙大餅): 중국 북부 지방 사람들이 즐겨 먹는 밀가루 떡으로, 돼지기름을 바른 뒤 철판에 구워낸다.

굽듯 하였습니다. 그들의 손은 상대방을 애무하고 있었고, 입술은 상대방의 입술을 물고 있었으며, 다리와 발은 상대방의 육신을 향해 기어오르고 있었으며 그들 신체의 아주 미세한 피부까지 모두 비비고 있었습니다. 서로의 피부가 마찰되는 순간 열이 발생되었고, 전기가 일어났으며, 그들의 육체는 푸르스름한 빛을 발하기 시작했는데, 마치 비늘이 반짝이는 두 마리의 독사가 서로 엉켜 붙어 있는 것 같았지요. 아버지는 눈을 감고 아무런 소리도 내지 않은 채 다만 거친 숨을 몰아쉬었으나 야생 노새 고모는 걷잡을 수 없이 큰 소리로 괴성을 질러댔지요. 지금의 저는 그녀가 왜 소리를 질러댔는지 알고 있습니다. 그러나 그 무렵만 해도 저는 비교적 순진했기 때문에 남녀간의 행위를 잘 알지 못했으며, 아버지와 야생 노새 고모가 서로 엉켜 붙어 무슨 놀이를 했는지 알지 못했죠. 저는 야생 노새 고모가 목이 쉬도록 지르는 소리를 들었지요.

"오빠…… 나를 죽여주세요…… 나를 죽여달란 말입니다……"

제 가슴은 걷잡을 수 없이 마구 뛰었죠. 그리고 연달아 어떤 일이 발생할지 알 수가 없었어요. 비록 저는 마음속으로는 두려워하지 않았지만, 확실히 긴장했고 당황하고 있다는 것을 느낄 수 있었죠. 마치 제 아버지와 야생 노새 고모의 그리고 방관자인 저까지 모두 어떤 죄를 범하고 있다는 생각이 들었죠. 저는 아버지가 고개를 숙여, 자기 입술로 야생 노새 고모의 입을 틀어막는 것을 보았습니다. 그러니까 그 여자의 고함 소리 대부분을 모두 아버지가 삼켜버린 셈이죠. 다만 미약한 소리의 입자들만이 아버지의 입가에서 약간씩 터져 나왔어요.

나는 곁눈질로 큰스님을 바라보았다. 나는 내가 서술하는 거의 색정에 가까운 이런 묘사들을 듣고 스님의 몸에서 어떤 반응이 일어나는지 알고 싶었을 뿐이다. 큰스님의 표정은 미동도 하지 않았는데, 안색이 약간 붉어지는가 싶더니 어찌 보면 원래부터 붉은 얼굴인 듯싶었다. 나 역시 이미 세파에 찌들대로 찌든 처지여서 부모님의 사연을 마치 아주 오래된 옛날사람들의 전설처럼 읊조리고 있지만, 당연히 적당한 곳에서 이야기를 멈춰야 한다고 생각했다.

고기 냄새가 유인을 했는지 아니면 아버지와 야생 노새 고모의 고함 소리가 그들을 끌어들였는지, 어둠 속에서 수많은 아이들이 달려 나왔죠. 그들은 몽골 파오 주위에 경직된 자세로 서 있는가 하면, 숲속의 작은 오두막 집 문틈에 엎드리거나, 엉덩이를 치켜든 채 문틈으로 안을 들여다보았습니다. 나중에 제 상상 속에 늑대가 나타났는데, 한 마리가 아니라 한 무리였죠. 그놈들은 당연히 고기 냄새를 맡고 왔겠지요? 늑대가 나타나자 아이들이 도망가버렸어요. 아주 자그마하고 우습게 생긴 아이들의 그림자들이 눈 위에서 포복하고 있었는데 그들 뒤로 아주 선명한 흔적을 남겼습니다. 늑대 무리들은 제 아버지와 야생 노새 고모가 있는 몽골 파오 바깥을 서성거리며 게걸스럽게 이빨을 갈고 있었습니다. 저는 늑대들이 몽골 파오를 물어 찢고, 작은 통나무집을 부수고, 안으로 달려든 뒤 아버지와 야생 노새 고모를 잡아먹을 것 같아서 걱정이 되었습니다. 그러나 늑대들은 처음부터 그럴 생각이 없었던 것 같았습니다. 그들은 마치 충성스런 사냥개들처럼 몽골 파오 주위와 그 작은 통나무집 주변에 조용히 엎드려 있었습니다.

사찰의 다 낡은 담장 밖은 번화한 세상으로 통하는 넓은 대로大路였다. 담장을 이루고 있는 벽돌은 오랜 세월의 풍화작용과 한가한 사람들이 타고 넘나들면서 틈새가 벌어져 있었는데, 마침 그 틈새에 엎드려 있던 여인은 그 시각 머리에 꽂았던 빨간 꽃을 뽑아 담장 위에 올려놓고, 숱이 많은 머리카락을 빗질하고 있었다. 여인은 고개를 옆으로 돌린 채 머리카락을 가슴 앞으로 늘어뜨리고 새빨간 빗으로 머릿결을 따라서 아래쪽을 향해 박박 빗질을 하고 있었다. 거의 만용에 가까운 그녀의 빗질 동작 하나하나가 내 가슴을 점점 오그라들게 만들었다. 나는 그녀의 아름다운 머리카락 때문에 코가 시큰거리고 눈물이 나올 정도로 안타까웠다. 만약 그녀가 내게 자신의 머리를 빗질하게 한다면, 설령 그녀의 머리카락 사이에 벌레와 거미가 수북이 들러붙어 있다거나, 혹은 새들이 그녀의 머리 위에 둥지를 틀고 새끼를 키운다고 해도, 나는 틀림없이 가장 부드러운 동작과 끝없는 인내심으로 한 올의 머리카락도 상하지 않도록 정성껏 빗어줄 것이라고 생각했다. 나는 언뜻 그녀의 얼굴에 번뇌의 그림자가 어른거리는 것을 본 듯했다. 머리숱이 많은 여인들은 머리를 빗을 때 대부분 얼굴에 그런 표정이 서려 있기 마련이었다. 그 표정은 번뇌의 그림자라고 표현하기보다 차라리 도도하다고 말하는 편이 좋겠다. 그 여인의 머리카락 사이에서 배어나는 짙은 향기가 내 콧속으로 스며든 모양이었다. 머릿속이 어지러워지며 마치 독한 술을 잔뜩 마신 순간처럼 몽롱한 기분이 들었다. 그래도 큰길을 오가는 차량들을 알아볼 수는 있었다. 벽돌색의 크레인 한 대가 강철 빔을 높이 쳐들고 마치 움직이는 한 폭의 커다란 유화처럼 눈앞을 지나갔다. 그리고 마치 커다란 자라처럼 생긴 스물네 대의 탱크들이 포신을 치켜든 채 청백색의 빛을 발산하면서 지나갔는데, 그 장면은 흡사 탱크 한 대를 사진으로 찍어 슬라이드로 만든 뒤 들여다보고 있는 듯했다. 경운기를 개조한, 사람들을 태우기도 하고 짐을 싣기도 하는 파란색의 작은 차량 한 대가 털털거리며 달려왔다. 지붕 위에는 스피커가 하나 설치되어 있었고, 적재함 주위에는 오색기가 꽂혀 있었는데, 그 깃발 위로 어디 멀리 손짓을 하는 듯한 커다랗고 하얀 여자의 얼굴이 겹쳐져 있었다. 그녀의 얼굴에는 둥글게 휘어진 두 줄의 가느다란 눈썹이 있었고, 빨갛게 칠한 커다란 입술이 시선을 자극했다. 차량 위에는 십여 명의 사람들이 서 있었다. 그들은 모두 파란색 운동복을 입고, 파란색 야구 모자를 쓰고 있었다. 그들이 힘껏 외쳐댔다.

"국민의 대표 왕떠호우王得後! 일밖에 모른다!"

그런데 사찰 앞을 지날 때 그들의 외침 소리가 갑자기 멈추더니 마치 꽃으로 치장한 영구차처럼 무심히 우리 앞을 지나갔다. 곧 무너질 것 같은 우통신 사찰과 정면으로 마주하고 있는, 담장 밖 대로 한쪽의 커다란 풀밭에서는 커다란 굴삭기가 쉴 새 없이 웅웅거리고 있었다. 내 눈길은 사찰 담장을 넘어 오렌지색 굴삭기의 윗부분과 수시로 높이 쳐들려진 강철 빔 그리고 흙을 퍼담는 징그럽게 생긴 통을 향해 있었다.

큰스님, 저는 아무것도 숨긴 것이 없으며, 또 없는 것을 만들어서 말하지도 않습니다. 그 당시 저는 유별나게 고기만 먹고 싶었던, 양심이 없는 소년이었습니다. 누구를 막론하고 저에게 향기가 물씬 풍기는 구운 양 다리 하나를 주거나 혹은 기름이 번지르르한 돼지고기를 한 접시 준다면, 저는 주저 없이 그를 아버지라고 부르거나 혹은 엎드려서 그에게 머리를 조아렸으며, 심지어 아버지라고 부르면서 동시에 머리까지 조아리기도 했습니다. 지금은 비록 시간이 많이 흘렀지만, 그래도 만약 스님이 내가 살던 그곳으로 찾아가 내 이름 '뤄샤오퉁羅小通'을 말한다면, 사람들의 눈에서는 이상한 광채가 번득일 것입니다. 마치 란따관蘭大官 이름을 발설한 것처럼 말입니다. 그 사람들의 눈은 무엇 때문에 빛날까요? 그것은 저와 더불어 고기와 관련된 저의 지난 일들이 그들의 머릿속에서 주마등처럼 펼쳐지기 때문입니다. 그것은 란 씨 가문 중에 해외로 떠돌아다니다가 시중드는 여자를 삼만 명이나 거느리게 되었다는 비범한 경력의 셋째 도련님과 관련된 전설들이 그들의 머릿속에서 슬라이드처럼 펼쳐지기 때문입니다. 그들은 비록 입으로 뭐라고 말하지는 않지만 마음속으로는 모두들 감탄을 한답니다.

아이고! 저 사랑스럽고, 가련하고, 원망스럽고, 존경스럽고, 악독한…… 그렇지만 필경 고기만 찾던 그런 아이와는 완전히 달랐지. 저런! 그…… 사람들이 불가사의하게 여기던 란 씨네 셋째 도련님! 이 어지러운 세상의 마왕!

만약 다른 마을에서 태어났다면 제게 그처럼 치열하게 고기를 밝히는 그런 욕심이 생기지 않았을지도 모릅니다. 하늘이 저를 도축 전문 마을에 태어나게 했으니까, 눈에 띄는 것은 오직 고기들, 살아서 걸어 다니는 고기들, 드러누워서 걷지 못하는 고기들, 선혈이 낭자한 고기들과 깨끗이 씻어놓은 고기들, 유황으로 훈제한 고기와 유황으로 그을리지 않은 고기들, 물을 먹인 고기들과 물을 먹이지 않은 고기들, 포르말린 용액에 담근 고기와 포르말린 용액에 담그지 않은 고기들과 돼지고기, 쇠고기, 양고기, 개고기, 그리고 노새 고기와 말고

기와 낙타 고기들…… 우리 마을의 들개들은 고기 찌꺼기를 주워 먹어서 모두 기름기가 흐르고 살이 쪘지만 저는 고기 먹을 기회가 없어서 피골이 상접해 있었습니다. 저는 오 년 동안 고기를 얻어먹지 못했는데, 고기 사 먹을 형편이 안 되어서라기보다 어머니의 근검절약 정신 때문이었습니다. 아버지가 떠나기 전에 우리집의 솥 가장자리에는 항상 두터운 기름기가 끼어 있었으며 벽 구석에는 버려진 뼈다귀들이 무더기로 쌓여 있었죠. 아버지는 고기 먹기를 좋아했는데 그 중에서 돼지의 머릿고기를 가장 좋아했죠. 아버지는 며칠에 한 번씩, 두 볼이 하얗고 귀가 약간 불그스름한 돼지 머리를 집으로 들고 왔어요. 돼지 머리 때문에 어머니와 아버지는 적지않게 싸웠으며 나중에는 손찌검까지 했습니다. 제 어머니는 중농 집안의 딸로서 어릴 때부터 근검절약하는 소박한 생활에 길들여져 있었으며, 반드시 수입을 예상한 후 지출을 하고, 돈을 모아 집을 짓고 땅을 마련해야 한다는 교육을 받았습니다. 쑨孫 씨네 집에서 머슴살이를 하던 제 완고한 외할아버지는 토지 개혁 이후 몇 년 동안 저축했던 돈을 땅속에서 파내 거꾸로 쑨 씨네 땅 다섯 무畝*를 비싼 값을 치르고 샀던 것입니다. 그 돈을 무엇과도 비교할 수 없도록 헛되이 사용하는 바람에 어머니 집안에서는 몇십 년간 치욕을 견뎌야 했었지요. 역사의 흐름에 따르지 않았던 외할아버지는 마을 사람들의 웃음거리가 되었답니다. 제 아버지는 부랑자 무산계급 출신이었으며 어릴 때부터 일하지 않고 놀기 좋아하는 할아버지를 닮아 먹기만 하고 게으름을 피우는 기질을 가졌습니다. 아버지의 인생 신조는 오늘 먹을 수 있다면 내일을

*무(畝): 논밭의 면적 단위로서 1무는 대략 170평 정도임.

상관하지 않는, 그날그날 되는대로 살아가며 그때그때를 즐기는 것이었습니다. 아버지는 역사적 교훈과 할아버지의 영향으로 인해 만약 그의 호주머니 속에 일 위안이 있다면 구 마오 구 펀*만을 사용하는 때가 없었습니다. 그는 호주머니 속에 돈이 있으면 잠을 이루지 못했습니다. 아버지는 항상 어머니에게 세상 만물은 모두 허구이며 오직 뱃속으로 들어가는 고깃덩이만이 가장 진실한 것이라고 설교했죠. 아버지는 "만약 당신이 돈으로 새 옷을 사 입었다면, 사람들이 당신의 옷을 벗겨갈 가능성이 있고, 돈을 들여 집을 지었다면 몇십 년 후에 투쟁의 대상이 될 수도 있어. 란 씨네 가문은 집이 많았지만 나중에는 모두 학교로 변하지 않았던가? 그리고 란 씨네 사당이 얼마나 화려했었나? 그렇지만 결국 노동생산부대의 국수 가공 공장이 되지 않았어?"라고 말했습니다. 또 "당신이 돈을 금이나 은으로 바꾼다면 어쩌면 목숨을 잃어버릴 수도 있지만 당신이 돈으로 고기를 사서 먹는다면 그것은 하나도 손실되지 않는 것"이라고 말했습니다. 어머니가 고기 먹는 사람은 죽어서 천당으로 가지 못한다고 말하면 아버지는 웃으면서 "만약 뱃속에 고기가 들어 있다면, 돼지우리조차 천당이나 다름없지"라고 말했습니다. 만약 천당에 고기가 없다면 옥황상제가 찾아와서 천당으로 가자고 끌어도 따라가지 않겠다는 것입니다. 그때 저는 너무 어려서 부모의 논쟁에는 개의치 않고, 그들이 싸우는 동안 고기를 먹었고 배가 부르면 벽 모퉁이에 기대어 코를 골았습니다. 그 모습은 마치 마당에서 거드름을 피우면서 안일하게 지내는 꼬리 없는 암고양이 같았을 겁니다. 아버지가 떠나간 후 어머니는

---

*구 마오(九毛) 구 펀(九分): 중국의 화폐 단위. 위안(元) 밑에 마오(毛)와 펀(分)이 있다.

이 다섯 칸짜리 기와집을 짓기 위해서 먹지도 않고, 자리에 엉덩이를 붙이지도 않을 정도였습니다. 집을 다 짓고 나서 저는 어머니가 우리 식탁을 개선해 오랫동안 못 먹었던 고기들이 다시 밥상에 오르기를 바랐습니다. 그런데 어머니의 근검절약 정신은 집을 짓기 전보다 더하면 더했지 덜하지 않았습니다. 저는 어머니에게 또 다른 원대한 꿈이 있다는 것을 알았습니다. 마을의 첫째 부자인 란 씨네 같은 커다란 트럭을 마련하는 것이었습니다. 그 자동차는 장춘長春* 제일 자동차 공장에서 만든 제팡解放**이라는 초록색 화물차로서 여섯 개의 거대한 타이어가 달려 있었으며, 사각형 모양으로 생긴 앞부분에 엔진을 장착했으며, 철판들이 견고해서 마치 탱크를 방불케 했습니다. 그러나 사실 저는 단지 고기만 먹을 수 있다면 예전의 세 칸짜리 허름한 초가집에서 살고 싶었고, 온몸을 덜덜 떨어가면서도 경운기에 앉아 시골의 포장되지 않은 길을 달리고 싶었습니다. '그까짓 기와집도 제팡 트럭도, 우리 어머니 뱃속에 기름기라고는 찾아볼 수 없으니 그 따위 허황한 생활은 모두 필요 없다!' 저는 어머니에 대한 불만이 클수록 아버지가 집에 있었을 때의 행복한 생활을 동경했습니다. 저처럼 먹기를 즐기는 남자 아이들의 행복한 생활은 바로 배를 드러내놓고 고기를 실컷 먹는 것이었습니다. 단지 고기만 먹을 수 있다면 어머니 아버지가 큰 소리로 시끄럽게 떠들고 말다툼을 하거나, 심지어 손찌검을 하더라도 상관없었습니다. 오 년 동안 제 귀에 들려온 아버지와 야생 노새 고모에 관한 소문은 이백 가지도 넘었습니다. 그렇지만 제가 잊지 못하고 반복적으로 음미해보는 것은 바로 앞에서

*장춘(長春) : 중국 동북부 지역의 도시 이름.
**제팡(解放) : 중국의 유명한 화물차 브랜드.

말한 그 세 가지이며 모두 고기를 먹는 것과 관련된 이야기였습니다. 언제나 그들 두 사람이 고기를 먹는 정경이 제 머릿속에 생생하게 떠오를 때면, 제 코는 사람을 유혹하는 그런 고기 냄새를 맡을 수 있었으며 뱃속에서는 꾸르륵 소리가 났고 투명한 군침이 줄줄 흘러내렸습니다. 그때마다 제 눈에는 눈물이 서렸지요. 마을 사람들은 제가 마을 어귀에 있는 커다란 버드나무 아래에서 혼자 앉아 울고 있는 것을 종종 보았답니다. 그들은 한숨을 쉬면서 지나갔고, 어떤 사람들은 "참, 저 가련한 녀석을 봐!"라고 중얼거리기도 했습니다. 저는 그들이 제 눈물을 보고 그릇된 판단을 하고 있다는 것을 알고 있었지만 제가 그들의 판단을 바로잡을 수는 없었고, 그들에게 제가 눈물을 흘리는 이유가 단지 고기를 먹고 싶어서라고 말을 했더라도 그들은 믿지 않았을 것입니다. 그들은 한 사내아이의 고기를 먹고 싶다는 갈망이 빗방울 같은 눈물을 떨굴 정도로 치열하다는 사실을 정녕 이해할 수 없었기 때문입니다.

한바탕 숨 막히는 천둥 소리가 멀리서 구르듯이 들려왔다. 그 소리는 마치 기병부대가 금방이라도 경계선을 짓밟고 들이닥치는 것 같았다. 피 묻은 새의 깃털 몇 개가 마치 상처 입은 어린아이처럼 어두컴컴한 사찰 안으로 날아 들어와 눈앞에서 몇 번 뛰더니, 우통신 조각상 위에 달라붙었다. 깃털의 진입은 방금 전 큰 나뭇가지에서 벌어졌던 살생을 상기시켰고, 또한 바람이 불고 있다는 것을 내게 알려주었다. 바람 속에는 진흙 냄새와 식물의 냄새가 섞여 있어 숨이 막힐 듯 답답하던 사찰 안이 순식간에 시원해졌다. 또한 그 바람에 더욱더 많은 희뿌연 먼지들이 떨어져내려 큰스님의 대머리 위에 쌓였으며,

큰스님 귀에 앉아 있는 파리들의 등에도 내려앉았지만 파리들은 여전히 꼼짝도 하지 않았다. 나는 잠시 동안 파리들을 자세히 살펴보았는데 그것들은 섬세한 발로 자신들의 반짝이는 눈을 닦고 있었다. 나는 '그다지 명성이 좋지 않은 저놈들에게도 훌륭한 재주가 있었구나! 저렇게 우아한 자세로, 자기 발로 눈을 닦는 생물은 아마 저놈들밖에 없겠구나' 그런 생각을 했다. 마치 요지부동일 것처럼 마당에 서 있던 은행나무에서 우수수 소리가 들려왔다. 이미 바람은 아주 거칠게 불어댔고, 그 바람결에 비린내가 더더욱 짙게 풍겼다. 그 속에는 흙비린내가 뒤섞여 있을 뿐만 아니라, 썩은 동물들의 시체 냄새와 연못 바닥의 진흙 속에 쌓여 있던 비릿하며 역겨운 냄새도 뒤섞여 있었다. 비가 내리기 직전이었다. 오늘은 음력 칠월 칠일, 전설에 따르자면 은하수에 가로막혀 헤어져 있던 견우와 직녀가 만나는 날이다. 한 쌍의 사랑하던 부부가 꽃 같은 청춘 시절에 은하수를 사이에 두고, 상대를 바라보기만 하면서 해마다 한 번밖에 만나지 못한다니, 더군다나 한 번 만나면 겨우 사흘밖에 함께 있지 못한다고 하니 그들도 참으로 딱하구나! 신혼은 오랜 이별보다 견디기 어려운 것인지, 사흘 동안 그들은 단 한 시각도 떨어지지 않고 붙어 있으려 하는구나. 나는 어릴 때 마을 아낙들이 이야기하는 것을 종종 들었는데, '그 사흘 동안 적지 않은 눈물을 흘릴 것이니 그 무렵의 사흘 동안에는 틀림없이 비가 내리는 것'이라고 말했다. 삼 년 가뭄도 칠월 칠석은 잊지 못한다. 한 줄기 번개가 환하게 번쩍이더니 어두침침하던 사찰 안의 미세한 부분까지 훤히 드러났다. 우통신 중의 하나인 마통신馬通神 얼굴에 어린, 약간은 색정적인 미소가 나로 하여금 마음속으로부터 외경심을 품게 했다. 그것은 사람의 머리에 말의 몸통을 한 조각상인데,

그 모습은 유명한 프랑스 산 술병에 붙어 있는 라벨의 도안과도 조금 유사했다. 조각상 위에 있는 대들보의 끝에는 박쥐가 거꾸로 매달려 단잠을 자고 있었다. 묵직한 천둥 소리가 아주 먼 곳으로부터 들려오는 것 같았는데, 마치 수백 개의 맷돌들이 동시에 돌고 있는 듯했다. 곧 이어서 눈을 찌르는 듯한 번개가 지나가고 동시에 귀를 쩰 것 같은 천둥 소리가 울렸다. 죽이 눌어붙는 냄새가 정원으로부터 넘어 들어왔다. 나는 혼비백산해서 하마터면 벌떡 일어날 뻔했다. 그러나 큰스님은 여전히 단아하게 앉아 있었다. 바깥의 천둥 소리는 더욱더 격렬해지면서 몇 번 연달아 들리더니 함지박으로 퍼붓듯이 소나기가 쏟아졌고 빗줄기가 법당 안으로 들이닥쳤다. 마치 몇 개의 짙푸른 불덩이들이 정원에서 요동치는 것 같았다. 그리고 또 예리한 발톱을 가진 커다란 발 하나가 공중을 더듬으면서 내려와 문틀 위에 매달리더니 곧장 뛰어내릴 듯한 자세를 취했다. 또한 기회를 보아 사찰 안으로 팔을 들이밀어 나를 붙잡은 뒤 당연히 나를 낚아채 죽여서 큰 나뭇가지에 걸어놓고, 내 잔등에 올챙이 같은 글씨를 촘촘히 새겨놓고, 하늘의 경전을 훤히 깨달은 도인들에게 내 죄상을 보여줄 것 같았다. 내 육신은 나도 모르게 큰스님의 뒤로 이동했다. 나는 큰스님의 뒤에 숨어 있었으나, 느닷없이 담장 틈새에 엎드려 머리를 빗던 그 예쁜 여인이 생각났다. 그녀는 이미 자취를 감추었고 다만 굵은 빗줄기만이 그 틈새를 씻어 내리고 있었는데 마치 빗질을 하다가 끊어진 그녀의 머리카락들이 빗물에 씻겨 흐르는 것 같았고, 마당으로 흐르는 빗물에서는 계수나무 향기가 은은하게 피어오르고 있었다. 그때, 나는 큰스님이 하는 말을 들었다.

"계속하거라!"

제 2 포
第二炮

저는 이빨을 딱딱 부딪치면서 계속 말했습니다. 정말 너무 추워서 저는 잔뜩 웅크린 채 이불을 뒤집어쓰고서 꼼짝도 하지 않았지요. 온 돌 위의 온기는 이미 모두 사라진 지 오래였고, 얇디얇은 이불은 시 멘트 바닥에서 올라오는 냉기를 애당초 막을 수가 없었지요. 저는 감히 움직일 엄두조차 내지 못하고, 마치 고치 속에 갇힌 한 마리의 번 데기처럼 될 수밖에 없었습니다. 저는 솜이불 너머로 어머니가 난로에 불을 지피는 소리를 들었습니다. 어머니는 도끼로 나무를 팍팍 소리 나게 쪼개고 있었는데, 마치 그런 기회를 이용해 아버지와 야생 노새에 대한 증오를 풀고 있는 것 같았습니다. 저는 어머니가 어서 빨리 난로에 불을 지피기를 고대하고 있었을 뿐입니다. 왜냐하면 난로 안에서 활활 타오르는 불길은 방 안의 냉기와 습기를 쫓아낼 수 있기 때문입니다. 동시에 저는 어머니가 난로에 불을 지피는 과정이 가능한 길어지기를 바랐습니다. 왜냐하면 어머니가 난롯불을 피우고 나서 하는 첫번째 일이 바로 저를 거칠게 깨우는 것이기 때문입니다. 어머니가 잠자리를 털고 어서 일어나라며 저를 깨우는 첫 마디만큼은 그래도 비교적 부드럽습니다. 두번째 소리부터 곧장 언성을 높이는가 하면 이내 불만을 드러내는 목소리로 바뀝니다. 세번째 깨우는 소리는 완전히 분노에 떠는 소리입니다. 그녀는 단 한 번도 네 번씩 소리쳐 부르지 않았습니다. 만약 세 번을 부르고 나서도 제가 로켓처럼 재빨리 이불 속에서 튀어나오지 않고 여전히 웅크리고 있다면, 어머니는 무척 민첩한 동작으로 제가 덮고 있던 이불을 벗겨내고, 방바닥을 쓸던 빗자루를 들고서 제 엉덩이를 조준하여 인정사정없이 때렸죠. 만약 일이 이 지경에 이르렀다면 저는 아주 재수 없는 몰골이 되는 셈입니다. 만약 어머니의 첫번째 매질이 제 엉덩이에 내리쳐질 때 제가 본능적으로 창틀 위 혹은 방구석으로 피해버려서 어머니 마음속의 분노를 모두 분출하지 못했다면, 어머니는 진흙이 잔뜩 묻은 신발을 신은 채 온돌 바닥 위로 올라와 제 머리카락을 틀어잡거나 혹은 목을 비틀어 쓰러뜨려놓고는 빗자루를 쳐들어 제 엉덩이를 사정없이 때렸습니다. 만약 어머니가 저를 때릴 때 도망가지도 않고 반항하지도 않는다면, 제가 자신을 멸시하는 것이라고 더더욱 격분해서 더욱 세차게 매질을 했지요. 아무튼 어떤 상황이었든지 제가 어머니의 세번째 성난 목소리가 튀어나오기 전에 신속히 일어나지 않으면, 제 엉덩이와 빗자루는 쓴맛을 봐야 하는 것입니다. 어머니는 항상 저를 때리면서 한편으로 탄식을 하면서 큰 소리로 고함을 지르곤 했습니다. 매질을 처음 시작할 때 내지르는 고함 소리는 마치 맹수의 울부짖음같이 순수하지요. 아주 격렬한 감정이 내포되어 있기는 하지만 사용하는 어휘는 없습니다. 그러나 빗자루와 제 엉덩이의 접촉이 대개 서른 번쯤 반복될 즈음이면 어머니 손의 힘은 많이 약해지고, 녹이 쉬고 소리도 낮아지면서 고함 속에 어휘가 나타나기 시작합니다. 마구 뱉어지는 어휘들은 처음에는 저를 향해서 튀어나오는 욕들입니다. 어머니는 저를 '개 잡종' '자라 새끼' '토끼 새끼'라고 욕합니다. 그리고 어느 순간 어머니는 욕설의 창끝을 아버지에게로 향하는데, 어머니는 아버지를 욕하는 데 좀처럼 많은 시간을 허비하지 않습니다. 그것은 아버지를 욕하는 말들과 나를 욕하는 말들이 별반 다르지 않기 때문입니다. 근본적으로 새로운 어휘를 동원하거나 완전히 개조한 것이라곤 없습니다. 어머니가 하는 욕설에는 기운이 없을 뿐만 아니라 듣고 있는 저로서도 색다른 의미가 없게 느껴집니다. 마치 우리 마을에서 현縣으로 가려면 그 작은 기차역을 반드시 지나야 하듯이 어머니가 아버지를 욕하는 것은, 야생 노새를 욕하기 위해 반드시 지나야 하는 통과의례로서 서둘러서 지나쳐야 했습니다. 어머니는 침을 튀기면서 아버지의 명예에 관련된 부분에서는 급하게 서둘러 지나갑니다. 그리고 야생 노새와 좁은 길에서 만납니다. 이때 어머니의 목소리는 높아집니다. 어머니가 나를 욕할 때와 아버지를 욕할 때 눈에 머금었던 눈물은 분노의 불길에 의해 모두 말라버립니다. 만약 누가 '원수가 서로 만났을 때, 눈빛이 달라진다'는 말의 뜻을 이해하지 못한다면, 우리집으로 와 제 어머니가 화를 내면서 야생 노새를 욕하는 눈길을 보십시오. 어머니가 저희 부자를 욕할 때는 이리 욕하고 저리 욕을 해도 그 몇 개의 가련한 단어밖에 없습니다. 하지만 어머니가 야생 노새를 욕할 때는 어휘력이 삽시간에 풍부해집니다. 말하자면 어머니는 '내 남자는 한 마리의 종마여. 그러니 너

같은 야생 노새는 씹하다 뒈질 거다' '내 남자는 큰 코끼리다, 이년 아! 그러니 너 같은 암캐는 그 좆에 찔려 죽을 것이다!' 등등 대개 이런 식입니다. 어머니의 경전에 있는 욕설은 수없이 다양하지만, 결코 그 뿌리에서 벗어나지 않습니다. 아버지는 실질적으로 어머니의 원한을 푸는 데 이용되는 날카로운 도구로 변한 것입니다. 어머니는 아버지를 부단히 아주 거대한 동물로 변화시켰고, 반면 야생 노새는 아주 연약한 동물로 변하게 해서 학대를 당하도록 했습니다. 마치 그렇게 해야만 어머니 마음속의 원한을 해소할 수 있는 듯했지요. 어머니가 아버지의 생식기를 높이 치켜 올려 야생 노새를 능욕하고 있을 때면, 어머니가 제 엉덩이를 때리는 속도는 점차 느려지고 손의 힘도 점점 약해집니다. 그 뒤 어머니는 저를 잊어버립니다. 일이 이 지경에 이르고 나면 저는 조용히 일어나 옷을 주워 입고 한쪽으로 비켜서서 취한 듯이 그녀의 다채로운 욕설을 들으면서 머릿속으로 수많은 문제들을 떠올립니다. 어머니가 제게 하는 험한 욕 속에 특별한 의미가 있는 것은 전혀 아니라고 생각합니다. 만약 제가 어머니 표현처럼 '개새끼'라면, 누가 개와 교접을 했단 말인가요? 만약 제가 '자라 새끼'라면, 그럼 누가 자라와 교접을 했고, 누가 저를 낳아 길렀단 말입니까? 또 제가 만약 '토끼 새끼'라면 그럼 누가 어미 토끼란 말입니까? 어머니는 저를 욕하고 있는 것 같지만 사실 자기 자신을 욕하고 있는 것이었습니다. 어머니가 아버지를 욕하고 있었지만 그 또한 자기 자신을 욕하고 있는 것이었습니다. 어머니의 야생 노새에 대한 모진 욕도 자세히 생각해보면 아무런 의미도 없습니다. 아버지는 어떻게 하더라도 코끼리나 종마로 변할 수 없었고, 설령 아버지가 코끼리로 변한다고 해도 암캐와 교배하지는 않을 것입니다. 종마라면 혹시 훈련을 거쳐서 야생 노새와 성 관계를 갖게 할 수 있을지 모르지만, 그것은 야생 노새의 입장으로 보자면 아무리 열망을 해도 얻을 수 없던 행복한 일일 것입니다. 그러나 저는 제 생각을 어머니가 들을 수 있도록 비판할 엄두를 낼 수 없었습니다. 그렇게 되면 어떤 결과가 생길지 상상도 할 수 없었지요. 그로 인해 제게 좋은 일이 생기지 않는다는 것만은 확신합니다. 저는 스스로 무덤을 파는 일을 하는 바보가 아닙니다. 어머니는 욕을 하다가 힘들면 울기 시작했는데, 울음이 샘물처럼 솟아올랐죠. 실컷 울고 나서는 옷소매를 들어 올려 눈물을 닦고 마당을 걸어 나갔습니다. 저를 데리고 돈이 되는 일들을 찾아 나섰지요. 마치 사람을 때리고 욕한 것 때문에 낭비한 시간을 만회하기라도 할 듯이 그녀는 평소보다 몇 배 이상 빠르게 일을 했으며, 아울러 저에 대한 감독도 다른 날보다 훨씬 더 엄격해졌습니다. 따라서 저는 그다지 따뜻하지도 않은 이불 속에 미련을 두지 않았습니다. 불꽃이 난로 속에서 훨훨 타오르는 소리를 낼 때면 저는 어머니가 직접 부르기 전에 스스로 일어나서 가장 빠른 속도로 그 철갑 옷처럼 찬 솜저고리와 솜바지를 주워 입었죠. 그리고 이불을 개놓고 화장실로 달려가서 오줌을 누고 돌아온 다음 문틀 옆에 똑바로 서서 손을 내려뜨리고 어머니의 분부를 기다렸습니다. 어머니는 절약이 심해서 인색할 정도였습니다. 그러니 어찌 방 안에 난로를 피울 수 있었겠습니까? 방 안이 습기로 눅눅해져서 우리 모자는 모두 똑같은 병에 걸렸습니다. 두 무릎이 부어오르고 다리가 마비된 것이죠. 그리하여 아주 많은 돈을 들여서 약을 사 먹고서야 겨우 걸어 다닐 수 있었답니다. 의사는 약을 사는 돈이 석탄 사는 돈보다 더 많이 든다면서 우리들에게 죽지 않으려거든 방 안에 난로를 피우고 어서 빨리 젖은 벽을 말리라고 경고했습니다. 따라서 어머니는 하는 수 없이 방 안에 난로 하나를 마련하고 기차역에 가서 석탄을 일 톤 사온 뒤에 새로 지은 우리집을 말리기 시작했습니다. 저는 의사가 어머니에게 '만약 죽지 않으려거든 고기를 먹어요' 같은 말을 하기를 얼마나 기대했는지 모릅니다. 하지만 의사는 그렇게 말하지 않았을뿐더러, 그 멍청이 같은 의사는 우리들에게 고기를 먹으라고 하기는커녕 오히려 기름진 음식을 먹지 말고, 최대한 담백하고 싱거운 음식을 먹으라고 권했으며, 채식을 하는 것이 가장 현명하다고 했습니다. 그렇게 하면 우리는 건강해질 뿐만 아니라 장수할 수 있다고 했지요. '저런 나쁜 놈!' 아버지가 등을 돌려 도망간 날로부터 우리는 채식만 했다는 걸 그가 어떻게 알까요? 온통 야채뿐이어서 마치 장례식장의 음식 같았고 산꼭대기에 있는 백설 같았습니다. 옹골찬 오 년이 지났습니다. 아마 제 창자 속을 세척력이 강한 비누로 문질러 씻는다고 해도 기름 한 방울 우러나오지 않을 것입니다.

나는 너무 많은 이야기를 하고 났더니 입 안이 마르고 혀가 까칠까칠해졌다. 바로 그때 은행 알맹이 크기의 우박 세 개가 들이쳐서 내 눈 앞에 떨어졌다. 큰스님의 신통력이 강해서, 내 심사를 눈치 채고, 요술을 부려 세 개의 우박을 내 눈앞에 떨어지게 한 것이 아니라면 그것은 하나의 우연의 일치였을 것이다. 나는 슬그머니 큰스님을 훔쳐보았다. 그는 허리와 등을 곧게 펴고 눈을 감고 있었지만 그의 귓구멍에 있는, 파리들 사이로 삐져나와 있는 검은 귀털이 약간씩 움직이고 있었기 때문에 나는 스님이 여전히 내 말을 경청하고 있다는 것을 알았다. 나의 소년 시절은 조숙했고, 많은 것을 겪어봤고, 본 것도 많았고, 이상하고 기이한 사람들도 많이 보았지만, 귓구멍에 두 줄기 기다란 검은 털이 나 있는 사람은 큰스님뿐이었다. 그 두 줄기 검은 털만으로도 나는 그에게 존경심이 생겼다. 게다가 큰스님에게는 보다 많은 특이한 능력과 기예가 있었다. 나는 우박 하나를 주워 입 안에 넣었다. 그것이 나의 구강 점막을 얼어붙게 할까 봐 겁이 나서 혀를 급하게 움직였더니, 우박은 입 안에서 데굴데굴 나뒹굴면서 이빨과 부딪쳐 딱딱 소리를 냈다. 털이 비에 젖어 뼈가 다 드러나도록 삐쩍 마른 여우 한 마리가 문지방에서 주저주저하면서 실눈으로 가련한 인상을 하고 있더니 내가 미처 반응도 하기 전에 사찰 안으로 달려 들어와서는 조각상 뒤로 사라졌다. 잠시 후 여우의 몸에서 풍기는 후끈후끈한 노린내가 우리 앞에 확 퍼졌다. 나는 여우와 어울려본 적이 있었으므로 여우의 노린내를 그다지 싫어하지 않았다. 나중에 내가 서술하겠지만 우리가 살던 동네에서는 한동안 여우를 기르는 열풍이 일었다. 그때, 전설 속에서 사람들에게 아주 신비스럽게 여겨졌던 여우의 행적이 철저히 파헤쳐졌다. 그놈들이 우리 속에서 아무리 슬금슬금 신비한 자태를 취했다 하더라도, 마을의 백정들에게 마치 돼지나 개처럼 도살되어 껍질이 벗겨지고 고기로 잡아 먹힐 때, 아무런 신통력도 보여주지 못했는데, 바로 그때부터 여우에 대한 신화는 소멸되었던 것이다. 문밖에서는 마치 노여움을 참지 못하는 듯한 천둥 소리가 다급하게 들려왔다. 짙게 그을린 냄새가 물결처럼 넘실넘실 사찰 안으로 스며들었다. 나는 두려워 전전긍긍하면서 번개를 다스리는 신이 나쁜 짓을 일삼는 짐승들과, 죄를 지은 인류에게 벼락을 쳐서 죽인다는 전설이 저절로 떠올랐다. '그럼, 저 여우도 나쁜 짓을 했던 짐승이란 말인가? 만약 그렇다면 그놈이 사찰 안으로 숨어들었으니, 보험 상자 속으로 들어온 것이나 다름없다. 번개의 신이 아무리 화가 나도, 하늘의 용이 아무리 사납다고 해도 이 작은 사찰을 평지로 만들지는 않을 것이 아닌가? 우통신도 사실, 도를 얻은 다섯 마리의 짐승에 불과하다. 그러나 옥황상제는 그들이 신이 되는 것을 허락했고, 또 신상을 세우고, 맛있는 음식 외에도 아름다운 여인까지, 인간들이 올리는 공양을 누리게 했으니, 저 여우는 왜 신선이 될 수 없단 말인가?' 이때 또 다른 여우 한 마리가 달려 들어왔다. 먼저 들어온 여우가 수컷인지 그것은 알 수 없었지만 방금 들어온 것은 틀림없는 암컷이었고 게다가 수태 중인 여우였다. 왜냐하면 여우가 문턱을 넘을 때, 아래로 축 처진 배와 퉁퉁 부은 젖꼭지가 축축한 문지방에 끌리는 것을 보았기 때문이다. 그 행동도 조금 전의 여우보다 많이 굼떴다. 먼저 들어온 놈이 방금 들어온 암컷의 짝인지는 모르겠다. 이렇게 되자 그놈들은 더욱 안전했다. 하늘의 이치는 가장 공평해서 어미 뱃속에 있는 새끼 여우를 해치지는 않을 것이기 때문이다. 어느 사이에 우박은 내 입 안에서 다 녹아버렸다. 큰스님도 그 시각, 눈을 반쯤 뜨고 나를 훔쳐보고 있었다. 그는 방금 전의 두 마리 여우에 대해 전혀 주의를 기울이는 것 같지 않았다. 정원 안의 바람 소리, 천둥 소리, 빗소리는 그의 주의를 끌지 못하는 것 같았다. 나 역시 그때부터 나와 큰스님 사이에 엄청난 격차가 있다는 것을 발견했다.

"좋아요! 저는 이야기를 계속하겠습니다."

제 3 포
第三炮

　그때는 북풍이 휘몰아치던 아침이었는데, 난로 속의 불길은 우우 소리를 냈고, 철판으로 만든 연통의 가장 아랫부분은 빨갛게 달궈져 있었으며, 회백색의 쇠 부스러기가 겹겹이 갈라져 떨어지고 있었고, 벽에 서리어 있던 성에는 이미 반짝이는 물방울로 변해, 벽에 가득 매달려서 곧 아래로 흘러내릴 것 같으면서도 흘러내리지 않고 있었습니다. 저는 손과 발에 동창이 걸려 가렵기 시작했고, 역시 동창에 걸린 귀 언저리에서는 누런 진물이 흘러내렸는데, 사람의 살갗이 녹아내리는 느낌이란 정말로 견디기 힘들었지요. 어머니는 작은 무쇠솥에 옥수수 가루로 죽을 반 솥 끓이고서 창문 밖에 있는 짠지 통 속에서 절인 무를 하나 꺼내 대부분은 제게 주고, 본인 것으로 조금 남겼지요. 이것이 바로 우리의 아침식사였죠. 저는 어머니가 은행에 적어도 삼천 위안 이상은 저축하고 있다는 것을 알고 있었으며, 또 고기구이 집의 썬캉沈剛이 이천 위안을 빌려갔으며, 매월 이자가 이부이며, 이자에 이자가 들러붙어 당나귀처럼 불었는데, 그것이야말로 명실상부한 고리대금업이라는 것도 알고 있었죠. 그런 돈이 있으면서도 이런 아침을 먹어야 하다니, 제 마음이 어떻게 즐거울 수가 있겠어요. 그러나 그때 저는 열 살밖에 안 된 아이였으므로 아무런 발언권도 없었죠. 때로는 저도 약간 소란을 피우고 잔소리를 했지만, 어머니는 수심 가득한 얼굴로 저를 노려보면서 아직도 철이 들지 않아, 아무것도 모른다고 야단을 쳤지요. 어머니는 자신이 이처럼 절약하는 것은 모두 저를 위해서라고 말했습니다. 저를 위해 집을 짓고, 차를 사고, 그리고 또 이제 얼마 안 지나서 저를 위해 며느리를 얻겠다고 했습니다.

"아들아! 너의 그 양심 없는 아버지는 우리를 버리고 도망갔단다. 그러니 우리는 멋들어진 일을 해서 네 아버지에게 보여줘야 할 뿐만 아니라 마을 사람들에게도 보여줘야 해. 너는 아버지 없이 자랐어도 우리는 네 아버지가 있을 때보다 더 잘산다는 것을 보여줘야 해!"

그리고 어머니는 제게 가르치기를, 어머니의 아버지, 즉 외할아버지가 항상 하시는 말씀이 '사람의 입이란 사실은 어떤 통로에 불과해서 생선이나 고기, 겨나 나물 반찬 모두 다 이 통로를 지나고 난 뒤면 똑같아지지. 사람들은 노새나 말들을 길들일 수는 있지만 자기 스스로 길을 들일 수 없으니, 앞으로 좋은 날들을 보내려면 반드시 자기의 입과 싸워야 한다'고 했답니다. 어머니의 말을 들어보면 일리가 있는 것 같았습니다. 만약 우리가 아버지가 떠나버린 후 오 년 동안 잘 먹고, 잘 마셨다면, 우리들은 기와집을 짓지 못했을 것입니다. 어머니 이론과 아버지의 이론은 정반대였는데 어머니는 '초가집에서 살면서 뱃속에 기름이 가득하면 뭘 하는가'라고 말했지만, 아버지는 '뱃속에 겨 따위가 가득하면서 고층 빌딩에 산다면 무슨 소용이 있는 가?'라고 대꾸했지요. 저는 두 손을 치켜들어 아버지의 의견에 동의 하고, 두 발로 어머니의 의견을 짓밟아버리고 싶습니다. 저는 아버지 가 제게 고기 한 사발을 먹이고 다시 집으로 보낸다 해도 아버지가 언젠가 저를 데려가기를 기대하고 있었지요. 하지만 아버지는 야생 노새 고모와 함께 단둘이서 고기를 먹으며 향락을 누리면서 저를 까 마득히 잊어버렸습니다.

우리는 죽을 먹고 나서 혀로 그릇을 깨끗이 핥아댔기 때문에 수세 미로 닦을 필요가 없었습니다. 그리고 나서 어머니는 저를 데리고 마 당으로 나가서 낡을 대로 낡은 경운기에 물건을 실었죠. 그 경운기는 란 씨네 집에서 폐기된 것이었는데, 강철로 된 핸들은 란 씨의 커다 란 손에 닳을 대로 닳은 흔적이 선명하게 나 있었고, 타이어의 무늬 는 이미 모두 마모되어 표면은 한없이 매끄러웠으며, 경유를 사용하 는 엔진의 피스톤과 피스톤 링이 심하게 마모되어 마치 심장병에 걸 린 노인이 또다시 기관지염에 걸린 것처럼 시동을 걸고 나면 검은 연 기가 솟구쳐 올라왔고, 가스와 오일이 새고, 엔진 소리는 기괴하기 그지없어서 마치 기침을 하는 것 같기도 하고 재채기를 하는 것 같기 도 했습니다. 란 씨는 원래 통이 큰 사람이었는데, 요 근래 몇 년 동 안 물 먹인 고기를 팔아서 더더욱 재산을 모았기 때문에 통이 더욱 커졌지요. 그는 고압 펌프를 이용해 짐승의 폐동맥을 통해서 죽은 짐 승의 사체에 강제적으로 물을 넣는 과학적인 방법을 고안해냈죠. 그 가 고안해낸 방법대로 시행한다면, 백 킬로그램의 돼지에다 한 통의 물을 넣을 수 있었는데, 옛날 방법대로 한다면 소 한 마리에 겨우 물

반 통을 넣을 수밖에 없었죠. 요 근래 몇 년 동안 도시의 그 똑똑한 시민들이 고기를 사는 값으로 우리 마을의 물을 얼마나 많이 샀는지 모르죠? 그것을 따져본다면 아마도 사람들을 깜짝 놀라게 할 숫자일 것입니다. 란 씨는 배가 둥그렇고 온 얼굴에 붉은 빛이 나며, 그가 말을 하면 종소리 같은 우렁찬 소리가 났는데 천생 관직에 있을 재목이었죠. 관직에서 일하는 것은 그 집안의 전통이었죠. 촌장이 된 후 그는 아무런 미련도 없이 고압 펌프로 고기에 물을 주입하는 방법을 마을 사람들에게 알려주었고, 불법으로 부자가 되는 데 앞잡이가 되었습니다. 마을 사람들 중에는 더러 그를 욕하는 사람도 있었고, 때로는 작은 벽보를 붙여 그를 공격하기도 했습니다. 그가 지주 계급 출신이면서 오히려 무산계급 출신 위주의 우리 마을을 뒤엎었다고 비난했던 것이지요. 그렇다면 시장은 사라진 지 오래되었을 것입니다. 란 씨는 마을에 설치된 대형 스피커에다 대고 이렇게 소리 질렀죠.

"용은 용을 낳고, 봉황은 봉황을 낳으며, 쥐는 태어나면서부터 굴을 뚫는다!"

나중에 우리는 알았는데, 란 씨는 유명한 무술인들이 자신의 무예를 남김없이 제자에게 전수해주지 않는 것처럼 그 또한 자신만의 주무기 하나만은 남겼답니다. 란 씨는 자기 도축장의 고기도 다른 사람처럼 물을 주입했지만 그의 고기 색깔은 선명했고, 향기가 우러났으며, 뙤약볕에 이틀씩 쪼여도 결코 부패되거나 변질되지 않았습니다. 그러나 다른 사람들의 고기는 첫날 다 팔지 못하면, 곧바로 썩어 구더기가 생기곤 했지요. 그런 연유로 란 씨는 결코 자기네 고기가 팔리지 않을까 봐 걱정하지 않았고 더구나 모두 팔지 못할까 봐 낮은 가격으로 팔 염려도 없었지요. 사실 그의 고기는 그렇게 아름다웠기에 팔리지 않을 우려도 없었답니다. 나중에 아버지 말에 의하면 란 씨가 고기에 주입한 물은 일반적인 물이 아니라 포르말린 수용액이 었대요. 세월이 흘러 우리집과 란 씨네 집의 관계가 좋아신 뒤에 란 씨가 하는 말이, 단순히 포르말린 용액만을 주입해도 안 되며, 신선 함과 선명한 고기의 색을 보존하려면 물을 주입한 후, 다시 유황을 태워 그 연기로 세 시간 동안 그을려야 한대요.

붉은 벽돌색 상의를 머리에 뒤집어쓴 여자가 큰걸음으로 달려 들 어왔기 때문에 내 이야기는 중단되었다. 그녀가 끼어들었기 때문에 나는 조금 전까지 담장 틈에 엎드려 있던 여자가 생각났다. 여자는 어디로 갔을까? 혹시 지금 사찰로 막 뛰어든 붉은 옷을 입은 여자가 바로 그 연두 옷을 입었던 여자의 화신은 아닐까? 그녀는 사찰에 들 어서자 머리를 가리고 있던 옷을 벗고, 우리를 향해 멋쩍은 미소를 보냈다. 그녀의 입술은 파르스름했고 안색은 회백색이었으며 피부에 는 온통 까무잡잡한 여드름이 나 있었는데, 마치 깃털을 뽑아버린 닭 껍질 같았다. 그녀의 눈에서는 차고 맑은, 마치 밖에 내리고 있는 빗 물 같은 색깔의 맑은 빛이 반짝이고 있었다. 나는 지금 그녀의 몸이 얼어버렸고, 잔뜩 놀라서 말을 하고 싶어도 입이 떨어지지 않는 것이 라고 추측했다. 그러나 그녀의 정신만은 맑았다. 그녀가 입은 옷은 십중팔구 가짜 저질 상품인 게 분명했는데, 왜냐하면 그녀의 옷깃을 따라 새빨간 물이 아래로 뚝뚝 떨어지고 있었는데, 거의 핏물이나 마 찬가지였기 때문이다. 여자, 핏물, 번개, 벼락 등 여러 가지 금기시 되는 사물들이 한데 어우러져 있었으므로 당연히 그녀를 문밖으로 내보내야 할 것이다. 그러나 큰스님은 눈을 감은 채 좌선을 하고 있었는데, 그 모습은 우리들 뒤에 놓여 있는 사람의 머리 형상을 하고 있는 말 조각상보다 더한층 무게 있어 보였다. 내 입장에서 보더라도 이처럼 풍만하고 젊은 여자를 광풍이 몰아치고 폭우가 쏟아지는 바깥으로 내쫓지는 못할 것이다. 하물며 사찰 대문은 활짝 열려 있고 누구나 들어올 수 있는 곳인데 내가 무슨 권리로 그녀를 내쫓는단 말인가? 그녀는 우리 쪽을 등진 채로 두 팔을 밖으로 내밀고서 머리를 한쪽으로 기울여 빗물을 피하면서 옷을 비틀어 짜고 있었다. 시뻘건 물이 뚝뚝 흘러내려 지상의 빗물과 뒤섞였다가 잠시 후 사라졌다. 오랫동안 이런 큰비는 내리지 않았다. 처마 밑으로 떨어지는 낙숫물은 검푸른 폭포로 변했고, 마치 먼 곳에서 수많은 말들이 내달리는 것처럼 소란스럽게 들렸다. 작은 사찰은 빗속에서 떨고 있었으며, 놀라 깨어난 박쥐들이 찍찍거리면서 소리를 질러댔다. 사찰 천장에서 빗물이 새기 시작했다. 뚝뚝 딱딱 소리가 났는데, 그것은 빗물 방울이 큰스님이 사용하는 구리로 만든 세숫대야에 떨어지면서 나는 소리였다. 그 여자는 옷의 빗물을 다 짜내고 나서 몸을 돌리더니, 다시 한 번 우리에게 미안하다는 듯 고개를 끄덕였다. 그녀는 입술을 몇 번 움직이더니 모깃소리만 한 가느다란 소리를 냈다. 나는 그녀의 부푼 보라색 입술이 잘 익은 포도 같다고 생각했는데, 그 색깔이 너무도 짙어 도시의 가로등 밑을 서성거리며 다리를 흔들어대고 담배를 피우는 그저 그런 부류의 소녀들에 대한 인상을 능가했다. 나는 하얀 속옷이 그녀의 피부에 착 달라붙어 있는 것도 목격했다. 그러자 여자 몸의 곡선이 생동감 있게 드러났다. 두 개의 단단한 유방은 마치 얼어붙은 배의 하얀 속살 같았다. 나는 그것들이 이 순간 모두 차디차다는 것을 알고 있다. 그게 가능할까. 여자가 젖은 속옷을 벗는 것을 도울 수 있도록 누군가 나에게 허락한다면, 그녀를 뜨거운 물이 가득 담겨 있는 욕조에 눕혀놓고, 몸을 잘 불린 다음, 정성껏 씻어줄 수 있다면 얼마나 좋을까. 그것을 진정 바라고 있었는지 모른다. 그러고 나서 그녀에게 뽀송뽀송 마른 헐렁한 나이트가운을 입혀주고 푹신한 소파에 앉게 하고서 뜨거운 차 한 잔을 따라준다. 제일 좋은 방법은 홍차에 우유를 넣어 주고, 또 따끈따끈한 빵 한 쪽을 주면서 그녀가 허기를 채우고 갈증을 풀게 한 다음 침대에 올라가 잠을 잔다······ 나는 큰스님이 한숨을 내쉬는 소리를 들었다. 그러자 나는 곧 종잡을 수 없을 만큼 들떠 있던 마음을 가다듬었다. 그러나 눈길은 참지 못하고 그녀의 몸을 쳐다보았다. 그녀는 이미 고개를 돌린 상태였다. 그녀는 왼쪽 어깨를 문설주의 안쪽에 기댄 채 얼굴은 밖에서 세차게 내리는 비를 비스듬하게 대하고 있었다. 그녀의 옷은 그녀의 오른손에 들려 있었다. 그 모습은 마치 여우의 몸에서 방금 벗겨낸 가죽을 들고 있는 것 같았다. "큰스님! 제가 계속 이야기를 하겠습니다." 내 목소리는 매우 부자연스러웠다. 왜냐하면 옆에서 이야기를 듣는 사람이 한 명 더 늘어났기 때문이었다.

제 아버지와 란 씨는 아주 심하게 싸운 적이 있습니다. 란 씨는 아버지의 손가락 한 개를 베어놓았고, 아버지는 란 씨의 귀를 절반 물어뜯었죠. 그 사건 때문에 두 집안은 원수가 되었어요. 그러나 아버지가 야생 노새 고모와 도망을 간 후 어머니와 란 씨는 친구가 되었습니다. 란 씨는 자기 집에서 폐기처분된 경운기를 우리에게 고철 값만 받고 팔았습니다. 란 씨는 우리에게 경운기를 팔았을 뿐만 아니라, 자신이 직접 시간을 내서 제 어머니에게 경운기 운전법을 무료로 가르쳐주었죠. 소문 만들기를 좋아하는 마을 여자들은 란 씨와 어머니 간에 이미 한 다리가 걸쳐졌다고 쑥덕거렸습니다. 저는 아들의 이름으로 아낙네들의 말은 터무니없는 헛소리라고, 멀리 있는 아버지에게 보증할 수 있습니다. 아낙네들은 어머니가 경운기 운전법을 배우는 것을 목격하고 질투하는 것이니까, 질투하는 여자들의 주둥이는 근본적으로 궁둥이나 다름없고, 질투 중에 있는 여자들의 이야기는 구린내 풍기는 방귀에 지나지 않습니다. 란 씨는 마을의 촌장이고, 재물이 많고, 그뿐 아니라 얼굴까지 잘생겼으며, 항상 위풍당당한 큰 트럭을 몰고 시내로 고기를 날랐는데, 어떤 여자인들 만나보고 싶지 않았을까요? 그런데 어떻게 흐트러진 머리카락에, 때가 끼고 언제나 남루한 옷을 입고 다니는 제 어머니를 좋아할 수 있단 말인가요? 저는 란 씨가 마을의 탈곡장에서 어머니에게 경운기 모는 법을 가르쳐주던 모습을 분명히 기억하고 있습니다. 그때는 초겨울의 이른 아침이었는데, 붉은 태양이 막 떠오르고 있었으며, 탈곡장 한쪽에 있는 검불 무더기 위에는 엷은 분홍빛 서리가 내려앉아 있었죠. 깃털이 온통 새빨간 수탉 한 마리가 담장 위에 올라서서 목을 길게 늘이고 목청을 길게 빼고 있었습니다. 마을에서는 여기저기에서 죽기 직전의 돼지들이 고래고래 지르는 소리가 울려 퍼졌고, 집집마다 굴뚝에서는 하얀 연기가 뿜어 나오고 있었으며, 기차 한 대가 역을 지나 태양이 떠오르는 방향으로 질주해 나갔죠. 어머니는 아버지가 두고 간 커다란 황토색 재킷을 입고 있었고, 허리에는 붉은색 전선을 질끈 동여매고 있었습니다. 어머니는 운전석에 앉아서 두 팔을 벌리고 핸들을 잡았으며, 란 씨는 어머니의 뒤쪽 화물칸 앞쪽 끝에 걸터앉아, 두 다리와 팔을 벌린 채, 경운기의 핸들을 잡고 있는 제 어머니의 손을 잡고 있었습니다. 이것이야말로 진정 손에 손을 잡고, 친히 가르치는 모습이었죠. 앞에서 보든, 뒤에서 보든, 그는 제 어머니를 자신의 품에 안고 있는 모습이었습니다. 비록 어머니가 마치 기차역에서 하역 일을 하는 막일꾼처럼 옷을 입고 있어서, 여성적인 매력이라고는 털끝만큼도 없었다고 말할 수 있지만 말입니다. 그러나 제 어머니는 분명히 한 사람의 여인이었으며, 그렇기 때문에 마을 아낙네들의 질투를 자아냈고, 일부의 남성들에게 허튼 상상을 하도록 빌미를 줬던 것이죠. 란 씨는 권력도 있고, 재력도 있고, 또한 소문난 호색한이었기에 마을에서 조금이라도 반반한 여자들은 모두 한결같이 그와 눈짓을 주고받은 눈치였죠. 그는 사람들이 뭐라고 말하든지 전혀 상관하지 않았어요. 그러나 제 어머니는 남자에게 버림받은 여자였고, 과부집 문 앞에는 언제나 시비가 많은 법이므로, 어머니는 당연히 매사에 조심스레 처신을 해 사람들에게 풍문을 퍼뜨릴 기회를 주지 말았어야 했지요. 그런데 어머니는 란 씨가 그런 자세로 자신에게 경운기 모는 방법을 가르쳐주는 것을 허락하고 있었으니, 어머니의 이런 행위는 오로지 '욕심은 사람의 지혜를 어둡게 한다'는 말로 해석할 수밖에 없었죠. 경운기의 디젤 엔진이 귀청을 찢는 듯이 울부짖고, 냉각수 탱크에서는 수증기가 뭉실뭉실 피어오르고, 배기 구멍에서는 검은색 배기가스가 내뿜어지고 있었는데, 그 모습은 바라보는 사람들에게 기진맥진하면서도 생기발랄하다는 느낌을 주었어요. 경운기는 란 씨와 어머니를 태우고 탈곡장 마당에서 슬금슬금 돌고 있었는데 마치 채찍에 쫓기고 있는 송아지 같았죠. 어머니의 창백한 얼굴에는 홍조가 어렸으며 두 귀는 수탉의 벼슬처럼 붉었어요. 그날 아침은 정말 추웠죠. 바람 한 점 없는 매서운 추위였으며, 제 혈액은 제대로 순환되지 않아 온몸이 마치 고양이에게 물어뜯기는 것 같았어요. 그러나 어머니의 얼굴에서는 땀이 흘러내렸고, 머리카락에서는 뜨거운 열기가 뿜어져 나왔죠. 어머니는 기계를 처음으로 접하는 것이었고, 비록 가장 간단한 경운기라고 하지만 처음 운전을 하는 중이라서 틀림없이 흥분되었을 것이고, 어쩌면 당연히 격렬한 감동을 받았을 것입니다. 아니면 그처럼 추운 엄동설한의 아침에 땀을 흘리는 것을 달리 어떻게 해석할 수 있을까요. 저는 어머니의 눈에서 아름다운 빛이 발산되고 있는 것을 보았죠. 아버지가 떠나간 후, 어머니의 눈이 그처럼 밝았던 적은 없었죠. 경운기가 탈곡장 마당을 십여 바퀴 돌고 난 다음 란 씨는 경운기에서 몸을 날려 내렸죠. 그의 몸은 비록 뚱뚱했지만 경운기에서 내리는 동작은 매우 민첩하고 힘찼어요. 란 씨가 경운기에서 내리자 어머니는 긴장하기 시작했고, 고개를 돌려 란 씨를 찾았으며, 그 바람에 경운기의 앞부분이 탈곡장 옆에 있는 구덩이를 향해 돌진했죠. 란 씨가 큰 소리로 외쳤습니다.

"핸들을 돌려요! 핸들을 돌려!"

어머니는 이를 악물었으며 그 때문에 양 볼의 근육마저 불끈 튀어나왔어요. 어머니는 경운기가 구덩이 속으로 빠지려던 순간 마침내 방향을 돌렸습니다. 란 씨는 시종일관 어머니를 바라보면서, 탈곡장 마당에서 몸을 돌리고 있었는데, 마치 보이지 않는 끈의 한쪽을 어머니의 허리에 매어놓고 다른 쪽은 란 씨가 손에 쥐고 있는 듯했습니다. 그는 큰 소리로 어머니에게 일깨워줬지요.

"두 눈은 앞만 쳐다봐! 타이어를 쳐다보지 말고. 타이어가 빠지지는 않을 테니까. 그리고 손도 쳐다보지 마. 당신 손은 거칠어서 사포 같던데, 뭐 볼 것이 있다고 쳐다봐! 그래, 마치 자전거를 타듯 하면 되는 거야. 내가 말하지 않았소? 암퇘지 한 마리를 운전대에 매놓아도 돼지가 운전대를 빙빙 돌리면서 몰 수 있다고 말이야. 하물며 사람이야 말할 나위도 없지! 액셀러레이터를 밟으란 말이오! 뭘 겁내지! 좆같이! 기계들이란 모두 마찬가지란 말이야. 기계 따위란 절대 귀하게 여겨서는 안 된단 말씀이야. 낡은 구리나 녹슨 쇳덩어리로 여기면 제일 적당하지. 당신이 그것들을 보배로 여길수록 더더욱 심각한 문제가 발생하고 말지. 그래, 그렇게 하면 돼. 당신은 이미 모두 배웠어. 이젠 집으로 몰고 가도 괜찮아. 농업의 근본적인 출구는 바로 기계화에 있다는 말을 누가 했는지 알고 있소? 넌, 알고 있어? 이 잡종아."

란 씨가 저를 응시하면서 물었죠. 저는 그에게 대답할 마음이 나지 않았는데, 실제로 저는 너무 추워서 입술이 모두 뻣뻣해져 있었으니까요.

"됐어. 몰고 가시오. 의지할 곳 없는 당신네들, 경운기 값은 삼 개월 후에 받을 거야."

어머니가 경운기에서 뛰어내리는데, 다리에 힘이 빠져서 하마터면 넘어질 뻔했는데, 란 씨가 한쪽 팔꿈치로 어머니를 받쳐주면서 동시에 말했습니다.

"조심해. 동생!"

어머니는 얼굴이 빨개졌으며 뭔가 감사의 말을 하려는 것 같았지만 입을 벌리고 있다가 끝내 말하지 못했습니다. 이 갑작스레 닥친 기쁨으로 인해 제 어머니는 언어 능력까지 상실되어버렸습니다. 우리가 란 씨네 경운기를 사겠다는 말은, 십여 일 전에 마을의 공문서를 담당하는 까오高 씨 노인을 통해서 전했지만, 줄곧 회답이 없었죠.

제가 비록 어린아이였지만 이 일은 결코 성사되기 어렵다는 것을 알고 있었죠. 아버지가 그 사람의 귀 절반을 물어뜯어서, 그의 얼굴을 망가뜨렸는데 어찌 경운기를 우리에게 팔 수 있을까요? 만약 저였다면 이렇게 말했을 겁니다. '뤄퉁羅通 집에서 내 경운기를 사겠다고? 퉤, 내가 경운기를 몰고 가서 어떤 골짜기에 처박아놓고 썩혀버릴망정 그 여자에게는 팔지 않을 거야!' 그렇게 우리가 크게 실망하고 있을 때, 까오 씨 노인이 찾아와서 말을 전했는데, 란 씨가 경운기를 고철 가격에 우리에게 팔겠다고 말했다는 것이며, 그리고 우리에게 이튿날 아침 방앗간에서 경운기를 인수하라고 했다는 것입니다.

까오 씨 노인이 말했습니다.

"촌장이 이미 대답을 했고, 그 양반은 촌장이니, 촌장의 자격으로 당신들을 도왔으니까 이 기회에 가난에서 벗어나 치부를 해야 한다고 말하셨네. 그리고 그 늙은이가 직접 자네에게 경운기 운전법을 가르쳐주겠다네."

우리 모자는 너무도 흥분이 되어서 밤새도록 잠을 한숨도 이루지 못했어요. 어머니는 한바탕 란 씨에 대한 칭찬을 늘어놓았고, 연달아 아버지의 나쁜 점들을 열거했으며, 그러고 나서 집중적으로 야생 노새에게 욕을 퍼부었죠. 그때 저는 어머니의 욕을 통해서, 란 씨와 아버지의 생사 대결이 바로 야생 노새로 인해 발생했다는 사실을 비로소 알게 되었죠. 저는 아버지와 란 씨가 싸우던 그날 아침을 잊을 수가 없습니다. 역시 아침이었는데, 초여름이었죠.

그 여자의 눈은 무척 컸으며 입가에는 올챙이 모양의 거무죽죽한 점이 있었고, 그 점 위에는 한 가닥의 구부러진 검붉은색 털이 자라

나 있었다. 나는 그녀의 눈빛이 이상하다는 것을 느꼈다. 일종의 실성한 듯한 눈빛이었다. 그 여자는 옷을 여전히 손에 들고 있었지만, 수시로 그것을 들어 펄럭이는 소리를 내며 털어댔다. 사찰 문 밖의 비는 끊임없이 안으로 들이쳤다. 그녀의 몸에서 물이 흘러내려 발아래에는 진창이 되었다. 이때 나는 비로소 그녀의 발을 주의 깊게 바라보았다. 한 쌍의 커다란 발이었는데, 적어도 그 발은 이백오십 밀리미터 이상의 신발은 신어야 할 것 같았으며, 여자의 몸매와는 전혀 어울리지 않았다. 발등에는 나뭇잎 몇 개가 들러붙어 있었고, 발가락들은 빗물에 불은 탓으로 이미 하얗게 변색되어 있었다. 나는 한편으로 말을 하면서, 다른 한편으로는 그녀의 내력을 추측하고 있었다. 이런 날씨에, 또 이런 날에 가슴이 커다란 여자가 무엇 때문에 이처럼 앞에는 마을도 없고 뒤에는 점포 하나 없는 작은 사찰에 나타난 것일까? 그리고 섹스 능력이 초인적이었다는, 그래서 옛날 선비들에게 '음란한 신淫神'이라고 욕을 먹었다는, 다섯 짐승의 신을 받들어 모시는 이 작은 사찰에 왜 나타난 것일까? 비록 의혹은 많았지만 내 가슴속에서는 제법 따뜻한 감정이 샘솟고 있었다. 나는 앞으로 나아가서 그녀와 말하고 싶었고, 그녀를 포용하고 싶었다. 그러나 큰스님은 눈앞에 앉아 있고, 나는 또 그를 스승으로 모실 기회를 얻기 위해 내 경력을 술술 내리 떠들어대고 있었던 게 아닌가. 내 심리상태를 알아차리기라도 한 듯, 여자의 눈길은 과감하게, 매우 빈번하게 내 쪽으로 향했으며, 여자의 입도 방금 전 절간 안으로 들어설 때 꼭 다물고 있던 상태와는 달리, 지금은 약간 벌리고 반짝이는 치아를 드러내고 있었다. 그녀의 치아는 연한 누런색이었고, 치열이 고르지는 않았지만 얼른 보기에는 아주 건강해 보였다. 여자의 짙은 두 눈썹은 마치 서로 연결되어 있는 것 같았으며 눈썹과 눈 사이의 거리도 매우 가까웠다. 그런 눈과 눈썹은 여자의 외모를 아주 생동감 있게 보이도록 했고, 약간 이국적인 정취를 느끼게 했다. 나는 여자가 일부러 그런 것인지 아니면 무의식중에 그런 행동을 했는지 알 수 없었지만 손으로 엉덩이에 들러붙은 바지를 잡아당겼다 놓는 것을 보았다. 그러나 그녀가 손을 놓아버리자 바지는 또다시 달라붙었다. 나는 그녀를 대신해서 정말 견디기 힘들었다. 하지만 나로서는 달리 더 좋은 무슨 방법도 없었다. 만약 내가 이 사찰의 주인이라면 나는 계율을 다 어기고, 여자를 뒤에 있는 방으로 데리고 들어가 옷을 갈아입게 할 것이다. '그렇다, 여자에게 큰스님의 가사를 걸치게 하고, 여자가 벗어둔 물에 젖은 옷을 큰스님의 침상 머리맡에다 널어놓으면 될 것이다. 그러나 큰스님께서 허락을 하겠는가?' 그녀는 갑자기 코끝을 들썩이며 눈썹을 찡그리더니 매우 큰 소리로 재채기를 해댔다.

"보살! 당신 하고 싶은 대로 하시게."

큰스님이 눈을 감은 채로 말했다. 여자는 큰스님을 향해 허리를 깊숙이 숙여 예를 올린 다음, 나를 향해 생긋 웃으면서 옷을 들고 내 앞을 지나가더니 마통신 조각상 뒤로 걸어갔다.

제 4 포

第四炮

초여름의 이른 아침이면 사람들은 모두들 피곤해하지요. 그도 그럴 것이, 밤이 너무도 짧아 막 눈을 붙인 것 같은데 벌써 날이 밝아 버렸기 때문입니다. 저와 아버지는 먼지가 날리는 큰길로 뛰쳐나왔지만 어머니가 마당에서 지르는 고함 소리를 들을 수 있었죠. 그때 우리들은 할아버지로부터 물려받은 세 칸짜리의 매우 낮고 낡은 초가집에서 살고 있었습니다. 생활은 엉망진창이었을 뿐 아니라 또한 아주 시끄럽게 들끓기도 했지요. 그 세 칸짜리 초가집은, 마치 어떤 어린 거지가 비단 옷을 걸치고 있는 지주 앞에서 구걸하는 모습처럼, 마을의 새로 지은 붉은 기와집 군락 속에 있었으니 아주 초라해 보였죠. 우리집을 둘러싸고 있는 담장은 사람의 절반 높이밖에 안 되었고, 집 둘레에는 잡초들이 수북하게 자라고 있었습니다. 이런 담장은 강도를 막기는커녕 수태한 암캐도 막을 수가 없었죠. 꾸어郭 씨네 집의 암캐는 종종 담장을 넘어와 우리집 마당에 있는 고기 뼈다귀들을 물어가곤 했죠. 나는 그 암캐가 민첩하게 뛰어올라 담장을 넘나드는 걸 유심히 지켜보곤 했지요. 그 개의 까만 젖꼭지가 담장의 맨 윗부분에 끌렸고, 땅에 내려선 뒤에도 젖가슴이 출렁거렸어요. 아버지는 거리를 걸었고, 나는 그때 아버지의 어깨 위에 올라앉아 있었는데, 어머니가 모종을 하기 위해 싹을 틔워 기르다가 마당으로 내던져버린 한 무더기의 고구마 싹에다 식칼을 들이댄 채 마구 짓이기며 욕하고 있는 것을, 우리는 좀 높은 곳에서 바라볼 수 있었죠. 그 고물 칼도 어머니가 기차역 쓰레기 더미에서 주워온 것들이죠. 아버지가 먹기만 좋아하고, 일하기를 싫어하는 바람에 우리집 생활은 마치 공기를 불어넣는 것처럼 경기가 좋을 때는 가마솥에 고기가 가득하지만, 경기가 곤란할 때면 가마솥이 바닥을 드러냈죠. 아버지는 어머니에게 다그침을 당할 때마다 한마디하곤 했습니다.

"이제 곧 제이차 토지개혁이 시작될 거야. 그때가 되면 당신은 내게 고맙다고 해야 할 거요. 당신, 란 씨네 부러워할 것 없어. 란 씨네 형편도 지주라서 곤란을 당한 노인네와 같아질 거요. 가난한 농민 부대원들에게 끌려 다니며 결국 다리 위에서 끝장을 볼 거란 말이오."

아버지는 집게손가락을 내밀어, 마치 총을 쏘듯 어머니의 머리를 향하고는 입으로 피웅 하고 총소리를 흉내 냈죠. 어머니는 놀라 머리를 감싸 안았고 얼굴이 창백해졌지요. 그러나 이차 토지개혁은 오지 않았고, 어머니는 하는 수 없이 남들이 버린 썩은 고구마를 주워다가 어린 돼지에게 먹이는 수밖에 없었습니다. 우리집에서 키우는 두 마리의 작은 돼지는 배불리 먹지를 못해 항상 배가 고파서 꿀꿀 마구 울어댔는데, 그 소리는 듣는 사람들까지 심란하게 만들었지요. 아버지는 언젠가 화가 나서 이렇게 말한 적이 있었어요.

"울어라, 울어! 제길! 젠장, 울긴 왜 우는 거야? 다시 울기만 하면 모두 잡아서 삶아 먹어버릴 거야. 이 잡종들!"

어머니가 식칼을 들고서, 눈에 심지를 돋우고 아버지를 노려보며 말했습니다.

"당신이 감히! 저, 두 마리 돼지는 내가 키운 거야. 만약 누가 털 끝 하나라도 건드리기만 하면 난 그 작자와 사생결단을 내겠어!"

그러면 아버지는 허허 웃으면서 말했지요.

"그렇게 놀랄 것까지야 없지. 당신, 이 말라빠진 돼지들을 보구려. 뼈와 가죽을 제외하고 뭐 먹을 것이 있소? 그러니 그냥 줘도 나는 먹지 않을 거야!"

저는 두 마리 새끼 돼지를 자세히 가늠해보았죠. 그놈들 몸에서 먹을 수 있는 고기를 얻기란 진정 한정되어 있었죠. 그러나 네 개의 축 늘어진 커다란 귀를 요리하면 두 접시는 거뜬히 나올 것 같았습니다. 돼지 머리에서 가장 맛있는 부위는 제가 알기로는 바로 귀죠. 돼지 귀는 비계가 없을 뿐만 아니라 기름기도 없고 속에는 모두 하얀 물렁 뼈만 들어 있어서 씹을 때면 아작아작 소리도 나고 씹을 맛이 났지요. 만약 꽃이 달려 있고 작은 가시가 나 있는 싱싱한 오이와 다진 마늘과 참기름을 넣고 함께 버무려서 무친다면 더욱 맛있을 것입니다. 그래서 제가 말했죠.

"아버지, 우리 돼지 귀를 베어서 먹죠!"

어머니가 분노에 찬 눈길로 저를 노려보면서 말했습니다.

"그래. 내가 먼저 네놈, 잡종의 귀를 베어 먹을 거야!"

어머니는 식칼을 들고 진짜로 달려왔습니다. 저는 두려운 나머지 아버지의 품속으로 달려가 숨었지요. 어머니는 제 귀를 틀어쥐고서 잡아당겼고, 아버지는 제 목을 끌어안고 반대로 당겼습니다. 저는 다 찢겨지는 것 같은 고통과 위험을 느끼고 비명을 질렀는데, 그 소리는 마을에서 돼지 멱따는 소리와 함께 뒤섞여 별다르게 구별되지 않았습니다. 그래도 아버지의 힘이 셌기 때문에 저를 어머니의 손에서 건져냈습니다. 아버지는 머리를 숙여 찢어진 제 귀를 들여다보더니 고개를 치켜들고 말했죠.

"당신, 정말로 독하군! 속담에 호랑이도 자기 새끼는 잡아먹지 않는다고 하는데, 당신은 호랑이보다 더 지독하구만!"

어머니는 화가 나서 얼굴이 밀랍처럼 되었고, 입술이 파랗게 질린 채 아궁이 앞에 서서 온몸을 떨고 있었죠. 저는 아버지의 보호 아래 담이 커져 어머니의 이름을 큰 소리로 부르면서 욕을 했죠.

"량위전楊玉珍, 내 청춘은 너처럼 더러운 년들의 손에 의해서 다 망가졌다!"

어머니는 제가 뱉어낸 욕을 먹고 나서 멍한 표정으로 저를 지켜보고만 있었어요. 아버지는 헤헤 하고, 마른 웃음소리를 내더니 저를 안아 들고 밖으로 달려 나갔습니다. 우리가 마당에 도착했을 때 어머니가 지르는 고함 소리가 들려왔죠.

"이 짐승이! 네놈이 내 화를 돋우어 나를 죽게 하는구나……"

두 마리의 새끼 돼지들은 가늘고 긴 꼬리를 흔들면서 머리를 벽 모서리에 들이박고서 흙을 파고 있었습니다. 마치 굴을 파고 탈옥하려는 죄수 같았죠. 아버지는 제 머리를 한 대 때리면서 낮은 소리로 말했습니다.

"너, 이 자식, 어떻게 엄마 이름을 알았니?"

저는 아버지의 엄숙한 검은 얼굴을 올려다보면서 말했죠.

"아버지한테 들었는데요."

"내가 언제 네 엄마에게 량위전이라고 말한 적이 있어?"

"아버지가 야생 노새 고모에게 말한 적 있잖아요. 아버지가 '내 이 한 평생은 량위전이라는 더러운 년의 손에 모두 망쳤다!'라고 했잖아요."

아버지는 그의 커다란 손으로 내 입을 틀어막았습니다. 그리고 목소리를 낮추어 내게 말했습니다.

"이 자식! 입 다물고 있어! 아버지가 네게 얼마나 잘해주고 있는데, 내게 해를 끼쳐서는 안 돼!"

아버지의 손은 두텁고 부드러웠는데 독한 담배 냄새를 풍기고 있었습니다. 이런 남자 손은 시골 마을에서는 보기 힘들죠. 그 원인은 바로 아버지가 반평생을 놀기만 하면서 힘든 육체노동을 거의 하지 않았기 때문입니다. 아버지가 손을 치우고 나자 저는 거칠게 숨을 몰아쉬었고, 그의 모호한 행동이 매우 불만스러웠죠. 이때, 어머니가 집 안에서 식칼을 들고 달려 나왔어요. 어머니는 마치 일부러 머리를 풀어헤친 것처럼 산발을 했는데, 머리는 머리 같지 않았고, 그 모습은 마치 마을 가운데 서 있는 큰 버드나무 위에 자리 잡은 까치둥지 같았죠. 어머니는 큰 소리로 고함을 질렀습니다.

"큰 뤄퉁! 작은 뤄퉁! 너희들, 죽일 놈의 새끼들아! 난 오늘 이대로 살 수가 없어. 너희들과 끝장을 보고 말 것이야. 요 근래 그렇지 않아도 더 이상 살아나갈 수 없었단 말이야. 우리 모두 함께 끝을 보자!"

어머니는 얼굴 가득히 험악한 표정을 지은 채 우리에게 선전포고를 했죠. 어머니 목소리에는 분노의 불길이 가득 차 있었는데, 절대로 허장성세가 아니었으니, 미루어 짐작하건대 우리들과 함께 끝까지 해보려는 것 같았죠. 여자가 목숨을 내걸면 남자 열 명도 감당할수가 없답니다. 그런 상황 속에서 맞붙는다면 결과는 죽음밖에 없으며, 이런 때에 가장 현명한 방법은 도망가는 길밖에 없죠. 제 아버지의 생활은 방탕했지만 매우 현명했는데 진짜 사내는 눈앞의 일에 무작정 당하지 않는다고, 그는 저를 쳐들어서 겨드랑이에 끼고 몸을 잽싸게 돌려 담장 쪽으로 달려갔습니다. 그가 대문을 향해 달려가지 않은 것은 백 퍼센트 정확한 판단이었죠. 왜냐하면 우리집에는 비록 값비싼 물건들이 없었지만 어머니는 친정으로부터 가지고 온 악습을지키고 있었는데, 매일 저녁이면 구리로 만든 커다란 자물쇠로 대문을 잠가놓았기 때문이죠. 만약 우리집에 어떤 값진 물건이 있어서 돼지 대가리 하나와 바꿔올 수 있다면 그건 바로 구리로 만든 그 자물쇠밖에 없을 겁니다. 제 추측에 아버지는 고기 생각이 날 때마다 몇번이고 구리로 만든 자물쇠를 탐했을 것이 분명합니다. 그러나 어머니가 자물쇠를 마치 자기 귀를 아끼듯이 다듬어대고 있었는데, 그도그럴 것이 그 자물쇠는 외할아버지께서 제 어머니에게 혼숫감으로준 상징적인 예물로서 외할아버지의 마음이 담겨 있었던 것이죠. 아버지가 저를 옆구리에 끼고 대문으로 달려가 문을 부수고 나갔더라면 무척 많은 시간을 허비해야 할 것이며, 그 시간이면 어머니의 식칼이 우리들의 머리에 꽃을 피울 수도 있었겠죠. 아버지는 저를 끼고서 담장 옆까지 달려가 독수리가 급선회를 하듯 담장을 넘더니 화가날 대로 난 어머니와 골치 아픈 일들 한 무더기를 모두 날려버렸죠.저는 어머니에게도 담장을 뛰어넘는 능력이 있다는 것을 추호도 의심하지 않았지만 어머니는 그렇게 하지 않았습니다. 어머니는 우리들이 집 안에서 허겁지겁 달려 나온 뒤 더 이상 쫓아오지 않았고, 담장 옆에서 몇 번 발을 구르다가 방문 앞으로 되돌아가서 그 썩은 고구마들을 다지면서 욕을 퍼부어댔죠. 그것은 아주 절묘한 스트레스 해소 방법이었죠. 그렇게 하면, 수습할 수 없을 정도로 피를 흘리는 결과도 발생하지 않고, 또 법률적 책임을 질 필요도 없게 되는 것이며, 동시에 마음속의 원수를 칼로 자르고 도끼로 찍는 쾌감을 느낄 수가 있었기 때문이죠. 그때 저는 어머니가 썩은 고구마를 우리들의 대가리로 여겼을 것이라고 추측했습니다. 그렇지만 지금 다시 생각해보면 어머니가 그 썩은 고구마들을 야생 노새의 머리로 간주했을 가능성이 더 크다고 생각됩니다. 어머니 가슴속의 진정한 원수는 아버지도 아니고, 저도 아니며, 바로 그 야생 노새였죠. 어머니는 야생 노새가 아버지를 꼬드겼다고 여겼는데, 그것이 잘못된 판단인지 아닌지 저도 분명하게 말할 수 없어요. 아버지와 야생 노새의 관계에서 도대체 누가 주동적이었으며, 누가 먼저 상대방에게 추파를 보냈는지는 그들 둘만이 확실하게 알 테니까요.

이야기가 여기까지 도달했을 때, 이상하게도 따뜻한 느낌이 내 머릿속에서 솟아올랐다. 방금 마통신馬通神 뒤로 옮겨 갔던 여자는 내 야생 노새 고모와 얼마나 흡사한가? 나는 그녀가 줄곧 눈에 익었지만 단 한 번도 그쪽으로는 생각하지 않았던 것이다. 왜냐하면 야생 노새 고모는 벌써 십 년 전에 죽었기 때문이다. 혹시 야생 노새 고모가 죽지 않았다? 혹은 그녀가 죽은 후 환생을 했다? 혹은 그녀가 다른 사람의 혼에게 시체를 빌려준 귀신인가? 내 가슴속은 한바탕 혼란스러워졌고 눈앞의 사물들이 모두 약간 부유하는 느낌이 들었다.

제5포
第五炮

　제 아버지는 과연 총명한 사람입니다. 그의 지혜는 확실히 란 씨보다 훨씬 좋았어요. 아버지는 물리를 배운 적이 없지만 음전기와 양전기를 알고 있었고, 생물을 배운 적이 없지만 정자와 난자를 알고 있었으며, 화학을 배우지 않았지만 포르말린이 살균 작용과 방부 효과가 있으며 단백질을 응고시킨다는 것을 알았고, 그래서 란 씨가 고기 속에 포르말린을 주입했다는 것을 추측해냈던 것이죠. 아버지가 만약 큰돈을 벌려고 했다면 마을의 제일가는 부자가 될 수 있다는 것을 저는 절대 의심하지 않았습니다. 그는 인간 가운데의 용이며, 그렇기 때문에 부스러기들을 긁어모아 재산을 축적하지 않았죠. 사람들은 다람쥐를 보아왔죠. 설치류의 작은 들짐승들은 굴을 파고 그 속에 양식을 비축해놓습니다. 그러나 백수의 왕인 호랑이가 땅을 파고 먹을 것을 비축하는 장면을 본 적 있나요? 호랑이는 평소에는 산 속 동굴 속에서 잠을 자고 있다가 오직 배가 고파야만 사냥을 하죠. 아버지는 평소에는 먹고 놀기만 하지만 배가 고프면 돈을 벌기 위해 밖으로 나갔죠. 아버지는 란 씨처럼 하얀 칼이 짐승 속으로 쑥 들어갔다가, 빨간 칼이 되어 나오는, 피 흘리는 돈을 버는 것이 아니며, 마을의 억센 사내들처럼 기차역으로 가 짐을 부리고 싣는 잡역부 일을 하면서 땀을 흘리며 돈을 버는 것도 아닌, 그의 지혜로써 돈을 벌었죠. 고대 사회에 소를 기가 막히게 잡던 파오띵이라는 백정이 있었다면 현세에는 기가 막히도록 소를 잘 평가하는 제 아버지가 있었죠. 파오띵의 눈에는 소가 단지 뼈와 고기들의 퇴적물이었듯이 제 아버지의 눈에도 역시 뼈와 고기들의 퇴적물이었죠. 파오띵의 눈빛은 단지 칼날처럼 예리하였지만 제 아버지의 눈은 칼날처럼 예리할 뿐만 아니라 저울 같았어요. 다시 말해서 살아 있는 소 한 마리를 아버지 앞에 끌고 오면 아버지는 그 소의 둘레를 두 바퀴 돌거나 많으면 세 바퀴 돌고, 어쩌다 상징적으로 손을 내밀어서 소 겨드랑이를 두 번 잡아보고는 큰 소리로 그 소의 무게와 고기가 얼마나 나오는지 말했어요. 그 정확성은 현재 잉글랜드의 가장 큰 소 도축회사의 전자 평가 기계와 비길 수 있으며, 오차는 일 킬로그램을 초과하지 않았어요. 처음에 사람들은 아버지가 아무렇게나 하는 말인 줄로 여겼죠. 그러나 몇 번의 테스트를 거치고 나서는 탄복하지 않을 수 없었어요. 아버지의 존재는 소 장사꾼들과 도축업자 사이의 거래에 있어서의 맹목성과 요행을 없애고 기본적으로 공정한 거래를 실현시켰죠. 아버지의 권위와 지위가 확립된 후로 소 장사꾼들과 도축업자들은 그에게 잘 보이려고 애썼는데, 그것은 소를 평가할 때 아버지가 조금이라도 자신들의 입장을 유리하게 봐주기를 희망했기 때문이죠. 그러나 아버지는 원대한 안목이 있는 사람인지라 눈앞의 작은 이익 때문에 자신의 명예를 훼손시키는 일은 절대로 하지 않았어요. 왜냐하면 자기 명예에 손상을 준다는 것은 곧 자신의 밥그릇을 깨뜨리는 거나 다름없었기 때문이니까. 소 장사꾼들이 술과 담배를 들고 우리집에 찾아오면 아버지는 그것들을 거리에 내던져버리고서 흙 담장 위에 서서 심하게 욕을 했죠. 도축업자들도 돼지 머리를 들고 우리집을 찾아왔지만 아버지는 그것 역시 길거리에 내동댕이쳐버리고 심하게 욕을 했죠. 소 장사꾼들과 도축업자들은 모두 입을 모아 말했어요.

"뤄통 그 사람, 성격은 막대기지만 공정하기는 비길 곳이 없네."

아버지가 강직하고, 쉽게 영합하지 않는다는 인상을 심고 나서 아버지에 대한 사람들의 신임은 더 말할 바 없을 정도에까지 이르렀으며, 매매 당사자간에 의견이 분분할 때면 이내 아버지에게 눈길을 돌리곤 했죠.

"우리 싸우지 말고 뤄통의 말을 들읍시다!"

"뤄 씨! 당신이 말해보시오!"

그러면 아버지는 아주 정신 나갔다는 듯이 소 주위를 두 바퀴 돌고 나서 소를 파는 사람이나, 사는 사람은 쳐다보지도 않고, 두 눈으로 푸른 하늘을 올려다보면서 소의 무게와 정육의 비율을 말한 다음 단 한마디로 가격을 말하고 나서 담배를 피우려고 뒤로 물러났습니다. 매매 당사자들은 손을 내밀어 팍 소리가 나게 손바닥을 부딪치면서 거래가 성사되었다고 소리쳤죠. 거래가 성사되고 나면 매매 쌍방은 모두 아버지 앞으로 걸어와서 각자 십 위안짜리 지폐 한 장을 꺼내 그의 노동에 보답했죠. 설명할 필요가 있는 것은 아버지가 우시장으로 진입하기 전에는 일종의 구식 중매인이었다는 사실이죠. 그들은 대부분이 가무잡잡하게 메마른 늙은이들이었는데, 그들 중의 일부는 머리 뒤로 작은 변발을 하고 있었죠. 그들은 저고리 소매를 만지는 수법으로 가격을 알리는 방법을 발명했는데, 그 세계에 대해 한층 신비한 색채를 던져주었습니다. 제 아버지가 나타나 거래에서의 애매모호한 과정들을 없애버리고, 또한 교역 과정 중의 불합리한 관행들을 일소해버리면서, 그 도둑놈 같은 눈초리를 지닌 중매인들은 아버지 때문에 역사의 무대에서 사라져버렸죠. 그것은 가축 매매시장 역사의 커다란 진보였으며, 크게 말한다면 한 차례의 혁명이라고 할 수 있었습니다. 아버지의 안목은 단지 소를 평가하는 데만 그친 것이 아니라 돼지나 양도 마찬가지로 평가할 수 있었으니, 그것은 능수능란한 목수가 탁자를 만들 수 있을 뿐만 아니라, 의자도 만들 수 있으며, 관을 짤 줄도 아는 것과 마찬가지여서 아버지는 낙타라도 역시 문제가 되지 않았습니다.

여기까지 말했을 때, 나는 우퉁 신상 뒤에서 흐느끼는 소리가 들려오는 것을 들었다. '아니 그 여인이 진짜로 야생 노새 고모란 말인가? 만약 그녀가 진짜 야생 노새 고모라면 그녀는 십 년 동안 전혀 변하지 않았단 말인가? 그것은 불가능한 일이므로 그녀는 야생 노새 고모가 아니다. 하지만 만약 그녀가 야생 노새 고모가 아니라면, 나는 왜 그녀에 대해 이처럼 연민의 정이 생긴단 말인가? 혹시 그녀는 야생 노새 고모의 영혼일지도 모른다.' 전설 속의 귀신들은 그림자가 없는데, 유감스럽게도 나는 방금 전에 그녀가 그림자가 있는지 없는지 보지 못했다. 하늘에서는 아직도 비가 내리고 있었으며, 날씨는 음침하고 어두웠고 햇빛이 없었기에 아예 그림자가 생길 수도 없었다. 그러므로 미리 그런 생각을 했다 해도 쓸데없는 일이었을 것이다. 그녀는 이 시각 신선상 뒤에서 무엇을 하고 있을까? 그녀는 사람의 머리를 가진 말의 엉덩이를 만지고 있지는 않을까? 십 년 전에 내가 들은 바에 의하면 어떤 여인들은 남편의 성적인 능력을 얻기 위해 신선상 앞에서 향을 사르고 절을 한 뒤에 뒤로 돌아가, 저기 아름답고 웅장하게 생긴 젊은 수말의 둥근 엉덩이를 두들기곤 했다 한다. 나는 조각상 뒤에 벽이 하나 있고, 벽에는 작은 문이 하나 있으며, 문을 열고 들어가면 조용하고 어두운 작은 방이 하나 있다는 것을 알고 있었다. 그 방 안에는 창문이 없으며 한낮에도 등을 켜 들어야만 방 안의 물건들을 볼 수가 있었다. 방 안에는 삐걱거리는 침대가 하나 있고 그 위에는 파란 꽃무늬의 거친 천으로 만든 이불이 한 채 있으며 밀짚을 묶어서 만든 베개가 하나 있으며, 베개와 이불에는 기름기가 번지르르하다. 작은 방에는 벼룩이 아주 많고 만약 당신이 옷을 벗은 채로 들어간다면 흥분한 벼룩들이 당신의 살갗에 탁탁 부딪치는 소리를 들을 수 있다. 당신은 또 벽에 달라붙어 있는 징그러운 벌레들이 흥분해서 지르는 고함 소리를 들을 수 있다. 그들은 '고기가 왔다. 고기가 왔어'라고 소리를 질러댄다. 사람들은 돼지, 개, 양 들의 고기를 먹고, 벼룩과 징그러운 벌레들은 사람 고기를 먹는 것이다. 이런 것을 두고 서로 원한을 푼다고 말하든지 혹은 뛰는 놈 위에 나는 놈 있다고 말할 것인가. 그 여인이 야생 노새 고모가 맞든지 아니든지 하여간 나는 말을 붙이고 싶었다. '나오세요. 그 작고 지독한 벼룩들이 당신의 풍만한 젖가슴을 뜯어 먹지 못하도록, 어서 나오세요. 그리고 당신! 제발 그 말의 엉덩이는 만지지 말아요. 내가 지금 당신 때문에 감정이 걷잡을 수 없을 정도로 출렁거리고 있으니, 이쪽으로 와서 내 엉덩이나 다독거려주세요.' 만약 당신이 아버지 여자인 야생 노새 고모라면 나의 이런 생각이란 곧바로 죄악이라는 것을 알고 있다. 그러나 나는 나 자신의 욕망을 억제할 방법이 없었다. 만약 저 여인이 나를 데리고 어디로 도망가기만 한다면 나는 출가하지 않아도 상관없었다. '큰스님! 이제 제 이야기는 그만 할까 봅니다. 제 마음은 이미 충분히 혼란상태에 빠져버렸습니다.' 큰스님께서 상대방의 마음을 훔쳐보는 심미안이라도 있을까 봐, 이런 말을 마음속으로 읊조리고 있는데, 기실 그는 이미 모든 걸 알고 있는 눈치였다. 한줌의 차디찬 냉소로 내 마음속 욕망의 불을 모두 꺼버렸다.

"좋아요. 그럼 저는 계속 말하겠습니다."

제6포
第六炮

아버지는 저를 메고서 여름날의 탈곡장으로 왔습니다. 우리 마을이 도축 전문 마을이 된 뒤 토지는 대부분 황폐하게 되었습니다. 도축 과정에 물을 주입하는 등 불법적인 방법으로 폭리를 취하는 것을 보고, 어느 바보가 나가서 곡식을 심자고 하겠습니까? 토지가 황폐하게 된 뒤 탈곡장은 곧 육우 매매 장소가 되었던 것입니다. 진鎭 정부의 간부들이 정부청사 앞에다 가축 교역 시장을 만들려고 시도한 적도 있답니다. 그러고 나서 관리비를 받으려고 했지요. 하지만 사람들은 그들의 술수에 넘어가지 않았습니다. 그러자 진의 간부들은 연방대원들을 데리고 와서 강제적으로 우리 마을의 육우 교역 시장을 폐쇄하려고 했지요. 그래서 칼을 집어 든 백정과 쟁의가 발생했는데, 나중에는 무력 충돌까지 있었으며 하마터면 사람이 죽는 사고가 날 뻔했답니다. 그 바람에 백정 네 사람이 잡혀갔습니다. 백정 부인들은

자발적으로 모여서 어떤 여자는 쇠가죽을 쓰고, 어떤 이들은 돼지가
죽을 썼으며, 또 어떤 아낙네는 양의 가죽을 뒤집어쓰고서 현縣 정부
청사 문 앞에 앉아서 시위를 했답니다. 그리고 미친 듯이 떠들어댔지
요. 만약 여기서 문제의 해결을 보지 못한다면 아낙네들은 곧장 성省
으로 올라갈 것이라고 했고, 성에서도 해결 짓지 못한다면, 기차표를
사서 베이징北京으로 가겠다고 말했답니다. 만약 이렇게 짐승의 탈을
쓴 여인들이 장안 대도大道에 나타난다면 그 결과는 상상할 수도 없는
것이지요. 그 누구도 이 한 무리의 굴러다니는 고깃덩어리 같은 여인
들에 대해 무슨 뾰족한 방법이 없겠지만, 현장의 관직은 십중팔구 나
가떨어지게 생겼습니다. 결과적으로 여인들이 승리를 거두었고, 백
정들은 무죄 석방되었으며, 진 간부들의 재벌 꿈도 사라졌음은 물론
우리 마을의 탈곡장에는 여전히 각양각색의 가축들이 들끓게 되었지
요. 듣자하니 진鎭의 장長은 현장縣長*에게 한바탕 욕을 먹었다고 합
니다.

이미 일고여덟 명의 소장수들이 탈곡장 옆에 쪼그리고 앉아 백정
들을 기다리고 있었습니다. 소들은 그들 옆에 서서 빠르지도 느리지
도 않게 새김질을 하며 죽음의 순간이 닥친 것도 모르고 있었죠. 소
장수들은 대부분 시현西縣 사람들이었고, 모두들 이상한 말투로 말했
으며 마치 한 무리의 연극배우들 같았습니다. 그들은 대략 열흘에 한
번씩 찾아오는데, 한 사람이 한 번에 소 두 마리씩을 끌고 왔으며 아

---

*현장(縣長): 현을 다스리는 관청의 장을 말한다. 현은 우리나라의 군 규모에 해당된다.
진(鎭) 역시 행정 단위이다. 몇 개의 진 정부가 모여서 현을 이룬다. 수많은 현과 시가
모여서 하나의 성(省)을 이룬다.

무리 많아도 세 마리 이상은 초과하지 않았습니다. 그들은 일반적으로 화물과 여객이 뒤섞여서 타는 가장 느린 기차를 타고 온답니다. 사람과 소는 한 차에 타는데, 기차에서 내릴 때면 대개 저녁때였고, 우리 마을에 도착하면 한밤중이었죠. 그 작은 기차역은 우리 마을에서 십여 리밖에 떨어져 있지 않았기에 아무리 천천히 걷는다 해도 두 시간이 못 걸리는데 이 소장수들은 기차역에서 우리 마을까지 여덟 시간이나 걸려 걸어오는 것입니다. 그들은 흔들리는 기차에서 머리가 멍청해진 소들을 이끌고 기차역의 출구를 억지로 비집고 나왔습니다. 파란색 제복을 입고, 머리에는 커다란 차양이 달린 모자를 쓴 검표하는 여자들이 그들과 소들의 차표를 자세히 검사하는데, 이상이 없어야만 그곳을 지나가게 했죠. 그 소들은 쇠로 만들어진 난간을 빠져나올 때 묽은 똥을 한 번씩 갈기기를 즐긴답니다. 그 똥물은 검표원들의 다리에 튀곤 했죠. 마치 그녀들을 희롱하는 것 같기도 하고, 비웃는 것 같기도 했으며, 어쩌면 그녀들에게 보복을 하는 것인지도 모르죠. 만약 봄이라면 그들과 함께 기차에서 내려 출구를 나오는 사람 중에 병아리와 새끼 오리들을 외상으로 파는 시센 사람들도 끼어 있습니다. 그들은 기다랗고 폭이 넓으며 매끄럽고 탄성이 아주 좋은 멜대에 갈대와 대나무를 쪼개서 만든 닭 조롱 또는 오리 조롱을 메고서 몸을 기울여서 기차역을 빠져나온 후 소장수들을 뒤에 떨어뜨려놓고 잽싸게 발걸음을 움직입니다. 그들은 머리에 차양이 넓은 커다란 밀짚모자를 쓰고 어깨에는 파란색의 커다란 천을 걸치고 있었는데 발걸음이 경쾌하고 자태가 소탈해서, 남루한 옷에다가 온몸에서 쇠똥 냄새를 풍기며 주눅이 든 소장수들과는 아주 현저한 대조를 이뤘습니다. 소장수들은 대머리에다 앞가슴을 풀어헤치고서 그 무렵 한창 유행하던, 렌즈에 수은을 도금한 선글라스를 끼고 붉은 석양을 향해서 팔자걸음을 걸었는데, 걸음을 뗄 때마다 전신을 흔들어 댔으므로 마치 금방 육지에 올라온 선원들처럼 우리 마을로 향하는 비포장 길을 걷고 있었죠. 그들은 역사가 오래된 운하 옆까지 왔을 때 소들을 끌고 강 아래로 내려가 물을 실컷 마시게 했습니다. 만약 날씨가 견디기 어려울 정도로 춥지 않으면 그들은 자신들의 소를 깨끗이 목욕시켜 마치 출가하는 신부처럼 전신에 윤기가 흐르고 생기가 넘쳐나게 한답니다. 소를 다 씻고 나면 그들은 자신들의 몸을 씻는답니다. 그들은 강바닥의 부드러운 모래 위에 하늘을 향해 드러누워 맑은 강물이 자신들의 뱃가죽 위를 천천히 흘러가게 한답니다. 그러다가 만약 젊은 여자들이 강 유역을 지나가면 그들은 마치 발정 난 수캐들처럼 발광을 하며 소리를 지른답니다. 그들은 물속에서 실컷 떠들고 나면 강변으로 기어 올라와, 소에게 풀을 뜯게 하고 자신들은 둘러앉아 함께 고기를 먹고, 술을 마시고, 깐빠휘사오干巴火烧*를 뜯어 먹는답니다. 하늘에 별들이 총총할 때까지 먹고 마신 다음 그들은 거나하게 술에 취한 채 소들을 이끌고 우리 마을을 향해 움직인답니다. 소장수들이 왜 하필 야밤삼경이 되어서 우리 마을로 들어와야만 하는지는 그들만의 비밀이었습니다. 소년 시절 저는 이 문제에 대해 저의 부모와 마을에 사는 백발 노인이들에게 물어본 적이 있었습니다. 그런데 제가 물어본 문제가 너무 심오해서 대답할 수가 없었는지 혹은 너무나 간단해서 대답할 필요가 없었는지 그들은 모두 눈을 부릅뜨고 나를 쳐다볼 뿐이었습니다. 그들이 소를 끌고 마을 어귀에 다다르면 온 마을의 개들은 마치 일괄적으로 명령을 하달 받은 것처럼 다

---

* 깐빠휘사오(干巴火烧): 불에 익히고 바싹 말려 딱딱해진 음식류의 총칭.

함께 미친 듯이 짖어댔습니다. 마을 사람들은 남녀노소 할 것 없이 모두 꿈속에서 깨어났고, 소장수들이 드디어 마을로 들어왔다는 것을 알게 되었지요. 저 어렸을 때 기억에도 소장수들은 모두 추측하기 어려운 일종의 신비감을 지닌 인물들이었습니다. 이런 신비감을 갖게 된 원인은 바로 그들이 야밤삼경에 마을로 들어온다는 것과 밀접한 관계가 있었지요. 저는 그들이 한밤중에 마을로 들어오는 데는 아주 깊은 의미가 있다고 여겼지만, 어른들은 항상 아무렇지도 않게 여기고 있었습니다. 제 기억에 어느 달 밝은 날 밤에 마을의 개들이 한바탕 짖고 난 뒤 어머니는 이불을 끌어안고 일어나 앉아서는, 얼굴을 창문에 갖다 대고 거리의 동정을 살피는 것이었습니다. 그때 아버지는 아직 달아나지 않았지만 이미 저녁이면 집으로 돌아오지 않았습니다. 저는 조용히 몸을 일으켜 어머니 곁을 지나 창턱 너머를 바라보았는데 소장수들이 소를 끌고 조용히 거리를 지나가고 있는 것이었습니다. 금방 씻겨진 소들은 빛이 반짝반짝 났고 마치 막 출토된 채색 도자기 같았지요. 들끓고 있는 개 짖는 소리가 아니었다면 눈앞에 보이는 모든 것이 마치 아름다운 꿈결 같았지요. 비록 들끓는 개 짖는 소리가 있었다고 하지만 지금 회상해봐도 당시에 보았던 정경은 여전히 아름다운 꿈 같습니다. 비록 우리 마을에는 작은 음식점이 몇 군데 있다고 하지만 소장수들은 바람이 불든지 비가 오든지 엄동설한이든지 아니면 무더운 여름이거나 그런 것을 막론하고 전혀 숙식을 하지 않았습니다. 그들은 소를 끌고 곧장 곡식 마당으로 가 날이 밝기를 기다리곤 했지요. 비바람이 불던 어느 날 밤에 작은 여관의 주인이 찾아와서 묵기를 청한 적도 있었지만 소장수들과 그들의 소들은 마치 돌 조각처럼 비바람 속에서 견디고 있을 뿐, 아무리 좋은 말을 해도 동요하지 않았습니다. 그럼 여관에 드는 돈 몇 푼을 아끼기 위해서였을까요? 절대 그것은 아니었습니다. 들자하니 이 사람늘은 소를 다 팔고 도시로 들어가면 저마다 술과 여자에 빠져, 허리춤에 있는 돈을 거의 다 써버리고서야 늦은 기차표 한 장을 사 가지고 집으로 돌아간다고 합니다. 그들의 습관과 기세는, 우리에게 익숙한 농민들과는 아주 달랐으며 그들의 사고방식은 우리에게 익숙한 농민들과는 더더욱 달랐습니다. 소년 시절 저는 마을에서 덕망 있던 분들이 감탄하는 소리를 여러 번 들었습니다. 저 사람들은 도대체 어떤 족속들인가? 저 사람들이 머릿속으로 생각하는 것은 대체 뭐란 말인가? 그래! 저런 자식들, 머릿속으로 생각하는 것은 대체 뭐야? 그들이 가져오는 소들 중에는 누렁소도 있고 까만 소도 있었으며, 수컷도 있고 암컷도 있었으며, 큰 소도 있고, 어린 소도 있었습니다. 한 번은 어떤 소장수가 젖통이 물통처럼 커다란 허연 젖소 한 마리를 끌고 왔습니다. 제 아버지는 이 젖소를 가늠할 때 여러 번 신경을 썼죠. 왜냐하면 아버지는 허연 소의 젖 주머니를 고기로 취급해야 할지 아니면 쓸모없이 버리는 부분으로 해야 할지 몰랐기 때문입니다.

소장수들은 제 아버지를 보자 모두들 나지막한 벽 쪽에서 일어났습니다. 이 자식들은 아침 일찍부터 선글라스를 걸치고 있었기에 퍽 공포스런 분위기를 조성했지요. 그러나 그들의 입가에는 미소가 어려 있었기에 그들이 제 아버지를 존중하고 있다는 것을 알 수 있었습니다. 아버지는 저를 목에서 내려놓고서, 소장수들과 열 자 되는 곳에 구부리고 앉아 말라비틀어진 담배 곽을 꺼내서는 변질되고 눅눅한 담배 한 대를 말았습니다. 그때 소장수들이 자기들의 담배를 아버지 앞으로 던졌습니다. 열 몇 개비의 담배들이 아버지 앞에 떨어졌죠. 아버지는 던져진 담배들을 잘 모아서 아주 정연하게 땅에다 놓았습니다. 소장수들이 말했습니다.

"씨발! 뭐 씨, 피워보란 말이오. 담배 몇 개비로 어떻게 당신을 매수할 수 있단 말이오?"

아버지는 미소를 지을 뿐 여전히 자기의 독한 담배를 피웠습니다. 마을의 백정들도 삼삼오오 떼를 지어 걸어왔는데, 그들도 모두 깨끗이 씻은 것 같았습니다. 하지만 저는 그래도 그들의 몸에서 풍기는 피비린내를 맡을 수 있었습니다. 비록 소나 돼지 피들이지만 그 짐승의 피 역시 깨끗이 씻어 없앨 수는 없지요. 소들도 백정들의 몸에서 풍기는 냄새를 맡고서 모두 한데 모였습니다. 그리고 눈에서 공포의 빛이 뿜어져 나왔지요. 몇 마리 어린 소들은 똥을 싸기도 했지만 늙은 소들은 보아하니 동요하지 않는 듯 보였습니다. 하지만 저는 그놈들이 억지로 진정하고 있다는 것을 알고 있었습니다. 왜냐하면 저는 그놈들의 꼬리가 착 달라붙어서 똥이 나오지 않게, 막고 있는 것을 보았기 때문입니다. 그렇지만 그놈들의 대퇴부 근육은 마치 평온한 수면 위에 광풍이 지나가듯 떨리고 있었습니다. 소에 대한 농민들의 감정은 아주 깊습니다. 소를 잡는 행위, 특히 늙은 소를 잡는 행위는 하늘이 용서치 않는다고 합니다. 우리 마을의 문둥병을 앓고 있는 어떤 여자는, 늘 깊은 밤이면 마을의 공동묘지로 찾아가 큰 소리로 운답니다. 그녀는 한 마디만 계속 반복하지요.

"조상님! 당신이 소를 죽였기 때문에 자손들이 전생의 업보를 입고 있습니다. 소도 눈물을 흘려요."

언젠가 저의 아버지를 아주 곤혹스럽게 만들었던 늙은 소는, 도륙

당하기 전에 백정 앞에서 앞다리를 굽히더니 퍼런 두 눈으로 눈물을 콸콸 쏟았답니다. 백정은 그 모습을 보고 칼을 집어 든 손에 힘이 빠지면서, 소에 관한 수많은 전설을 떠올렸죠. 그래서 칼은 그의 손아귀에서 미끄러져 내려 딸랑 하고 땅에 떨어졌답니다. 그의 두 다리도 힘을 잃고, 그 소와 마주한 채 꿇어앉았답니다. 그리고 백정은 소리를 내 엉엉 울었답니다. 그때부터 그 백정은 칼을 버리고 곧 개 잡는 일을 하게 되었답니다. 사람들이 그에게 왜 소와 마주 꿇어앉아서 울기까지 했느냐고 묻자, 그가 하는 말이, 늙은 소의 눈을 통해서 돌아가신 늙은 어머님을 보았다며, 이 소가 바로 자기 어미가 환생하신 몸일 수도 있다고 했대요. 이 백정은 성이 황 씨이고 이름이 빠오였는데, 개백정이 된 뒤에도 여전히 그 소를 길렀답니다. 마치 어떤 효자가 자기 친어머니를 모시듯 말입니다. 풀들이 무성한 계절이면 저희는 그 백정이 늙은 소를 끌고 강변으로 가서, 풀을 뜯게 하는 것을 목격할 수 있었죠. 황빠오는 앞에서 걷고, 늙은 소는 뒤에서 따르니 소 끈이 전혀 필요 없었답니다. 어떤 사람은 황빠오가 늙은 소에게 하는 말을 들었대요.

"어머니! 갑시다! 강변으로 가 푸른 풀을 먹읍시다."

또 어떤 사람은 황빠오가 늙은 소에게 이렇게 말하는 소리를 들었답니다.

"어머니! 돌아갑시다. 날이 어두워집니다. 어머님은 눈이 좋지 않으니 독초를 먹지 않도록 부디 조심하십시오."

황빠오가 강아지를 기르기 시작할 때 많은 사람들의 놀림을 받았지요. 하지만 그는 아주 인내심이 많은 사람이었죠. 몇 년이 지나자 그를 놀리는 사람도 없어졌답니다. 그는 토종 강아지와 독일의 우량

종자인 불독을 접붙여서 용감하면서도 총명하고, 집을 지키면서도 주인에게 소식을 전할 수 있는 우량 품종을 만들었던 거죠. 질 나쁜 고기를 검사하기 위해 현에서 나온 공무원이나 기자들이 마을에서 삼 리 떨어진 곳까지만 와도 그 강아지는 놈들의 냄새를 맡았고, 정신없이 짖는답니다. 정보를 얻은 백정들은 이내 자기 지역을 굳게 지키고, 정원을 깨끗이 청소해놓고서 간부들과 기자들이 아무런 증거도 찾지 못하게 한답니다. 언젠가 두 명의 신문 기자가 불법 고기 장사치로 가장하고 마을에 스며들어, '검은 고기'라는 별명을 지닌 우리 마을의 악명 높은 검은 덮개를 벗기려고 시도했었죠. 그들이 자기네 옷에다 돼지기름을 바르고 선지를 뿌려 백정들의 눈은 속였지만 끝내는 개들의 코를 속이지 못했으며, 황빠오가 기른 수십 마리의 잡종 개들이 그 두 기자의 엉덩이 뒤를 쫓아서 마을의 서쪽에서 동쪽까지 따라다녔으며, 마침내 그들의 바지를 물어뜯었고, 그 바람에 그들의 신분증도 호주머니에서 떨어졌답니다. 우리 마을의 특수한 도덕이 형성되고, 부패한 고기 장사가 끊임없이 잘 진행되고, 관청에서 전혀 꼬리를 잡지 못하는 데는 관청 나리의 부패가 한몫을 했겠지만, 황빠오가 매우 큰 공로를 세웠기 때문입니다. 그는 또한 일종의 도축용 개를 배양해냈는데 이런 개들은 모두 지능이 아주 낮은 멍청한 개들이었으니, 주인을 만나면 꼬리를 흔드는 것이야 당연하다지만, 도둑놈을 보고서도 꼬리만 흔들었답니다. 이런 개들은 지능이 높지 않고, 순하기 때문에, 잘 먹고 잘 잤으며 매우 빨리 살이 찐답니다. 이렇게 살찐 개들도 수요가 상당합니다. 태어나자마자 벌써 사람들이 와 주문을 하곤 했지요. 우리 마을에서 십팔 리 떨어진 곳에 조선족들이 모여 사는 화촌이라는 곳이 있는데, 그들은 천하에서 개고기 먹기를 제일 즐겼으며, 즐겨 먹는 만큼 요리 방법도 다양합니다. 그들은 현, 성, 대도시에까지 개고기 음식점을 열었을 뿐만 아니라 심지어 베이징에까지 개고기 집을 차렸답니다. 화촌 개고기는 아주 유명했으며 화촌 개고기가 유명한 데는 황빠오가 제공하는 질 좋은 고기가 매우 큰 역할을 했던 것입니다. 황빠오의 개고기는 끓이면 개고기고유의 향이 있을 뿐만 아니라 쇠고기 향도 났는데, 원인은 황빠오가암캉아지의 번식 속도를 높이기 위해서 강아지가 태어나서 열흘이되면 개젖을 먹이지 않고 억지로 소젖을 먹여 키웠기 때문이랍니다. 소젖은 당연히 그 늙은 젖소에서 짜내는 것이었지요. 마을에 사는 나쁜 사람들은 황빠오가 개를 키워 부자가 된 것을 보고 질투심이 생겼으며 그래서 못된 말로 그를 공격했지요.

"황빠오! 황빠오! 네가 소를 어머니처럼 모시는 효자 같지만 사실너는 아주 이중적인 놈이야! 만약 늙은 소가 네 어미라면, 너는 늙은어미의 젖으로 강아지를 먹이지 말아야지. 네가 네 어미의 젖으로 개를 먹인다면 네 어미는 개 어미가 되지 않겠어? 그리고 만약 네 어미가 개 어미라면 너도 개 어미가 키운 격이 되지 않겠어? 만약 네가개 어미가 키운 자식이라면 너도 한 마리 개가 아니더냐?"

한 트럭이나 되는 질 나쁜 인간들의 말에 황빠오는 딱히 대답할 길이 없어서, 다만 흰자위를 굴리고 있다가, 별 생각도 없이 녹이 슨식칼을 들고 그 나쁜 놈들을 향해 찔렀답니다. 그자들은 일이 상서롭지 못함을 느끼고 곧 도망갔지만 황빠오가 데려온 새 첩은 이미 그개들을 풀어놓았으며, 지능이 높지 못한 똥개들은 지능이 매우 높은개들의 지휘하에 벌 떼처럼 그 몹쓸 인간들을 뒤쫓았지요. 구불구불한 마을의 골목에서 그 인간들의 새된 비명 소리와 개들이 짖어대는 소리가 매우 다급하게 울렸답니다. 꽃처럼 아름다운 황빠오의 새로운 첩은 하하, 웃었으며, 황빠오는 목덜미를 긁으면서 멍청하게 웃었답니다. 황빠오의 새 첩은 피부가 하얗지만, 황빠오의 피부는 검은색이었기에 두 사람이 함께 서 있으면, 검은색은 더더욱 검게 되었고, 하얀색은 더더욱 하얗게 되어 대조를 이루었지요. 황빠오는 첩을 얻기 전에 야밤삼경이면 늘 야생 노새네 뒤뜰 창문 밖에서 노래를 불렀으며, 그럴 때마다 야생 노새는 말했지요.

"친구여! 돌아가요! 나는 이미 임자가 있어요. 하지만 난 당신을 도와서 색시를 찾아줄 수 있어."

예전에 길가의 어떤 점포에서 일하던 어린 색시가 바로 야생 노새가 황빠오에게 소개한 그 여자였답니다.

백정들이 마당으로 들어서자 거래가 시작되었습니다. 그들은 소를 에워싸고 빙빙 돌았습니다. 어느 소를 사야 할지 단숨에 결심이 서지 않았던가 봅니다. 그러나 그중의 한 사람이 먼저 손을 내밀어 어떤 소의 고삐를 잡기만 하면 다른 백정들도 삼 초 만에 소의 고삐를 잡는답니다. 번개같이 모든 소들이 다 같이 자기 주인을 만나는 것입니다. 두 백정이 같은 소를 사겠다며 서로 다투는 일은 결코 발생하지 않는답니다. 만약 이런 일이 발생한다면 그들은 아주 빠른 속도로 해결하곤 했습니다. 일반적으로 동종업계에 종사하다 보면 원수가 되기 십상이지만, 우리 마을 백정들은 영도자 란 씨의 지도 덕에 단결하면서 우애를 지켰고, 일사분란한 단체활동을 자랑하는 전투집단이 되었던 것이죠. 란 씨는 백정들에게 물을 주입하는 방법을 가르쳐 위신을 세웠으며, 폭리와 불법은 이자들을 한곳으로 모이게 했습니다.

백정들이 소의 고삐를 잡은 뒤에야 소장수들이 아주 천천히, 천천히 다가옵니다. 백정과 소장수들은 일대일로 맞붙어 가격을 거론하는데 그들의 흥정은 여기저기 끊이질 않습니다. 그런데 제 아버지가 권위를 얻게 된 뒤로 사는 사람과 파는 사람의 흥정은 별 의미가 없게 되었죠. 여전히 흥정이야 했지만 다만 형식적이고 습관적인 행동에 지나지 않았으며 최종적인 것은 제 아버지가 결론짓는 것이었죠. 흥정이 얼추 끝나면 백정과 소장수는 끼리끼리 소를 끌고, 제 아버지 앞으로 다가오는데 그 모습은 마치 혼인신고를 하기 위해 관공서를 찾아가는 신랑신부 같았답니다. 하지만 그날의 상황은 약간 특이했지요. 백정들은 탈곡장에 들어서서 예전처럼 소 떼들 쪽으로 다가가는 것이 아니라 마당 한쪽에서 오락가락하고 있었던 것이죠. 그들은 어떤 음모를 알고 있다는 듯 얼굴에 조소를 띠고 있었는데, 그런 장면은 보는 사람들로 하여금 불안감을 조성했습니다. 특히 아버지 앞을 지나가는 그들은, 낯가죽은 실룩거리며 웃어댔지만, 가죽만 웃고 실제로는 웃지 않는 음침한 표정 뒤에 비수를 감추고 있는 듯했고, 그런 표정을 보고 있자니 좀 불길했지요. 어떤 거대한 음모가 형성되고 있는 듯싶었고, 적당한 시기까지 숙성되기만 하면 결국 폭발할 것 같았어요. 저는 겁을 먹고서 아버지의 얼굴을 훔쳐보았습니다. 그러나 아버지는 여전히 아무런 반응 없이 싸구려 담배를 피우고 있었습니다. 소장수들이 던져준 좋은 담배들은 아버지의 발아래 가지런히 놓여 있었어요. 그는 한 개비도 만지지 않았죠. 예전에도 아버지는 그런 담배를 한 개비도 만지지 않았으며 거래가 다 끝나고 나면 백정들에게 그것들을 나눠주었고, 백정들이 다 피워버렸답니다. 그전에 백정들은 땅에 떨어진 담배를 얻어 피우면서, 제 아버지는 과연 청렴하고 공정하다며 칭찬했어요. 어떤 사람은 절반쯤 우스갯소리도 했지요.

"뭐 씨! 뭐 씨! 만약 모든 중국인이 당신 같았다면, 공산주의는 몇 년 걸리지 않아 실현되었을 거요."

제 아버지는 웃기만 하고 대꾸는 하지 않았답니다. 그럴 때마다 저는 한없이 자만해져서, 결심을 굳히곤 했지요. '기왕 일을 하려면 과감하게 이런 일을 해야겠고, 아버지 같은 사람이 되어야겠군.' 소장수들도 그날의 이상한 분위기를 직감했기에 그들의 눈길은 모두 우리 부자가 있는 쪽으로 쏠렸지요. 어떤 작자들은 백정들 주변을 오락가락하며 좀더 냉정한 시선으로 주변을 관찰하는 것이었습니다. 모두들 뭔가를 알고 있지만 표현할 필요는 없다는 듯, 아주 특별한 공연을 기다리는 인내심 많은 관중처럼 뭔가를 기다렸지요.

제7포
第七炮

    문밖의 빗소리는 차츰 잦아들었다. 번개와 우박 소리도 아주 멀리 사라졌다. 마당에 가득 고인 물 때문에 가운데 듬성듬성 놓인 돌로 만든 길조차 잠겨버렸다. 그 물 위에 누런색과 녹색의 낙엽들이 둥둥 떠 있는가 하면, 플라스틱 인형이 떠 있는 광경을 나는 보았다. 그 물건은 사지를 위로 뻗치고 있었는데 그 몰골이 작은 말 같았다. 시간이 갈수록 빗방울이 작아지는가 싶더니 이내 그쳤다. 들판에서 바람이 불어오자 은행나무 잎사귀들은 요동을 치면서 어떤 소리를 냈다. 은회색의 물줄기는 마치 채로 흔들어대는 것처럼 고인 물에다 구멍을 냈다. 두 마리 야생 고양이는, 은행나무 중턱에 뚫린 굴 속에서 고개를 내밀더니 몇 번 소리를 질러대고는 다시 고개를 밀어 넣고 안으로 들어갔다. 나는 나무 굴 속에서 흘러나오는, 흐릿하긴 했지만 야성에 가까운 새끼 고양이 울음소리를 들었다. 폭우가 쏟아지는 그 시각에 꼬리가 잘려나간 어미 고양이가 새끼 고양이를 낳았다는 것을 나는 그제야 알았다. 아버지는 짐승들이 폭우가 쏟아지는 순간에 새끼 낳기를 좋아한다고 말한 적이 있다. 그리고 나는 검은색 바탕에 흰색 무늬가 박힌 뱀 한 마리가 물 위에서 천천히 기어가는 것을 보았다. 은백색의 고기 한 마리가 물속에서 위로 뛰어 올랐다. 그 물고기는 납작한 몸을 공중에서 구부렸는데, 그것은 아름다우면서 강인하고, 보기에 우아하면서도 유창하며, 물속으로 추락할 때 꾹꾹 쥐어짜는 듯한 이상한 소리를 냈다. 그 소리는 내가 장씨네 푸줏간에서 고기를 훔쳐 먹고 귀뺨을 얻어맞을 때처럼 이상한 소리였다. 그 물고기는 어디에서 오는지 물고기 자신만이 알고 있는가? 물고기는 얕은 물에서 힘겹게 헤엄치고 있었으며 검푸른 청색 잔등의 지느러미를 수면 위로 드러내고 있었다. 박쥐 한 마리가 머리 위를 선회하다가 밖으로 날아갔고, 곧 이어 한 무리의 박쥐들이 그 뒤를 따라 사찰을 날아갔다. 조금 전까지 내 앞에 있었으나, 채 삼키지 못했던 우박 두 개는 이미 다 녹아버렸다.

큰스님! 날이 저물어갑니다.

큰스님은 침묵만 지키고 있다.

태양은 철공소 노동자의 붉은 얼굴처럼 동쪽 밀밭에서부터 떠오르고 있었죠. 마침내 주인공이 등장한 것입니다. 그는 바로 우리 마을의 촌장인 란 씨입니다. 기골이 장대하고 근육이 발달한 사내죠. 그 무렵 그는 그다지 뚱뚱하지도 않았고, 배가 튀어나오지도 않았으며, 볼때기의 얼굴 살도 아래로 축 처져 내려앉지 않았죠. 란 씨는 검누른 구레나룻을 길렀는데, 눈알도 노란색이었으니 순수한 한족漢族은 아닌 듯싶어요. 그가 큰 걸음걸이로 마당으로 들어섰을 때 사람들의 눈길은 전부 그의 몸으로 쏠렸습니다. 그의 얼굴은 태양에 비쳐서 매우 특별한 광채가 돌고 있었죠. 란 씨는 제 아버지 앞에 와서 멈추었습니다. 그러나 그 눈길은 낮은 담장을 넘어서 담장 밖의 들판을 바라보고 있었죠. 그곳에는 태양이 위로 솟아오르고 있었으며 대지는 온통 휘황찬란했습니다. 밀 이삭들은 파랬고, 야생화들이 듬성듬성 피어 있었는데, 그 꽃들은 은근한 향기를 뿜고 있었고, 까치는 장미꽃처럼 붉은 하늘에서 노래를 부르고 있었지요. 란 씨는 제 아버지를 도대체 마땅찮아 하는 눈길이었고, 그곳의 토담 옆에는 제 아버지란 사람이 존재하지 않는 듯했죠. 그가 아버지를 성에 차지 않아 했으니 저 역시 눈에 차지 않았죠. 햇살이 내려 비치자 눈이 시려서였을까? 이것은 순간적으로 잘못 판단한 어리석은 생각이었습니다. 잠시 뒤에 저는 란 씨가 지금 무엇인가에 도전하고 있다는 것을 눈치 챘습니다. 그는 목을 옆으로 기울이고 백정들과 그리고 소장수들과 뭔가 중얼대는 듯하더니, 바지 지퍼를 끌어내리는 것이었죠. 그리고 우리 부자의 눈앞에다 거무죽죽한 자기 물건을 꺼내놓는 것이었어요. 한 줄기의 누런 액체가 우리 부자의 눈앞에서 줄줄 흘러내려서 땅에 떨어졌습니다. 저는 이내 뜨뜻한 오줌 지린내를 맡았죠. 그 양반의 오줌 줄기는 정말 길기도 했는데, 그 오줌 줄기를 길게 펴놓으면 적어도 십오 미터는 될 것 같았습니다. 그는 그런 오줌 줄기를 만들기 위해 하룻밤 동안은 소변을 참았을 겁니다. 며칠 전부터 그는 제 아버지를 모욕하려고 오줌을 제때 누지 않고 참았던 것이죠. 아버지의 눈앞에 놓여 있던 그 담배 개비들은, 오줌 줄기 속에서 뒹굴다가 급속도로 빨리 부풀어 볼품없게 되었죠. 란 씨가 그 물건을 꺼낼 때 소장수들과 백정들은 낄낄거리면서 이상한 웃음소리를 냈습니다. 하지만 그들은 이내 목덜미를 무형의 손아귀에 잡힌 듯 갑자기 소리를 멈추었죠. 그들은 입을 벌리고 우리들을 바라보았으며, 모두 놀란 표정으로 굳어버렸습니다. 란 씨가 제 아버지와 싸울 준비를 하고 있다는 것쯤이야 거기 모인 백정들이 다 아는 사실이었지만 설마 그런 치사한 방법을 취하리라고는 그 누구도 상상하지 못했죠. 란 씨의 오줌은 우리의 발과 다리에 튀었고 심지어 우리들의 얼굴과 입에도 튀었죠. 저는 분노에 차서 뛰기까지 했지만 제 아버지는 딱딱하게 굳은 돌덩이처럼 까딱도 하지 않았습니다.

"란 촌장! 제길! 씨발! 네 어미하고 그 지랄해라. 씨발 새끼!"

그리고 제 아버지는 더 이상 별다른 잔소리를 하지 않았습니다. 란 씨의 얼굴에는 미소가 어려 있었고 여전히 오만한 표정이었죠. 아버지는 두 눈을 가늘게 뜨고 있었는데, 그것은 마치 일없이 한가한 농부가 처마 밑으로 떨어져 내리는 빗물을 조용히 감상하듯 적막했습니다. 란 씨는 오줌을 다 누고 나더니 지퍼를 올렸고 몸을 돌려 소 떼를 향해 걸어갔죠. 그때 저는 소장수와 백정들이 뱉는 한숨 소리를 들었습니다. 그들의 긴 한숨 소리는 유감을 의미하는 것인지, 아니면 우려를 드러내는 것인지 알 수 없었죠. 백정들은 소 떼들 속으로 들어가 본인이 원하는 소를 급히 골라잡았습니다. 소장수들도 다가섰고 사려는 사람과 팔려는 사람 간의 흥정이 격렬하게 벌어졌지요. 그런데 저는 그분들의 흥정이 진심은 아니라는 걸 눈치 챘죠. 그들의 심중에는 흥정만 자리를 잡고 있는 게 아니었으니까요. 물론 그분들은 정면으로 제 아버지를 바라보지 않았지만 그들 마음속에 자리 잡은 사람은 어디까지나 제 아버지라는 걸 알고 있었죠. 그런데 제 아버지는 대체 무엇을 하고 있었을까요? 그는 두 다리를 끌어안고 얼굴을 두 무릎 사이에 묻고 있었는데 마치 나뭇가지 사이에 앉아서 졸고 있는 독수리 같았답니다. 저는 아버지 얼굴을 볼 수 없었으니, 그의 표정도 알 수 없었죠. 아버지가 나약해 보여서 저는 무척 불만스러웠죠. 그때 저는 다섯 살밖에 안 된 사내아이였지만 란 씨가 제 아버지를 아주 심하게 모욕했다는 걸 알고 있었습니다. 혈기 왕성한 사내라면 누구든 그렇게 심한 모욕을 참을 수가 없을 테죠. 저 같은 다섯 살짜리 애들도 욕을 할 줄 아는데, 제 아버지는 죽은 돌덩이처럼 아무 소리도 못했으니까요. 그날의 거래는 제 아버지의 개입 없이 끝났습니다. 그런데 매매 당사자는 여전히 습관처럼 아버지 앞으로 걸어와 얼마간의 돈을 던져주었죠. 그런데 맨 처음 아버지 앞으로 다가와 돈을 던져준 사람은 글쎄 란 씨였다는 사실입니다. 이 개자식은, 제 아버지의 얼굴에다 오줌을 싸놓고도 분풀이가 되지 않은 것인지 아주 빳빳한 십 위안짜리 두 장을 들고서 손가락으로 탁탁 튕기며 제 아버지의 주의를 끌려고 했습니다. 그런데 제 아버지는 그저 변함없는 자세를 취하고 있을 뿐 자신의 얼굴을 숨기고 있었죠. 그러자 란 씨는 더더욱 실망한 듯한 표정을 지으며 흐릿한 눈길로 주위를 한 번 두리번거리더니 그 두 장의 지폐를 제 아버지 앞에다 던져버렸죠. 그 중의 한 장은, 미처 증발되지 않은 오줌 위에 떨어져 너덜너덜해지더니, 볼품없는 담배 개비와 함께 섞였습니다. 그 시각 제 마음속의 아버지는 이미 죽어버렸죠. 그는 이미 우리 뤄 씨 가문의 십팔대 조상 체면을 다 깎아버린 것이죠. 그런 모습의 아버지는 절대 사람이라고 할 수가 없었습니다. 다만 란 씨의 오줌에 절어서 퍼진 담배라고나 할 수 있을까요?

란 씨가 돈을 던지고 난 뒤 소장수들과 백정들도 모두 다가와 돈을 던져주었습니다. 그들의 얼굴에는 비애와 연민의 표정이 어려 있었으니 마치 우리 부자는 동정 받을 필요가 있는 왕거지 부자라도 되는 듯했죠. 그들이 제 아버지에게 던져준 돈은 여느 때보다 두 배는 많았습니다. 제 아버지가 반항하지 않은 데 대한 상금인지 아니면 란 씨의 행위를 따라하면서 도량이 넓다는 것을 배우려는 것인지 알 수가 없었습니다. 저는 마른 잎사귀들처럼 우리 앞에 떨어지는 돈을 바라보면서 그만 울기 시작했죠. 아버지는 마침내 무릎 사이에 파묻고 있던 그의 커다란 머리를 들었습니다. 그의 얼굴에는 분노와 비애라고는 찾아볼 수 없었습니다. 마치 말라비틀어진 나무 판자 조각 같았지요. 저를 냉정하게 바라보던 아버지의 눈에 점차 곤혹스러운 기색이 역력해졌습니다. 제가 왜 울고 있는지 알 수 없다는 눈길이었지요. 저는 손톱으로 아버지의 목을 붙들어 잡고서 매달렸습니다.

"아빠! 난 이제 아빠라고 부르지 않을 거야. 난 란 아저씨를 아빠라고 부르고 진짜 아빠는 아빠라고 부르기 싫어졌어."

제 말소리가 너무 높았기 때문에 모든 사람들이 멍한 채로 있다가 순간적으로 모두들 하하, 하고 크게 웃었습니다. 란 씨는 저에게 엄지손가락을 내밀면서 말했습니다.

"샤오퉁! 잘한다! 내가 너를 내 아들로 삼아주마. 이제부터 너는 우리집으로 들어와 살면서 돼지고기가 먹고 싶으면 돼지고기를 먹고, 쇠고기가 먹고 싶으면 쇠고기를 삶아 먹자. 만약 네가 너의 엄마까지 데리고 온다면 나는 두 손 들어 환영할 거다!"

저는 더 이상 치받쳐오르는 치욕을 참을 수가 없어 란 씨의 다리를 향해 들이박았지요. 란 씨는 매우 가볍게 저를 피해버렸고, 저는 땅에 엎어졌으며 입술이 터져서 검은 피가 흘렀습니다. 란 씨는 크게 웃더군요.

"이자식! 금방 아빠라고 부르더니, 나를 들이박는 거야? 이런 아들을 가질 사람이 어디 있겠어?"

그러나 누구도 저를 일으켜주는 사람이 없었기 때문에 저는 할 수 없이 스스로 일어났습니다. 저는 아버지 옆으로 다가가 제 발로 그의 다리를 툭툭 차면서 아버지에 대한 불만을 드러냈지요. 아버지는 그래도 화를 도통 내지 않았을 뿐만 아니라 아직도 아무런 각오를 하지 못하고 있었죠. 그는 다만 가늘고 연약한 손으로, 자신의 얼굴을 만지고 있을 뿐이었습니다. 그리고 팔을 내밀고 하품을 했습니다. 그것은 게으르기 짝이 없는 수고양이의 동작이었습니다. 그리고 아버지는 고개를 수그리더니, 란 씨의 개 같은 오줌 속에 떨어져 있는 돈을 아주 천천히, 침착하게 그리고 자세히 들여다보면서 한 장 한 장 줍기 시작했습니다. 아버지는 진짜와 가짜를 분별하기라도 하듯 지폐 한 장을 줍더니 햇빛에 비춰 보았습니다. 잠시 후에 아버지는 란 씨가 던져버려서 오줌으로 더럽혀진 돈을 주워서는, 자기 바지에다 대고 열심히 닦았습니다. 그는 돈을 무릎에 가지런하게 놓은 다음, 왼손 중지와 무명지 사이에 끼워놓고, 오른손 엄지와 중지에 침을 뱉더니 한 장 한 장 세기 시작했습니다. 저는 아버지가 손에 거머쥔 돈을 빼앗으려고 했지요. 빼앗아서는 그것들을 모조리 찢어서 공중에 던져버리려고요. 란 씨 얼굴에 돈을 집어던져서 우리 부자가 뒤집어쓴 치욕을 얼마만이라도 되돌려줄 수 있다면 좋았겠지요. 그러나 아버지는 경각심을 높이려는 듯 펄떡 일어나며 돈을 쥐고 있던 왼손을 높이 치켜들면서 이렇게 말했습니다.

"멍청한 아들아! 너 지금 뭐 하는 거니? 돈은 잘못이 없어. 잘못은 사람들이 범하는 거야. 돈 앞에서 행패를 부리는 네가 잘못이지."

저는 왼손으로 아버지의 팔꿈치를 잡은 채 오른손을 높이 치켜들고, 위로 뛰어오르면서 아버지의 손에서 그놈의 치욕스런 돈을 빼앗으려고 했습니다. 하지만 제 시도는 아버지의 겨드랑이 아래에서 좌절되고 말았습니다. 저는 분노에 차 있었기 때문에 머리로 그의 허리를 들이박았습니다. 하지만 아버지는 저의 머리를 다독거리면서 우호적인 자세로 저를 달랬죠.

"착한 아들아! 착한 아들아! 그만 하렴. 너, 저쪽을 보아라! 란 씨의 소가 화를 내고 있구나."

그것은 살찐 스페인 황소였죠. 그 황소의 머리에는 두 개의 평평한 뿔이 돋아나 있었으며, 살가죽에 두른 껍질은 마치 주단 같았으며 발달한 근육들이 피부 밑에서 움찔거리고 있었어요. 그 모습은 제가 나중에 텔레비전에서 보았던 운동선수 같았죠. 그놈은 온몸이 누런 황색이었는데 이상하게도 얼굴은 하얀색이었죠. 이렇게 하얀 얼굴의 소를 저도 처음 보았습니다. 그놈은 거세된 수소였고, 하얀 얼굴에다 눈 주위는 불그죽죽했어요. 눈을 세로로 세워 사람들을 뜯어보았는데 그 표정이 사람들에게 공포를 느끼게 했어요. 지금 회상해보니 그런 표정은 전설 속 환관들의 표정과 비슷합니다. 사내의 성기를 거세하면 필경 성격이 변하듯 소도 거세당하면 성격이 변하죠. 아버지의 말은 저에게 돈 문제를 잠시 잊게 했죠. 저는 고개를 돌려 그 소를 보았죠. 란 씨는 맨 앞에서 그놈을 끌고는 아주 득의양양한 표정으로 앞으로 걸어가고 있었죠. 그는 그토록 절실하게 우리 부자를 멸시한 뒤 아무런 저항도 받지 않으니 큰소리를 칠 만했지요. 이 사건으로 인해 그는 마을에서 위신을 새롭게 세울 수도 있었고, 소장수 무리들의 위신을 높여주는 좋은 결과를 얻을 수도 있었지요. 여태껏 유일하게 자기 눈에 넣지 못했던 제 아버지가 정복당한 셈이니 그 사건 뒤로 마을에서 란 씨와 대적할 만한 상대가 없어진 셈이 아닌가요? 그런데 잠시 후에 마을 사람들을 놀라게 하는 일이 발생하고 말았습니다. 오랜 시간이 지난 후 그 일을 다시 생각하니 여러 가지로 의심스럽게 생각되긴 합니다. 천천히 걷던 스페인 황소가 갑자기 전진하다가 멈추었죠. 란 씨는 고개를 돌려 힘껏 고삐를 끌어당기면서 억지로 그놈을 끌고 전진해보려고 했어요. 그러나 그놈은 꼼짝하지 않은 채로 아무런 힘도 쓰지 않고 그 자리에 붙박은 듯 서 있었고, 소를 끌어당기던 란 씨는 마침내 힘이 다 소모되어버렸지요. 란 씨는 소잡이 출신이라 그의 몸에서 풍기는 냄새만 맡아도, 간이 약한 어린 소들은 무서워서 벌벌 떨었죠. 아무리 고집이 센 소들도 란 씨 앞에서는 얌전하게 죽는 순간을 기다려야 했습니다. 그런 그가 소를 끌지 못하게 되자, 뒤로 돌아서 소 옆으로 다가가더니 손바닥으로 소의 엉덩이를 한 번 후려갈김과 동시에 고함을 질렀습니다. 그의 이런 행동은 일반적인 다른 소들이라면 똥을 질질 쌀 만큼 위엄이 느껴지는 것이었지만 이 스페인 황소는 이런 수작에 전혀 넘어가지 않았어요. 란 씨는 조금 전 제 아버지 앞에서 큰 승리를 거둔 셈이었으니 승리자로 떠들만 했으므로 소의 성격도 고려하지 않고 그만 소의 배를 힘껏 걸어찼지요. 그러자 스페인 황소는 엉덩이를 움직이면서 움-머 하고 소리를 지르더니 고개를 숙이고는 앞으로 들이박는 것이었죠. 란 씨의 몸은 순간 돗자리처럼 공중에 펼쳐졌습니다. 그곳에 있던 소장수들과 백정들은 갑작스레 발생한 상황에 놀라 멍해졌죠. 그래서 모두들 입을 헤벌리고 아무 말도 하지 못했지요. 앞으로 나아가서 란 씨를 구하는 사람은 아무도 없었습니다. 그 황소는 대가리를 수그리고 계속 앞을 향해 돌진했습니다. 란 씨는 필경 보통 사람이 아니었죠. 그 위급한 상황에서도 그 자리에서 몇 번 뒹굴더니 황소의 치명적인 공격을 피했습니다. 황소는 눈이 붉게 충혈되었으며 다시 한 번 공격을 시작했고, 란 씨는 굴러대는 무술로 한두 번 죽음의 위기에서 벗어나는가 싶더니 마침내 기회를 봐서 벌떡 일어나게 되었죠. 보아하니 그는 상처를 입은 것 같았지만 그다지 심한 것 같지는 않았습니다. 그와 소는 마주하고 서서, 허리를 비틀며 눈을 부릅뜨고서 눈알마저 움직이지 않았죠. 소는 대가리를 숙인 채 입으로는 허연 거품을 뿜고 있었으며, 씩씩거리면서 숨을 몰아쉬고 있었는데 수시로 새로운 공격을 할 태세였습니다. 란 씨는 한 손을 위로 쳐들고 있었는데 그런 행위는 소의 주의를 분산시키려는 행동 같았으며, 그런 모습은 겉은 강하고 속은 텅 빈, 담력은 없지만 죽어도 체면을 지키는 투우사 같았죠. 그가 급한 걸음으로 앞으로 나아갔지만, 소는 여전히 움직이지 않았을 뿐만 아니라, 그 거대한 대가리를 더더욱 아래로 내려뜨리며, 자신의 새로운 공격 자세를 수시로 점검하고 있었죠. 란 씨는 마침내 영웅호걸의 위세를 꺾고는, 허장성세로 큰소리치던 모습은 어디로 가고, 소리만 한 번 버럭 질러대더니 몸을 돌려 도망을 갔습니다. 큰 소는 사지를 쩍 벌리고, 그의 뒤를 바싹 쫓았죠. 쇠꼬리를 위로 곧게 세우고 있었는데 마치 강철 막대기 같았습니다. 그놈의 발이 땅에 있는 흙을 파내 위로 날려 보냈는데 흡사 탄알들이 마구 날아다니는 것 같았죠. 란 씨는 허겁지겁 도망을 치면서, 의식적으로 사람들이 많이 있는 곳으로 내달렸으며 사람들의 보호를 바랐습니다. 하지만 그 순간 누군들 그를 도울 수 있겠습니까? 저는 어머니와 아버지가 다리 두 개를 더 만들어주지 않은 걸 원망하며 이상한 소리를 지르며 도망을 가느라 정신이 없었습니다. 다행히 황소는 천부적으로 순해서 란 씨만 쫓았을 뿐 다른 사람을 놀라게 하지는 않았죠. 소장수들과 백정들은 주변의 모래처럼 산산이 흩어졌고, 어떤 이들은 담장을 넘어갔고, 어떤 이들은 나무 위로 곧바로 올라갔습니다. 란 씨는 너무 놀라 멍청이가 되었는지 우리 부자를 향해 달려왔어요. 제 아버지는 너무 급한 나머지 한 손으로 제 목을 잡고, 다른 한 손으로 제 엉덩이를 잡고서 단번에 저를 벽에다 던져버렸습니다. 그 순간 란 씨란 놈은 제 아버지 뒤로 와서 숨었습니다. 제 아버지는 그를 피하려고 했지만 그는 뒤에서 아버지의 옷자락을 꽉 잡고 있으면서 제 아버지를 방패로 삼았죠. 제 아버지가 뒤로 물러서면 란 씨도 자연히 뒤로 물러섰으니 마침내 둘은 벽으로까지 물러섰습니다. 아버지는 손에 쥐고 있던 돈을 소의 눈앞에 대고 흔들면서 말했어요.

"소야! 어이 소야! 우리는 원수 진 일도 없고, 나중에라도 원한이 없을 테니 무슨 일이 있거든 우리, 잘 상의를 하자꾸나……"

바로 그때 아버지는 손에 쥐고 있던 돈을 소 눈깔에다 대고 흩뿌렸으며 그와 동시에 소 대가리 위로 덮치며 자신의 손가락을 소의 콧구멍 속으로 들이밀고 쑤셔 박았습니다. 그리고 소의 코에 걸린 코뚜레를 잡고 소 대가리를 위로 높이 치켜들었죠. 시현西縣에서 소장수들이 끌고 온 소들은 대부분 밭을 가는 소들이죠. 그놈들의 코에는 모두 코뚜레가 매달려 있었습니다. 코는 소의 이목구비 중에서 가장 약한 부분이지요. 제 아버지는 비록 썩 뛰어난 농부는 아니지만 아버지가 소를 이해하는 수준은 뛰어난 농부들보다 낫지요. 담장에 엎드려 있던 저는 눈물을 마구 흘렸습니다. 아버지! 저는 당신 때문에 실망을 했는데, 당신은 일촉즉발 위기의 순간에 지혜롭고 용감하게 치욕을 다 씻어버렸고, 우리의 체면을 되찾아왔지요. 백정들과 소장수들은 우우 몰려가 제 아버지를 도왔고, 그 하얀 낯짝의 황소를 땅에다 눌렀습니다. 그놈이 다시 일어나 사람을 해치지 못하게 하기 위해서 한 백정은 토끼처럼 빠른 속도로 자기 집으로 달려가 예리한 칼을 들고 와서 란 씨에게 넘겨주었지만, 란 씨는 얼굴색이 노랗게 질려서는 뒤로 한 발 물러서면서 손을 내저었답니다. 그리고 백정에게 어떻게 해보라고 손짓했지요. 백정은 칼을 휘두르면서 외쳤어요.

"누가 한번 해볼 거요? 아무도 없단 말이오? 누구든 나선다면 나는 말리지 않을 거요."

제 아버지는 옷소매를 접어 올리더니 그 칼을 발바닥에다 몇 번 갈아댔지요. 상체를 아래로 굽히고 앉더니 목공이 조심스레 선을 긋듯 한쪽 눈을 지그시 감고서 소의 가슴에 패인 한 곳을 조준하고 맹수같이 칼을 찔렀지요. 칼을 쑥 빼는 순간, 뜨거운 피가 용솟음쳐 나왔으며 제 아버지는 그만 피칠갑이 되고 말았습니다.

소는 죽었습니다. 모든 사람들이 소의 잔등에서 천천히 내려왔습니다. 붉고 검은 피는, 아직도 벌어진 자상으로부터 밖으로 줄줄 흘러내리고 있었으며 핏속에는 거품도 섞여 있었으며, 후끈한 비린내가 이른 아침 공기 속에 퍼졌답니다. 사람들은 모두 김 빠진 고무공처럼 납작하게 엎드렸습니다. 모두들 하고 싶은 말들은 가득했지만 그 누구도 먼저 말을 꺼내지 못했죠. 제 아버지는 고개를 숙이고는 단단하고 노란 이빨을 드러내며 말했습니다.

"하느님이시여! 저는 너무도 놀라 죽을 지경입니다!"

모든 사람들의 눈길은 란 씨의 얼굴로 향했으며, 란 씨는 쥐구멍이라도 있으면 들어가고 싶은 심정이었지요. 그는 어색함을 피하기 위해 고개를 숙여 소를 내려다보았습니다. 소의 네 다리는 위로 뻗어 있었고 대퇴부 안쪽의 연한 살이 떨리고 있었으며, 아직도 원한을 풀지 못한 듯 파란 눈을 한쪽으로 치뜨고 있었습니다. 그는 죽은 소를 발로 걷어차면서 소리쳤지요.

"씨발! 한평생 기러기를 잡았는데, 하마터면 어린 새끼한테 눈을 찔릴 뻔했구나!"

이렇게 말하고 나서 그는 제 아버지를 바라보면서 말했죠.

"뤄퉁! 나는 오늘 당신에게 정말 많은 빚을 졌소. 하지만 우리 둘 사이의 일은 아직 끝나지 않았소."

그러자 저의 아버지가 대답했지요.

"우리 둘 사이에 무슨 일이 있었소? 우리 사이에는 근본적으로 아무런 일도 없었소."

란 씨는 씩씩거리면서 말했습니다.

"당신, 그 여자에게 손대지 마시오!"

그러자 제 아버지가 말을 받았죠.

"내가 그 여자에게 손을 댄 것이 아니라, 그 여자가 나에게 다가와서 나를 꼬드겼소."

사실 그들이 이런저런 말을 해도 처음에는 쉽게 납득하기 어려웠어요. 나중에서야 저는 그때 두 사람이 두런대면서 거론한 그 여자가 바로 작은 술집을 경영하고 있는 야생 노새라는 것을 알았습니다. 그때 저는 아버지에게 물었습니다.

"아버지! 지금 무슨 말 하고 있는 거예요? 뭘 다친단 말이죠?"

그러자 제 아버지는 이렇게 말했습니다.

"어른들 일에 상관하지 마!"

그러자 란 씨가 이런 말을 했지요.

"아들아! 너는 나를 좋아할 것이고, 란 씨 가문이 되겠다고 하지 않았니? 그런데 왜 아직도 저 남자를 아버지라고 부르지?"

그래서 저는 이렇게 말했죠.

"당신은 더러운 똥개에 불과해요."

"아들아! 집에 돌아가서 네 어머니에게 이렇게 말하려무나. 너희 아버지가 야생 노새의 밑구멍에 빠지지 못하게 생겼다고 말이다!"

제 아버지는 갑자기 수소폭탄처럼 분노하더니 고개를 들이밀며 란 씨를 향해 달려들었습니다. 그들의 접촉은 아주 짧았죠. 사람들이 재빨리 그들을 떼어놓았으니까요. 그런데 그처럼 짧은 접촉이었지만 란 씨는 제 아버지의 손가락을 끊어놓았고, 제 아버지는 란 씨의 귀를 절반 물어뜯었던 것입니다. 제 아버지는 란 씨의 귀를 뱉어내면서 분기충천해 말했죠.

"개 같은 자식! 너, 감히 내 아들 앞에서 그 따위 말을 해!"

제 8 포
第八炮

　그 여자는 아무런 기척 없이 돌아서 나오더니 나와 큰스님 사이에
뚫린 좁은 틈새로 지나갔다. 그 여자의 널따란 옷깃이 내 코끝을 가
볍게 스쳤고, 싸늘한 종아리가 내 무릎을 스쳐 지나갔다. 불현듯 내
마음은 산란해졌고 그래서 얘기를 계속할 수 없을 지경이었다. 여자
는 매우 거친 천으로 만든 널따란 홑저고리를 입고 있었는데, 큰스님
이 세수할 때 사용하는 구리로 만든 해묵은 세숫대야를 든 채 마당에
고여 있는 웅덩이 쪽으로 걸어갔다. 그 여자의 삐쩍 마른 세모꼴 모
양의 얼굴은 나를 향하고 있었는데, 눈썹과 눈 사이의 미간에 엷은
미소가 어른거렸다. 어디서 흘러나와 한데 어우러진 검은 구름이 산
산이 흩어지는가 싶더니 몇 송이의 장미 같은 붉은빛 하늘을 드러냈
다. 서쪽 하늘의 검붉은 색상, 그쪽 하늘빛은 구름마저 붉게 타고 있
었다. 이 사찰을 자신들의 둥지로 알고 살아가는 박쥐들이 하늘을 뒤

덮고 있었는데, 그것은 흡사 황금으로 빚은 번득이는 콩이 아닌가. 그 여자의 표정이 차츰 밝아졌다. 그 여자가 입고 있는 폭이 널따란 홑저고리는 필경 동네 바느질 집에서 만든 것이 분명했는데, 앞가슴에는 구리로 만든 한 줄의 단추가 조르륵 달려 있었다. 그 여자가 허리를 굽혀 구리 대야에 앉을 듯하더니 옷가지가 드리워지자 구리 대야에 고여 있는 물이 위로 솟구친다. 여자는 물을 걷어차면서 마당 안을 유유히 돌아다닌다. 여자의 종아리까지 물이 차 오른다. 그러자 여자는 두 손으로 홑저고리 앞섶을 감싸 쥐었는데, 누런 황금색 다리와 허연 엉덩이가 드러난다. 순간 나는 그 여자가 홑저고리 외에는 아무것도 입지 않고 있다는 것을 발견하고 놀랐다. 만약에 저 여자가 홑저고리를 훌렁 벗어버린다면 알몸이 되는 게 아닌가. 저 홑저고리는 큰스님의 옷인데. 큰스님이 소유한 물건들을 나는 너무도 잘 알고 있지만, 저 홑저고리만은 처음 본다. 저 여자는 어디서 저것을 찾아낸 것일까? 조금 전 그 여자가 내 앞을 스쳐 지나갈 때 순간적으로 맡았던 홑저고리에서 풍기던 좀약 냄새를 나는 비로소 상기했다. 아직도 그 냄새는 마당에 퍼지고 있다. 여자는 한참 동안 뱅뱅 맴을 돌더니 목표가 확실해졌는지 이내 벽 모서리를 향해 걸어간다. 그 여자는 매우 빠른 속도로 걸어갔기 때문에 갑작스레 물 튀는 소리가 무척이나 크게 들렸으며 그 물길은 그 여자의 뒤에서 다시 한 번 위로 솟구쳐 올랐다가 갑자기 아래로 떨어진다. 여자는 위로 튀었다가 아래로 떨어지는 물길에 옷을 적시지 않기 위해서 앞섶을 더더욱 높이 치켜들었는데 그 바람에 엉덩이가 완전히 다 드러났다. 벽 모퉁이까지 다가선 뒤 그 여자는 왼손으로 옷을 높이 쳐들고 벽을 꽉 붙들어 잡았다. 그리고 허리를 굽혀 오른손으로 하수도 구멍에 막힌 나뭇가지와 잡초들을 한 줌 한 줌씩 꺼내 담장 밖으로 내던진다. 그녀의 엉덩이는 서쪽 하늘의 활활 타오르는 구름을 마주하고 있어서 더더욱 빛이 드러났는데 마치 그것은 구리로 만든 통발 같았다. 하수구가 뚫리자 물 빠지는 소리가 줄줄 났고, 그러자 여자는 허리를 쭉 편 채 한쪽으로 약간 비켜서서 콸콸 흐르는 물길을 바라본다. 마당의 물은 그 여자 쪽을 향해 흘러간다. 물 위에 떠 있던 나뭇잎들과 플라스틱으로 만든 말까지 물길을 따라 떠내려간다. 옷이 담긴 구리 대야 역시 몇 미터 떠내려가다가 땅에 닿아 멈춰진다. 그러자 대야 안의 물고기도 차츰 모습을 드러냈는데, 처음에는 그래도 몸을 꼿꼿이 세우고 몸부림을 쳤지만 결국 급속도로 빨리 나자빠지더니 한두 번 이리저리 사방으로 몸부림을 쳐대고는 결국 여기저기에 물꽃을 튀긴다. 나는 물고기의 새된 소리와 고함 소리를 들은 듯싶다. 그리고 가장 먼저 자갈을 깔아 만든 좁은 길이 드러났고, 그 뒤를 이어서 갈색의 땅이 나타났다. 두꺼비 한 마리가 흙탕물 속에서 뛰고 있었는데, 주둥이 아래쪽 살갗이 끝없이 움직인다. 담장 밖의 물웅덩이에서는 개구리 울음소리가 그치지 않는다. 여자는 옷깃을 잡았던 손을 놓는다. 옷에 들러붙은 주름을 펴느라 여자는 젖은 손길로 옷자락을 만지작거리고 있다. 그때 물고기가 그녀의 앞섶까지 튀어 오른다. 여자는 물고기를 바라보던 눈길을 우리 쪽으로 돌린 뒤 몇 초 동안 우리들을 물끄러미 본다. 나는 물론 그녀에게 이 재수 없는 물고기를 어떻게 처리해버리라는 명령을 내릴 수는 없다. 여자는 몇 걸음 앞으로 달리는가 싶더니, 발이 진흙에 미끄러져 몸을 비틀거렸는데, 넘어질 듯하면서, 좀처럼 굴복하지 않는 물고기를 두 손으로 겨우 붙들고 땅 쪽으로 내리누른다. 그 여자는 두 손으로 물고기를 잡고 일어서더니, 다시 한 번 우리 쪽을 바라다본다. 잠시 후 여자는 한숨을 내쉬더니 저녁놀 붉게 내려 비치는 곳으로, 아무런 필요가 없다는 듯이 물고기를 내던져버린다. 그런데 그 황금색으로 빛나는, 활의 등 같은 그림자는 내 기억에 오랫동안 지워지지 않을 깊은 흔적을 아로새겼다. 여자는 구리 대야 곁으로 가더니 옷을 치켜들었고, 옷깃마저 치켜들더니 힘껏 흔들면서 펄럭이는 소리를 냈다. 저녁놀 아래에서 번득이는 그 붉은 옷깃은 과연 한 무리의 불길이 아닌가. 그 여자의 생김새가 야생 노새인 우리 고모와 비슷한 점은 나와 그녀 사이에 어떤 특별한 관계가 형성되어 있다는 느낌을 자아냈으니 각별히 절친해 보인다. 비록 나는 이미 스무 살에 가까운 청년이지만 저 여인을 만나고 나니 내 스스로가 아직도 일곱 혹은 여덟 살 된 사내아이라는 생각이 든다. 그러나 내 가슴속에서 출렁이는 격렬한 열정과 두 다리 사이의 그 물건이 수시로 고개를 쳐드는 모양새를 보면 나에게 그 물건들은 무엇을 암시하는가. 너는 이미 어린 사내아이가 아냐, 라고 알려주고 있지 않은가. 그녀의 붉은 옷은 절간 문 바로 맞은편에 있는, 무쇠로 만든 향로에 널려 있었고, 나머지 몇 개는 축축한 담장에 걸쳐놓을 수밖에 없었다. 담장에 걸쳐둔 옷을 잘 펴서 말리기 위해 여자는 담장 앞에서 연달아 위쪽으로 뛰어다녔다. 나는 여자의 사지가 놀랍도록 날렵하다는 것을 목격했고 유난히 탄력과 힘이 있다는 것을 눈치 챘다. 그리고 여자는 마치 자기 집 대문 앞에 서 있는 것처럼 절간의 문 앞으로 걸어가 두 팔을 벌린 채 가슴 펴기 운동을 하더니, 두 손을 허리에 댄 채 허리를 움직였고, 그리고 엉덩이를 움직였다. 그 여자의 엉덩이는 어떤 보이지 않는 특수한 물체와 마찰을 하고 있는 것 같았다. 나는 내 눈을 그녀의 몸에서 떼어내기가 너무도 힘들었다. 그러나 큰스님의 제자가 될 수 있을지 없을지 그런 중차대한 문제가 걸려 있기 때문에 나는 눈길을 희생시키지 않을 수 없었다. 그 순간 나는 이렇게 생각했다. 만약 그녀가 야생 노새였던 나의 고모가 내 아버지를 데리고 멀리 떠나버린 것처럼 나를 데리고 멀리 도망갈 수 있다면 나는 그녀의 제의를 거절할 수 있겠는가.

어머니는 제게 수레 바구니 덮개를 덮으라고 했습니다. 그리고 어머니는 벽장으로 가더니 구석에서 소뼈와 양뼈 두 광주리를 끌고 왔습니다. 어머니는 한 손으로 광주리 언저리를 잡은 채 다른 한 손으로 광주리 밑을 받들더니 허리에다 힘을 꽉 주고는 광주리 속의 뼈들을 수레 바구니에다 쏟아 부었습니다. 이 뼈다귀들은 전부, 우리 식구들이 수거한 것들이지 결코 우리가 고기를 먹고 난 뒤 생긴 뼈다귀들이 아닙니다. 만약 우리가 이렇게 많은 고기를 먹고 뼈다귀를 만들어낼 수 있다면—아니 그것들의 백 분의 일이라도—저는 아무런 군소리도 뱉지 않았을 겁니다. 그렇게 되었더라면 저는 필경 근본적으로 제 아버지를 보고 싶다는 생각조차 하지 않았을 것이며, 또 당연하다는 듯이 제 입장을 굳혀 어머니 편에 섰을 것이고, 어머니와 함께 아버지뿐만 아니라 야생 노새의 악행을 모두 까발렸을 것입니다. 몇 번이고 바라보았던 것인데도 불구하고 여전히 뚫어지게 바라보면서, 아직도 신선해 보이는 그 소 다리뼈에서 골수라도 빨아 먹으려는 듯이 시선을 돋우어 고기를 먹고 싶다는 마음을 약간이라도 위로하려고 했습니다. 그렇지만 결과는 모두 실망이었습니다. 고기 뼈다귀를 파는 장사치들이 이미 깔끔하게 골수를 빨아 처먹은 뒤였거든요. 뼈다귀들을 다 싣고 난 뒤 제 어머니는 제게, 고철들을 모두 수레에 실으라고 명령했습니다. 말로만 고철이었지, 모두 완전무결한 기계 부속품들이었습니다. 기름 짜는 기계에 쓰이는 날개, 건축물 기중기의 이음새, 도시 하수도의 덮개 등등 온갖 잡동사니 물건들이 없는 게 없었답니다. 어느 날 한번은, 우리 모자가 일제 시대의 박격포를 수거한 적이 있었죠. 나이 팔십이 넘은 어떤 노인과 칠순 넘은 노파가 노새에다 싣고 끌고 왔던 것입니다. 처음에는 우리 모자가 경험이 없었던 탓으로 고철 값으로 흥정한 물건이니 결국 내다 팔 때도 그저 고철을 내다 팔듯 구입 가격에다 일 전 또는 일 푼의 이윤만 붙여서 돈을 벌었습니다. 그러나 우리 모자도 아주 빨리 약아졌습니다. 저희들은 수많은 기계 부속품들을 분류해, 도시로 들어가서 여러 곳의 공사장에 내다 팔았습니다. 건축물 부속품은 건축 공사장에 내다 팔았고, 하수구 덮개는 하수도 공사장에 팔았으며, 기계 부속품은 금속전기 공사장에 내다 팔았습니다. 그런데 그 박격포만은 적당한 공사장을 찾지 못해 잠시 우리집에다 보관해두었습니다. 만약 적당한 공사장을 찾았다고 해도 저는 아마 그 물건을 내다 팔자는 어머니의 제안에 격렬히 반대했을 것입니다. 저도 모든 사내아이들처럼 무술을 즐기고 싸움을 좋아했습니다. 그러므로 무기라면 아주 미칠 지경으로 좋아했거든요. 아버지가 도망을 갔으니 저는 동네 동갑내기 아이들 앞에서 고개를 쳐들 수 없는 처지였지요. 하지만 이 박격포가 생긴 이후부터 저는 허리를 펴고 다녔고, 아버지가 있는 집 아이들보다 더 기세가 당당했습니다. 저는 언젠가 마을에서 항상 우두머리 격이었던 사내 녀석 두 명이 소곤소곤대는 소리를 들었습니다. 그들이 하는 말인즉, 야, 이제부터 우리는 뤄샤오퉁羅小通 그 녀석을 함부로 업신여기지 못하게 됐어. 그 녀석 집에서 박격포를 샀대. 그러니 누가 그 녀석을 건드리겠어? 만약 건드렸다가 그놈이 박격포로 누구네 집을 조준한다면, 쿵 하고 그 집이 박살나고 말 텐데 어떻게 상대하겠어, 라고 수군거리는 소리였어요. 그들이 두런대는 말을 들은 뒤 저는 득의양양해졌고 몹시 기뻤죠. 우리 모자는 고철 아닌 고철들을 여러 군데 공사장에 내다 팔았는데, 그 가격은 비록 동일한 신상품에다 비교하자면 형편없이 낮았지만 정녕 고철 가격보다는 매우 높은 가격을 받고 팔 수 있었습니다. 이것이 바로 저희가 오 년 만에 커다란 기와집을 지을 수 있었던 중요한 이유죠. 고철들을 다 싣고 나서 어머니는 행랑채에서 한 무더기의 종이 박스들을 끌어내더니 땅에다 펴놓았습니다. 그리고 나더니 저에게 펌프로 지하수의 물을 퍼내라고 했습니다. 이런 일들이야 제가 늘 하던 일이었죠. 무쇠로 된 손잡이가 아침이면 매우 차갑다는 것을 저는 잘 알고 있었으며, 사람의 살갗이 다 얼어붙는다는 것도 너무도 잘 알고 있었습니다. 그래서 저는 돼지가죽으로 만든 빳빳하고 억센 노동자용 장갑을 끼고 손을 보호했습니다. 이 장갑도 저희들이 폐품을 수집할 때 거둔 물건이죠. 온돌 위에 있는 해면 베개부터 시작해, 부엌에 있는 주걱까지 저희 집 물건들의 대부분은 모두 수집해온 낡은 물건들이지요. 어떤 낡은 물건은 아예 사용하지도 않은 물건들입니다. 제가 머리에 쓰고 있는 양털로 된 솜 모자야말로 전혀 사용한 적이 없는 물건이죠. 그리고 진짜 군용품이고 코를 찌르는 좀약 냄새가 났지요. 모자에 있는 정방형의 붉은 라벨은 생산일자를 적은 것이었는데, '1968년 11월'이라고 적혀 있었죠. 그 무렵이라면 제 아버지가 아직 온돌에다 오줌을 누던 유년 시절이었고 어머니도 온돌에다 오줌을 누던 계집애에 불과했습니다. 그러니 저야 뭐, 아직 생기기도 않았습니다.

저는 큼직한 장갑을 끼고 있었으니 동작이 아주 느렸습니다. 가죽으로 된 펌프 안의 받침대조차 얼어붙어 있었으니, 꾹꾹 누르면 받침대 그 주변에서 공기가 퍽퍽 새는 소리가 날 뿐 물은 올라오지 않았습니다. 그러면 어머니 왈, 빨리 행동하지 않고 뭘 해? 모두들 그러더구나. 가난한 집 애들은 일찍 철이 든다고. 너는 벌써 열 살이나 처먹었는데, 아직도 물길 한 번 후련히 끌어올리지 못하냐? 너 따위를 길러서 뭐에 써먹어? 네가 남보다 월등히 자신 있게 해치우는 일이란 바로 처먹는 것밖에 더 있어? 처먹기만 하고, 만약 네가 처먹는 것을 밝히는 그 절반만큼이라도 일을 밝혀보아라. 그랬다면 붉은 꽃을 매단 모범생이 되었을 게다…… 이렇게 화를 냈습니다. 어머니의 이런 잔소리를 듣는 순간이면 저는 결코 마음의 안정을 되찾지 못한답니다. 아버지시여! 당신이 집을 떠난 뒤, 저는 개나 돼지 먹이와 다름없는 음식을 처먹어댔고, 입는 것은 거지 옷이었고, 제 입으로 뱉어내는 말들이란 소와 말들의 소리였지요. 그런데 어머니는 아직도 불만족입니다. 아버지시여! 당신은 떠나기 전에 이차 토지개혁을 그렇게도 희망했지요. 저는 지금 아버지 당신보다 더더욱 이차 토지개혁을 희망하고 있습니다. 그런데 이차 토지개혁은 정녕 오지도 않을 뿐 아니라 불법적인 수단으로 재물을 끌어 모으는 놈들이 점점 날뛰고 있는데, 그들은 무엇 하나 두려워하는 기색이 없습니다. 아버지가 도망간 뒤로 어머니는 쓰레기 황후라는 별명을 얻었지요. 저는 그 이름으로 보자면 쓰레기 황후의 왕자였지만 사실 저는 쓰레기 황후의 노예였죠. 어머니의 잔소리는 점점 상승 곡선을 그리더니 마침내 욕설로 탈바꿈되었고 저의 자기 사랑은 자연히 하강을 해 자포자기가 되었습니다.

저는 가죽 모자와 노동자용 장갑을 벗어버리고 손으로 직접 펌프 손잡이를 움켜잡았는데, 살갗이 쇠파이프에 들러붙는 순간 찍 하는 비명이 들리는가 싶더니 제 손과 펌프 손잡이가 한데 붙어버리고 말았습니다. 생철로 된 손잡이야! 너도 추울 테니, 너도 얼어붙어버려라! 넌, 네 손의 살가죽에 들러붙은 살점을 모두 떼어내 내 싸늘한 쇠에다 붙여버려! 그리고 일은 터질 대로 터져버려라. 저는 이렇게 그냥 내버려두었죠. 제가 얼어서 죽으면 어머니의 아들이 사라지게 될 것이고, 그렇게 되면 이 커다란 기와집과 큰 수레는 의미를 잃게 되겠지요. 그런데 제 어머니는 저에게 심지어 짝까지 맺어주겠다는 아름다운 꿈을 꾸고 있었습니다. 그 상대까지 다 있었는데 바로 란 씨네 규수였죠. 저보다 한 살 위였고 유아 명은 땐꽈娂瓜였지만 진짜 이름은 아직 없었죠. 그녀는 저보다 머리 절반은 더 컸으며 매우 심한 비염이 있어서 일 년 내내 두 줄의 누런 콧물이 흐르고 있었습니다. 어머니가 란 씨와 친척이 되려는 망상을 품고 있었으니 저는 당장이라도 그 박격포로 란 씨네 집을 폭파해버리고 싶었습니다. 어머니! 꿈이나 꾸고 마시죠! 제 손은 손잡이를 잡자 이내 붙어버렸죠. 붙을 양이면 아주 단단하게 붙어버려! 아무튼 제, 이 손은 처음에는 어머니의 손이었을 테고 나중에야 제 손이 되었지만 그건 상관없죠. 제가 힘껏 손잡이를 누르자 펌프 속에서 소리가 나더니 뜨거운 열기를 뿜는 물이 뭉클 올라왔고, 그 물길은 이내 물통 속으로 줄줄 흘러들었습니다. 저는 입을 통에다 갖다 대고 몇 모금 마셨습니다. 그러자 어머니는 찬물을 마시지 말라고 소리를 질렀습니다. 저는 상관하지 않고 끝내 마시고 말았습니다. 가장 신나기로 치자면 찬물을 실컷 마셔버린 뒤, 배가 아파서 마치 금방 맴을 도는 당나귀처럼 땅에서

뱅글뱅글 돌고 싶었지요. 제가 물을 들고 어머니 옆으로 다가갔더니, 어머니는 저에게 어서 바가지에다 담아오라고 명령했습니다. 제가 바가지를 갖고 갔더니 어머니는 저에게 종이 박스 위에다 물을 부으라고 했습니다. 물을 너무 많이 부어도 안 되고 너무 적게 부어도 안 된답니다. 물이 종이 박스 위에 적당히 부어지면 그것은 이내 얼어붙어 얼음이 되고 그렇게 되면 어머니는 그 위에다 종이 박스 한 겹을 더 펴놓고 저는 또 그 위에다 물을 붓습니다. 이런 일을 저희들은 수없이 반복했기에 매우 숙련된 상태였죠. 말하자면 협동작업이라고나 할까요. 이렇게 되면 종이 박스는 무게가 훨씬 더 나가기 마련입니다. 제가 종이 박스 위에다 부은 것은 물이고 그로 인해 얻은 것은 돈입니다. 마을의 도살장 백정들이 고깃덩어리 속에다 주입한 것은 물이고 얻은 것은 돈이었죠. 아버지가 도망간 뒤로 어머니는 급속도로 빠르게 고통의 늪에서 헤어나왔습니다. 그녀는 도살장 백정 짓마저 시도해보았고 저를 데리고 손장생의 집으로 가 그 기술을 배우게 했지요. 손장생의 부인과 제 어머니는 아주 먼 외사촌 자매간이죠. 그러나 허연 칼날이 쑥 들어갔다가 검붉은 칼이 되어 밖으로 나오는 일을 여자가 감당하기는 어려웠죠. 제 어머니는 어떤 고생이든 감수하겠다는 그 정신만은 뚜렷했지만 그렇다고 사나운 여자는 결코 아니었어요. 우리 모자는 돼지나 양 따위를 잡는 일은 그런대로 해치웠지만 소 잡는 일은 좀 버거웠어요. 비록 우리 손아귀에 번뜩이는 칼이 쥐여 있었지만 큰 소들은 저희들을 업신여기면서 우리를 향해 눈을 부라렸습니다. 그래서 손장생은 제 어머니에게, 이모! 이모네는 이런 일을 하기가 적당하지 않는 것 같소. 시에서도 지금 한창 위생적인 고기를 사 먹으라고 강조하고 있으니 불법적인 수단으로 고기를 파는 행위도 이제는 종을 쳐야 해요. 그리고 우리 도살장에서 버는 돈이란 물을 강제로 틀어놓고 억지로 거머쥔 돈인데, 만약 고기 속에다 물을 넣지 못한다면 이 짓을 해서 돈 벌기란 틀렸어요,라고 말했습니다. 손장생은 어머니에게 고물 장사를 하라고 권했는데, 그 일은 밑천 없이 시작할 수 있는 일이며, 오직 벌기만 하고 손해 보는 일이 없다고 했어요. 제 어머니는 그 분야에 대한 조사, 연구를 거치고 나더니 손장생이 한 말이 틀림없다고 판단했습니다. 그래서 우리 모자는 고물 수거하는 일을 시작했던 것입니다. 삼 년 뒤 저희들은 주위 삼십 리 안에서 가장 유명한 고물 왕이 되었습니다.

저희들은 한데 얼어붙은 종이 박스 판을 수레에 실은 뒤 사방을 끈으로 동여맸습니다. 이렇게 되면 수레에 싣는 일은 일단 끝납니다. 이날 저희들이 갈 곳은 현의 성 안이었습니다. 현의 성 안으로는 근 한 달에 한 번씩밖에 들어가지 않지만 한 번씩 갈 때마다 저는 무척 고민했습니다. 그곳에는 맛있는 음식들이 너무 많았으니, 저는 근 이십 리 떨어진 외곽에서도 그 성에서 풍겨 나오는 고기 향기를 맡을 수 있었고, 고기 향기 이외에도 물고기 향기도 섞여 있었는데, 고기 향기나 물고기 향기 역시 저와는 인연이 멀었습니다. 저희들이 먹을 음식을 어머니는 일찍부터 준비하고 있었거든요. 우리 식량은 두 덩어리의 차디찬 보리떡에다 짠지 한 조각이 전부였죠. 만약 가짜일망정 흥정을 잘해서 낡은 물건들을 좀 좋은 가격에 판다면 — 그러나 요 몇 년 동안 골동품을 수거하는 토산품 회사에서는, 여러 곳에서 수거해오는 고물 장사치들에게 몇 번 속은 뒤부터 두려워하고 있었고 갈수록 영악해졌지요 — 어머니 심정이 아주 넉넉해져서 저는 돼지 꼬리 하나를 상으로 받을 수 있었지요. 저희들은 토산품 회사 대문 밖에서 바람을 피할 수 있는 곳에 앉아 — 여름이면 나무 그늘 밑에 앉아 — 토산품 회사 맞은편의 세로로 난 거리에서 풍겨오는 수십 종의 향기를 맡으면서 짠지와 언 보리떡을 물어뜯었습니다. 그 세로로 난 거리는 푸줏간 거리였으며 노천에다 열댓 개는 됨 직한 고기구이용 가마를 걸어놓았죠. 가마 속에서는 돼지, 양, 소, 노새, 개 들의 대가리, 돼지, 양, 소, 노새, 낙타의 발, 돼지, 양, 소, 노새, 개의 간, 돼지, 양, 소, 노새, 개의 심장, 돼지, 양, 소, 노새, 개의 내장, 돼지, 양, 소, 노새, 개의 창자와 돼지, 양, 소, 노새, 개의 폐와 돼지, 양, 노새, 낙타의 꼬리 등이 삶아지고 있었습니다. 그리고 닭구이, 오소리구이, 오리졸임, 토끼볶음, 비둘기구이, 참새튀김 등도 있었지요. 판자 위에는 열기가 무럭무럭 나고 오색 찬연한 고기들이 배열되어 있었어요. 푸줏간 장사치들은 번뜩이는 칼을 손에 쥐고 있었습니다. 어떤 사람은 그 맛있는 음식들을 납작하게 썰기도 하고, 어떤 사람은 그 맛있는 음식을 조각조각 썰기도 했습니다. 그들의 얼굴 색은 붉었고, 기름기가 돌았으니 무척 보기가 좋았습니다. 고기 장사치들의 손가락은 긴 것도 있고 짧은 것도 있지만 모두 복이 있어 보이는 손가락들이었습니다. 그 손가락은 고기를 마음대로 만질 수 있었지요. 그 손가락들에는 기름과 향기가 잔뜩 묻어 있었죠. 만약 제 손가락이 고기 장사치의 손가락으로 변할 수 있다면 얼마나 행복할까! 그러나 저는 그런 복 많은 손가락으로 변할 수 없었죠. 저는 몇 번이고 손을 내밀어, 고기를 훔쳐 입 안에 털어 넣고 싶은 마음이 간절했습니다. 그렇지만 고기 장사치의 손아귀에 쥐여 있는 칼이 저에게 아예 그런 엄두를 내지 못하게 만들었죠. 저는 찬바람 속에서 차디찬 보리떡을 씹으면서 서 있었는데, 갑자기 눈물이 줄줄 흘러내렸습니다. 혹 어머니가 제게 돼지 꼬리 하나를 선물할 때면 제 기분은 약간 좋아지는 것 같았지요. 하지만 돼지 꼬리에 고기가 얼마나 들러붙어 있겠습니까? 몇 번만 씹으면 고기가 없어진답니다. 저는 그 뼛속에 든 연골마저 씹어서 먹는답니다. 돼지 꼬리는 제 뱃속에 자리를 잡고 있는 벌레들을 더더욱 자극합니다.

그 오색찬란하고 향기가 코를 찌르는 고기들을 눈이 빠지게 바라보고 있자니, 제 눈에서는 저도 몰래 눈물이 줄줄 흘렀습니다. 어머니는 저에게, 아들아! 너, 왜 울고 있는 거야, 라고 물은 적이 있죠. 그래서 저는, 어머니, 저는 아버지 생각이 나요, 라고 말했지요. 그러자 어머니의 얼굴색이 이내 참혹하게 변해버렸죠. 어머니는 잠시 생각에 잠겨 있더니 처량한 웃음을 지으면서, 아들아! 너는 네 아버지 생각이 나 우는 것이 아니라 고기가 먹고 싶어 울고 있단다. 네 속셈을 모를 줄 알았니? 그러나 이 어미는 네 요구를 완전히 만족시킬 수 없어. 사람의 입을 귀하게 만들기란 쉽지만, 그렇게 된다면 번거로운 일이 많이 생기지. 동서고금을 막론하고 얼마나 많은 영웅호걸들이 그놈의 주둥이를 지나치게 귀하게 취급했다가 인간의 기품을 잃고 자신의 큰일을 망쳤는지, 너는 아직 그걸 모르는구나. 아들아! 울지마! 네 인생에서 허리띠를 풀어놓고 고기를 실컷 먹을 수 있는 날이 있을 거라고 장담하마. 하지만 지금은 참아야 해! 우리가 집을 다 짓고, 큰 짐수레를 구입하고, 또한 네게 색시를 골라주고 나면 네 그나쁜 아버지도 오게 해서 한번 보라고 해야겠어. 그것을 이루고 나면 이 어미가 소를 한 마리 삶은 뒤 너를 소 뱃속으로 들어가게 해서 안에서부터 바깥으로 소의 살을 파먹게 할 참이다! 어머니는 그렇게 장담했지요. 그래서 저는 이렇게 말했어요. 어머니! 저는 큰 집도 싫고, 큰 수레도 싫으며, 색시는 더더욱 싫어요. 저는 다만 허리띠를 풀어놓고 한 번쯤은 실컷 고기를 먹어보고 싶어요. 그러자 어머니는 엄숙한 얼굴로 저보고 이렇게 말했습니다. 아들아! 이 어미는 고기가 먹고 싶지 않은 줄 아니? 나도 사람이다. 나도 한꺼번에 돼지 한 마리를 삼키고 싶단 말이다! 하지만 사람은 살아서 꼭 뭔가 해야 해. 나는 네 아버지가, 그 양반이 없어도 그 양반이 있을 때보다 우리 모자가 월등하게 잘사는 꼬락서니를 보여주겠단 말이야! 어머니가 그렇게 말하면 저는 이렇게 따졌지요. 뭐가 좋아요? 조금도 안 좋아요! 저는 아버지를 따라가서 밥을 빌어먹을망정 어머니와 함께 이런 날을 더 이상 보내고 싶지 않아요. 저의 이런 말은 어머니의 마음을 너무도 아프게 했습니다. 이렇게 되면 어머니는 울면서 외쳤지요. 내가 아껴 먹고, 절약하면서, 원수 같은 것들을 참는 것이 다 무엇을 위해서라고 생각해? 너, 이 새끼, 너 같은 잡종을 위해서가 아니냐! 그런 뒤 어머니는 제 아버지를 욕했습니다. 뭐통아! 뭐통! 너 이 검은 노새 새끼야! 내 일생은 네 손에서 망해버렸구나…… 나도 이젠 모르겠다. 나도 좋은 것을 먹고, 좋은 것만 마실 것이다. 그렇게 하면 눈에서 광채가 날 것이고, 그 화냥년보다 못하지 않을 것이야! 어머니가 울면서 불어대는 하소연은 내 마음을 격렬하게 감동시켰으며 그래서 저는 이렇게 말했죠. 어머니! 당신 말이 맞아요. 어머니! 당신이 만약 허리띠를 풀어헤치고 한 달만 고기를 먹는다면 당신은 선녀로 변할 수 있을 거라고 저는 생각합니다. 그러면 야생 노새보다 훨씬 아름다운 사람이 될 것이고, 그때는 아버지도 그 야생 노새 같은 여자를 버리고, 날개를 단 채 당신을 찾으러 올 것입니다. 어머니는

108

눈물을 줄줄 흘리면서 저에게 물었습니다. 샤오퉁아! 너, 사실대로 말해봐. 어미가 예쁘냐? 아니면 야생 노새가 예쁘냐? 저는 아주 당연하다는 듯이 말했죠. 물론 어머니가 예쁩니다! 어머니는, 내가 아름답다고 하면서 네 아버지는 왜 사람마다 놀려대는 그 야생 노새를 찾아갔단 말이니? 그뿐이니? 그 여자를 따라 멀리 도망까지 갈 수가 있단 말이니? 어머니는 저에게 캐물었습니다. 저는 아버지를 대신해 반박했지요. 어머니! 아버지에게서 들었는데요, 아버지가 먼저 찾아간 것이 아니라, 야생 노새 그 여자가 먼저 아버지를 찾았대요. 그러자 어머니는 분노에 떨면서 말했습니다. 모두 마찬가지야. 암캉아지가 엉덩이를 쳐들고 꼬드기지 않는다면 수캉아지도 어쩔 도리가 없을 것이고, 수캉아지 마음이 들뜨지 않았다면, 암캉아지가 꼬드겨도 아무런 소용이 없어! 저는 대답했죠. 어머니! 당신은 꼬드기고 왔다 꼬드기고 갔다가 하면서 저를 혼란하게 만들었어요. 그러면 어머니는 이렇게 말했습니다. 너, 이 자식! 내 앞에서 모르는 척하는 거냐? 넌, 네 아버지와 야생 노새 계집년 사이의 일을 일찍부터 알고 있었으면서, 아비 생각해준답시고 나를 속이고 있었지? 만약 네가 일찍 알려주기만 했어도 내가 어떻게 하든 아버지가 도망가는 것을 막았을 거야. 저는 조심스레 물었지요. 어머니! 당신이 어떻게 무슨 수로 아버지를 잡아둘 생각이죠? 어머니는 눈을 부릅뜨고 대답했지요. 그야 그놈의 다리를 분질러놓을 거란 말이야! 저는 겁이 덜컥 나서 은근히 속으로 아버지를 대신해 다행이라는 생각을 했습니다. 어머니는 계속 다그쳤지요. 넌, 내가 그년보다 더 예쁘다면서 네 아비가 왜 야생 노새 년을 찾아갔는지 아직 대답하지 않았지? 그야, 야생 노새 고모네 집에서는 매일 고기를 삶았고, 아버지는 고기 향기를 맡았으니 그 향기를 따라갔던 것이죠. 저는 그렇게 말했지요. 어머니는 냉소를 머금으면서 말했습니다. 그럼 나도 지금부터 매일 고기를 삶는다면 네 아비가 돌아온단 말이냐? 저는 너무도 기뻐서 말했지요. 틀림없이 돌아올 겁니다. 만약 당신이 매일 고기를 삶는다면, 아버지는 매우 빨리 돌아올 거라고 저는 장담합니다. 아버지 코는 아주 예민하니까, 역풍을 따라가면 팔백 리까지, 순풍을 따라가면 삼천 리까지 냄새를 맡을 수 있어요…… 저는 생각나는 대로 감언이설을 동원해 어머니를 선동했습니다. 제 어머니의 분노가 이성을 잃고서, 저를 데리고 푸줏간 거리로 달려가 몸에다 감추어둔 돈을 꺼내서 향기롭고 연한 고깃덩어리 무더기를 사서 실컷 먹기를 희망했지요. 그래서 너무너무 배가 불러 죽는다고 해도, 내 뱃속에 고기가 들어 있으니 나는 죽어도 부유한 귀신이 되고 싶었지요. 하지만 어머니는 결코 저의 꼬드김에 넘어오지 않았으며, 원한을 한참 풀고 나서야 나중에는 벽 모퉁이에 앉아서 차디찬 보리떡을 물어뜯었습니다. 제가 어머니에 대한 불만이 태산 같은 것을 인식한 뒤에야 어머니는 정말이지 내키지 않았지만, 푸줏간 거리 옆에 있는 작은 음식점으로 가, 제 아버지가 죽어서 우리만 남았으니 저희를 가련하게 생각해주십시오,라고 사람들에게 아주 그럴듯하게 거짓말을 충분히 하고 나서, 맨 나중에는 십 전을 적게 주고서 마른 콩같이 작고 메마른 돼지 꼬리 하나를 샀습니다. 그리고 마치 그것이 날개라도 달려 날아갈까 봐, 손으로 꽉 틀어잡았죠. 그리고 편편한 곳으로 와서야 그것을 저에게 넘겨주면서 말했지요. 어서 먹어라! 먹고 나서 일을 잘해야 돼!

제9포

第九炮

여인은 문턱을 넘고 있었다. 어깨를 문짝에 기댄 채 한쪽 발은 문 안에 다른 한쪽 발은 문 밖에 걸쳐놓은 채 서성거리며, 입술을 깨물어 빨면서 내 얼굴을 눈여겨보고 있었는데, 그녀는 마치 내 얘기를 듣고 있는 것 같았다. 아주 오래된 옛일을 회상하듯 그녀는 들러붙은 것 같은 눈썹을 수시로 찡그려댔다. 그런 검은 눈을 주시하면서 내 얘기를 계속하기란 힘이 들었다. 나는 그 여자의 눈길을 보고 싶기는 했지만 한편으로는 그녀를 정면으로 주시할 용기도 없었다. 그 여자의 예리한 눈길 때문에 나는 온몸으로 긴장을 느껴야 했고, 입술마저 얼어붙는 것 같았다. 나는 그 여자에게 이름이 무엇이며, 어디에서 왔는지 그런 것들을 묻고 싶었지만 용기가 없었다. 그러나 나는 은근히 그 여자 가까이 접근하고 싶었다. 내 눈길은 그 여자의 다리와 그 여자의 무릎을 탐욕스럽게 바라보았다. 그녀의 대퇴부에는 자주색

물집이 몇 개 맺혀 있었고, 무릎에는 매우 현저한 흉터가 나 있었다. 그 여자는 나와 이렇게 가까이 하고 있다. 그 여자의 몸에서는 금방 삶은 고기 냄새 같은 따뜻하고 물컹한 육질의 향이 풍겨 나왔으며 그 육질의 향은 이내 내 가슴속으로 침투해 기어 들어오더니 내 영혼을 자극했다. 나는 진정 갈망하고 있었다. 내 손은 간지러웠고, 내 입은 허기가 졌다. 나는 그 여자의 품속을 덮쳐 그 여자를 만지고 싶었으나, 그런 마음을 억제해야 했고 다른 측면으로는 그녀가 격렬한 욕망으로 나를 만지게 만들고 싶은 그런 욕구까지 억제하고 있었다. 나는 그 여자의 젖을 빨고 싶었고, 그리고 그녀가 나에게 젖을 내밀게 하고 싶었다. 나는 그 여자의 사내가 되고 싶었다. 그렇지만 한편으로는 어린아이가 되고 싶은 심정이 더 강렬했다. 다섯 살 전후의 어린아이가 되고 싶었다. 지나간 시절의 어떤 장면들이 눈앞에 떠올랐다. 제일 먼저 떠오른 장면은 내가 아버지를 따라 야생 노새 고모 집에 찾아가 고기를 먹던 모습이다. 아버지가 내가 정신없이 고기를 먹는 틈을 타, 야생 노새 고모의 연분홍빛 목에다 키스하던 장면이 떠올랐다. 그럴 때면 야생 노새 고모는 놀란 듯 손을 멈춘 채, 엉덩이로 아버지를 슬쩍 한 번 건드리면서 나지막한 목소리로 코맹맹이 소리를 냈다. 이 수캐! 애가 보고 있잖아…… 나는 아버지가 하는 말을 들었다. 보면 봤지 뭘! 우리 부자는 형제간이란 말이야…… 고기를 삶는 가마에서는 뜨거운 김이 뭉게뭉게 올라왔고, 육질의 향이 마치 짙은 안개처럼 방 안에 가득했다는 것을 나는 지금도 기억하고 있다. 오늘처럼 이렇게 날씨는 어두웠다.

무쇠로 만든 난로 위에 널어놓았던 붉은 옷은 이미 자주색으로 변했다. 박쥐가 평소보다 낮게 날았으며, 은행나무도 땅에다 무겁고 어두운 그림자를 드리웠다. 날은 이미 검푸른 색으로 바뀌었고, 하늘에도 반짝이는 별들이 얼굴을 내밀었다. 모기와 벌레들이 사찰 안에서 앵앵거렸고, 큰스님은 두 손으로 땅을 누르면서 천천히 일어섰다. 그는 조각상 뒤로 돌아갔다. 나는 그 여인을 또 한 번 곁눈질해 보았다. 그녀는 이미 안으로 들어와 있었는데 큰스님을 따라 뒤로 들어가는 게 아닌가. 나는 그녀의 뒤를 따라 걸어가 보았다. 큰스님은 라이터 하나를 찾더니 불을 켰고, 하얗고 굵은 초에다 불길을 갖다 대더니 그 양초를 양초 물이 가득한 촛대에 꽂아놓았다. 라이터의 금빛은 몹시 반짝거렸는데 보기만 해도 명품이라는 것을 알 수 있었다. 여인의 동작이 매우 자연스럽고 익숙해 마치 자기 집에 있는 것 같았다. 그녀는 촛대를 들더니 큰스님과 내가 잠을 자는 작은방으로 들어갔다. 우리가 매일 밥을 끓여 먹는 석탄 난로 위에 놓인 시커먼 무쇠 가마 안에서는 이미 물이 끓고 있었다. 그녀는 촛대를 자색 걸상 위에다 놓은 뒤 큰스님을 물끄러미 바라보면서 아무 말도 하지 않았다. 큰스님은 아래턱을 위로 하고 가름대를 가리켰다. 나는 그곳에 이삭 두 개가 걸려 있는 것을 보았다. 일렁거리는 촛불 아래에 놓인 그 이삭은 마치 늑대 꼬리 같아 보였다. 그녀는 작은 걸상을 딛고 일어서더니 이삭 세 개를 거머쥐고 뛰어내렸다. 그리고 그것을 손바닥에 올려놓고 비비더니 껍질을 벗겨냈다. 그리고 다시 입가로 가져다 불어대니, 열댓 개의 노란 쌀알이 그녀의 손바닥에 떨어졌다. 그 여자는 손 안에 든 쌀알들을 가마 속에 넣고 덮개를 덮었다. 그러고는 조용히 앉아 기척 소리도 내지 않았다. 큰스님도 온돌에 멍청하게 앉아 아무 말도 하지 않았다. 스님 귓가에 들러붙은 파리들은 어느 사이에 다 날아가버리고 없었다. 그러자 스님의 귀는 진솔한 모습을 드러냈다.

그런데 큰스님의 귀는 너무도 얇고 투명해서 따져보니 그다지 진솔해 보이지 않았다. 파리들이 큰스님의 귀에서 피를 다 빨아 먹은 것은 아닌가 싶을 정도였다. 우리 머리 위에서는 모기들이 앵앵거렸고 또 많은 이들도 있었으며 그것들은 내 얼굴에 부딪치기도 했으며 그중의 몇 마리는 내가 입을 벌렸을 때 내 목구멍 안으로 뛰어 들어왔다. 공중에 대고 손을 한 번 휘두르니 아주 많은 모기와 이들이 내 손아귀에 잡힌 느낌이 들었다. 나는 도축 마을에서 자랐기에 살생을 너무 보아서 선에 대해 알고 있던 상식을 죽여야 했다. 하지만 큰스님을 스승으로 모시려고 마음먹은 이상 살생은 제일 최저로 지켜야 할 도리이다. 나는 손을 펴서 나는 놈은 날아가게 하고 뛰는 놈은 뛰어가게 하였다.

돼지 멱따는 소리가 마을에 울려 퍼졌답니다. 마을의 도축장에서 이미 살생이 시작된 것이죠. 고기 삶는 냄새가 마을에 가득했습니다. 고기 장사꾼들은 이미 팔 물건들을 준비하고 있었습니다. 저희들의 차에도 이미 짐을 다 실었으니 이제 곧 출발할 것이었죠. 어머니는 차 밑에서…… 연장을 꺼내서 차 앞에 있는 십자 구멍 속에 밀어 넣었으며 먼저 심호흡을 하고 나서 허리를 굽히고 두 다리를 벌리고 서서는 힘껏 돌리기 시작했습니다. 처음 몇 번은 아주 느렸지만 점차 윤활해지기 시작했지요. 어머니의 몸은 아래위로 움직였는데 그 동작은 아주 용맹스러웠으며 폭발력이 있어서 완전히 남자 같았습니다. 기름 짜는 기계의 프로펠러는 주룩 소리를 내면서 돌아갔고, 폐유통 속에서도 털털 소리가 났습니다. 어머니는 기운을 다 쓰고 나서 갑자기 허리를 펴면서 큰 숨을 몰아쉬었습니다. 마치 금방 물속에서 머리를 빼낸 것 같았죠. 기름 짜는 기계의 프로펠러는 몇 번 돌다가 멈추었습니다. 그러므로 처음 시동은 실패한 것입니다. 동짓달에 들어서 발농기가 속을 썩여 우리 모자에게 제일 골치 아픈 일이 되었기에 저는 처음부터 시동이 성공하지 못한다는 것을 알고 있었습니다. 어머니는 구걸하는 눈길로 저를 바라봤습니다. 제가 어머니를 도와서 시동을 걸어주기를 바라면서 말입니다. 저는 시동 핸들을 잡고 젖 먹던 힘까지 낸 뒤에야 겨우 발동기 프로펠러를 움직이게 했는데 금방 몇 바퀴 돌자 기진맥진해졌습니다. 일 년 내내 고기를 먹지 못하는 사람이 어디에서 기운이 나겠습니까? 저는 손을 놓았고 시동 핸들은 반작용력으로 돌아와서 저를 땅에다 쓰러뜨렸죠. 어머니는 대경실색하면서 달려와 제게 괜찮냐고 물었습니다. 저는 땅에 누워서 죽은 것처럼 하고 있었는데 마음속에는 쾌감이 가득했지요. 만약 그 시동 핸들이 저를 때려죽인다면 먼저 죽는 것은 어머니의 아들이며 그 다음에 자신이기 때문입니다. 고기도 없는 생활에 무슨 미련이 있겠습니까? 고기도 얻어먹지 못하는 고통과 비할 때 시동 핸들에 한 번 얻어맞는 것쯤은 아무것도 아니었던 것입니다! 어머니는 저를 일으키고 아들인 제 몸을 아래위로 훑어보더니 아무런 상처도 보이지 않자 한쪽에 밀어놓고 훌륭한 인재가 못 된 것이 안타깝다는 듯 말했습니다.

"한쪽에 비켜 있어! 너, 뭘 할 줄 아냐?"

"전 힘이 없단 말입니다!"

"네 힘은 어디로 갔단 말이냐?"

"아버지가 말했는데요, 사내들이란 고기를 먹지 않으면 기운이 나지 않는다고 했어요!"

"흥!"

어머니는 스스로 시동을 거느라 몸이 아래위로 들썩거렸지요. 머리 뒤의 머리카락들은 바람에 날려서 마치 쇠꼬리 같았습니다. 평일에는 서너 번 돌리면 낡아빠진 기름 기계는 아주 귀찮다는 듯 컹컹 소리를 내면서 움직였지요. 마치 기관지염에 걸린 늙은 산양 같았습니다. 그런데 그놈은 울지 않았습니다. 그놈은 울지 않으려고 맹세를 했나 봅니다. 그날은 입동 이래로 가장 추운 날이었습니다. 검은 구름이 가득하고 공기도 습했으며 작은 북풍도 칼로 에듯이 얼굴을 찔렀으며 금방이라도 눈이 내릴 것 같았죠. 그런 날에는 기계도 멀리 가기 싫었던 모양입니다. 어머니는 얼굴이 붉어졌고 입을 커다랗게 벌리고 숨을 몰아쉬고 있었으며 이마에서는 땀방울이 솟아나고 있었습니다. 그녀는 원망스러운 눈길로 저를 바라보고 있었습니다. 기름 기계에 시동이 걸리지 않는 것이 제 잘못인 듯싶었죠. 저는 아주 고통스러운 표정을 짓고 있었지만 마음속으로는 슬그머니 기뻤죠. 그처럼 추운 날씨에, 얼음보다 찬 경운기에 앉아 세 시간씩이나 흔들거리며 육십 리 밖에 있는 현의 정부청사 동네로 찾아가서 차가운 보리떡과 무짠지 반 조각을 먹고 싶지는 않았던 것입니다. 그녀가 선심을 써 제게 돼지 꼬리 하나를 선사한다고 해도 저는 사실 가기 싫었습니다. 만약 절인 돼지발을 두 개 정도 선사한다면? 하지만 그런 일은 발생할 가능성이 희박했지요.

어머니는 너무나 실망했지만 그래도 희망을 잃지 않았답니다. 그런 날씨는 백정들에게도 대목이지만 고물을 파는 사람들에게도 대목이었기 때문입니다. 날씨가 추웠기 때문에 물을 주입한 고기도 물이 샐 걱정이 없을뿐더러 변질될 걱정도 없었습니다. 그리고 폐품 회사 검사원들도 추위 때문에 검사를 대충했기에 물을 섞은 종이 박스들도 순조롭게 넘어갈 수 있었습니다. 어머니는 허리를 묶고 있던 전선을 풀었지요. 그리고 누런 색깔의 남성용 점퍼를 벗어버리고, 수거해 온 속옷이긴 했지만 완전히 새것이나 다름없는 나일론 스웨터를 허리춤에다 밀어 넣고 매우 세련된 모습을 갖추었지요. 그러니 위세가 당당해 보였습니다. 그 털 스웨터 앞가슴에는 한 줄의 구불구불한 무늬가 박혀 있었고 하늘로 발길질하는 여인의 그림이 찍혀 있었습니다. 이 스웨터는 보물이었죠. 어머니는 어두운 밤이면 정수리로부터 아래쪽으로 그 스웨터를 벗었는데, 그때 스웨터는 탁탁 하면서 파란 불꽃을 튀기곤 했죠. 이런 불꽃은 어머니의 피부를 자극해, 어머니는 낮은 소리로 신음했지만 아프지 않느냐고 물으면 언제나 아프지 않다고 대답했습니다. 아프기는커녕 약간씩 찔리는 듯한 느낌 때문에 어머니는 차라리 기분이 좋다고 했습니다. 지금 저는 많은 지식을 쌓았기 때문에 그것이 바로 정전기라는 것을 압니다. 하지만 그때 저는 그 스웨터를 매우 특별한 보배라고 여겼지요. 언젠가 저는 그 스웨터와 돼지 대가리 절반을 바꿔 먹을 생각을 한 적도 있었죠. 하지만 막상 실행하려고 하다가 주저앉고 말았죠. 저는 비록 어머니의 행동에 대해 불만이 많긴 했지만 생각해보면 늘 어머니가 위대하다는 생각도 들었던 것이죠. 제가 어머니에게 무엇보다 불만족스러운 것은 저에게 고기를 주지 않는다는 것인데, 어머니 역시 먹지 않고 있지 않나요? 만약 어머니가 남몰래 고기를 먹으면서 제게 주지 않는다면 그 스웨터 하나쯤 팔아버리는 게 문제가 아니라, 제 어머니를 인신매매단에게 팔아먹고도 눈 하나 꿈쩍하지 않았을 겁니다. 사실 어머니는 저를 데리고 갖은 고생을 다 겪으면서도 돼지 꼬리 하나가 아까워서 먹지 않는데 제가 더 이상 무슨 할 말이 있겠습니까? 선두에서 열심히 일을 하는 어머니를 이 아들은 따를 수밖에 없지요. 다만 아버지가 돌아와서 이 고난의 날들이 어서 빨리 끝나기만 바랐지요. 어머니는 힘을 모으고 자세를 바로하더니 숨을 길게 몇 번 들이마셨죠. 그리고 숨을 모으더니 앞니를 드러냈고 결국에는 아랫입술을 깨물고서 시동을 걸기 시작했습니다. 이 정도의 기름 소모라면 대략 일 분 동안 이백 킬로미터 되는 속도를 얻었을 겁니다. 이런 속도는 말 다섯 필이 끄는 힘과 같은데 이런 속도를 가해도 여전히 시동이 걸리지 않는다면 이 개 같은 기계는 진정 씨발 놈이죠. 상투적인 나쁜 놈이 아니라 어디에도 비유할 대상이 없을 만큼 아주 지랄 같은 놈이죠. 그런데 그놈은 진짜 나쁜 놈이었습니다. 어머니는 기운을 다 빼고는 시동 핸들을 땅에다 던져버렸죠. 시동을 걸었지만 기계는 아주 무정한 미소를 지으며 아무런 소리도 내지 않았어요. 어머니의 얼굴은 노랬고, 눈길은 아득했으며, 실망을 한 나머지 의지가 흐트러지는 모습을 보였지요. 어머니의 이런 모습은 차라리 귀여웠습니다. 제가 제일 반감을 느끼며, 두려워하는 모습이란 어머니가 의기충천하여, 투지를 불태우는 그런 모습입니다. 그런 모습의 어머니는 제일 인색하지요. 오직 돈을 벌기 위해서 저와 함께 흙을 먹고 바람을 마시고 싶어 했으니까요. 그런데 눈앞의 이런 모습의 어머니는 어쩌면 돈을 흥청망청 쓸 가능성이 있으며, 그렇게 되면 밀가루 반죽으로 면을 만들고, 배추 반 포기를 넣고 식물성 기름 몇 방울을 떨어뜨리거나 심지어 너무 짜서 다른 사람들이 먹으면 한 길 높이로 뛰게 되는 새우젓도 아낌없이 사용할 것입니다. 전기가 우리 마을에 들어온 지 십 몇 년이 지난 후에도, 우리가 새로 지은 커다란 기와집에는 전기 시설이 들어오지 않았습니다. 예전에 할아버지가 물려주신 초가집에는 전기가 들어왔죠. 그런데 당시의 우리는, 유채 기름등잔으로 조명을 밝히는 암흑의 시대로 되돌아가버린 셈이죠. 어머니 말씀으로는 그토록 근검절약하는 이유란 결코 인색해서가 아니라, 현의 간부들이 전기료를 터무니없이 높이니까, 그런 탐관오리의 행동 앞에 실제적이고 바람직한 저항을 하는 것이라고 했어요. 저희들이 콩 알갱이 같은 식용 기름 등불 아래에서 저녁을 먹을 때면 어머니의 얼굴은 어둠 속에서 매우 득의양양해졌습니다. 그 순간이면 이렇게 말했습니다.

"올려라! 마구 올려라. 그래 마구 올려서 일 리터 전기 사용료를 팔천 위안씩이나 받으면 너희들 속이 후련할 게다. 그러나 아무튼 나는 너희들의 더러운 전기를 쓰지 않을 거니까."

어머니는 심정이 편안해지면 식용 기름등조차 켜지 않았습니다. 제가 의견을 제기하면 어머니는 이렇게 말하곤 했지요.

"수를 놓는 것도 아니고, 밥을 먹을 뿐인데, 보이지 않는다고 밥을 콧구멍 속으로 밀어 넣겠냐?"

어머니 말은 정말 맞는 말이지요. 전등이 없다고 코에다 밥을 밀어 넣지는 않지요. 이렇게 가열차게 투쟁하면서 마구 우겨대는 어머니를 만났으니 저는 할 수 없이 순종해야 했으며, 제게는 약간의 성질을 부릴 기회조차 없었죠.

어머니는 시동을 걸지 못하자 상심하면서 거리로 나갔습니다. 누굴 찾아가서 물어볼 모양이었죠. 란 씨를 찾아가지나 않을까요? 충분히 가능성 있는 얘기죠. 이 기계는 란 씨가 낡았다고 팔아먹은 것이니 그는 이 기계의 성질을 누구보다 잘 알고 있을 겁니다. 그러나 잠시 후 어머니는 기세등등하게 돌아왔는데, 흥분된 목소리로 이렇게 말했습니다.

"아들아! 불을 질러서 이 개 같은 놈을 태우자!"

저는 정중하게 물었지요.

"란 씨가 그렇게 말해준 거예요?"

어머니는 놀랍다는 듯한 눈길로 저를 주시하면서 물었죠.

"너, 왜 그런 눈길로 나를 바라보고 있는 거냐?"

"아무것도 아닙니다. 그럼 태우지요!"

어머니는 벽 모퉁이에서 낡은 고무 덩어리를 한 무더기 안고 와서 기름 기계 밑에다 깔아놓았죠. 그리고 방 안에서 불씨를 갖고 와 불을 지폈습니다. 고무가 타면서 누런 불길이 치솟더니 검은 연기를 뿜어냈지요. 코를 찌르는 더러운 냄새를 풍겼습니다. 몇 년 전에 저희들은 대량의 고무를 수집했는데 그 고무를 녹여 정방형으로 만들어야만 고물 수집소에다 팔 수 있었지요. 그때 우리집은 마을 중앙에 자리 잡고 있었으므로 우리가 만들어내는 더러운 냄새 때문에 이웃들이 강력하게 항의를 했습니다. 우리집 마당에서 날아간 기름띤 검은 연기가 온 마을에 가득했죠. 처음에는 마을 동쪽에 살고 있는 장 씨 할머니가, 자신의 집 우물에서 퍼 올린 물을 가지고 와서 어머니에게 보였습니다. 하지만 제 어머니는 도통 볼 생각을 하지 않았지요. 그러나 저는 보았습니다. 물바가지에는 검은색의 올챙이 같은 것이 둥둥 떠 있었는데 그것은 우리집에서 고무를 태울 때 나오는 검은 연기에서 떨어진 고약한 분진들이었지요. 장 씨 할머니는 분노에 차서 어머니에게 말했습니다.

"샤오퉁 엄마! 대체 우리들에게 이런 물을 마시게 하면 당신 마음이 편해? 이런 물을 마시다간 우리 모두 병이 나지 무사하겠어?"

어머니는 그 할머니보다 더더욱 분노에 찬 목소리로 대꾸했지요.

"나야 마음이 편해요! 조금도 불안하지 않단 말이오! 시커먼 고기를 팔아대는 당신들이야 말로 아예 깡그리 죽어버려야 해!"

장 씨 할머니는 뭐라고 또 말하려다가 분노에 차서 붉어진 어머니의 눈을 보고서는 이길 수 없다는 것을 알고 그만두었습니다. 나중에는 또 아저씨들 몇이 우리집에 와서 항의를 했습니다. 제 어머니는 거리로 나가서 소리 내어 울면서 아저씨들이 합쳐서 과부와 아이를 괴롭힌다면서 길 가는 사람들이 발걸음을 멈추고 구경하게 했죠. 란 씨네 집은 바로 우리집 뒤에 있었는데 그는 저택지 허락하는 권리를 쥐고 있었습니다. 저의 아버지가 있을 때 어머니의 재촉하에 그에게 저택지로 승인해달라고 부탁했었으며 그는 우리들이 그 문제와 관련해서 인사를 차리기를 기다리고 있었죠. 아버지는 근본적으로 집을 지을 생각조차 없었기에 인사는 물론 올리지 않았지요. 아버지는 저에게, '아들아, 고기가 있으면 우리가 먹으면 얼마나 좋겠니? 그런데 왜 그 사람에게 갖다 주겠니?'라고 조용히 말했습니다. 아버지가 가버린 후 어머니도 요구를 제기하며 또 그에게 과자 한 봉지를 올렸는데 그 집을 나오자마자 그 과자가 날아왔습니다. 그런데 우리가 고무를 태우기 시작해서 반년이 안 되던 어느 날, 현의 성으로 가는 길에서 그와 만나게 되었습니다. 그는 초록색 삼륜 오토바이를 타고 있었으며 바람막이 유리에는 '공안公安'이라는 글자가 적혀 있었습니다. 그는 흰색 헬멧을 쓰고 있었으며 몸에는 검은색 가죽 옷을 입고 있었죠. 차 옆 좌석에는 살이 찐 커다란 사냥개 한 마리가 단정하게 앉아 있었습니다. 사냥개 콧등에는 검은색 안경이 걸쳐져 있었는데 마치 지식분자 같았습니다. 그놈이 아주 엄숙하게 우리를 바라보고 있어서 저는 두려웠죠. 그때 우리 트랙터가 고장 나는 바람에 다급해진 어머니는 이리저리 돌아다니며, 차를 보면 차를 불러 세우고, 사람을 보면 사람을 불러 세워 도와달라고 청했지만 누구도 우리를 도와주려는 사람이 없었습니다. 우리는 오토바이를 세웠고, 란 씨가 헬멧을 벗은 후에야 그를 알아보았습니다. 그는 오토바이에서 내려서 녹이 슨 가름판을 발로 걷어차면서 경멸하듯이 말했습니다.

"이 낡아빠진 차를 벌써 바꿨어야지!"

어머니는 말했죠.

"저는 먼저 집을 짓고 나서 다시 돈을 모아 새것으로 바꿀 계획이었어요."

란 씨는 머리를 끄덕이면서 말했습니다.

"그래? 아주 고집 있는 사람이구먼."

그는 무릎을 꿇고 앉아 트랙터를 수리해주었습니다. 어머니는 나를 끌고서 그에게 천 번이고 만 번이고 고맙다고 인사를 했죠. 그는 낡은 천으로 손을 닦으면서 고마울 것 없다고 하면서 제 머리를 다독였죠.

"네 아빠는 돌아왔니?"

그가 물었습니다. 저는 그의 손을 뿌리치고 한 발 물러서서 분노에 찬 눈길로 그를 노려보았죠. 그는 웃으면서 말했습니다.

"성격이 아주 예민하구나. 사실 네 아빠가 나쁜 놈이던데!"

저는 말했습니다.

"아저씬 더 나쁜 사람이에요!"

어머니는 저의 귀뺨을 때리면서 저를 질책했습니다.

"어떻게 그런 말투로 아저씨에게 말을 할 수 있니?"

그는 너그럽게 말했죠.

"괜찮소. 애야! 너희 아빠에게 편지를 써서 빨리 돌아오라고 하렴. 내가 그를 이미 용서했다고 말이야."

그는 오토바이에 올라서 시동을 걸었는데 배기통에서 소리가 나는가 싶더니 사냥개가 왕왕 짖는 듯했습니다. 그는 큰 소리로 어머니를 돌아보며 말했죠.

"어이! 량위전! 고무를 그만 태우시게. 내가 집 지을 땅을 허락해 줄 테니, 오늘 우리집에 와서 문서를 가져가시오!"

그렇게 말했습니다!

제10 포
第十炮

좁쌀죽 향기가 작은 방 안에 가득했다. 여인은 덮개를 열었다. 나는 가마 속의 죽이 너무도 많아서 세 그릇을 충분히 담을 수 있다는 것을 발견하고 놀랐다. 여인은 벽 모서리에서 세 개의 까만 그릇을 꺼내더니 가장자리가 시커멓게 타 들어간 나무 국자로 죽을 퍼 담았다. 한 국자, 한 국자, 한 국자, 또 한 국자, 한 국자, 그리고 또 한 국자, 한 국자, 한 국자, 그리고 또 한 국자, 세 그릇에 가득 퍼 담았는데도 가마 속에는 아직도 죽이 가득했다. 나는 놀랍고도 이상하다는 생각이 들었으며 또한 어리둥절하기도 했다. 이렇게 많은 죽을 열 몇 개밖에 안 되는 곡식 알갱이로 끓여냈단 말인가? 이 여인은 도대체 어떤 존재일까? 요정일까? 아니면 신선일까? 좀 전에 억수같이 비가 쏟아질 무렵, 우리 사찰로 들어왔던 여우들이 죽 향기를 맡고 우리들이 머물고 있는 작은 방 안으로 대범하게 걸어 들어왔다. 어미 여우가 앞장서고 아비 여우는 뒤에 섰는데 그들 사이로 털이 보송보송한 어린 여우 세 마리가 아장아장 걷고 있다. 그들은 어수룩해 보이지만 몹시 귀여웠다. 번개가 치고 천둥이 울며 큰비가 억수같이 쏟아질 무렵, 필경 짐승들은 그런 날들을 즐긴다는 말이 진정 거짓이 아니었다. 큰 여우 두 마리는 가마 앞에 꿇어앉아서 수시로 대가리를 들고서 여인을 쳐다보았다. 그들의 눈에는 구걸하는 빛이 역력했다. 그리고 눈에 탐욕스러운 빛을 띠고 간혹 가마를 주시하기도 했다. 그놈들의 뱃속에서 꾸르륵꾸르륵 하는 소리가 났는데 그것은 기아에 쪼들린 소리였다. 작은 여우 세 마리는 어미 뱃가죽 밑으로 고개를 들이밀면서 젖꼭지를 찾고 있다. 수컷 여우의 눈은 축축이 젖어 있었으나 눈빛만큼은 매우 생동감이 있었으며 수시로 입을 열고 뭔가 말을 하려는 낌새가 엿보였다. 나는 그놈이 입을 열고 말을 한다면 뭐라고 지껄일지 이미 알고 있었다. 여인이 큰스님을 쳐다보자 스님은 한숨을 내쉬더니 자기 앞의 죽 그릇을 어미 여우 앞으로 밀어준다. 여인도 그 행동을 금세 배워 자기 앞의 죽 그릇을 수컷 여우 앞으로 밀어준다. 두 여우는 큰스님과 여인을 향해 고개를 끄덕이면서 인사를 하더니 훌쩍거리면서 먹기 시작한다. 죽은 매우 뜨거웠기에 그놈들은 조심스레 먹고 있었는데 눈에는 눈물까지 머금고 있다. 나는 조금 어색했다. 눈앞의 죽을 먹어야 할지 혹은 먹지 말아야 할지 가늠하기 어려운 상황이었다. 큰스님이 말했다.

"어서 먹어라. 이건 내가 먹어본 죽 중에서 제일 맛있는 죽이구나. 나는 이제 더 이상 이런 죽을 먹을 수 없을 거야."

나와 두 마리 여우는 죽 세 그릇씩을 비웠다. 여우는 트림을 하면서 어린 여우들을 데리고 비틀거리면서 나간다. 그 시각 나는 가마 속이 이미 깨끗해져서 죽이 조금도 남아 있지 않다는 것을 발견했다. 아주 송구스러웠다. 그러나 큰스님은 보아하니 이미 침대에 앉아 염주를 돌리고 있었는데 마치 잠든 모습 같았다. 그 여인은 석탄 난로 앞에 앉아서 손으로 쇠고리를 쥐고 장난하고 있었다. 미약한 난롯불이 그 여인의 얼굴을 비추고 있었는데 무척이나 생동감이 있어 보였고, 정신이 해맑아 보였다. 여자는 간혹 미소를 짓곤 했는데 마치 아름다웠던 지난 추억을 회상하고 있는 것 같기도 했고, 아무런 생각도, 아무런 회상도 하지 않는 평온한 상태 같기도 했다. 나는 불룩한 뱃가죽을 어루만지면서 저쪽 사찰에서 새끼 여우들이 젖 먹는 소리를 들었다. 나는 나무 굴 속에서 새끼 고양이들이 젖 먹는 소리를 들을 수 없었지만 그놈들이 젖을 먹는 모습을 어쩌면 본 것 같기도 했다. 문득 나도 젖을 먹고 싶다는 강렬한 욕망을 느꼈다. 그러나 나의 젖꼭지는 어디에 있단 말인가? 나는 졸음이 온다는 느낌이 전혀 없었다. 다만 나는 젖을 먹고 싶다는 욕망에 저항하기 위해 이렇게 말했다.

"큰스님! 저는 계속 이야기하겠습니다."

택지 불하문서를 받아 쥔 어머니는 너무도 감동한 나머지 불안을 감추지 못하고 참새처럼 말이 많아졌습니다.

"샤오통! 란 씨는 우리가 생각했던 것처럼 그렇게 나쁜 사람은 아니야."

나는 어머니가 무슨 말을 하려는 것인지 알 수 없었죠.

"글쎄, 아무 말도 하지 않고 이 문서를 주었단 말이야."

어머니는 커다란 붉은 도장이 박혀 있는 집문서를 내게 펼쳐 보였습니다. 그러고는 나를 부여잡고 아버지가 도망간 후 우리 모자가 걸어온 길에 대해서 스스로 기쁨으로 들떠 있었고, 안정감을 느낌과 동시에 자부하는 마음이 가득했지요. 저는 너무도 졸려서 눈도 뜰 수가 없었으므로 머리를 들이박고 잠들고 말았습니다. 제가 한잠 자고 일어났을 때였죠. 어머니는 겹옷을 하나 걸치고 벽에 기댄 채 혼자 어둠 속에서 두런두런 이야기를 계속하는 게 아니겠어요? 만약 제가 어릴 때부터 담이 큰 사내애가 아니었다면 틀림없이 어머니의 그런 행동에 놀라 반죽음이 되었을 겁니다. 어머니가 그때 서술하신 장편 연설은 다만 연습에 불과합니다. 반년 후에 우리들이 커다란 기와집을 다 짓게 되었던 저녁에야 정식 연설은 시작되었죠. 그날 우리는 여전히 마당에 임시로 지어놓은 움막에서 기거했지요. 초겨울의 달빛은 그 큰 집을 너무도 휘황하게 비추었고, 벽에 붙여놓은 무늬들은 반짝반짝 빛을 뿜었죠. 사방팔방에서 불어대는 바람이 움막 안으로 스며들었고, 찬 기운이 사람을 덮쳤으니, 어머니가 하는 말들은 밖으로 줄줄 용솟음쳐 흘러나왔지요. 저는 어머니 이야기를 듣고 있자니 백정들이 소를 잡을 때 이리저리 흔들던 기다란 창자 생각이 났어요.

"뤄퉁! 뤄퉁! 당신! 이 양심 없는 잡종 새끼야!"

어머니는 계속해서 말했습니다.

"네가 없다고 해서 우리 모자가 살아가지 못할 줄 알았니? 흥! 우리는 살아나갈 뿐만 아니라 커다란 기와집까지 지었어! 란 씨네 집 높이는 오 미터이지만 우리집은 오 미터 십 센티미터야! 란 씨네 집은 시멘트로 벽을 발랐지만 우리는 컬러로 된 벽지를 붙였어!"

저는 사실 어머니의 허영심에 매우 반감을 가지고 있었습니다. 란 씨네 집은 밖은 비록 시멘트로 벽을 했지만, 안에는 나무로 천장을 했고 벽에는 고급스런 타일을 붙여놓았으며, 바닥에는 대리석을 깔아놓았던 것입니다. 우리집 밖은 모자이크를 붙여놓았지만 안에는 석회로 벽을 발라놓았으며 천장의 가름대가 다 드러났고, 지면地面도 울퉁불퉁했으며 난로에 넣었던 찌꺼기만 깔아놓았습니다.

란 씨네 집은 '만두 속에 고기가 들어 있다면, 주름이 얼마나 많든지 상관없다'는 식이었지만 우리집은 '노새 똥도 겉모습은 빛이 난다'는 식이었습니다. 한 줄기 달빛이 어머니의 얼굴에 비쳐서 마치 영화에 등장하는 특별한 장면을 연상할 수 있었습니다. 어머니는 입술을 끊임없이 움직였고, 입가에는 두 송이의 흰 거품이 묻어 있었습니다. 저는 축축한 이불을 당겨서 마구 뒤집어쓰고서 어머니의 넋두리를 들으며 흐릿한 정신으로 잠이 들었습니다.

제11포

第十一炮

"애야! 그만 말해라!"

여인이 처음으로 입을 벌리고 말한다. 그 음절 사이에는 꿀과 같은 무슨 선이 깔려 있는 듯하다. 그녀가 이미 많은 고생을 했다는 것을 짐작케 하는 소리였다. 그녀는 약간 미소를 지었는데 그 속에는 신비한 암시가 가득했다. 잠시 후 그녀는 몇 발자국 뒤로 물러서더니 언제 나타났는지, 아니면 원래부터 그곳에 있었던 것인지 알 수 없는 어떤 붉은색의 고풍스런 나무 의자에 앉았다. 여자는 나를 향해 손을 저으면서 다시 입을 열고 말한다.

"애야! 그만 말하렴. 나는 네가 무슨 생각을 하고 있는지 이미 알고 있어."

내 눈길은 더 이상 그녀의 몸에서 떠날 수가 없게 되었다. 나는 그녀가 아주 천천히 마치 어떤 예술적 표현이라도 하듯 아주 느리게 그 커다란 겹옷의 구리 단추를 푸는 것을 보았던 것이다. 그와 동시에 갑자기 팔을 벌리자 두 가지 색상인 겹옷이 펼쳐졌는데 그 모습은 마치 타조가 날개를 펼치는 것 같았다. 그러더니 그 소박하고 낡은 겹옷 밑에 가려졌던 화려한 육체를 드러낸다. 순간 나는 정말 도취되어 이성을 잃는다. 내 머릿속에서는 우우거리는 소리가 나고 몸은 실실 추웠으며 심장 박동이 격렬해졌음은 물론 이빨까지 덜덜 떨린다. 마치 알몸으로 얼음 위에 서 있는 것 같다. 난롯불과 촛불이 비추고 있는 그 아래 그녀의 눈과 이에서 한결같은 빛이 뿜어지고 있다. 그녀의 망고 같은 유방은 가운데가 약간 아래로 처져 있으면서 아름다운 곡선을 이룬다. 제일 고봉에서 다시 젖꼭지가 우아하게 치켜들린 그녀의 유방은 마치 고슴도치 등가죽을 닮은 어린 야수들이 그 수려한 주둥이를 치켜들고 있는 것 같다. 그들은 아주 친근감 있게 나를 부르고 있다. 그러나 내 발은 마치 뿌리라도 내린 듯 움직일 수 없다. 나는 큰스님을 훔쳐보았다. 큰스님은 두 손을 합장하고 좌선하고 계셨는데, 마치 이미 열반의 세계로 들어선 듯하였다. 큰스님…… 나는 낮은 목소리로 고통스럽게 불렀다. 스님으로부터 내 스스로를 구할 수 있는 힘이라도 얻으려는 듯, 아니 사실은 스님의 허락을 받아내고 싶었다. 나에게 자신의 욕망에 순종하라는 허락이라도 떨어지기를 바라고 있었다. 하지만 큰스님은 꼼짝도 하지 않았으니 마치 얼음 조각 같았다.

"애야!"

그 여인이 입을 연다. 그러나 그녀의 입술은 말한 흔적이라곤 조금도 없다. 그 소리는 마치 머리 위의 허공에서 울려온 것 같고, 어쩌면 그녀의 뱃속에서 울려 나온 것 같다. 나는 물론 복화술에 대한 이야기를 들은 적이 있다. 하지만 복화술을 알고 있는 사람들은 대개 무술 세계의 고수들이 아니면 서커스를 하는 풍만한 여인들이나 영리하면서 메마른 어릿광대들뿐이었다. 이런 사람들은 모두들 평범한 사람들이 아니었다. 이런 사람들의 몸에서는 모두 신비하고 이상한 기운을 풍겼으며, 그들은 항상 사람들에게 마술과 영아 살인사건 같은 것을 상상하게 만들었다.

"애야! 다가오렴."

그 소리는 또 전해져온다.

"너 자신의 마음을 거역하지 마라. 네 마음이 가리키는 대로 하여라. 너는 네 마음의 노예이지 주인이 아니란다."

하지만 나는 아직도 몸부림치고 있다. 만약 내가 한 발자국만 내디디면 영원히 돌아올 수 없다는 것을 알고 있다.

"너, 왜 그러니? 넌 줄곧 나를 생각하고 있지 않았니? 그런데 고기가 입가로 다가오니 오히려 먹을 용기가 없어진 거니? 나는 여동생이 죽은 뒤로 이미 고기를 먹지 않기로 결심했단다. 그리고 그때부터 진짜 고기를 먹지 않았지. 지금 나는 고기만 보아도 구역질이 나고 죄책감이 떠오르며 고기가 나에게 갖다 준 재난이 떠오른단다."

고기 이야기가 나오자 나는 자제력을 약간 회복한다. 그녀는 냉소를 지었는데 마치 찬 공기가 동굴 속에서 나오는 것 같다. 이어서 그녀는 이렇게 말하기 시작한다 — 이번에 나는 그녀의 입이 열렸다 닫혔다 하는 모습을 확실히 보았으며 얼굴에 나타난 비웃는 듯한 표정도 보았다 — 너는 고기를 먹지 않는다면 죄를 감할 수 있다고 여기는 거니? 너는 내 젖을 먹지 않는다면 네가 청결할 거라고 느끼는 거니? 너는 비록 몇 년 동안 고기를 먹지 못했다고 하지만 너는 고기에 대한 생각을 한 순간도 잊은 적이 없단다. 너, 오늘 내 젖을 먹지 않아도 괜찮다. 하지만 너는 이후로 나의 유방을 영원히 잊지 못할 것이다. 네가 어떤 사람인지 나는 아주 잘 알고 있단다. 나는 네가 크는 것을 보고 자랐다는 것을 너는 알아야 한다. 그러므로 나는 나 자신을 이해하듯이 너를 알고 있단다.

내 눈물은 순식간에 위로 솟구친다. 당신이 야생 노새 고모예요? 당신은 아직도 살아 있단 말인가요? 당신은 죽지 않았단 말입니까? 나는 어떤 따뜻한 바람이 불어와 나를 그녀의 앞까지 데리고 간 것 같은 느낌이 든다. 하지만 그녀의 냉소와 조소는 나를 저지시킨다. 그녀는 입을 비뚤게 하고 이렇게 말한다.

"내가 야생 노새든 아니든 너하고 무슨 상관이니? 내가 살았든 죽었든 너하고 또 무슨 상관이니? 네가 만약 내 젖을 먹고 싶다면 어서 와서 먹으렴. 만약 먹고 싶지 않다면 아예 생각조차 하지 마라. 만약 내 젖을 먹는 것이 죄를 짓는 거라면, 네가 내 젖을 먹고 싶으면서도 먹지 않는 것은 더욱 큰 죄를 짓는 거야."

그녀의 날카로운 조소 때문에 나는 몸 둘 바를 몰랐으며 개 껍질이라도 찾아서 머리를 싸매고 싶다. 그녀가 말한다.

"네가 개 껍질로 머리와 얼굴을 싸맨다 해도 무슨 소용이 있겠니? 너는 언젠가는 개 껍질을 벗어버릴 텐데. 네가 개 껍질을 벗어버리지 않는다고 맹세해도 개 껍질은 천천히 썩어서 찢어질 것이고, 나중에는 감자처럼 생긴 네 얼굴을 드러낸단 말이다."

"그럼 저에게 어떻게 하란 말이죠?"

나는 이렇게 우물거리면서 구걸하는 눈길로 그녀를 바라본다. 그녀는 옷섶을 가리고 나서 왼쪽 다리를 오른쪽 다리 위로 꼬고는 명령하는 듯한 어조로 말한다.

"네 이야기나 계속해."

차디찬 엔진통은 드센 고무 불길에 태워져 이상한 소리를 냈고, 어머니는 그 참에 시동을 걸었으며, 시동기는 퍽퍽 몇 번인가 이상한 소리를 내더니 검은 연기를 연통으로 뿜어냈습니다. 저는 흥분되어 땅에서 뛰어올랐지요…… 비록 저는 어머니가 영원히 시동을 걸 수 없기를 바랐지만 말입니다. 발동기는 몇 번 소리를 내더니 다시 소리가 끊어졌습니다. 어머니는 불쏘시개를 약간 끄집어내더니 다시 불씨를 바꾸었죠. 그러고는 또다시 힘껏 돌렸습니다. 발동기는 마침내 미친 듯한 소리를 질렀습니다. 어머니는 손으로 페달을 힘껏 눌렀으며, 프로펠러는 빠른 속도로 돌아갔죠. 바라보건대 아무런 움직임도 없는 것 같았지만 기계가 떨림과 동시에 연통에서 새어나가는 검은 연기는 저에게 진짜로 시동이 걸렸다는 것을 알려주었죠.

물이 떨어지면서 바로 얼어버릴 정도로 추운 오전 한때 저는 얼어붙은 길을 따라 뱃속을 에는 찬바람을 맞으면서 어머니를 따라 현의 성으로 가야만 했습니다. 어머니는 방 안으로 들어가더니 흰색의 판에다 양가죽으로 된 솜옷을 입고, 허리에는 쇠가죽 벨트를 맨 채 머리에는 검은색 개가죽 모자를 쓰고, 손에는 회색 양탄자를 들고 나왔습니다. 이 양탄자도 우리가 얻어온 물건이지요. 어머니가 쓰고 있는 모자와 입고 있는 가죽 솜옷이나 가죽 벨트도 모두 폐품이었어요. 그녀는 양탄자를 높다란 자동차 지붕에다 던져버렸는데 그곳이 바로 제가 앉을 자리였지요. 양탄자는 제가 추위를 덜 수 있는 물건입니다. 어머니는 운전석에 앉아 저에게 커다란 대문을 열라고 말했습니다. 어머니의 대문은 마을에서도 제일 고집스런 느낌이 깃든 대문이었죠. 이 마을이 조성되고 나서 백 년 이래 우리집 대문처럼 우람한 대문은 처음으로 보았습니다. 이 대문은 강철판과 견고한 삼각의 철을 용접해 만든, 두께가 일 센티미터에 달하는 대문인데 기관총도 뚫을 수 없을지 모릅니다. 대문에는 검은 페인트칠을 했으며, 짐승의 침입을 방지하는 두 개의 누런 자물쇠도 박았어요. 이런 대문은 마을 사람들을 두려움에 떨게 했고 거지들로 하여금 바라보기만 할 뿐 감히 가까이 다가오지 못하도록 만들었지요. 저는 어머니의 그 구릿빛 자물쇠를 열었으며 온 힘을 다 해서 대문을 양쪽으로 밀어놓았습니다. 거리에서 찬바람이 갑자기 몰려 들어와 저는 한기를 느꼈죠. 하지만 그런 한기 따위를 고려할 겨를이 없었어요. 키가 큰 어떤 아저씨가 네댓 살 돼 보이는 여자 애의 손을 잡고 소장수들이 소를 끌고 우리 마을로 들어오기 위해 천천히 걸어오고 있는 것 같은 모습을 보았기 때문이죠. 제 심장은 갑자기 박동을 멈추었다가 다시 퉁퉁 하고 마구 뛰기 시작했으며, 얼굴을 보지 않고도 저는 그 사람이 바로 제 아버지라는 걸 알 수 있었죠.

　오 년 동안이나 보지 못했지만 아침저녁으로 생각했고 아버지가 돌아오는 장면을 아주 성대하게 연상했었지요. 그러나 아버지가 정말 되돌아오게 되었는데 이처럼 평범한 모습일 줄 미처 짐작도 하지 못했어요. 그는 모자도 쓰지 않고 있었으며, 기름기 있는 흐트러진 머리카락에는 보리피리 몇 개가 붙어 있었고, 그 여자 애의 머리에도 보리피리가 붙어 있었습니다. 마치 그들은 보리밭에서 금방 튀어나온 것 같았어요. 아버지의 얼굴은 약간 부은 듯했고, 귀에는 동상이나 있었으며 아래턱에는 반백이 섞인 수염이 돋아 있었죠. 그의 오른쪽 어깨에는 방수포로 만든 불룩하고 누런 숄더 백이 걸려 있었고, 그 가방 끝에는 또한 하얀색의 도자기 항아리가 매달려 있었죠. 그는 기름기가 번들거리는 구식 군복을 입고 있었으며 앞가슴의 갈색 단추도 두 개나 없더군요. 하지만 단추를 잡아매었던 실오라기는 여전히 붙어 있었으며, 단추의 흔적도 아주 명확했습니다. 아래에는 어떤 색인지 알 수 없는 바지를 입고 있었으며, 발에는 무릎까지 올 만큼 목이 높은 소가죽 구두를 신고 있었는데, 그 신발은 팔십 프로는 새 것이었습니다. 비록 가죽 신발 위에는 누런 흙이 붙어 있었지만 발목 부분은 빛이 났습니다. 아버지의 목 높은 이 구두는 저에게 예전의 영광스러웠던 시절을 연상하게 했지요. 만약 이 구두가 아니었다면 그날 아침 그의 형상은 저의 마음속에서 삭막한 인물로 바뀌어버렸을 테죠. 아버지의 손을 잡고 비틀거리면서 잔걸음으로 따라오는 여자 애는 머리에 붉은 색상의 술이 매달린 작은 모자를 쓰고 있었는데, 모자 정수리에는 보송보송한 솜털 같은 공이 달려 있어, 그녀 손이 닿기만 하면 공은 생각 없이 움직였죠. 그 여자 애는 커다랗고 짙은 붉은색의 등산복을 입고 있었는데, 옷의 아래 깃은 발등에 닿을 정도였고, 이 커다란 옷 때문에 그 애는 마치 공기가 가득 찬 고무공 같았습니다. 그러므로 그 여자애가 달음박질치면 공이 굴러가는 것처럼 보였죠. 여자 애는 얼굴이 매우 검었고, 두 눈은 무척 크고 눈초리도 퍽 길었으며 두 줄의 아주 짙은, 그 애의 나이와는 전혀 어울리지 않는 눈썹이, 콧마루 위에서 막 이어놓은 듯이 겨우 붙어서 검은 직선을 그리고 있었죠. 그 여자 애의 눈을 바라보고 있자니, 아버지가 사랑하던 그 여인이 생각났습니다—내 어머니의 원수— 바로 야생 노새였지요. 저는 야생 노새에 대해 원망을 하지 않을뿐더러 심지어 호감을 느끼기까지 합니다. 그녀가 아버지와 함께 도망을 가기 전에 저는 여자의 작은 술집으로 가는 것을 제일 좋아했습니다. 제가 그곳에서 고기를 얻어먹을 수 있었다는 것 또한 그녀에게 호감을 갖는 이유 중의 하나입니다. 하지만 전부는 아니었습니다. 저는 그녀가 저와 아주 가까운 느낌을 받았으며, 또 그녀와 아버지가 서로 좋아하는 사이라는 사실을 알게 된 후에는 더욱 이상한 기분을 느꼈던 것입니다.

저는 아무런 소리도 지르지 않았습니다. 그리고 여러 번 생각했던 것처럼 아버지를 만나자마자 달려가 그의 품속에 뛰어들어 그가 떠난 후 제가 겪었던 고난을 하소연하거나 하지도 않았습니다. 저는 어머니에게 그가 왔다는 사실을 통보하지도 않았지요. 저는 다만 대문 한 쪽에 비켜서서 마치 감각이 없는 보초병처럼 굳어진 채 서 있었죠. 어머니는 대문이 열린 것을 보고 손잡이를 비틀어 잡더니 작은 산만 한 트랙터를 몰고 바깥으로 나왔습니다. 어머니가 대문을 통과하기 위해 애쓸 무렵 아버지도 그 여자 애의 손을 끌고 대문 밖에까지 닿았습니다. 아버지는 매우 실망한 듯한 목소리로 제 이름을 불렀습니다.

"샤오퉁?"

저는 대답을 하지 않고, 눈길로 어머니 얼굴을 바라보았죠. 저는 그녀의 얼굴이 갑자기 하얗게 질리는 것을 보았습니다. 그리고 그 눈길은 마치 얼어붙은 것처럼 움직이지 않았습니다. 트랙터는 마치 눈이 먼 말처럼 대문 층계의 모퉁이를 들이박았죠. 잠시 후 어머니는 총에 맞은 새처럼 운전석에서 미끄러져 내렸습니다.

아버지는 잠깐 굳은 얼굴로 입을 벌린 채 누런 이빨을 드러냈다가 다시 입을 다물었는데, 그제야 누런 이빨이 가려졌죠. 그리고 다시 입을 벌리긴 했으나 이내 다시 다물어버렸습니다. 그는 아주 미안한 눈길로 저를 바라보았습니다. 마치 저에게 어떤 도움이라도 얻으려는 것 같았습니다. 저는 황망히 눈길을 피하고 말았습니다. 저는 아버지가 숄더 백을 땅에 내려놓고, 여자 애의 손을 잡았던 손을 풀더니 약간 주저하면서 어머니 쪽으로 걸어가는 것을 보았습니다. 그는 어머니 앞까지 당도한 뒤에야 다시 한 번 고개를 돌려 저를 보았습니다. 저는 다시 한 번 아버지의 눈길을 피했습니다. 그는 마침내 어머니 앞에서 허리를 굽히더니 차 아래 앉아 있는 어머니를 일으켜세웠습니다. 어머니의 눈길은 여전히 얼어 있었죠. 어머니는 막연하게 아버지 얼굴을 바라보고 있었는데 마치 어떤 낯선 사람을 가늠해보는 얼굴이었습니다. 아버지는 입을 벌리고 이빨을 드러냈지만 어머니는 입을 다물고 이빨을 가린 채 목구멍으로 헉헉 하는 소리를 뱉었죠. 어머니는 갑자기 손을 내밀더니 아버지의 얼굴을 긁어놓았습니다. 그리고 아버지의 품속에서 몸부림치면서 빠져나오더니 몸을 돌려 방 안으로 달려 들어갔습니다. 어머니의 두 다리는 뼈를 깎아낸 듯했고, 너무도 연약해 면발 같았죠. 어머니는 달음박질치며 비틀거렸고 바글바글 끓었습니다. 어머니는 우리들 큰 기와집으로 들어가서 문을 쾅 하고 닫아버렸습니다. 힘이 너무나 거셌기 때문에 유리 한 장이 진동을 받아 떨어지면서 박살이 났죠. 방 안에서는 아무런 동요도 없었습니다. 조금 지나 긴 한숨 소리가 들렸고, 연달아 곡절 많은 울음 소리가 들려왔지요.

아버지는 나무처럼 그곳에 서 있었으며 온 얼굴에 어색한 기색만 역력했지요. 입은 그저 아까처럼 열렸다, 닫혔다 하면서 끊임없이 반복하고 있었죠. 저는 그의 양 볼에 세 개의 깊은 홈이 패인 것을 보았습니다. 처음에는 하얗더니 나중에는 피가 흘러 나왔습니다. 어린 여자 애는 머리를 들어 아버지를 보더니 엉엉 울기 시작했습니다. 여자 애는 아주 듣기 좋은 외지 발음으로 소리를 질렀습니다.

"아빠! 피가 나요…… 아빠! 피가 난다고요……"

아버지는 꿇어앉아 그 여자 애를 끌어안았습니다. 여자 애는 그의 머리를 끌어안고 끊임없이 울었습니다.

"아빠! 우리 가요……"

발동기는 상처 입은 야수처럼 아직도 소리를 지르고 있었어요. 나는 다가가서 기계를 세웠습니다.

기계 소리가 멈추자 어머니와 여자 애의 울음소리는 더더욱 귀청을 째는 것 같았습니다. 거리에는 아침 일찍 일어나 물을 길러 가는 여자들 몇이 있었는데, 옆을 지나가면서 우리집 마당을 들여다보았죠. 저는 화가 나서 대문을 닫아버렸습니다.

아버지는 여자 애를 안고 일어섰죠. 그리고 제 앞까지 다가와서는 조심스럽게 물었습니다.

"샤오퉁! 너, 나를 알아보지 못하겠니? 난 네 아버지란다……"

저는 코가 저렸고 목구멍이 막혔습니다. 아버지는 커다란 손을 내밀고서 저의 머리를 만지면서 말했습니다.

"몇 년 못 보았더니 이렇게 키가 커버렸군……"

눈물이 저의 눈에서 흘러내렸습니다. 아버지는 자신의 커다란 손으로 제 눈물을 닦아주면서 말했습니다.

"착한 아들아! 울지 마! 너와 네 엄마는 정말 용하구나. 둘이서 이처럼 잘 사는 것을 보니 나도 안심이 되는구나."

제 목구멍에서 마침내 아버지라는 말이 터져 나왔고, 드디어 그렇게 불렀답니다.

아버지는 여자 애를 내려놓으며 말했습니다.

"쟈오쟈오야! 알고 지내야 해! 애는 네 오빠란다."

그 여자 애는 아버지 다리 뒤로 숨더니 두려운 눈길로 저를 보았습니다.

아버지는 다시 저에게 말했죠.

"샤오퉁! 이 애는 네 여동생이야."

그 여자 애의 눈은 정말로 예뻤습니다. 그 여자 애의 눈을 바라보면서 저는 저에게 고기를 주던 여인을 생각했지요. 저는 그 여인을 좋아했답니다. 저는 그 여자 애를 보고 머리를 끄덕였습니다.

아버지는 한숨을 짓다가 땅에서 방수포 숄더 백을 주워 들더니 한 손으로 저를 잡고 다른 한 손으로는 여자 애를 잡고서 방문 앞까지 걸어갔습니다. 어머니의 울음소리는 점점 더 높아졌으며 매우 우렁찬 힘이 들어가 있었기 때문에 짧은 시간 내에 그칠 것 같지 않았습니다. 아버지는 머리를 숙이고 생각하더니 손으로 방문을 두드리면서 말했습니다.

"여보! 미안하오…… 이렇게 내가 찾아온 것은 당신에게 죄를 용서받으러 온 거요……"

아버지의 눈에서도 눈물이 글썽거리고 있었고, 제 마음은 너무도 감동되어서 다시 한 번 눈물이 흘러내렸습니다.

"난 이번에 돌아와서 당신과 함께 잘 살아보려고 마음을 먹었소. 사실 이렇게 당신이 증명한 것처럼 량 씨네 가문이 살아가는 방법이 옳은 것이고, 우리 뤄 씨 집안의 가풍이 틀렸소. 만약 당신이 나를 용서한다면…… 나는 당신이 나를 용서해주기를 바라오……"

아버지의 심각한 표현은 저를 감동시켰지만 한편으로 생각하면 유감스럽기도 했습니다. 아버지가 표현한 말을 그대로 수용하자면, 설령 그가 집에 있다고 해도 예전처럼 돼지고기조차 먹을 수 없다는 그말인가?

어머니는 갑자기 방문을 열었습니다. 그녀는 두 손을 허리에 차고 방문 한가운데 서 있었는데, 얼굴은 하얗고 두 눈은 붉었으며 그 눈길은 사람을 찔렀습니다. 아버지는 뒤로 한 발 물러섰으며 갑자기 너무도 놀란 그 여자 애도 아버지 뒤로 돌아가 놀란 나머지 온몸을 덜덜덜 떨었습니다. 어머니는 마치 화산이 폭발하는 순간처럼 창자 안의 곪은 상처를 밖으로 토했습니다.

"뭐통! 당신은 양심도 없는 나쁜 놈이야! 당신에게 오늘을 누릴 자격이 있다고 생각해? 오 년 전에 당신은 그 여우 같은 년과 함께 도망을 가면서, 우리 모자를 버린 뒤 좋은 세월만 보내더니, 이제 와서 무슨 낯짝으로 다시 돌아왔어?"

여자 애는 큰 소리로 울었죠.

"아빠! 무서워……"

"얼마나 좋을까. 사생아까지 낳았군!"

어머니는 여자 애의 눈을 뚫어지게 바라보더니 분노에 떨면서 말했습니다.

"똑같이 생겼구나, 똑같이 생겼어! 작은 여우 요정아! 당신, 왜 그 여우 년은 데리고 오지 못했어? 그 여우가 오기만 하면 난, 그 년의 가랑이를 찢어놓을 거야!"

아버지는 미안하다는 듯 웃음을 짓더니 애매한 표정을 지었습니다.

"남의 집 처마 밑에 있으니, 고개를 수그리지 않을 수 없군!"

어머니는 다시 한 번 문을 닫더니 문을 사이에 두고 욕을 했습니다.

"당신, 사생아를 데리고 사라져! 난 한평생 당신 낯짝을 보고 싶지 않아! 여우 같은 그년이 당신을 버리자 우리 모자가 생각난 거야? 꺼져! 당신은 우리 모자 마음속에서 이미 죽어버렸어!"

어머니는 욕을 다 하고 나더니 안방으로 들어가 계속 울어댔습니다.

아버지는 눈을 감고 숨을 크게 몰아쉬더니 마치 천식 환자가 죽기 전에 몸부림치는 것처럼 기침을 해댔습니다. 좀 지나자 그의 숨결은 순조로워졌습니다. 그제야 저를 보고 말했지요.

"샤오퉁아! 네 엄마 모시고, 정말 잘 살아야 해! 난 갈 거야······"

아버지는 제 머리를 매만지다가, 그 여자 애 앞으로 가서 꿇어앉더니, 그 애를 업으려고 했지요. 여자 애는 키가 너무 작은데다 큼직한 옷을 입고 있었기 때문에, 아버지 등으로 반쯤 기어오르다가 미끄러져 내렸습니다. 아버지는 손을 뒤로 하고, 여자 애의 작은 다리를 붙잡은 뒤 여자 애를 아버지의 등 위로 올렸습니다. 아버지는 여자 애를 업고 일어섰으며 머리를 앞으로 내밀고 목을 길게 뻗었는데, 그 모습은 목을 빼들고 이제 곧 죽기 직전의 소 같았습니다. 불룩한 숄더 백은 아버지의 겨드랑이 아래에서 흔들거렸는데, 그것은 백정이 도축장 가름대에 걸어놓은 소의 위 같았습니다.

저는 아버지의 큰 옷을 당기면서 말했습니다.

"아버지! 가지 마세요. 전, 아버지를 가지 못하게 말릴 거예요!"

저는 방문을 두드리면서 어머니에게 말했죠.

"엄마! 아버지보고 가지 말라고 해요······"

어머니는 방 안에서 소리를 질렀습니다.

"사라지라고 해! 아주 멀리 꺼져버리라고 해!"

저는 망가진 유리 구멍으로 손을 들이밀어 문을 열어젖힌 뒤 이렇게 말했지요.

"아빠! 들어오세요. 제가 허락할게요!"

아버지는 고개를 흔들면서 여자 애를 업고, 곧 떠나려고 했습니다. 저는 아버지의 옷깃을 붙잡고 소리 내 울었습니다. 그리고 한편으로는 그를 안으로 잡아당겼습니다. 저는 아버지를 방 안으로 끌어들였고, 방 안의 뜨거운 공기가 우리를 감쌌지요. 어머니는 아직도 울고 있었습니다. 그러나 그 소리는 무척 낮아졌습니다. 그래도 욕을 하고 나서 또다시 울었습니다.

아버지가 여자 애를 내려놓자, 저는 난로 옆에다 걸상을 두 개 갖다 놓고 그들에게 앉으라고 권했습니다. 여자 애는 어머니의 울음소리에 이미 적응이 되었는지 담이 커진 것 같았습니다. 그 여자 애는 이렇게 졸라댔지요.

"아빠! 배가 고파요."

아버지는 그의 숄더 백 속에서 얼어붙은 만두 하나를 꺼내더니, 여러 조각으로 나누어 난로 위에다 올려놓고 구웠습니다. 방 안에는 만두 굽는 향기로 가득했어요. 아버지는 도자기 항아리를 내려놓으며 조심스럽게 물었습니다.

"샤오퉁아! 뜨거운 물 있니?"

저는 벽 모퉁이에서 보온병을 가져다가 그 항아리에 절반가량 흐린 물을 부어주었습니다. 아버지는 항아리를 입가로 갖다 대더니 이내 여자 애에게 말했습니다.

"쟈오쟈오야! 물이나 어서 마셔."

여자 애는 저를 바라보았는데 저의 동의를 얻으려는 것 같았습니다. 저는 우호적인 자세로 머리를 끄덕였죠. 여자 애는 그것을 받아 쥐고, 꿀떡꿀떡 물을 마셨습니다. 한편으로 물을 마시고, 한편으로는 어린 송아지가 물을 먹는 듯한 소리를 냈는데, 아주 귀여웠습니다. 그때 어머니가 안방에서 달려 나오더니 여자 애의 손에 들린 항아리를 빼앗아서 마당에다 힘껏 던져버렸습니다. 그러자 항아리는 마당으로 뒹굴었고 쟁그랑 소리와 함께 깨져버렸지요. 어머니는 손을 치켜들어 여자 애를 때리면서 욕했습니다.

"작은 여우 년아! 여기에 네년이 처먹을 물은 없어!"

그 바람에 여자 애의 머리에 쓰고 있던 털실 모자가 날아가버렸고, 모자에 눌려서 비뚤어진 가느다란 갈래머리가 드러났어요. 갈래머리 끝에는 흰 끈이 동여 매여져 있었답니다. 여자 애는 왕, 하면서 울어버렸고, 몸을 돌려 아버지의 품에 안겼답니다. 아버지는 벌떡 일어서더니, 온몸을 떨었고, 두 주먹을 불끈 쥐었습니다. 저는 효자가 못 될망정 그 순간만큼은 아버지가 어머니를 두들겨 패주었으면 했죠. 그런데 아버지의 주먹은 천천히 펴지더니 여자 애를 안았고, 그리고 낮은 소리로 말했습니다.

"량위전! 당신이 내게 천만 가지 원한이 서려 있어 칼로 토막을 내든지 아니면 총으로 쏘아 죽이든지 당신 마음대로 해도 되지만, 어미도 없는 애를 때려서는 안 된단 말이야……"

뒤로 몇 걸음 물러선 어머니의 눈은 더더욱 얼어붙었습니다. 그녀의 눈길은 여자 애의 머리카락 끝에 굳어졌고, 한참 지나서야 고개를 들더니 아버지에게 다그쳤지요.

"여우 년이 어떻게 된 거야?"

아버지는 고개를 수그리고 말했습니다.

"사실, 그다지 큰병도 아니었는데. 설사를 삼 일 동안 연달아 해대더니 그냥 그렇게 죽어버렸어……"

순간 어머니의 얼굴에 선량한 표정이 나타나는가 싶더니 여전히 분개를 하면서 말했죠.

"인과응보야! 이것은 하늘이 당신들에게 내린 천벌이야!"

어머니는 안방으로 들어가더니 궤를 열고, 말라버린 과자 한 봉지를 들고 나왔죠. 기름이 번드르르한 포장지를 벗기더니 과자 몇 개를 집어 아버지에게 넘겨주면서 말했죠.

"저 계집애보고 먹으라고 해."

아버지는 고개를 흔들면서 거절했습니다.

어머니는 약간 어색한 표정을 지으며 과자를 솥 언저리에다 내려 놓으면서 말했습니다.

"어떤 여자든 당신 손아귀에만 걸려들면 결과는 엉망이야! 내가 지금까지 살아 있는 것은 내 명이 길기 때문이야!"

"난 그 여자에게도 미안하고 당신에게도 미안하오."

아버지가 말했습니다.

"당신 입이 열두 개라도 할 말이 없을걸. 변명해도 이제는 나도 듣지 않겠어. 아무튼 하늘이 터질 정도로 외친다고 해도 난 이제는 당신과 함께 살지 않을 작정이야. 좋은 말이란 다시 돌아와서 예전에 먹던 풀을 먹지 않는 법, 당신도 기개가 살아 있는 사내라면, 내가 일부러 당신을 만류할 일도 없을 거야."

어머니의 대답은 강경했지요. 저는 말했습니다.

"엄마! 아빠에게 가지 말라고 해요……"

어머니는 냉소적으로 대꾸했습니다.

"너는 아빠가 우리들의 새로운 집을 다 팔아 치울까 봐 걱정되지도 않니?"

아버지는 쓴웃음을 지으며 말했습니다.

"당신 말이 아주 지당하지. 좋은 말은 먹던 풀을 다시 먹지 않소."

그러자 어머니는 이렇게 말했습니다.

"샤오퉁! 우리, 음식점으로 가서 고기도 먹고 술도 마셔버리자. 우리 모자는 오 년 동안 고생만 했으니 오늘은 맘껏 즐길 필요가 있잖니!"

저는 말했습니다.

"전 안 갈래요!"

"나쁜 놈! 너, 후회하지 마!"

어머니는 완강하게 말했습니다.

어머니는 몸을 돌려 바깥으로 걸어 나갔습니다. 그녀는 방금 전에 입고 있던 흰색 양가죽 솜옷을 어느 틈에 바꿔 입었고, 머리에 쓰고 있던 개가죽 모자마저 벗어버렸더군요. 그 순간 어머니는 나일론 옷을 입고 있었는데 정전기를 방출하는 나일론 스웨터 칼라가 겉옷 바깥으로 드러나 있었습니다. 그녀는 허리를 아주 곧게 폈는데, 고개를 지나치게 위로 향하고 있었으며 발걸음은 가벼워 보였는데, 그 모습은 마치 금방 말발굽을 새로 갈아 끼운 암말 같았습니다.

어머니가 대문을 나서자 제 마음은 무척 가벼워졌습니다. 제가 난로 위에 있는 만두를 집어서 여자 애에게 주자, 그 여자 애는 고개를 들어 아버지를 물끄러미 보았으며, 아버지가 고개를 끄덕이자, 그제서야 만두를 받아 쥐고 게걸스럽게 먹었습니다.

아버지는 품속에서 담배꽁초 두 개를 꺼내 까뒤집더니 낡은 신문지로 다시 싸서 난로에다 불을 붙이고는 입으로 물었습니다. 그의 콧구멍에서 뿜어져 나오는 연기를 뚫어져라 바라보았고, 회백색의 머리카락과 허연 수염을 물끄러미 바라보았으며, 그리고 동상을 입어 고름이 줄줄 흐르는 귀를 바라보면서, 저는 아버지와 함께 곡식 창고로 가서 소의 힘을 가늠하던 지난 일들을 생각했고, 그와 함께 야생노새의 음식점으로 찾아가 고기를 먹었던 일들을 떠올렸습니다. 그러자 마음속이 감개무량해졌습니다. 눈물이 흘러내리는 것을 더 이상 아버지에게 보이고 싶지 않았기 때문에 저는 아예 몸을 돌리고 좀처럼 아버지를 돌아보지 않았습니다. 그때 저는 갑자기 박격포가 생각나서 말했습니다.

"아버지! 우리는 두려울 것이 없어요. 우리집에는 대포 한 대가 있잖아요. 그래서 아무도 우리를 업신여기지 못해요!"

저는 행랑채로 달려가 썩은 종이 박스들을 헤집고 그 무거운 대포를 옮겼지요. 배를 앞으로 쑥 내밀고 걷기가 힘들었지만 그래도 마당으로 그 물건을 끌고 나와 문 앞에 대포를 내려놓고 자세히 보았죠. 아버지는 여자 애를 끌고 걸어 나오더니 말했습니다.

"샤오퉁! 너, 이게 뭐니?"

저는 그의 말에 대답할 겨를도 없이 다시 곁채로 달려 들어가서 아까처럼 무거운 받침 세 개를 마당으로 옮겨왔습니다. 저는 받침대를 잘 세워놓고 나서 포신을 받침과 대포 판 위에 놓았습니다. 제 동작은 무척 노련하고 빨랐지요. 마치 훈련을 잘 받은 포병 같았습니다. 저는 한쪽으로 비켜서서 아버지에게 말했습니다.

"아빠! 이것은 일본에서 만든 팔십이 밀리 박격포예요. 위력이 아주 세다고 해요!"

아버지는 조심스럽게 대포 앞으로 가서 허리를 굽히더니 자세히 바라보았습니다.

이 귀중한 무기는 금방 수집해올 때만 하더라도 녹이 슬어 쓸모없는 고물 덩어리에 불과했지만 그동안 제가 아주 많은 돌을 갈아 대포 위에 슨 녹을 깨끗이 닦아냈죠. 그리고 주운 사포로 그 무기를 세밀히 닦아냈지요. 어느 한 모퉁이도 빠뜨리지 않았습니다. 그리고 저는 포신 속도 손을 들이밀어 닦아냈습니다. 나중에 저는 얻어온 누런 기름으로 그 무기에다 한참 동안 윤기를 입혔습니다. 그러자 박격포는 푸르름을 회복했고, 온몸으로 청자 빛에다 강철 빛을 뿜어냈습니다. 그놈은 커다란 입을 벌리고 기세등등하게 꿇고 앉아 있었는데, 완전히 수놈 사자 같았으며 무시로 노호를 내지르는 것 같았죠.

"아빠! 대포 속을 들여다보세요."

제가 말했습니다.

아버지는 눈길을 대포 속으로 가져갔으며 아주 밝은 빛이 그의 얼굴을 비추었습니다. 아버지가 다시 고개를 들었을 때 그의 눈에서는 빛이 나고 있었습니다.

저는 그의 감정 상태를 목격했으며, 그는 손을 비비면서 말했습니다.

"정말 좋은 물건이구나. 진짜로 좋은 물건이야! 어디에서 주운 거지?"

저는 두 손을 바지 호주머니 속에다 넣고 한 발로 땅을 문지르면서 아무렇지도 않은 듯 말했습니다.

"주운 물건이에요. 어떤 할아버지와 할머니가 노새로 끌고 왔었거든요."

"쏘아본 적 있니?"

아버지는 눈길을 다시 한 번 대포 쪽으로 가져가면서 말했습니다.

"틀림없이 쏠 수 있을 거다. 이놈은 진짜란 말이야!"

"저는 봄이 되면 남산으로 가서 그 할아버지와 할머니를 찾을 예정입니다. 그들에게는 틀림없이 대포 탄알이 있을 테니까요. 저는 그들에게 있는 대포 탄알들을 몽땅 사올 겁니다. 만약 누가 저를 업신여긴다면, 저는 그의 집을 박살내고 말 겁니다!"

저는 머리를 들어 아버지를 바라보면서 잘 보이려는 듯이 말했습니다.

"우리는 먼저 란 씨 집을 폭파할 수 있어요!"

아버지는 쓴웃음을 지으면서 고개만 흔들 뿐 아무 말도 하지 않았습니다.

여자 애는 만두를 다 먹고 나서 말했습니다.

"아빠! 나, 더 먹고 싶어……"

아버지는 방 안으로 들어가서 타버린 만두를 들고 나왔습니다.

여자 애는 몸을 흔들면서 말했습니다.

"싫어요. 저는 과자를 먹고 싶어……"

아버지는 매우 난처한 표정으로 저를 보았습니다. 저는 방 안으로 달려 들어가, 어머니가 가마솥 언저리에다 내다버린 봉지의 과자를 들고 와서 여자 애에게 넘겨주면서 말했습니다.

"먹어라! 먹어라."

여자 애가 손을 내밀어서 그 과자를 받으려는 순간 아버지는 마치 독수리가 병아리를 낚아채듯 여자 애를 안았습니다. 여자 애는 크게 울었고 아버지는 그 애를 달랬습니다.

"쟈오쟈오! 착하지! 우린 다른 사람의 음식을 먹지 않는단다."

저는 마음 한구석이 내려앉는 느낌이 들었습니다.

아버지는 그저 울어대는 여자 애를 등에 업고서 한 손을 내밀어 내 머리를 만지면서 말했습니다.

"쟈오퉁! 넌 이미 다 컸구나. 넌, 아비보다 더 출세했구나. 이 대포만 있다면 이 아버지도 시름을 덜 수 있겠는데……"

아버지는 여자 애를 업고 대문을 향해서 걸어갔습니다. 저는 눈물을 흘리면서 그의 뒤를 따랐습니다.

"아빠! 안 가면 안 돼요?"

제가 말했지요.

아버지는 머리를 돌려 저를 바라보면서 말했습니다.

"대포가 있다고 해도 함부로 쏘아서는 안 된단다. 란 씨네 집도 마찬가지야."

아버지의 옷깃이 내 손에서 미끄러져 내렸습니다. 그는 쟈오쟈오를 업은 채로 얼어붙은 거리를 따라 기차역 방향으로 걸어갔습니다. 그들이 열 몇 발자국 갔을 때 저는 큰 소리로 불렀습니다.

"아빠……"

아버지는 고개를 돌리지 않았고 아버지의 등에 업힌 여자 애가 고개를 돌렸는데, 그 애의 얼굴에는 아직도 눈물이 어려 있었습니다. 하지만 아주 찬란한 웃음이 그 애의 얼굴에 퍼져 있었는데, 그 모습은 봄날에 피는 난초 같았다고나 할까요. 아니 가을에 피는 국화꽃 같기도 했어요. 그 여자 애는 작은 손을 들고 저를 향해 흔들었는데, 그 순간 열 살 전후였던 소년의 마음은 갑자기 통증을 느껴야 했고, 그 자리에 주저앉고 말았답니다. 대략 한 담뱃대를 피울 만큼의 시간이 흐른 뒤에야 아버지와 여자 애의 뒷모습은 골목에서 사라졌습니다. 그리고 또 대략 두 담뱃대를 피울 시간이 지난 뒤에야 어머니는 아버지가 떠나간 반대 방향에서, 붉은 돼지 대가리를 사 가지고 나타나더니, 총총히 걸어왔습니다. 그녀는 제 앞에 서서 놀란 표정으로 묻더군요.

"네 아빠는?"

저는 원망 어린 눈길로 그 돼지 대가리를 바라보면서 손가락으로 기차역 방향을 가리켰습니다.

수탉이 아침을 알리는 소리가 아주 먼 곳에서 전해져 왔는데 미약했지만 그 소리는 확실히 들렸다. 바깥은 바야흐로 여명 직전의 어두움이 남아 있을 뿐이라는 걸 나는 알고 있었다. 날은 이제 곧 밝아올 터였다. 큰스님은 여전히 그 모양대로 조금도 움직이지 않았고, 방 안에서는 모기 한 마리가 앵앵거리면서 날아다니고 있었다. 촛불은 비뚤어졌고, 양초 물이 흘러내려 탁자 아래로 흐르더니, 딱딱하게 굳어져서 하얀 국화꽃이 되었다. 여인은 담배 한 대를 붙여 물었는데 연기 탓인지 눈을 가느스름하게 떴다. 그 여자가 바라보는 자의 정신이 산뜻해질 정도로 급히 자리에서 일어서 어깨를 으쓱하자 널찍한 겉옷이 두부껍질처럼 여자의 몸에서 아래로 미끄러져 내렸고, 여자의 발밑에 아무렇게나 흘러내렸다. 여자는 두 발을 움직이더니 겉옷을 밟고 일어섰다. 그리고 그 여자는 다시 의자 쪽으로 걸어와 살짝 앉더니, 두 다리를 벌리고, 두 손을 마주 잡고 비비더니 자기 유방을 지그시 누른다. 그러자 하얀 젖이 뿜어져 나온다. 나는 격렬한 감동에 휩싸여 얼핏 마법에라도 걸린 듯했다. 비록 나는 앉아 있었지만,

150

마치 허물 벗는 번데기같이, 허물로 만들어진 겉모습은 여전히 내 몰골을 갖추고 있었지만 허물이 벗겨진 진실한 실제의 나, 나의 벌거벗은 몸뚱어리는 막 뿜어지는 그 젖을 향해 걸어간다. 그 젖 줄기는 알몸인 그의 이마로 뿜어지고, 그의 눈으로 뿜어지며, 그의 눈꺼풀에도 걸려 있었는데, 그것은 진주 같은 눈물이 아닌가. 젖 줄기는 그의 입 안에도 뿜어지는가 싶더니, 드디어 내 입 안에는 비리고, 달콤한 맛이 가득 차게 된다. 그는 여인 앞에 꿇어앉는다. 그리고 흐트러진 머리를 들더니 그녀의 배에 엎드린다. 한참 시간이 지난 후에야 그는 얼굴을 쳐들고 그녀에게 묻는다. 당신은 야생 노새 고모인가요? 그녀는 고개를 흔든다. 그러고는 다시 고개를 끄덕이면서 긴 한숨을 내쉬더니 이렇게 말한다. 너! 바보 같은 애야. 그녀는 한 발 뒤로 물러서서 의자에 앉더니 손으로 오른쪽 유방을 받쳐 들고 젖꼭지를 그의 입에다 밀어 넣는다……

제12 포
第十二炮

　머리 위에서 갑자기 큰 소리가 들리는가 싶더니, 낡은 기와에다 잡풀들이 뒤섞인 흙더미가 공중에서 떨어져 사발 하나를 깼고, 대나무 젓가락 하나가 날아와 마치 죽순 로켓처럼 곰팡이 흔적이 가득 찬 벽으로 가서 꽂힌다. 나에게 그 풍만한 유방을 주었던, 그리고 그 따뜻함이란, 마치 금방 불 속에서 꺼낸 뜨거운 고구마 같던 그 여인이, 갑자기 나를 밀어버리는 게 아닌가. 그녀의 젖꼭지가 나의 입에서 빠져나가는 순간, 나는 모진 아픔을 느끼며, 머리가 어지러워서 나도 몰래 땅으로 엎어진다. 나는 큰 소리로 소리를 지르지만, 마치 목구멍이 어떤 커다란 손에 의해 짓눌려버린 듯 아무런 소리를 낼 수가 없다. 그녀는 뭔가 잃어버린 듯한 모호한 눈길로 주위를 돌아다보더니 손을 들어 축축한 젖꼭지를 닦는다. 그리고 나를 모진 시선으로 흘겨본다. 나는 벌떡 일어나 달려들어 그녀를 안으며, 입을 비뚤거리며 그녀의 목에다 키스한다. 그녀는 내 뱃가죽을 힘껏 비틀더니 나를 밀어버리며, 그리고 내 얼굴에다 침을 뱉는다. 그러고 나서야 허리를 움직이면서 방 안에서 걸어 나간다. 나는 혼을 잃은 듯이 그녀를 따라 나갔는데 그녀가 말 신선상이 놓인 말의 엉덩이 뒤에서 멈추는 것을 보았다. 그녀는 위로 뛰어오르는가 싶더니 말의 잔등에 올라탔으며, 그 사람 두상을 한 말은 그녀를 태우고 사찰 밖으로 날아갔는데 밖에서는 매우 맑은 말발굽 소리가 들려왔다. 나는 새들이 새벽을 알리는 조급한 소리를 들었으며, 그리고 또 더더욱 먼 곳에서 암소가 송아지를 부르는 소리가 울려오는 것도 눈치를 챘다. 나는 이 시각이 바로 암소가 송아지에게 젖을 먹이는 시간이라는 것을 알았다. 송아지가 머리를 치켜들고 암소의 젖꼭지 쪽으로 고개를 들이미는, 그런 조바심 나는 광경과 허리를 굽힌 채 조금은 행복해하면서, 조금은 고통스러워하는 암소의 참모습을 보는 것 같았다. 그러나 내 언저리에 있던 그 유방은 이미 사라졌다. 나는 차고 습한 땅에 주저앉아서 유치하게도 울어버렸다. 한참 울고 나서 나는 고개를 들었다. 천장에 광주리만 한 구멍이 드러나 있었는데, 아침 물결 같은 아침 햇살이 그 구멍으로부터 쏟아져내리고 있었다. 나는 입을 쩝쩝거렸고, 꿈속에서 막 깬 듯했다. 만약 내가 꿈을 꾼 것이라면 내 입 안에 가득 찬 젖은 어디에서 흘러든 것일까? 이 신비한 액체가 내 체내로 주입되어 나에게 유년 시절로 다시 돌아가게 하는 것일까. 그 바람에 내 키도 퍽 줄어들었다. 만약 내가 꿈을 꾼 것이 아니라면 그 야생 노새 고모와 비슷하게 생긴 여인은 어디에서 왔을까. 지금 이 순간에는 또 어디로 갔단 말인가? 나는 멍청하게 앉아서 오랫동안 잊고 있던 큰스님을 바라보았다. 그는 마치 경칩 후의 큰 구렁이처럼 천천히 잠에서 깨고 있었다. 황금색 아침 햇살이 가득한 방 안에서 그는 몸을 접으면서 무예를 연마하고 있었다. 큰스님은 그 시각, 그저 그런 보통 옷을 입고 있었다. 바로 내게 자기 젖을 먹였던 그 착한 여인이 입고 있던 겹옷이었다. 큰스님에게는 자신만의 무예가 있다. 큰스님은 자신의 육신을 차곡차곡 접은 뒤 입으로 자신의 성기를 물고서 그 넓은 나무 침대 위에서, 마치 충분한 시간 동안 태엽을 감아둔 인형처럼 뒹굴어댄다. 큰스님의 허연 이마에서는 뜨거운 기운이 뿜어져 나오는가 하면, 그 열기는 일곱 색깔의 빛을 띠었다. 처음에 나는 큰스님의 무예를 별로 신통치 않게 여겼다. 보잘것없는 재주라고만 여겼다. 그러나 나는 그의 동작을 모방하기 시작할 무렵 비로소 침대에서 뒹구는 것과 몸을 접는 것 정도는 그래도 할 만하지만 자신의 성기를 자기 입으로 문다는 것이 얼마나 힘든 일인가를 깨달았다.

　큰스님은 무예를 다 연마하고 나서 침대에 서서 온몸을 흔들었는데 그 동작은 마치 보드라운 모래밭에서 금방 뒹굴고 난 말처럼 매우 유연했다. 금방 뒹굴고 난 말이 온몸을 흔드는 것은, 몸에 둘러붙은 흙먼지를 떼려는 것이지만 금방 무예를 마친 스님이 온몸을 흔드는 것은 흘린 땀을 떨쳐내려는 것인데, 그 순간 땀은 마치 빗방울처럼 도처로 흩뿌려졌다. 큰스님의 땀 몇 방울이 내 얼굴로 튀었다. 그 가운데 한 방울이 나의 입 안으로 굴러들었다. 나는 큰스님의 땀에서 놀랍게도 계수나무 향기 같은 야릇한 향이 솟구친다는 것을 깨달았다. 그래서 방 안에는 계수나무 꽃향기로 가득 찼다. 큰스님의 키는 우람했고, 왼쪽 가슴과 아랫배에 술잔만 한 흉터가 있었는데 그것은 소용돌이를 이루고 있었다. 나는 비록 총에 맞은 흉터를 본 적은 없지만, 그것은 틀림없이 총에 맞은 흉터일 것이라고 짐작했다. 그처럼 중요한 부위에 총알을 맞았다면, 십중팔구 염라대왕을 만났어야 하는데, 큰스님은 염라대왕을 만나지 않고 이처럼 건강하게 살아 있다, 그러니 그의 복은 크고, 명이 길고, 인생의 조화가 광대무변하다는 것을 알 수 있다. 큰스님은 침대에 서 있었는데, 그의 대머리는 천장에 닿을 정도였다. 나는 힘껏 뻗친다면 큰스님 머리가 그 구멍을 통해서 밖으로 튕겨져 나갈 수도 있을 거라고 생각했다. 그리고 만약 계를 받은 흔적이 있는 머리가 사찰 뒤의 기와지붕에서 튀어나온다면, 그것은 얼마나 사람들을 놀라게 할 만한 기적 같은 일이 될까, 그렇게 된다면 낮게 날던 독수리들에게는 얼마나 놀랍고 기이한 일이 될까, 하고 생각했다. 큰스님은 몸을 펴면서 자기 몸의 정면을 나에게 전부 보여주었다. 나는 그의 육신이 아직은 매우 젊다는 것을 발견했다. 이미 늙어버린 얼굴과 머리 모양과 비교하자면 엄청난 차이를 드러내는 육신이라는 것을 알아챘다. 만약 아랫배가 그다지 불룩하지 않았다면, 그의 나이는 서른 살도 채 넘지 않을 것처럼 여겨졌다. 하지만 낡은 가사를 몸에다 걸치고 우통 신선상 앞에 좌선하고 앉아 있는 기색과 행동을 보자면 그가 이미 구십구 세라고 해도 의심할 사람은 없었다. 큰스님은 온몸의 땀을 다 떨쳐내더니 몸을 쭉 펴고 나서 그 가사를 걸치고 침대에서 뛰어내렸다. 금방 내가 보았던 큰스님 육신의 모든 동작은, 수시로 와해되어버릴 것처럼 부드러운 가사가 가려버렸다. 방금 보았던 모든 것은 마치 내 마음속의 환영 같기도 했다. 나는 눈을 비벼도 보았고, 심지어 전설 가운데 나오는 비이소사사건* 가운데 등장하는 주인공처럼 자기 손가락을 깨물어보

*비이소사사건(匪夷所思事件): 얼핏 보면 우연인 것 같지만 우연 안에 필연성이 도사린 사건들을 지칭함.

기도 하면서, 내 감각의 진실성을 확인하려고 했다. 손가락이 아팠다. 그러니 내 육체는 진실한 것이며, 금방 내가 보았던 모든 것이 확실히 발생했던 사실이라는 것을 증명하는 게 아닌가. 큰스님 — 이 시각 큰스님은 이미 떨고 있는 상태의 중생 같은 사람이다 — 은 마치 땅에 엎드려 있는 나를 금방 발견한 것처럼 나를 잡아서 일으키더니, 듣기에 따라서는 아주 자비로운 어조로 나에게 물었다.

어린 시주여! 내가 도울 만한 일이라도 있소?

나는 아주 다급하게 대꾸했다.

큰스님! 저는 어제 하던 얘기들을 아직 다 하지 못했습니다.

큰스님은 한숨을 내쉬면서 마치 어제 있었던 일을 회상하기라도 하는 듯했다. 그는 비참하고 불쌍한 어조로 말했다.

그럼 계속 말하겠다는 겁니까?

그래서 나는 대답했다.

큰스님! 하고 싶은 말을 다 못하고, 마음속에 간직하고 있다면, 더러운 종기와 독이 있는 부스럼이 된답니다.

큰스님은 부정할 수 없다는 듯이 고개를 흔들더니 말했다.

어린 시주여! 날 따라오시게.

큰스님의 인솔하에 우리는 사찰의 제일 앞쪽 대청으로 나왔으며, 우통 신선 가운데 하나인 말 신선상 앞에 섰다. 이 광명정대한 곳에서 큰스님은 어제보다 더더욱 낡은, 어제 내린 비에 젖어서 주변에 많은 회백색의 버섯이 자라난 방석에 앉아 있었다. 미루어 짐작해보건대 어제 그의 귀에 엎드려 있던 바로 그 파리들이 순간 그의 귀를 덮어버렸으며 그리고 또 다른 두 마리의 파리는 공중에서 맴돌다가 스님의 길쭉한 눈썹에 내려앉았다. 그 두 올의 눈썹은 휘어져서 흔들리고 있었는데, 그것은 마치 새 두 마리가 앉아서 울고 있는 나뭇가지와 흡사했다. 나는 큰스님의 한쪽에 엎드려서, 발꿈치를 엉덩이 쪽으로 보으고 이야기를 계속해나갔다. 그러나 내가 이 이야기를 서술하는 목적이 아직도 출가가 목적인지 아닌지 이미 모호해져버렸다. 나는 지난 하룻밤 사이에 나와 큰스님 사이의 관계에 제법 큰 변화가 생겼다는 것을 알아챘다. 큰스님은 젊고, 건강하며, 정욕이 넘치는 체구로 탈바꿈되어 내 눈앞에 떠올랐으며, 그 낡은 가사는 수시로 투명해지면서 내 마음을 혼란하게 만들었다. 그래도 나는 계속 말할 것이었다. 나의 서술 행위는 마치 내 아버지가 나에게 가르친 것처럼, 일은 시작이 있으면 끝이 있어야 한다고 일러준 사실과 그 맥을 같이한다.

어머니는 잠깐 동안 멍하게 앉아 있더니 내 팔을 붙들어 잡고서는 큰 걸음걸이로 기차역 방향을 향해 걸어 나갔습니다. 어머니는 왼손으로는 내 오른팔을 붙잡고 오른손으로는 그 허옇고 검붉은 색채를 띤 돼지 대가리를 든 채 기차역 방향으로 뚫린 길을 따라 바쁘게 걸었죠. 어머니의 걸음은 걸을수록 빨라졌고 나중에는 아예 달리다시피 했습니다. 어머니가 내 팔을 붙잡는 순간, 저는 순종하지 않으려고 비틀면서 팔을 빼내려고 시도했습니다. 그러나 어머니의 단단하고 힘 있는 손아귀가 제 팔목을 꽉 틀어쥐고 있었기에 저는 빠져나올 수 없었습니다. 저는 사실 마음 한가운데 제 어머니에 대한 불만이 가득했습니다. 아버지가 되돌아온 이 아침에, 량위전, 어머니의 태도는 너무도 지독했습니다. 비록 겉으로 보기에 제 아버지의 운이 별로 좋지 않은 듯했지만, 아버지는 실로 당당한 사내랍니다. 그런데 그가 당신 앞에서 무릎을 꿇었으니 비록 사람들을 놀라게 하지는 못할지언정 최초로 눈물을 흘리게 한 것입니다. 량위전, 당신은 아직도 만족을 못했습니까? 당신은 왜, 그처럼 끔찍한 욕설로 아버지를 자극한단 말입니까? 제 아버지가 당신에게 용서를 빌었을 때, 당신은 그것을 받아주는 대신에 끝없이 울면서, 또 끝없이 나쁜 말로 아버지가 범한 작은 잘못에 대해, 잊지 않고 따졌나요? 사내대장부가 어찌 이런 것을 참을 수 있겠어요! 그것도 용서할 수는 있어요. 하지만 당신은 제 여동생에게 그처럼 위풍당당하게 위세를 부릴 필요까지는 없었어요. 당신은 뺨을 갈겨서 제 여동생의 털실 모자를 떨어뜨렸고, 흰색 끈으로 동여맨 제 동생의 갈래머리를 드러나게 했으며, 제 여동생을 크게 울렸으니, 이 배 다른 오라버니의 가슴을 진정 아프게 했단 말입니다. 량위전! 당신, 제 아버지의 마음이 어떤 느낌인지 지금 당장 생각을 좀 해보시라니까요! 량위전! 당신은 당사자라서 잘 모르겠지만 저는 진정한 방관자이니까 그 실체를 알 수 있죠. 당신은 바로 그 한 대의 매 때문에 신세를 망쳤다는 걸 알아야 합니다. 당신의 그 한 대의 매는 당신들 부부 정을 끊어버렸으며, 돌아서려던 제 아버지의 마음을 싸늘하게 만들었습니다. 당신은 아버지의 마음을 싸늘하게 만들었을 뿐만 아니라 제 마음도 차디차게 만들었죠. 이처럼 독한 마음을 가진 어머니가 있는데, 나, 뤄샤오통은 이제부터 조심해야 할 겁니다. 비록 저는 아버지가 여기 남아서 우리와 함께 생활하기를 바라고 있지만 아버지는 떠나는 것이 옳다고 생각했습니다. 제가 만약 아버지 입장이라고 해도 떠났을 겁니다. 그리고 약간의 용기라도 있는 사람이라면 떠나야 할 것입니다. 저는 당연히 아버지를 따라서 떠나야 한다는 생각도 했지요.

'량위전! 당신 혼자서 당신의 다섯 칸짜리 기와집을 뒤집어쓰고서 당신 혼자 잘 사시오!'

저는 이렇게 모진 생각을 하면서 제 어머니인, 량위전을 따라 비틀거리면서 앞으로 달려갔습니다. 저는 잘 달릴 수 없었지요. 어머니 손에 돼지 대가리가 들려 있었기에 우리는 그다지 빨리 달릴 수 없었습니다. 행인들은 머리를 돌려서 우리를 보았으며 이상한 눈길을 보내오거나 혹은 곤혹스런 눈길을 보내오기도 했지요. 일상적이지 않았던 그 이른 아침에, 마을에서 기차역으로 통한 길에서 저와 저를 끌고 달리고 있는 어머니는 필경 행인들의 눈에는 이상하고 재미있는 연극의 한 장면이었을 겁니다. 행인들이 우리를 주의 깊게 바라보았을 뿐만 아니라 거리에 있던 개들도 우리를 주의 깊게 바라보곤 했죠. 그놈들은 우리를 향해 미친 듯이 짖어댔으며, 그중의 한 마리는 우리를 따라오면서 물려고까지 했답니다.

어머니는 정신적으로 큰 충격을 받고 나서도 드라마에 나오는 배우들처럼 그 돼지 대가리를 길가에다 던져버리지 않았고, 대신 더욱 꽉 틀어잡았습니다. 마치 도망가는 병사가 손에 쥔 무기를 절대로 버리지 않는 것처럼 말입니다. 어머니는 왼손으로는 아들인 저를 끌고 오른손으로는 제 아버지와의 상봉을 위해서 지금까지의 어머니 역사를 타파하고 사온 돼지 대가리를 들고서 힘겹게 앞으로 달리고 있었습니다. 저는 그녀의 마른 얼굴에 반짝이는 물방울이 생긴 것을 보았는데 땀인지 눈물인지는 알 수 없었습니다. 그녀는 숨을 헐떡거리면서 입술을 부지런히 움직였는데, 입에서는 욕설이 조금씩 새어 나왔습니다. 큰스님, 그녀는 그때까지도 욕을 하고 있었던 겁니다. 그녀를 혀를 뽑는 지옥에 처넣어야 되지 않을까요?

오토바이를 탄 어떤 아저씨가 우리 옆을 지나갔습니다. 오토바이 뒤에는 하얀 고니가 몇 마리 실려 있었는데 고니의 목이 마치 뱀처럼 움직이고 있었죠. 거꾸로 달아 맨 고니의 입에서는 마치 수소들이 걸어가면서 오줌을 누는 것처럼 혼탁한 액체가 새어 나왔습니다. 마르고 단단한 백색의 길에는 일률적으로 물기가 흘러 하나의 선이 새겨졌습니다. 고니들은 고통스러운 소리를 질러댔으며 검은 눈에서는 절망의 빛이 흘렀습니다. 저는 그것들의 뱃속에 더러운 물이 채워져 있다는 것을 알고 있었습니다. 저희 도축 마을에서 나가는 것들은 죽은 것이든지 산 것이든지 모두 물을 잔뜩 머금고 나가기 때문입니다. 소에도 물을 넣고 양에도 물을 넣고 돼지에도 물을 넣으며, 어떤 때는 계란 속에까지 물을 넣는답니다. 우리 마을에는 소문난 수수께끼가 있습니다. 도축 마을에서 물을 넣지 못하는 유일한 대상은? 이 수수께끼는 이 년 전에 누군가가 만들어냈는데 아직까지 아무도 답을 알아맞히지 못했습니다. 하지만 저는 곧 알아맞혔죠. 큰스님, 당신은 뭔지 알겠습니까? 하하! 당신도 모르시지요. 하지만 저는 단번에 알았습니다. 저는 그 수수께끼를 낸 사람에게 말했지요.

"물입니다. 우리 도축 마을에서는 오직 물에만 물을 넣을 수가 없답니다."

오토바이를 탄 사람은 고개를 돌려 우리를 보았습니다. 씨발! 우리 모자가 뭐 볼 것이 있단 말이오? 저는 어머니를 원망할 뿐만 아니라 저희들을 구경하는 사람들의 시선이 더욱 분했습니다. 어머니는, 고아와 과부들을 바라보며 웃는 이들은 천벌을 받는다고 말했습니다. 과연 그 사람이 머리를 돌리고 우리를 보는 순간, 오토바이는 길 옆에 있던 버드나무에 부딪혔습니다. 그 사람의 몸이 뒤로 넘어지면서, 두 발 뒤축이 고니를 달아 맨 가름대에 걸리는 바람에 고니들의 힘없는 목이 그의 다리를 감았으며 결국 그는 길 옆에 있는 물 웅덩이로 굴러 떨어졌습니다. 그 사람은 갑옷처럼 빛이 반짝반짝 나는 돼지 껍질 윗옷을 입고 있었으며 머리에는 당시 제일 유행되었던 굵은 실로 만든 모자를 쓰고 있었고 콧등에는 커다란 검은 안경을 걸고 있었습니다. 이러한 분장은 드라마에 나오는 갱 조직의 킬러의 모습과 다를 것이 없었습니다. 한동안 거리에 강도가 있다는 소문이 돌았기에 어머니는 담을 키우느라고 이러한 복장을 얻어다가 분장을 하였으며 또 그녀는 담배까지 배웠습니다. 하지만 그녀는 절대로 비싼 담배는 피우지 않았죠. 큰스님, 당신이 만약 제 어머니가 검은색 돼지가죽 겹옷을 입고 머리에는 굵은 숫실 모자를 쓰고 눈에는 검은색 안경을 걸고 입에는 담배를 꼬나물고서 경운기에 앉아 있는 모습을 본다면 그가 여자라는 것을 상상도 하지 못할 것입니다. 그 사람이 오토바이를 타고 우리 곁을 지날 때 저는 그 사람의 얼굴을 눈여겨보지 못했습니다. 다만 그가 뒤로 넘어져서 얼음이 낀 물 웅덩이에 빠지는 바람에 그의 모자와 안경을 날려 보내고서야 저는 그의 얼굴을 보았습니다. 그는 바로 우리 진 정부에서 일하는 요리 반장이며 식품 요원이며 우리 마을의 단골손님이었죠. 몇 년 동안 진에 있는 당 조직 간부들과 내왕하는 손님들이 먹은 것 중에 지방과 단백질이 필요하다면 모두 그가 우리 마을에서 구입해 간 것들이었습니다. 이 사람은 정치적으로 아주 믿음직한 사람이었습니다. 만약 이런 일을 하는 사람이 정치적으로 문제가 있다면 우리 진의 영도들의 안전 문제는 전혀 보장할 수가 없었기 때문입니다. 이 사람은 제 아버지의 술 친구였는데 성이 한 씨여서 한 스승이라고 불렸는데, 아버지는 저더러 한 아저씨라고 부르라고 했습니다.

아버지가 한 씨 아저씨와 함께 진으로 술 마시러 갈 때면 항상 저를 데리고 갔었습니다. 한번은 아버지가 저를 데리고 가지 않았는데 저는 십여 리나 되는 길을 달려 '원샹라이門香來' 음식점에서 그들을 찾았습니다. 그들은 어떤 일을 상의하고 있는 것처럼 행동들이 아주 엄숙했지요. 그들 사이의 테이블 위에는 뜨거운 김이 나는 개고기 가마가 놓여 있었으며 코를 찌르는 향이 넘치고 있었지요. 저는 그들을 보는 동시에 울었지요. 아니, 그것이 아니고 개고기 향을 맡는 동시에 저는 울었습니다. 저는 아버지가 저를 배반한 것처럼 느껴졌죠. 아버지에게 그처럼 충성하고 아버지 편에 서서 엄마와 상대하면서 또 아버지가 야생 노새 고모와 좋아 지내는 일도 비밀로 하고 있었는데 이렇게 개고기를 먹으러 오면서 저를 데리고 오지 않았으니 어찌 억울하지 않겠습니까? 아버지는 저를 보더니 표정이 아주 냉담했죠.

"넌 왜 또 왔니?"

저는 말했지요.

"아버지는 고기 먹으려고 여기 찾아오면서 왜 저를 데리고 오지 않아요? 나는 아버지의 아들이 아닌가요?"

그러자 아버지는 미안한 듯이 한 씨 아저씨를 보면서 말했습니다.

"한 동지, 이 못난 내 아들을 좀 보오. 너무도 고기를 먹고 싶어서 이 모양이 되었다오!"

저는 대꾸했지요.

"저를 집에다 버려둔 채 량위전과 무짠지만 먹게 하면서 아버지는 혼자 고기 먹으러 온 주제에 제가 고기를 먹고 싶어한다고 놀려요?

내 아버지가 맞긴 맞나요?"

아버지 흥을 보고 나니 더욱 억울한데다 개고기 향이 지독하게도 코를 찔렀으며 눈물이 더욱더 많이 흘러 저는 진짜로 눈물투성이가 되었지요. 한 씨 아저씨는 웃으면서 저를 불렀죠.

"이 녀석, 정말 재미있군. 뭐 동지, 당신 아들은 말을 정말로 잘하는구만."

말을 하고 나서 그는 저를 불렀습니다.

"애! 너도 사내대장부이니 앉아서 실컷 먹으렴. 네가 고기를 좋아한다는 말을 네 아버지에게 들은 적이 있단다. 고기를 좋아하는 아이들은 모두 머리가 뛰어난 아이란다. 나중에도 고기가 먹고 싶으면 아저씨를 찾아오너라. 틀림없이 네게 고기를 배불리 먹게 해줄 테니까. 주모! 이 아이에게 수저 좀 갖다 줘요……"

그날 먹은 개고기는 정말로 맛있었습니다. 저는 정말로 실컷 먹었으며, 기름이 번지르르한 주모가 솥에다 고기와 국을 부지런히 넣었습니다. 저는 정신을 집중해서 먹느라고 한 씨 아저씨의 물음에 대답할 사이도 없었죠. 저는 아버지가 주모에게 하는 말을 들었습니다.

"내 아들은 한 번에 개 반 마리는 먹는다오."

저는 또 한 씨 아저씨가 하는 말을 들었습니다.

"뭐 씨! 어찌 된 거요? 애를 이 지경으로 만들다니? 애한테 고기를 먹였어야지. 남자들은 고기를 먹지 않으면 기운을 쓰지 못한단 말이오. 중국인들이 왜 체력이 약한지 알기나 하오? 그 원인은 바로 고기를 적게 먹기 때문이라오. 난 하루 세 끼니를 저 애에게 고기를 먹일 수 있으니 아예 내게 보내면 양아들로 삼겠소."

저는 개고기 한 덩이를 삼킨 다음 약간 틈을 두고는 고개를 들어 감격적이고 눈물이 가득한 눈길로 의미 깊게 한 씨 아저씨를 쳐다보았습니다.

"샤오퉁! 너, 내 양아들 안 할래?"

한 씨 아저씨가 제 머리를 다독이면서 말했습니다.

"내 양아들이 되면 난 틀림없이 네게 고기를 먹일 거야."

저는 아주 단호하게 머리를 끄덕였습니다······

재수가 없는, 한 씨 아저씨가 웅덩이에 누워서 우리가 그의 오토바이 옆으로 지나가는 것을 보고 있었습니다. 그의 오토바이는 버드나무 앞에 비스듬히 넘어져 있었고 발동기는 계속 돌아가고 있었답니다. 오토바이 바퀴는 힘겹게 나뭇가지를 받쳐대면서도 힘겹게 돌아갔고, 오토바이 바퀴가 차체를 이고 있어서 찰찰 소리를 냈습니다. 우리는 그가 우리를 부르는 소리를 들었습니다.

"량위전! 당신들은 진으로 가는 거요? 그러면 사람들에게 소식을 전해주고 어서 와서 나를 구해달라고 말해주시구려······"

저는 어머니가 한 씨 아저씨가 하는 말을 아예 알아듣지도 못했다고 생각했습니다. 그녀의 마음속에는 다만 괴로움과 분노 외에는 아무것도 없었을 겁니다. 혹시 있다면 후회 혹은 희망이라는 것이 있었을 겁니다. 저는 그녀가 아니기에 추측할 수밖에 없습니다. 아니면 그녀 자신도 어떤 생각을 하고 있는지 모를 수도 있었지요. 저는 한 씨 아저씨가 제게 고기를 먹이던 일을 생각해서라도 달려가 그를 웅덩이에서 끌어올려주고 싶었습니다. 하지만 저는 어머니의 손아귀에서 팔을 빼낼 수가 없었습니다.

자전거를 탄 어떤 사람이 우리 옆을 아주 빠르게 지나갔는데 마치 우리를 두려워하기라도 하는 것 같았습니다. 저는 그 사람이 바로 우리 돈 이천 위안을 빌려간 썬캉沈剛이라는 것을 한눈에 알아보았습니다. 사실 이미 이천 위안이 넘은 지 오래되었지요. 그가 우리 돈을 빌려간 지가 이미 이 년이 넘었으며 월 이자가 이 전이니까 굴리고 굴려서 지금까지 이미…… 어머니 말이 삼천 위안이 넘는다고 했습니다. 저는 몇 번이나 어머니와 함께 그 사람 집에 돈을 받으러 갔었죠. 처음에 그는 그래도 수긍하면서 곧 돈을 모아서 갚겠다고 했습니다. 그런데 곧 죽은 개처럼 가장했답니다. 그는 눈을 부릅뜨고서 제 어머니께 이렇게 타일렀죠.

"량위전! 나는 어차피 죽은 돼지새끼니 뜨거운 물을 두려워하지 않소. 돈은 없고 명예는 아깝고, 내 장사도 손해 보았으니 당신이 보건대 값진 것이 있다면 가져가시오. 아니면 나를 경찰에 신고해 잡아가게 하든지 마음대로 하시오. 그러면 밥 먹을 곳이라도 생길 테니까 말이오."

우리는 그의 집을 돌아보았는데 돼지기름이 가득한 가마와 낡은 자전거 한 대 외에는 값진 물건이라곤 아무것도 없었습니다. 그의 부인은 온돌에 엎드려서 흥흥거리고 있었는데 중병에 걸린 것 같았습니다. 재작년 춘절春節* 전에 그는 우리보고 돈을 빌려달라고 했는데, 그때 하는 말이 남방으로부터 아주 낮은 가격의 광둥廣東 소시지를 구입해서 춘절 기간에 많은 이익을 벌 수 있다고 했습니다. 제 어머니는 감언이설에 넘어가서 그에게 돈을 빌려주었던 것입니다. 저는 어

---

*춘절(春節) : 음력 설날을 말함.

머니가 몸에 붙은 호주머니에서 기름이 가득한 돈을 꺼내 손에다 침을 뱉고서 한 장 한 장 세고 또 한 번 두 번 세는 것을 보았습니다. 썬 캉의 손에 돈을 넘겨주기 전에 어머니는 아주 정중하게 말했습니다.

"썬캉! 당신은 홀로된 내가 애와 함께 이 돈을 벌기가 얼마나 힘들었는지 알아야 해."

그러자 썬캉은 말했지요.

"아주머니! 만약 저를 믿지 못한다면 제게 빌려주지 마세요. 제게도 돈을 빌려주겠다는 사람이 많답니다. 저는 다만 두 사람이 불쌍해서 이런 기회를 드리는 거라구요."

나중에 썬캉은 과연 소시지 한 트럭을 싣고 왔고 한 상자, 한 상자씩 마당에 부려놓았는데 그것은 담장 높이보다 더 높았습니다. 마을 사람들이 모두 말했죠.

"썬! 자네 이번에는 큰돈을 벌게 되었네!"

그는 입에다 소시지를 담배처럼 꼬나물고 득의양양해하면서 말했습니다.

"그렇지요. 재물 운이 다가오면 막으려고 해도 막을 수가 없답니다."

그러나 그곳을 지나가던 란 씨는 그에게 찬물을 끼얹듯이 말했지요.

"이 사람! 너무 자신만만하게 굴지 말게나. 먼저 가서 냉장고나 연결하게. 이렇게 있다가 날씨가 따뜻해지면 자네는 엎드려서 실컷 울 준비를 해야 하네."

그 무렵 날씨는 매우 추웠으며 거리를 쏘다니는 개들도 꼬리를 세우고 다녔답니다. 썬캉은 얼어서 얼음 같은 소시지를 억지로 자르면서 아무렇지도 않은 듯 말했죠.

"란 동지! 씨발 놈 같은 촌장! 당신은 왜 민중들이 돈을 버는 것

을 찬성하지 않는 거요? 나도 돈을 벌면 당신에게 선물을 안겨다줄
거요."

"썬캉! 내 선의를 노새의 폐나 간처럼 취급하지 말게. 그렇게 잘난
척하지 마. 자네가 언젠가 울면서 내게 도움을 청할 때가 있을 거란
말이야. 진 냉장고 주임이 내 의형제란 말이야."

란 씨는 그렇게 귀띔을 해주었습니다. 그래도 썬캉은 한결같이 말
했지요.

"고맙군요. 내 소시지가 썩어 개똥처럼 된다고 해도 난 당신에게
도움을 바라지 않을 거요."

란 씨는 미소를 띠면서 말했습니다.

"좋네. 용기 있는 사람이로군! 우리 란 씨 가문은 용기 있는 사람
만 만나면 탄복한단 말이지. 어느 해 우리집이 잘 나갈 때, 춘절 때
마다 대문 밖에다 두 개의 커다란 항아리를 놓고 그중의 하나에는 하
얀 밀가루를 가득 채우고 다른 하나에는 노란 좁쌀을 가득 채워놓고
는 가정 형편이 어려워 춘절을 지내지 못하는 사람들은 누구나 와서
쌀도 퍼가고 밀가루도 퍼갈 수 있게 했지. 그런데 어떤 거지 하나가,
바로 뤄통의 할아버지란 알거지가 우리집 대문 앞에 서서 내 할아버
지 이름을 부르면서 욕을 했단 말이지. 란융! 란융! 난 굶어 죽어도
너희들 쌀 한 알도 손대지 않는다!

내 할아버지는 우리 삼촌들과 큰아버지들을 모아놓고서 말했지.

너희들 다 들었지? 밖에서 큰 소리로 욕하고 있는 저 사람은 뭐가
있는 인간이야! 다른 사람들이야 아무렇게나 대할 수 있지만 저 사람
만은 절대로 건드리지 말아야 해. 너희들은 저 사람을 만나면 머리를
수그리고 허리를 구부려야 한단다!"

썬캉은 란 씨의 말을 중단하고 말했습니다.

"됐어요, 당신네 조상 이름은 그만 파시지."

"미안하네. 무능한 자손들은 항상 조상님들의 영광을 잊지 못하고 있다네…… 돈 많이 벌기를 기원함세!"

나중에 벌어진 일은 란 씨의 말이 옳았음을 증명했습니다. 춘절 기간에 글쎄 비정상적으로 따뜻한 동남풍이 불었을 뿐만 아니라 버드나무에 파란 싹이 트기까지 했지요. 진에 있는 냉장고들은 모두 꽉 차버려서 썬캉의 자리라곤 없었습니다. 그는 소시지를 박스째로 거리로 옮겨다 놓고서 확성기를 들고 울음 섞인 소리를 질렀죠.

"마을 동지 여러분! 형제자매들! 좀 도와주십시오. 소시지를 한 박스씩 가져가서 드십시오. 돈을 주고 싶으면 몇 푼이라도 주고 아니면 제가 봉사하는 셈 칠 테니 그저 갖다 드십시오."

그러나 이미 변질돼 썩은 냄새가 나는 소시지를 아무도 가져가지 않았습니다. 다만 들개들만이 고약한 냄새에도 불구하고 박스를 물어뜯더니 소시지들을 질질 끌고 마을을 마구 돌아다녔죠. 온 마을의 구석구석이 그놈들이 허기를 채우는 장소가 되어버렸습니다. 그래서 원래 더러운 냄새가 풍기던 백정 마을에 또 다른 이상한 더러운 냄새가 보태졌지요. 그해 설날에 들개들은 복을 누리고 잘 지냈습니다. 소시지가 썩은 냄새를 풍기던 그날부터 어머니는 저를 데리고 돈을 받으러 다녔습니다. 하지만 지금까지도 받아내지 못했지요……

아버지가 다시 집을 떠난 사건이 썬캉에게 돈을 받는 일보다 더욱 중요했던지 어머니는 모질게 그를 흘겨보고서 한 마디도 하지 않았습니다. 저는 썬캉의 자전거 짐칸에 장방형의 하얀 박스가 놓여 있는 것을 보았습니다. 박스에서는 기름기가 흘렀고 혀끝을 자극하는 향기가 풍겨나오고 있었습니다. 저는 그 박스 속의 내용물을 금방 알아맞혔습니다. 그것은 돼지고기 볶음과 삶은 내장들이었습니다. 순간 제 머릿속에는 검붉은 돼지고기와 족발의 선명한 색깔이 떠올랐으며 푹 삶아진 돼지고기의 큰창자와 작은창자의 구불구불한 곡선이 연상되어 나도 몰래 군침을 삼켰습니다. 비록 이 아침에 우리집에서는 감당하기 힘든 큰일이 발생했지만, 고기에 대한 갈망은 사라진 것이 아니라 더더욱 강렬해지고 말았지요.

'하늘은 크고 땅은 넓다지만 란 씨의 입보다 크지 못하고, 아버지도 좋고 어머니도 좋다지만 고기보다는 못하다! 고기야! 고기! 지구상에서 제일 아름다운 물건이여! 지구상에서 내 혼을 다 빼앗아 갈수 있는 물건이여! 오늘 마음껏 너를 먹을 수 있었는데 아버지가 두번째로 집을 나가는 바람에 이 아름다운 일이 망가지고 말았으니 최소한 고기를 천천히 먹기라도 해야겠다. 다만 늦게라도 먹었으면 좋겠구나.'

돼지 대가리는 어머니 오른손에 들려 있었습니다. 만약 아버지가 돌아온다면 저는 어쩌면 그것을 먹을 수 있을지 모릅니다. 만약 아버지가 어떤 결심을 하고 돌아오지 않는다면 어머니는 성난 김에 그것을 삶아서 내게 줄 것인가, 혹은 성난 김에 그것을 팔아서 내게는 그저 들뜬 기분만 안겨줄 것인가? 큰스님! 저는 정말 쓸모없는 존재죠. 방금 전까지만 해도 아버지의 두번째 출가에 대해 이런저런 생각을 했는데 고기 냄새를 맡자 제 머릿속에는 온통 고기 냄새밖에 없었습니다. 저 같은 사람은 아무런 쓸모가 없는 존재이니 이미 출세하긴 틀린 존재라는 것을 알고 있었어요. 만약 제가 혁명 연대에 태어났다거나, 아니면 불행하게도 적군의 진영에서 군관 노릇을 하고 있었는데 혁명군들이 제게 고기 한 대야를 먹게 했다면 저는 아무런 주저도 없이 대부대를 거느리고 투항했을 겁니다. 그리고 적군이 저에게 고기를 두 그릇만 건네주었다고 해도 저는 대오를 거느리고 투항했을 겁니다. 이것은 당시 저의 저속한 생각이었습니다. 나중에서야 우리 집에는 커다란 변화가 일어났지요. 마음대로 고기를 먹을 수 있을 때에야 저는 비로소 이 세상에는 고기보다 더더욱 중요한 물건들이 있다는 것을 알게 되었습니다.

자전거에 탄 사람들이 우리들 곁을 지나가면서 고개를 돌리고 소리를 질렀습니다.

"어이, 량 씨! 왜 달리는 거야? 돼지고기를 팔러 가는 거요?"

그 사람도 제가 알고 있는 사람이었는데 돼지고기 요리사였습니다. 그 사람의 자전거에도 고기 향기가 풍기는 상자가 달려 있었죠. 그 사람은 촌장인 란 씨 부인의 동생이었고, 아명은 쑤저우였지만 본명은 뭐라고 부르는지 잊었습니다. 쑤저우, 쑤저우, 이런 이름을 지을 때 그의 부모들은 어떤 생각을 했는지 알 수 없습니다. 그는 우리 마을에서 도축을 업으로 삼지 않는 사람들 중의 한 사람이었지요. 어떤 사람이 하는 말이 그는 불교를 믿기 때문에 살생을 하지 않는다는 겁니다. 하지만 그는 돼지 내장들을 볶아서 사람들에게 팔았지요. 그의 입과 양 볼은 항상 기름이 번지르르 했고, 머리에서부터 발끝까지 고기 냄새가 풍기는 것이 스님 같았어요. 저는 그 역시 음식을 만들 때 그 속에다 색소와 포르말린 용액을 넣는다는 걸 알고 있었습니다. 그러므로 그가 만들어낸 고기 음식도 썬캉이 만들어낸 음식과 마찬가지로 선명한 색깔과 이상한 향기를 풍기는 것입니다. 듣자하니 이런 물건들은 건강에 해로운 것이랍니다. 하지만 저는 이런 유해 음식을 먹을지언정 해가 없다는 무와 배추는 먹기 싫었습니다. 이 사람은 제 마음속에서는 그래도 괜찮은 사람이죠. 그는 란 씨 부인의 동생이고 란 씨와 처남 매부 간이니 당연히 그와 짜고 어떤 일을 도모해야 할 텐데 그는 란 씨와 화목하게 지내지 않았습니다. 란 씨는 우리 마을의 촌장이니까 동네 사람들은 모두들 얼굴에 밝은 빛을 띠고 잘 보이려고 해도 안 되는 노릇이라 사람들은 모두들 그를 괴물이라고 여겼습니다. 그는 항상 한마디하곤 했지요.

"선악에는 언젠가 그 인과응보가 있기 마련이야."

그는 어른을 만나면 어른과 말하고 아이들을 만나면 아이들과 말했으며 아무도 없을 때는 자기 혼자 중얼거렸습니다. 그는 자전거를 타면서 고개를 돌려 소리 질렀죠.

"량 씨! 만약 돼지 대가리를 팔러 가는 길이라면 시장으로 갈 필요가 없소. 우리집으로 가져오면 시장 가격으로 주겠소. 선악에는 언젠가 인과응보가 있다니까!"

어머니는 상관하지 않고 저를 끌고 계속 달렸습니다. 우리는 바람을 맞으면서 갔기 때문에 쑤저우가 자전거를 돌리면서 앞으로 전진하는 몸놀림의 폭이 아주 큰 것을 보았습니다. 매번 내디딜 때면 마치 천근의 무게로 내딛는 것만 같았죠. 바람이 길가의 사시나무 마른 가지들을 건드리며 싹싹 소리를 냈습니다. 바람이 부는 탓인지 하늘은 암담해졌으며 태양도 이미 두 자 높이만큼 떠올랐지만, 아직도 붉고 얇았으며 광선을 내뿜지 못하고 있었습니다. 바람이 불어 휑뎅그렁하게 된 거리에는 말라 비틀어져 잠지 모양이 된 쇠똥이 여기저기 굴러다녔죠. 우리 마을의 농업은 이미 완전히 끝장이 났고 많은 토지들은 황폐해졌으며 마을에는 소를 기르는 집이라곤 없었습니다. 그 쇠똥들은 바로 시현에 사는 소장수들이 슬금슬금 우리 마을로 들어 오면서 남긴 흔적들이었습니다. 저는 이 쇠똥들을 보고, 왕년에 아버지를 따라다니며 사람들에게 소의 무게를 가늠해주던 영광스러운 날들을 회상했으며, 그리고 사람 마음을 끌던 고기 향기도 회상했죠. 저는 어머니의 땀이 가득한 얼굴을 보면서 군침을 삼켰습니다. 그녀의 얼굴에서 흘러내리는 땀—혹시 눈물도 섞여 있을지 모르는—그런 이물질이 그녀가 금방 바꿔 입은 나일론 스웨터 칼라를 모두 적시고 있었죠. 량위전! 원망스럽고 동정이 가는 여인이여! 그리고 저는 야생 노새 고모의 붉은 오리 같은 얼굴을 망설임 없이 생각했습니다. 그 얼굴에는 한데 들러붙은 것 같은 눈썹이 돋아나 있었으며 그 눈썹 아래에는 하얀 눈자위가 아주 적었고, 눈이 있었고, 눈 아래에는 뾰족하게 위로 솟은 코가 있었고, 그리고 코 아래에는 기다란 입이 있었죠. 여자의 얼굴 기색은 저에게 항상 어떤 동물을 연상하게 했지요. 그땐 어떤 동물인지 잘 몰랐지만 나중에 우리 마을에 여우를 소개하는 장사꾼들이 들어온 뒤에야 알았죠. 집토끼를 가둬놓듯 그놈들을 어떤 울타리 속에다 가둬두었는데, 그때 갇힌 여우는 은밀한 기색을 띠곤 했죠. 그때서야 저는 여우를 자세히 목격할 수 있었고, 여자의 인상과 혼동하던 문제는 해결이 되었습니다.

제가 아버지를 따라서 야생 노새 고모네 집으로 갈 때마다 그녀는 항상 미소 지으면서 뜨거운 김이 나는 쇠고기나 혹은 돼지고기를 제 손에 밀어주면서 아주 친절하게 말했습니다.
"먹어라, 실컷 먹어라. 다 먹으면 또 있단다!"

저는 그녀의 웃음 뒤에 어떤 작은 음모가 숨겨져 있는 것 같은 느낌이 들었습니다. 마치 저를 추켜세워서 어떤 나쁜 일을 하도록 교사하고, 그녀 자신은 구경하려는 게 아니었을까요? 그러나 저는 그것조차 좋았습니다. 그녀는 결코 제게 나쁜 일을 시키지 않았지만, 그런 일을 시킨다 해도 저는 아무런 주저도 없이 답했을 것입니다. 얼마 후에 저는 그 여자와 아버지가 끌어안고 있는 장면을 직접 보았죠. 스님께 제대로 보고드리자면, 큰스님, 제 마음은 격렬하게 동요되었고, 행복했으며, 눈에는 눈물이 글썽글썽했답니다. 그때 저는 남녀간의 사랑 행위를 미처 이해하지 못하고 있었습니다. 저는 아버지의 입과 야생 노새 고모의 입이 왜 그처럼 가까이 한데 들러붙어 있는지 이상하게 생각했지요. 그뿐만 아니라 쩝쩝 하는 소리까지 내는지 알 수 없었죠. 마치 각자 상대방의 입에서 뭔가 빨아내려는 듯했고, 그리고 진정 신선한 그 어떤 액체를 빨아내고 있는 듯했죠. 지금저는 물론 그것이 입맞춤이라는 걸 알고 있습니다. 유식하게 말하자면 '키스'라고 하나요. 그때 저는 키스하는 느낌이 어떤 것인지 몰랐습니다. 하지만 아버지와 야생 노새 고모의 표정을 보고 저는 그것이사람 마음을 격렬하게 감동시키는 그 어떤 행동이라는 것을 알았답니다. 하지만 아주 고통스러운 일이라는 것도 알았죠. 그들이 정신없이 키스하고 있을 때 저는 야생 노새 고모의 눈에 눈물이 가득한 것을 보았기 때문입니다.

어머니는 눈에 띌 만큼 기운이 빠져 있었고, 쑤저우가 우리를 지나간 뒤부터 어머니의 발걸음은 느려졌습니다. 어머니의 발걸음이 느려지자 저 역시 자연히 느려졌지요. 어머니의 발걸음이 느려진 것뿐

이지 마음에까지 어떤 문제가 생긴 것은 아닙니다. 어머니의 마음은
결단코 아무런 문제가 없었어요. 기차역으로 달려가 아버지를 붙잡
아 오려는 어머니의 생각은 조금도 변하지 않았어요. 저는 그렇게 확
신할 수 있습니다. 어머니는 제 생모이니 저는 어머니를 이해하고 있
지요. 저는 어머니 얼굴을 바라보거나 혹은 어머니 숨소리를 듣고 있
노라면 어머니가 과연 무슨 생각을 하고 있는지 알 수 있었습니다.
어머니가 달리는 속도를 늦춘 것은 다름이 아니라 바야흐로 이제부
터 기운이 다 빠졌기 때문이었죠. 어머니는 날이 밝기도 전에 일어나
아침밥을 지었고, 물건을 차에다 실었으며, 날씨가 추워지자 물을 뿌
려 상자를 얼려서 부풀렸고, 그리고 나중에는 희극적이고 보는 사람
까지 놀라게 하는 아버지와의 상봉이 있었죠. 그러고 나서 어머니는
어디론가 달려가더니 돼지 대가리 하나를 사왔던 것입니다. 저는 어
머니가 심지어 마을에서 금방 영업을 시작한 온천 목욕탕에서 유황
목욕물에 몸을 담그고 온 것은 아닌가 의심까지 했습니다. 왜냐하면
제가 문 어귀에서 어머니와 조우했을 때 향기로운 유황 냄새를 맡았
기 때문입니다. 그때 어머니의 얼굴색은 붉은색이었고 기분도 아주
좋아 보였으며 머리카락은 촉촉하면서도 윤기를 드러내고 있었는데,
이런 모습은 어머니가 금방 목욕을 했다는 증거였죠. 어머니는 행복
과 희망을 안고 돌아왔을 텐데 아버지가 다시 출가를 했으니, 어머니
에게 있어서 아버지의 두번째 출가는 머리에 쏟아지는 날벼락이 아
닐 수 없었죠. 어쩌면 정수리에 쏟아진 차디찬 냉수가 어머니의 온몸
을 얼음덩어리처럼 차갑게 만들었는지도 모릅니다. 이런 갑작스러운
타격이 만약 다른 여인의 정수리에 떨어졌다면 그들은 그 자리에 정
신을 잃고 넘어졌거나 혹은 땅에 주저앉아 소리를 내 울었을 테지만

제 어머니는 그저 어안이 벙벙해서 잠시 서 있다가 곧 제정신을 차렸던 것입니다. 어머니에게 중요한 것은, 땅에 고꾸라져 죽은 듯이 사는 것이 아니었고, 소리를 내 우는 행위는 더더욱 아니었으며, 무엇보다 중요한 것은 빠른 시간 내에 기차역으로 달려가 기차가 떠나기 전에 아버지를 막는 것이었지요. 비록 바깥에서 몇 년 동안 돌아다니기는 했지만 아직도 기백이 남아 있는 남자, 그를 잡는 것이 상책이었죠. 아버지가 떠나간 후, 어머니는 어디에서 이런 말을 배워 왔을까요.

"모스크바는 눈물을 모른다!"

그때부터 어머니는 이 말을 입에 달고 살았으며 입버릇처럼 되뇌곤 했답니다. 어머니의 상투적인 말이 된, '모스크바는 눈물을 모른다'와 쑤저우의 '선악에는 언젠가 그 인과응보가 뒤따른다'는 말은 한 쌍의 보석처럼 마을에 널리 알려졌답니다. 어머니가 이 구절을 뚜렷하게 기억하고 있는 것은 이 구절의 함축적 의미를 매우 깊이 느끼고 있기 때문이며, 매우 시급한 상황이 도래하면 눈물이란 한낱 감상이라는 것을 알기 때문이며, '모스크바는 눈물을 모른다' 같은 말의 함축적 의미로서 백정 마을은 눈물을 믿지 않으며 어떤 위기를 물러나게 하려면 오직 행동을 취해야만 한다는 것을 몸소 느꼈기 때문일 것입니다.

우리는 숨을 헐떡거리면서 기차역 대합실 문 앞에 섰습니다. 그곳은 작은 간이역이었고, 몇 개의 화물과 손님을 싣기 위해 밤 늦게 오는 기차만이 서곤 했지요. 대합실 밖에는 바람에 날려 텅 빈 공지가 있었는데, 그곳에는 선전 벽보가 하나 세워져 있었으며 벽에는 표어를 붙였던 흔적이 남아 있었죠. 또한 숨어 있는 흑색분자들이 흰 분필로 써놓은 선동적인 표어도 보였는데, 그 내용의 대부분은 당의 간부들을 모욕하고 욕하는 것들이었어요. 선전 벽보 앞에는 볶은 땅콩을 파는 장사꾼이 한 명 있었는데, 붉은 색상의 스카프를 목에 두른 여자였죠. 그녀는 하얀 색상의 커다란 마스크를 쓰고 있었는데 두 눈만 말똥말똥 드러내고 있었을 뿐 느릿느릿 행동했습니다. 땅콩 장수 옆에는 어떤 아저씨 한 분이 두 팔로 앞가슴을 짓누른 채 팔짱을 끼고 입에는 담배를 꼬나문 채로 서 있었지요. 그는 온 얼굴에 무료한 표정을 짓고 있었는데 앞에는 자전거 한 대가 서 있었고, 자전거 뒤에는 고철 대야가 실려 있었죠. 고기 위에는 방수포로 덮여 있었죠. 그는 썬캉도 아니고, 쑤저우도 아니었습니다. 그럼 쑤저우와 썬캉은 어디로 갔을까요? 그들이 갖고 있던 선명한 색깔에 향기를 풍기던 고기들은 누가 먹어버렸단 말인가요? 제가 어떻게 알겠습니까! 저는 냄새를 맡자마자 이 사람의 대야에 담긴 것이 쇠고기와 소 내장이라는 걸 이내 알았습니다. 그리고 그 속에도 다량의 색소와 포르말린 용액을 넣었으니 보기에는 고기가 매우 신선했고, 특별히 향기로웠죠. 제 눈길은 쇠고기 쪽으로 기울어졌으며 마치 낚싯대처럼 눈길로 쇠고기 한 덩어리와 곱창 한 줄기를 그릇에서 낚아 올리려는 것 같았습니다. 그러나 저는 진정 싫었지만, 제 몸은 어머니에게 끌려 대합실 문 앞까지 가게 되었죠.

대합실 문짝은 십 몇 년 전에 유행되던 스프링 대문이었습니다. 젖먹던 힘까지 다해야 겨우 문을 열 수 있었고, 문을 여는 과정에서 그놈은 찌걱거리는 쇳소리를 냈습니다. 어머니가 손을 놓으면 그 낡은 문짝은 아주 빨리 반작용력에 의해 원위치로 되돌아갔다가 다시 관성에 의해 돌아오곤 했지요. 만약 이때 당신이 그 문짝의 이동 반경 안에 있다면 놈은 틀림없이 당신 엉덩이를 때렸을 것인데 가볍게 건드린다면 당신은 약간 비틀거릴 것이고, 심하게 건드리면 되돌아오는 힘에 의해 땅에 엎어지고 말겠죠. 저는 대문을 열고서 어머니 먼저 들어가게 한 뒤, 저 역시 아주 빠른 속도로 몸을 피해 안으로 스며들었죠. 문짝이 다시 되돌아오기 전에 대합실 쪽으로 들어서서 이 간사한 문짝이 내 엉덩이를 치려는 음모를 철저히 타파해버렸습니다. 저는 아버지와 야생 노새 고모가 만들어낸 그 아름다운 여자 애—저의 여동생—를 한눈에 알아보았습니다. 하느님이시여! 그들은 아직도 멀리 가지 않고 머뭇거리고 있었던 것입니다.

누군가가 문밖에서 핏물에 흠뻑 젖어 비릿한 냄새를 풍기는 군복 하나를 나와 큰스님 사이로 던졌다. 나는 이 불길한 물건을 놀라운 눈길로 바라보았고 마음속에서 안개가 자욱하게 일었다. 나는 군복에 동전 크기만 한 큼직한 구멍이 나 있는 것을 보았으며, 피비린내가 여리긴 하지만 아주 오래전에 풍기던 초연과 연지의 향이 섞여 있어서 어떤 독특한 느낌을 전달해주는 것 같았다. 군복 호주머니 속에는 하얀색의 실크 스카프 같은 것이 보였다. 호기심은 내게 손을 내밀게 했다. 그러나 천장에서 진흙과 썩은 갈댓잎 한 무더기와 낡은 기와 조각들이 한데 어우러져 떨어지면서 피가 묻은 그 옷을 덮쳐버렸고 나와 큰스님 앞에다 일순간 작은 봉분 하나를 만들어버렸다. 나는 고개를 들고 사찰 천장을 쳐다보았다. 캄캄하던 천장에 밝은 창문이 하나 만들어져 있는 게 아닌가. 나는 이미 사람들에게 잊혀진 이 낡은 사찰이 무너질까 봐 두려웠다. 약간씩 불안한 느낌도 들었다.

그러나 큰스님은 까딱도 하지 않았으며, 호흡도 있는 듯 만 듯했다. 문밖의 안개도 이미 사라지고 없었으며, 찬란한 햇살이 대지를 비추고 있었고, 마당에 있던 습기도 햇빛 아래에서 증발하고 있었다. 그 은행나무 잎사귀들도 윤기와 생기를 띠고 있었다. 그때 위에는 누런 가죽 재킷을 입고, 아래는 감색 니트 군복 바지를 입었으며, 발에는 검붉은 색상의 목이 높은 장화를 신고, 머리는 소탈하게 가르마를 탔으며, 둥그렇고 거무죽죽한 색상의 선글라스를 걸친 채 입에는 담배를 꼬나문 기골이 장대한 사내가 마당에 나타났다.

제13 포
第十三炮

　그 사내가 허리가 곧고 피부는 거무죽죽하면서도 검붉은 색상을 띠고 있어서 나는 얼핏 두려움을 전혀 인식하지 못하는, 드라마에 등장하는 미국 군관들의 형상을 떠올렸다. 그렇지만 사실 그는 미국 군관이 아니라 완벽한 중국인이었다. 그리고 그가 입을 벌리고 말을 하는 순간, 나는 그가 우리 고향 사람이라는 것을 눈치 챘다. 그는 나와 비슷한 사투리를 사용하고 있었지만 옷이나 행동을 보니 그의 내력이 신비하고, 결코 평범한 인물이 아니라는 것을 알 수 있었다. 한마디로 이 인물은 이것저것 많은 것을 경험하고 목격한 사람이었다. 그 사내를 우리 마을의 대표적 인물인 란 씨와 비교해보니, 란 씨는 완전히 거북이가 아닌가. 여기까지 생각하자 란 씨가 이렇게 말하던 소리가 들리는 듯했다.

　'나는 도시의 소시민들이 우리를 업신여긴다는 것을 알고 있지. 그들이 우리를 거북이라고 비웃는다며? 흥! 도대체 누가 거북이란 말인가? 우리 셋째 삼촌은 군대의 조종사이고 호랑이 대대의 진나떠陳納德 대장과는 술과 담배를 함께하는 형제 사이인 것을. 대다수의 중국인들이 지구상에 미국이라는 나라가 있다는 것도 모르던 시절에 삼촌은 이미 미국 여자와 연애를 했지. 그런데 나를 거북이라고 말하다니!'

그는 사찰로 걸어 들어오더니 미소를 지어 보였는데 마치 어린아이처럼 어리광을 피우는 기색이 역력했다. 사내의 그런 표정 때문에 나는 갑자기 그가 매우 친숙하게 느껴졌는데 사실 그는 무척이나 친절했다. 그런데 사내는 문득 바지의 지퍼를 내리더니 사찰 문을 마주하고 오줌을 누기 시작했다. 오줌이 튀면서 내 발에도 떨어졌다. 사내의 그 고깃덩어리 몽둥이는 큰스님 뒤에 서 있는 마통 신선과 비교할 만했다. 나는 그가 우리를 모욕하고 있다는 것을 느꼈다. 그러나 큰스님을 보았더니 여전히 까딱도 하지 않고 있었으며 심지어 얼굴에 뭐라고 표현하기 어려운 미소까지 어려 있는 것 같았다. 큰스님의 얼굴은 그 사내의 성기와 마주하고 있었는데, 나는 그 두 사람과 삼각형으로 대칭을 이루고 있었다. 바로 정면으로 마주하고 있는 스님이 화를 내지 않는데 삼각형으로 대칭을 이룬 내가 왜 화를 낸단 말인가? 그 사내의 방광 기능은 아주 강한 게 분명했다. 그가 눈 오줌은 작은 나무 하나 정도는 충분히 죽일 수 있을 것 같았다. 엄청나게 많은 오줌이 맥주 같은 거품을 내며 큰스님의 낡은 방석 주위를 돌면서 흐르고 있었다. 오줌을 다 누고 나서 그는 주변 사람들을 멸시하는 듯 성기를 들고 흔들었다. 그래도 우리가 전혀 아는 척하지 않자 몸을 돌리고 팔을 펴 팔굽혀펴기를 하는가 싶더니 입으로 낮은 고함을 질러댔다. 나는 햇살에 비친 그 사내의 오른쪽 귀가 장미꽃잎 같은 분홍색이라는 것을 알았다. 그때 한 무리의 여자들이 사찰 안으로 들어섰는데 20세기, 1930년대 사교 무대의 여인들처럼 몸에 꼭 들러 붙게 재단한 치파오旗袍를 입은 채 한껏 요염한 자태를 드러내고 있었다. 여러 가닥으로 파마를 해 치켜올린 여자들의 머리에는 보석이 매달려 빛을 발하고 있었는데 감히 평범한 사람들이 모방하기 힘든 품위를 드러내고 있었다. 나는 여자들 몸에서 풍기는 고전적인 품위를 감상하면서 무척이나 격정적인 감정에 사로잡혔다. 이 여인들도 모두들 나하고 이런저런 친척 관계에 놓인 사람들 같지 않은가. 그 여인들은 마치 깃털이 화사한 새처럼 아름다운 노래를 지저귀는가 싶더니 함께 우우 몰려들어 가죽 재킷을 걸친, 귀가 투명한 사내를 포위했다. 그 여자들 중에서 어떤 이는 그 사내의 옷깃을 끌어당겼고, 어떤 이는 그의 허리띠를 당기고 있었으며, 또 어떤 여자는 아무도 몰래 그의 다리를 꼬집기도 했다. 또 어떤 여자는 그의 호주머니 속에다 종이쪽지를 넣기도 했으며 또 어떤 이는 그의 입에다 사탕을 밀어넣기도 했다. 그들 중에서 매우 활발해 보이는 한 여성이 있었는데, 그녀는 나이를 가늠하기 어려웠고, 입술에는 은회색의 연지를 바르고 있었으며, 가슴에 붉은 매화가 수놓인 흰색 실크로 만들어진 치파오를 입고 있었다. 언뜻 보기에 그 여인들의 무리는 여러 마리의 비둘기 떼 같았는데, 무수한 총알에 맞았지만 아직 죽지 않은 것 같았다. 비둘기처럼 고상하게 생기고 무척이나 섹시해 보이는 한 여인이 앞으로 다가가더니 신발을 벗어 들고 상체를 앞으로 불쑥 내밀었다. 굽 높은 신발 뒤축이 진흙 수북한 땅에서 튕겨져 올라왔다. 그리고 여자는 손으로 그 남자의 커다란 귀를 비틀어 잡으면서 약간은 쉰 듯하면서 매우 달콤한 목소리로 욕을 해댔다.

"샤오란小蘭! 이 배은망덕한 개자식!"

그러자 샤오란이라는 사내가 과장된 목소리로 소리를 질렀다.

"아이고! 양어머니시여! 저는 어느 누구에게든 완벽하게 배은망덕한 인간이 될 수 있지만 당신에게는 배은망덕하게 굴지 못한답니다!"

"아직도 거칠게 나오는구나."

여인이 손에다 또다시 힘을 가했다. 그러자 그 사내는 목을 비틀며 사정했다.

"양어머니! 아니 친어머니! 좀 살살 다루시오. 다시는 안 그럴게. 내가 양어머니를 모시고 저녁식사를 함께하면 어떨까?"

여인은 그제야 손을 놓으면서 모질게 대꾸했다.

"난 너의 일거일동을 손금 바라보듯 해. 네가 만약 이대로 그냥 계속해서 까불면 나는 사람을 풀어 네 불알을 까버릴 거야. 이 개 같은 놈아!"

사내는 과장되게 손으로 아랫도리를 막으면서 큰 소리를 질렀다.

"양어머니! 살려주세요! 샤오란은 이 보배로운 물건으로 자손을 봐야지요."

"개 좆이라고 해."

그 여인은 욕을 하면서 덧붙였다.

"여러 자매들의 얼굴을 봐서 네게 속죄의 기회를 주마. 그런데, 너 우리를 데리고 어디 가서 저녁을 먹을 건데?"

가죽 옷을 입은 사내는 그제야 물었다.

"'천상인간天上人間'으로 갈까요?"

"싫다. 싫어! 그곳에는 새로운 경비원이 왔는데 그 자식 몸에서 더러운 악취가 풍기더군. 나는 그놈 냄새를 맡으면 토하고 싶어져."

큰 눈에다 뾰족한 아래턱을 지닌 여인이 새된 목소리로 말했다. 여자는 붉은색의 꽃무늬가 자잘하게 박힌 치파오를 입고 있었으며 머리에도 붉은색의 끈을 매고 있었고 화장은 한 듯 만 듯했다. 그 모양은 매우 온화해 보였고 사루비아 꽃잎 같았다. 그런데 몸매가 너무 뚱뚱해서 입고 있는 노란색의 치파오가 막 터져나갈 것 같은 여인이 풍자적인 어조로 뇌까렸다.

"그럼 모두들 위弼 아가씨의 말을 듣죠."

그리고 연이어 말했다.

"위 아가씨는 샤오란과 함께 다니면서 온 도시의 크고 작은 음식점들을 전부 훑었으니 어느 음식점이 맛이 있는지 그 아가씨가 당연히 제일 잘 알죠."

위 아가씨는 입을 비쭉거리며 여전히 웃으면서 대꾸했다.

"황 씨 정원의 닭날개탕이 제일 맛있는 거예요. 그렇지요? 션瀋 부인?"

그녀는 좀 전에 샤오란의 귀를 비틀던 그 귀부인의 의견을 물었다.

"위 아가씨가 선택했으니 그럼 황 씨 정원으로 가야지."

그 부인은 이렇게 모호하게 대꾸했다.

"길을 내라!"

가죽 옷을 입은 사내가 오른팔을 들고 휘둘렀다. 한 무리의 여인들이 사내를 둘러싸고 앞으로 걸어갔다. 나는 사내의 두 손이 두 여자들의 엉덩이에 각각 놓여 있는 것을 보았다. 그들은 잠깐 사이에 자취를 감추었다. 하지만 그들이 남겨놓은 향기는 아직도 마당에 감돌고 있었으며 가죽 옷을 입은 사내의 오줌과 함께 그들의 향기는 뒤범벅이 되어 코를 찌르는 듯한 이상한 냄새를 풍겼다. 밖에서 자동차 시동 거는 소리와 어디로 떠나는 소리가 들려왔다. 잠시 후 사찰과 마당은 다시 안정을 회복했다. 나는 큰스님을 바라보았고 내가 당연히 해야 할 일을 깨달았다. 그것은 바로 내가 이야기를 계속하는 것이었다.

"모든 일은 시작이 있으면 끝이 있기 마련이다."

나는 계속해서 말을 했다.

기차를 기다리는 사람들이 적었기 때문에 그다지 크지 않은 대합실이 더더욱 넓어 보였습니다. 아버지와 그의 딸은 대합실 한가운데 놓인 난로 옆의 나무로 된 체크무늬 의자에 움츠리고 앉아 있었고, 그들 주위에는 기차를 기다리는 사람들이 열댓 명 앉아 있었습니다. 아버지는 고개를 아주 낮게 내려뜨리고 있었는데, 흐릿한 창문으로 비쳐 들어오는 따뜻한 햇살이 그의 머리칼에다 은회색의 광택을 뿌리고 있었죠. 아버지는 고개를 떨어뜨린 채 담배를 피우고 있었습니다. 푸르스름한 담배 연기는 아버지의 얼굴 아래에서 올라와 그의 머리를 둘러싸면서 피어올랐는데, 오랫동안 흩어지지 않았습니다. 그런 모양 때문에 담배 연기는 아버지의 입과 코에서 흘러나온 것이 아니라 그의 머리에서 튀어나온 물질처럼 느껴지게 만들었습니다. 담배 연기 냄새는 아주 고약했는데, 마치 낡은 천과 버려진 가죽을 태우는 냄새 같았죠. 아버지는 이미 거리에서 담배꽁초를 줍는 비굴한 형편에까지 이르렀으며, 그러니 거지들과 별다를 것이 없었습니다. 아니, 거지보다도 못했죠. 저는 어떤 거지들이 사실은 주색에 빠져서 여전히 사치스런 생활을 하고 있다는 것을 잘 알고 있습니다. 그들은 이름 있는 담배들을 피우고 양주를 마시며 낮이면 낡은 옷을 입고서 거리에서 돈을 구걸하지만, 밤이 돌아오면 양복으로 바꿔 입고 노래 방으로 가서 노래를 다 부르고 나면 어디론가 가서 여자들을 데리고 논다는 것을 잘 압니다. 우리 마을의 웬치袁七라는 거지가 바로 그런 고급 거지였습니다. 그의 흔적은 전국 여러 개의 지방 도시에 다 흩어져 있었으며 본 것이 많고 경력이 풍부했으니 여러 지방 방언들을 아주 잘 따라했지요. 심지어 러시아 말도 몇 마디 할 줄 알았으며 입만 열면 아주 비범하다는 것을 알 수 있었으므로 마을에서 절대적으로 권위가 있는 란 씨도 그를 약간 공경하는 측면이 있었으며 그 사람 앞에서 큰소리치며 놀지를 못했지요. 그의 집에는 매우 단정하게 생긴 부인과 중학교에서 한창 공부를 하며 성적도 아주 괜찮은 아들이 있었답니다. 그의 말에 의하면 열 몇 개 되는 도시에 그의 집이 흩어져 있다고 했으며 그는 어디로 가든, 어디에서든 행복한 생활을 할 수 있었고, 그런 생활에 이미 적응이 되었다고 했어요. 웬치 거지 위인이 즐겨 먹는 것은 해삼 거북이고, 마시는 것은 마오타이 주茅台酒와 우량이에五粮液 같은 고급 술이었으며, 피우는 것은 위시다중화玉溪大中華 같은 담배였습니다! 이런 거지들은 하나의 현 정부를 완전히 준다고 해도 바꾸고 싶지 않을 것입니다! 제 아버지도 그런 거지라면 우리 뤄 씨 가문의 영광일 것입니다. 유감스럽지만 아버지는 처지가 너무도 어려워 절반은 주검이 되어 있었으며, 심지어 땅에서 담배꽁초를 주워 피우는 형편에 이르렀던 겁니다.

　대합실은 꿈속 풍경 같은 기운이 가득 들어 차 있었습니다. 기차를 기다리는 대부분의 사람들은 모두들 고개를 수그리고 있었는데 마치 졸고 있는 닭 같았습니다. 그들의 앞에는 크고 작은 보따리와 불룩한 주머니들이 놓여 있었습니다. 다만 두 명의 사내만이 닭 몰골이 아니었죠. 그들 앞에는 큼직한 보따리가 없었어요. 다만 가장자리가 너무도 닳아 반들반들한 비닐로 만들어진 까만 백을 다리 옆에다 바투 붙여놓고 있었어요. 그 두 사람은 몸을 비스듬히 하고 의자에 앉아 있었는데 서로 마주하고 있었죠. 그들 사이의 체크무늬 의자 위에는 신문이 한 장 펴져 있었고 그 위에는 붉은색과 흰색이 엇갈린, 돼지 귀로 만들어진 반찬이 길게 썰어져 놓여 있었습니다. 비록 약간의 비린내가 나기는 했지만 그래도 고기 냄새가 짙게 풍겼죠. 저는 이것들이 죽은 돼지고기라는 것을 알고 있었습니다. 다시 말해서 먼저 병들어 죽은 고기를 잘 처리한 후 그렇게 죽은 고기들이 다른 고기보다 신선해 보이게끔 만드는 그런 종류의 고기였다니까요. 우리 마을에서는 돼지 돌림병이 돌거나 소의 단독 병이거나 구제역을 막론하고 모두 죽은 고기들을 가공해 빼어난 식품으로 조제하는 특별한 기술이 있습니다. '탐오는 범죄가 아니지만 낭비는 아주 큰 범죄입니다.' 이것은 우리 마을의 촌장인 란 씨가 발표한 반동적인 어록이랍니다. 바로 이 말에 근거해 그놈을 총살했던 것입니다. 그들은 열심히 고기를 먹고 술을 마시고 있었습니다. 하얀 술은 그 지역에서 생산하는 백주였는데, 이름 있는 술이었으며 유공주柳公家酒 같았죠. 그런데 유공이란 어떤 사람인지 저는 모릅니다. 하지만 저는 이 유공이라는 사람이 원래 술을 빚는 사람이 아니라는 것 정도는 알고 있습니다. 다만 나중에 세인들이 깃발을 들고 그의 이름을 남용한 것뿐이지요. 술 냄새가 사람의 코를 찌르는데 순전한 술 냄새가 아니라 메틸알코올을 섞은 냄새였지요. 아, 메틸알코올, 알데히드⋯⋯ 전 중국인들은 모두 화학자들이며 메틸알코올과 알데히드는 바로 황금과 직결되는 물질이죠. 저는 그들이 초록색 술병을 주거니 받거니 하면서 짭짭 소리를 내면서 술을 마시는 사이에 젓가락도 필요 없이, 오직 손가락으로 돼지고기 귀 한쪽 부분을 집어서 입 안으로 밀어넣는 것을 보고서 군침을 삼켰습니다. 그들 중에 얼굴이 마른 사람은 일부러 고개를 쳐들고 손에 쥔 돼지고기 귀를 공중에서 포물선을 그리며 입 안으로 떨어져 들어가게 만들었는데, 일부러 나 같은 인간들의 식욕을 돋우게끔 유혹하는 것 같았습니다. 이 나쁜 사람, 이 간사한 사람이 저에게 일부러 식욕을 유발시키고 있었던 겁니다. 생각해보니 그놈은 담배 도매상이거나 그것도 아니면 소도둑놈 같아 보였죠. 아무튼 좋은 사람 같지는 않았습니다. 그런데 뭐가 대단하냐고요? 술을 마시고 고기를 처먹고 있을 뿐인데요? 만약 우리집에서 그런 고기를 먹을 수 있었다면 그들보다 훨씬 더 잘 먹을 수 있었을 겁니다. 우리 도축 전문 마을 사람들은 병으로 죽은 돼지고기인지 아니면 멀쩡하게 살던 돼지고기인지 분별하는 능력이 있기에 절대로 이 사람들처럼 죽은 돼지고기를 맛있게 먹지는 않습니다. 물론 산 돼지고기가 정말 없을 경우에는 죽은 돼지고기도 약간은 먹지만요. 란 씨도 말했지만 중국 인민들의 몸에는 부식된 물건을 좋은 영양소로 전환시키는 매우 독특한 능력이 있다고 합니다. 저는 어머니 손에 쥐어진 돼지 대가리를 보고 군침을 삼켰습니다.

아버지는 누군가 자기 앞에 서 있다는 것을 느낀 것 같았습니다. 하지만 누군지는 확실히 모르는 것 같았습니다. 고개를 든 아버지 얼굴색은 검붉었지요. 누런 이빨을 드러냈고, 어색한 기색이 얼굴에 떠올랐지요. 아버지 몸에 기대 졸고 있던 그의 딸, 제 여동생 쟈오쟈오도 잠에서 깼습니다. 아직도 잠에서 덜 깬 이 여자 애의 얼굴은 붉은색을 띠고 있었는데 매우 귀여워 보였답니다. 그 애는 몸을 아버지 쪽으로 기대고 아버지의 겨드랑이 밑에서 우리를 바라보고 있었습니다.

어머니는 마른기침을 했습니다.

아버지도 마른기침을 했지요.

쟈오쟈오도 기침을 했는데 얼굴이 더욱더 붉어졌습니다.

저는 동생이 감기에 걸렸다는 것을 알았습니다.

아버지는 그의 커다란 손으로 쟈오쟈오의 잔등을 다독이면서 동생의 마른기침을 멈추게 하려고 애를 썼지요.

쟈오쟈오는 짙은 가래를 뱉어내더니 울기 시작했습니다.

제 어머니는 돼지 대가리를 제 손에 넘겨주고서 허리를 굽혀 쟈오쟈오를 안았습니다. 마치 제 어머니 손에 가시가 돋은 것처럼, 아니면 어머니가 어린이들을 팔아먹는 인신매매 장사꾼인 것처럼 쟈오쟈오는 새된 소리를 지르면서 울었고, 몸을 아버지의 겨드랑이 밑으로 더더욱 밀어 넣었습니다. 우리 마을은 돈이 많은 마을이었기에 어린이들과 여인들을 팔아먹는 인신매매꾼들이 늘 마을로 찾아와 배회를 하곤 했습니다. 그들이 우리 마을로 들어올 때면 애들을 끼고 오거나 여인들을 묶어서 들어오는 것이 아니라 아주 교활한 모습으로 진입했지요. 그들은 항상 나무 빗이나 참빗을 파는 장사꾼으로 가장해서 우리 마을로 들어오곤 했습니다. 참빗을 파는 장사꾼은 말도 잘했고 표현력도 뛰어났으며 독특한 어휘를 많이 구사했고 자기 나름대로의 흥이 있는 사람이었지요. 그는 자기 참빗의 품질이 좋다는 것을 증명하기 위해 참빗으로 우리들 앞에서 신발 하나를 끊어놓기도 했지요.

어머니는 허리를 펴고 뒤로 한 발 물러서더니 두 손을 가슴 앞에 갖다 대고 가슴을 비볐죠. 그리고 타인의 도움이 필요한 듯 주위를 둘러보았습니다. 그러더니 어머니의 눈길은 제 얼굴에서 멈추었습니다. 그렇게 삼 초 동안 멈춘 후에 어머니의 눈길은 흐려졌습니다. 어머니의 얼굴에 아로새겨진 난처한 표정은 제 가슴을 저리게 했어요. 누가 뭐라든 필경 저 여인은 제 친모이니까요. 그녀는 비비던 손을 멈추었으며 눈길을 아래로 향하고 땅을 내려다보고 있었죠. 비록 흙이 묻긴 했지만 혹시 아버지가 신고 있는, 여전히 기상이 있어 보이는 목이 긴 구두를 내려다보고 있었는지도 모릅니다. 그 구두는 아버지의 왕년의 기세를 나타낼 수 있는 유일한 물건이었죠. 어머니는 아주 낮은 소리로 그리고 본인만 알아들을 수 있는 혼잣말을 중얼거렸죠.

"아침에 내가 너무 심한 말을 했나 봐요…… 날씨는 춥고 일은 힘들고 해서 기분이 좋지 않았어요…… 저, 당신에게 잘못을 빌러 왔어요……"

아버지 몸에 갑자기 이가 생긴 것일까요. 급히 몸을 비트는 것 같았어요. 그는 한 손을 흔들면서 쿡쿡 이상한 소리를 뱉으며 대꾸했습니다.

"당신, 절대 그런 식으로 말하지 마시오. 당신이 욕을 하는 것이야 옳소. 욕은 잘했다고 생각하오. 나는…… 당신을 성질나게 한 것은 사실이니까, 당연히 내가 잘못을 빌어야 하오……"

어머니는 제 손에 들린 돼지 대가리를 가져가면서 눈짓으로 말했죠.

'멍청히 서서 뭘 하는 거야? 어서 아버지를 도와 물건을 들어드려야지. 그리고 어서 집으로 가자!'

어머니는 이렇게 말하고 나서 눈을 부릅뜨더니 나를 노려보다가 몸을 돌려 대합실 문을 향해 걸어갔습니다. 곧 구식 스프링 문짝이 삐걱거리는 소리가 들렸고 돼지 대가리가 한 번 번쩍거리더니 문 안으로 사라졌지요. 저는 어머니가 문을 당기면서 아주 모질게 욕하는 소리를 들었습니다.

"제길, 이 낡아빠진 문짝……"

저는 참새처럼 뛰어서 아버지 앞으로 갔습니다. 그리고 불룩한 방수포 숄더 백을 끌어당겼습니다. 아버지는 방수포 숄더 백의 끈을 끌어당기면서 눈을 부릅뜨고 저를 보면서 말했습니다.

"샤오퉁! 돌아가서 어머니와 함께 재미있게 살아. 나는 더 이상 두 사람을 내 인생과 연관시키고 싶지 않아……"

"안 돼요!"

저는 방수포 숄더 백을 당기면서 고집스레 말했죠.

"아버지! 저랑 함께 돌아가요!"

"이 손을 놓아!"

아버지는 아주 엄격하게 말했습니다. 하지만 그의 표정은 이내 아주 처참하게 일그러졌고, 그 상태로 입을 열었지요.

"아들아! 사람은 낯짝이 중요하고 나무는 가죽이 중요하지. 아버지는 비록 이 지경이 되었지만 여전히 사내란 말이다. 네 어머니 말이 옳아. 좋은 말은 먹던 자리의 풀을 다시는 먹지 않아……"

"하지만 어머니는 이미 아버지에게 잘못을 빌었잖아요?"

"아들아!"

아버지는 얼굴 기색이 어두워지면서 입을 열었습니다.

"사람은 마음이 상하는 것을 두려워하고, 나무는 뿌리가 상하는 걸 두려워하지……"

아버지는 약간 힘을 주면서 방수포 숄더 백을 저의 손에서 당겨 갔지요. 그러고 나더니 대합실 문을 향해 손을 저으면서 말했습니다.

"그만 들어가렴. 어머니에게 효성스런 아들이 되도록 하고……"

저는 이내 눈물이 가득하게 고인 채로 흐느끼면서 말했답니다.

"아버지! 진정 우리를 버릴 거예요?"

아버지도 그때 눈물이 글썽해지더니 저를 보면서 말했습니다.

"애야! 내가 너와 어머니를 버리는 것이 아니야. 그런 게 아니야! 넌 똑똑한 애니까 당연히 그걸 알아야지……"

"아뇨. 전 몰라요!"

"가거라!"

아버지는 결단성 있게 말했습니다.

"여기서 나를 더 이상 번거롭게 하지 말고 어서 가렴!"

아버지는 방수포 숄더 백을 들고서 쟈오쟈오를 이끌고 일어났죠. 그는 주위를 한참 둘러보았는데 마치 더 적합한 자리를 찾는 것 같았습니다. 주위 사람들은 모두 우리를 쳐다보았지만 아버지의 눈에는 그런 것이 보이지 않는 모양이었습니다. 그는 쟈오쟈오를 끌고 창문 쪽에 있는 낡은 의자로 가서 앉았습니다. 자리에 앉기도 전에 그는 눈을 부릅뜨고 저를 바라보면서 소리를 질렀습니다.

"너 왜 아직도 가지 않았지!"

저는 두려워서 뒤로 물러섰습니다. 제 기억에 그때까지 아버지는 이런 험악한 태도로 저를 대한 적이 없었습니다. 저는 고개를 돌려 대합실 문을 바라보았지요. 어머니로부터 어떤 지시라도 받고 싶었던 겁니다. 하지만 대합실 문은 냉정하게 닫혀 있었으며 다만 바람만 이 하얀 눈꽃을 끼고 문틈으로 스며들고 있었습니다.

몸에는 유니폼을 입고 머리에는 헬멧을 쓴 중년 여인이 손에 붉은색 스피커를 들고 대합실 옆에 있는 작은 방에서 나오더니 소리를 버럭 질렀습니다.

"검표 시작합니다! 384차, 둥베이東北 방향*으로 가는 손님들은 줄을 서시오. 검표하겠습니다!"

대합실 안에 있던 사람들은 황망히 일어섰고, 크고 작은 보따리를 어깨에 메고서 벌 떼처럼 검표 창구 앞으로 몰려갔습니다. 그때 두 명의 사내는 속도를 내 병 속의 술을 다 마셨으며, 남은 돼지고기 귀를 다 먹고 나더니 번지르르한 입을 닦고 트림을 하면서 비틀거리는 걸음으로 검표 창구를 향해 걸어갔습니다. 아버지는 쟈오쟈오를 안고 술 취한 그들의 뒤를 따라서 걸었습니다.

저는 아버지가 뒤를 돌아보면서 저를 한 번만이라도 봐줄까 싶어 아버지의 뒷모습을 눈이 아프게 바라보았습니다. 그 무렵까지만 해도 제게는 환상이 남아 있었던 것입니다. 저는 아버지가 홀연히 떠나 버리리라고 생각지 않았던 것입니다. 그러나 아버지는 고개조차 돌리지 않았습니다. 마치 어떤 도살장의 벽보처럼 더럽고 낡은 아버지의 겉옷과 그 잔등에는 기름이 덕지덕지 흐르고 있었습니다. 다만 아버지의 가슴팍에 안긴 쟈오쟈오만이 그 작은 머리를 치켜들고 저를 훔쳐보고 있었지요. 검표 창구와 플랫폼으로 통하는 강철 가름대는 아직 굳게 닫혀 있었고, 파란색 제복을 입은 여자 직원만이 옆으로 서서 팔짱을 낀 채 막연하게 손님들을 기다리고 있었습니다.

발밑의 땅이 온통 떨리듯 멀리서부터 기차의 고동 소리가 들려왔습니다. 그러고 나더니 기차의 새되고 높은 기적 소리가 울렸으며 강철 가름대를 뚫었죠. 저는 구식 증기 기관차가 짙고 검은 연기를 뿜으면서 아주 야만적인 모습으로 플랫폼 안으로 들어서는 것을 보았

*이때의 둥베이는 모옌의 고향 둥베이가 아니라 동북 삼성을 말함.

192

습니다.

　파란색 유니폼을 입은 여자가 강철 가름대를 열고 검표를 시작했습니다. 마치 푹 삶아진 고기가 급하게 목구멍 속으로 밀려들어가듯 사람들은 앞으로 밀면서 검표 창구 안으로 나아가고 있었습니다. 순식간에 아버지는 검표 요원 앞까지 다가갔습니다. 저는 이제 모든 것이 끝장이 났다는 것을 알고 있었습니다. 아버지가 강철 가름대를 지나가기만 하면 영원히 저희들 생활반경에서 사라지게 되는 것입니다.

　아버지가 구겨진 차표를 검표 요원 손에 넘겨주던 순간, 저는 오 미터 정도의 간격을 두고 서서 안간힘을 다해 소리를 질렀습니다.

　"아버지……!"

　아버지의 두 어깨는 언뜻 총알에 맞은 듯 으쓱하더군요. 하지만 그는 여전히 머리를 돌리지 않았습니다. 저는 매운 북풍이 눈꽃과 함께 열린 문짝 안으로 들어와 아버지 주변을 감돌고 있는 것을 보았죠. 그 바람은 어떤 메마른 나무 주위를 감돌고 있는 것 같았습니다.

　검표 요원은 온 얼굴에 의심을 띠고 아버지를 뜯어보았으며 그리고 이상한 눈길로 저를 훑어보았습니다. 여자는 눈을 가늘게 뜬 채 아버지가 내민 차표가 가짜인 양 이리저리 자세히 살펴보았습니다.

　그 뒤 아무리 돌이켜보아도 저는 어머니가 어느 틈에 제 앞에, 아버지의 뒤에 나타났는지 알 수 없습니다. 어머니는 왼손에 여전히 하얀 점들이 군데군데 박힌 붉은색 돼지 대가리를 들고 있었고, 마치 강산을 다스리는 큰 인물처럼 오른손을 불쑥 내밀고서 아버지의 휘청거리는 잔등을 가리키고 있었습니다. 저는 어머니가 어느 결에 파란 색상의 유니폼 단추를 풀고, 너무도 붉어 타는 듯한 목탄 덩어리 같은, 깃이 높은 나일론 스웨터를 왜 드러내게 되었는지 도무지 알 수 없었습니다. 여성 호걸 같은 어머니의 그런 형상은 지금까지도 제 뇌리 속에 박혀 있습니다. 그 장면을 되새길 때마다 온갖 생각이 떠오르곤 합니다. 어머니는 아버지의 잔등을 가리키면서 새된 목소리로 욕을 했습니다.

"뭐통! 개 같은 놈! 당신, 이렇게 가버린다면…… 당신이 사람이야?"

만약 제 고함 소리가 권총의 총알처럼 아버지의 잔등을 적중했다면 어머니가 쏘아대는 욕은 기관총알같이 아버지의 잔등을 겨냥해 온몸에 구멍이 뚫리게 하는 것이었죠. 저는 아버지의 어깨가 떨리는 것을 보았고, 줄곧 그의 품속에서 검은 눈으로 저를 훔쳐보고 있던 제 여동생 쟈오쟈오가 갑자기 고개를 아래로 푹 수그리는 걸 보았습니다.

검표 요원은 집게를 들더니 아버지의 기차표에다 무척 과장된 태도로 구멍을 뚫었으며, 그리고 퍽이나 과장된 동작으로 기차표를 아버지의 손에 넘겨주었습니다. 플랫폼에는 금방 도착한 사람들이 기차에서 밀물처럼 쏟아져 내렸고, 이쪽에서 기차에 오르려는 여객들은 차문 양쪽에서 조급하게 기다리고 있었습니다. 검표 요원은 얼굴에 이상한 표정을 짓더니 제 어머니와 아버지를 바라보았습니다. 오직 그 여자만이 아버지의 얼굴을 볼 수 있는 상황이었죠.

아버지는 앞으로 힘겹게 움직이고 있었습니다. 도자기 항아리를 넣어 묵직한 어깨에 둘러멘 방수포 숄더 백이 미끄러져 내려 아버지는 하는 수 없이 고개를 돌려야 했고, 어깨에 드리워진 그것을 끌어당길 수밖에 없었습니다. 어머니는 이 기회에 자신의 입과 손가락으로 치명적인 탄알을 내쏘았습니다.

"당신, 가버려. 가버리라고. 씨발! 당신! 무슨 개 같은 물건이야!

당신이 만약 용기 있는 사내라면 정정당당하게 갈 것이지, 왜 개처럼 더러운 년을 따라서 도망을 갔단 말이야? 그리고 씨발! 당신이 진정 용기가 있다면 왜, 왜 돌아온 거야? 당신은 요 몇 년 동안에 우리 모자가 어떤 세월을 보냈는지 생각이나 해봤어? 우리 모자가 치른 죗값을 당신이 알기나 하냐고? 뭐통! 당신은 양심도 없는 짐승이야! 어떤 여자도 당신 손아귀에만 붙잡히면 모두들 똑같은 신세가 된다니까……"

"그만 하시오!"

아버지는 갑자기 몸을 돌렸습니다. 아버지의 얼굴은 마치 음침한 곳에 갈무리해둔 회색의 기왓장 같았으며, 흐트러진 수염은 그 기왓장 위에 맺힌 서리 같았지요. 하지만 기운차게 돌아서던 아버지의 육신은 서서히 그 기운이 사라졌고 약하게 떨리는 소리가 그의 목구멍에서 새어 나왔습니다.

"그만 하시오……"

플랫폼에서 호각 부는 소리가 들려왔으며 검표 요원도 갑자기 잠에서 깬 듯 소리를 질렀습니다.

"기차가 이제 막 떠납니다! 아직도 안 타요? 이 사람, 뭘 하고 있는 거야!"

아버지는 무척 힘겹게 몸을 돌리더니 비틀거리는 발걸음으로 앞으로 달려 나갔습니다. 아버지 어깨에 메고 있던 작은 가방이 다시 땅으로 미끄러져 내렸지만 아버지는 더 이상 그런 것 따위는 상관하지 않았는데, 가방은 썩은 풀을 가득 저장해둔 소 곱창같이 아버지 발 옆으로 끌려갔습니다. 검표 요원은 무척 관대한 자세로 아버지를 재촉했습니다.

"빨리 달려요!"

"잠깐!"

어머니가 큰 소리로 외쳤습니다.

"이혼 수속을 해놓은 다음에 떠나요. 나는 더 이상 당신을 위해 생과부가 될 수 없으니까."

그리고 어머니는 경멸조로 말했죠.

"기차표 샀던 돈은 내가 물어주겠어."

어머니는 제 손을 끌고 대합실 문을 향해 머리를 쳐들고 걸어갔습니다. 저는 어머니가 울고 있다는 것을 알고 있었죠. 왜냐하면 어머니 목구멍에서 꺽꺽 하는 소리를 들었기 때문입니다. 어머니가 제 손을 놓고 그 무거운 문을 여는 순간 저는 고개를 돌려 아버지를 바라보았는데, 아버지의 몸은 강철 가름대에 기대고 있다가 맥없이 아래로 미끄러져 내렸고, 그의 앞에 서 있던 검표 요원은 얼굴을 붉히면서 화가 난 듯 강철 가름대 문을 닫고 말았지요. 저는 그 틈 사이로 둥베이로 가는 기차가 천천히 움직이고 있는 것을 바라보았습니다. 기차 바퀴가 덜거덕거리는 소리와 낮게 드리워진 석탄 연기 사이에서 저는 눈물을 흘렸습니다.

나는 눈물을 닦았고, 손등에는 반짝이는 눈물 두 방울이 묻어 있었다. 나는 자기 이야기에 스스로 깊이 도취되고 있었다. 하지만 큰스님의 입가에는 분명 비웃음기가 매달려 있었다. 씨발! 당신을 도저히 감동시킬 수 없단 말인가? 나는 속으로 이렇게 욕을 했다. 씨발! 나는 어떻게 하든지 당신을 감동시킬 것이다. 내가 출가할 수 있을까 없을까 그것은 이미 중요하지 않아. 하지만 나는 내 이야기로 당신 마음을 움직일 거야. 그리고 내 이야기의 뾰족한 모서리로 당신의 그 단단한 얼음장 같은 껍데기를 찌르고 말 거야.

마당의 햇살은 더더욱 강해지고 있었다. 나무 그림자로부터 나는 태양의 위치를 알 수 있었다. 태양은 이미 동남 방향에 있었으며 지평선 가까이에 위치해 있었는데, 우리 마을 사람들의 습관적인 표현으로는 이미 죽순 두 높이로 태양이 올라와 있는 것이었다. 원래 우리의 시선을 가리고 있었고, 열댓 개의 구멍이 나 있었으며 큰비에 젖어 팽창되었던 담장이 어제 저녁에 절반은 이미 무너져 있었으며, 나머지 절반도 이제 막 무너질 것만 같았고, 약간 억센 바람이 불어오면 그것을 넘어뜨릴 것 같았다. 평일에는 큰 나무 곁을 좀처럼 떠나지 않던 두 마리 고양이도 담장 위에서 천천히 산책을 하고 있었는데, 서쪽에서 동쪽으로 갈 때는 암고양이가 앞에 서고 수고양이가 뒤에서 따랐으며, 동쪽에서 서쪽으로 갈 때는 수고양이가 앞에 서고 암고양이가 뒤에서 따랐다. 그리고 건강하게 생기고 피부가 비단처럼 매끄러운 망아지 한 마리가 담장 옆에서 발을 비벼대고 있었다. 사실 넘어질 이유가 없던 담장이 이 기회에 바닥으로 넘어졌다. 벽은 넘어지면 끝장인 것이다. 넘어진 담장의 대부분은 모두 물 웅덩이로 자빠졌는데, 웅덩이의 고인 물이 흩뿌려져 지면에서 석 자 높이는 튀었으며, 그 바람에 화사한 폭포가 만들어졌다. 그 두 마리의 고양이 중에서 암고양이만이 온몸에 진흙을 묻히고 웅덩이 위로 올라왔으며 수고양이는 아직도 종적이 묘연했다. 암고양이는 비참하게 소리를 지르면서 물 웅덩이 옆으로 오락가락하고 있었다. 그 망아지는 기뻐하면서 달려가버렸다. 비록 수고양이는 길하고 흉한 것과 연관짓기 어렵지만 담장이 넘어진다는 것은 분명 사람을 기쁘게 한다. 높은 물건이 넘어질수록 사람들 마음은 필경 후련해지는 것이다. 담장이 무너지는 바람에 대로의 풍경이 우리들 앞에 확 나타났다. 나는 큰길 맞은쪽 넓은 공터에 높다란 흙더미가 쌓여 있는 것을 보았다. 그 무대 주위에는 오색 깃대가 가득 꽂혀 있었으며 무대 앞에는 표어가 널찍하게 걸려 있었다. 살굿빛 발전기가 한창 전기를 내뿜으면서 기계 소리를 내고 있었다. 파란색과 흰색 무늬가 있는 텔레비전 중계방송 기계가 풀밭 옆에 서 있었으며 열 몇 명의 노란 옷을 입은 작은 사람들이 검은색 전선줄을 끌고 초지에서 달리고 있었다. 오토바이 열 대가 삼각형 모양으로 줄을 서서, 태양이 떠오르는 방향에서 시속 50킬로미터 속도로 위엄 있게 다가오고 있었다.

"오토바이 대열은 위풍이 대단해!"

이 말은 내가 어떤 드라마에서 들은 적이 있다. 그리고 아주 오랫동안 나와 이 말은 퍽 친밀한 관계를 맺고 있었다. 기쁠 때나 혹은 슬플 때나 모두 저도 몰래 이렇게 소리치곤 했다.

"오토바이 대열은 위풍이 대단하구나!"

내 여동생이 나를 향해 물은 적이 있다.

"오토바이 대열은 위풍이 대단하다고? 오빠! 그게 무슨 뜻이지?"

만약 내 귀여운 여동생이 내 곁에 있다면 나는 큰길에 있는 오토바이 대열을 가리키면서 말할 것이다.

"쟈오쟈오야! 오토바이 대열은 말 그대로 저렇게 움직이니 위풍이 대단하다는 거야! 바로 저거야."

하지만 내 여동생은 이미 죽었다. 그 애는 이제 더 이상 오토바이 대열은 위풍이 대단하구나, 그런 말의 실제 의미를 영원히 알지 못한다. 아, 나의 고통을 그 누가 또 알까!

제14 포

第十四炮

마치 보이지 않는 강철관으로 용접해놓은 듯 오토바이 행렬이 질서정연하게 거리에서 속도를 유지하고 있었다. 오토바이를 운전하는 사람들은 모두들 흰색 헬멧을 착용하고 하얀 유니폼을 입고 있었고, 허리에는 폭이 넓은 가죽 벨트를 매고 있었으며 벨트에는 시커먼 색상의 무기가 꽂혀 있었다. 오토바이 행렬의 뒤쪽으로 약 삼십 미터의 간격을 두고 검정 색상의 승용차 두 대가 뒤따르고 있었다. 승용차 위에는 커다란 전등이 부착되어 있었는데 빨간색과 파란색 빛이 교차하면서 끊임없이 돌아가는 경광등이었다. 그 등과 함께 경적이 길면서 날카로운 소리를 냈다. 그 차량 뒤로는 검은색 승용차가 뒤따르고 있었다.

"큰스님! 저것은 아우디AUDI라는 승용차입니다. 당의 고급 간부들이 타는 승용차죠."

큰스님은 눈을 가늘게 뜨더니, 한 타래의 자주색 빛을 그 승용차들을 향해 내뿜다가 곧바로 거두어들였다. 아우디 뒤쪽에는 또 다른 두 대의 경찰차가 뒤따르고 있었는데 그 승용차는 경적을 울리지 않았다. 내 평생 잊지 못할 자동차 퍼레이드를 보고 있는 셈이었다. 그 장면을 보고 있자니 지나치게 흥분이 되어 소리라도 지르고 싶었다. 그런데 큰스님이 갑자기 진흙 덩어리 같은 냉정한 목소리로 내 열정을 억눌러버림으로써 나는 무척 낮은 소리로 중얼거려야 했다.

"틀림없이 대단한 인물일 것이다. 아주 대단한 인물이란 말이다."

그러나 큰스님은 내가 한 말을 들은 척하지 않았다. 나는 혼자 중얼거리듯이 말했다.

"새해 초하룻날도 아니고, 그렇다고 국경일도 아닌데, 오늘 같은 이런 평범한 날에 저런 대단한 인물이 왜 왔을까? 아! 그렇지! 생각이 났어. 내 이 어리석은 기억력 좀 봐. 맛이 갔구나."

나는 말했다.

"큰스님! 오늘은 육식을 하는 날입니다. 우리 마을에서 만들어낸 기념일인데 나중에 진 정부에서 차지해버린 기념일이랍니다. 진 정부에서 행사를 성대하게 거행하자 그 다음에는 시 정부에서 빼앗아 갔지요. 큰스님! 저는 란 씨네 집을 포격하고 나서 그 화를 피하기 위해 타향에서 떠돌고 있지만, 고향 소식과 저에 관한 이야기는 부단히 제 귀에 들리고 있습니다. 큰스님! 만약 우연히 제 고향에 들르게 된다면 길에서 아무나 붙잡고 물어봐주십시오. 당신, 혹시 뤄샤오퉁을 압니까? 그렇게 물으면 그 사람은 곧바로 스님에게 저에 관한 아주 많은 기막힌 이야기들을 들려줄 것입니다. 저에 관한 이야기들은 대부분 여러 사람들의 입을 통해서 전해졌기 때문입니다. 그중에서 대부분의 이야기들은 너무도 과장되었고 심지어 제 이야기라고 할 수 없는 내용마저 제 스토리에 포함되어버렸다는 것을 인정합니다. 그러나 어떻든 간에 뤄샤오통 혹은 십 년 전의 뤄샤오통이 그럴듯한 인물이었다는 것만은 의심할 바가 없을 것입니다. 물론 저처럼 명성이 대단했던 인물이 한 명 더 있었습니다. 그 사람은 란 씨가 아니라 란 씨의 셋째 삼촌이지요. 하루 동안에 마흔한 명의 여자들과 섹스를 했다는 기이한 사람인데 기네스북에서 세계 기록으로 남겼죠. 이런 내용들은 모두 란 씨라는 그 잡종이 들려준 것인데, 종잡을 수 없는 말이지만 어찌 되었든 저도 되는대로 말하는 것이므로 그렇게 알고 들어두십시오. 큰스님! 저는 우리 마을의 모든 것에 대해 손바닥 들여다보듯 환하게 알고 있습니다. 육식절 행사는 연달아 사흘 동안 진행되는데, 그동안 수없이 많은 종류의 질 좋고 진귀한 고기들과, 여러 가지 도축용 도구와 고기 가공용 기계들을 생산하는 사람들이 시내 중심에 있는 광장에 화려한 전시대를 설치하고 진열을 합니다. 그리고 또한 여러 가지 가축 사육과 육류 가공, 육류의 영양에 관한 토론회가 시내의 여러 호텔에서 개최되지요. 동시에 사람들의 육식에 관한 상상력을 최대로 극대화한 육식 페스티벌도 시내 곳곳의 크고 작은 호텔과 음식점에서 열립니다. 그 사흘 동안 그야말로 고기로 산과 숲을 이루기 때문에 당신은 허리띠를 풀고 먹을 수 있는 만큼 마음껏 먹을 수 있습니다. 또 칠월의 광장에서도 고기 먹기 대회가 열리는데, 전국 각지에서 육식 고수라는 사람들이 모여 대회에 참가하곤 한답니다. 이 대회에서 우승을 한 사람은 삼백육십 장의 고기 교환권을 얻게 되는데, 그 표를 갖고 시내에 있는 아무 음식점에서나 한 끼니의 고기를 마음대로 먹을 수 있습니다. 물론 사람은 이 삼백

육십 장의 고기 교환권을 삼천육백 근의 고기로 바꿀 수도 있지요. 육식절 기간에 열리는 고기 먹기 대회는 그야말로 하나의 볼 만한 행사랍니다. 그러나 사람들의 관심을 가장 끄는 것은 고기 감사 퍼레이드이죠. 다른 어떤 명절의 행사들도 점진적으로 다채롭고 풍부해지듯이 우리 고장의 육식절도 예외가 아닙니다. 저 큰길로 연결된 두 개의 작은 도시는 하나의 도시가 두 개로 나눠진 것입니다. 대로大路와 도시 모양은 하나의 아령과 같습니다. 육식절의 성대한 퍼레이드 대열은 저 대로를 지나갈 것입니다. 동쪽 도시의 대열은 서쪽 도시로 가고, 서쪽 도시의 퍼레이드 대열은 동쪽을 향해 나아가며, 대로 가운데 어떤 지점에서 서로 마주친 다음에 그들은 곧 스쳐 지나갑니다. 큰스님! 오늘 저 두 퍼레이드 대열은 사찰 앞의 길 맞은쪽에 있는 넓은 공터에서 만날 것이라는 걸 저는 의심하지 않습니다. 담장이 무너진 것은 우리들의 시야를 넓게 하기 위한 준비였습니다. 큰스님! 저는 당신의 법력이 하늘에 닿을 수 있다는 걸 알고 있습니다. 이 모든 것은 당신이 주선한 것입니다……"

내가 한창 흥이 나서 중얼거리고 있는 사이에 한 대의 은회색 캐딜락 승용차가 앞뒤로 두 대의 볼보 승용차 호위를 받으면서 서쪽 도시에서 달려오고 있는 것이 보였다. 비록 오토바이와 경찰차들이 에스코트를 하고 있지는 않았지만 일종의 거만스러운 모습으로 그 무엇도 무서울 것 없다는 듯 다가오고 있었는데, 그 모습 속에는 위엄이 어리어 있었다. 차는 작은 사찰 앞에서 급하게 방향을 바꾸더니 사찰 앞에 있는 공터에 멈춰 섰다. 자동차는 모두 급정거를 했는데 그 모습은 용맹스럽기도 했지만 동시에 안정감이 있었다. 그 자동차 가운데 특히 보닛 위에 금빛 찬란한 쇠뿔 모양의 경보기를 부착한 캐딜락 승용차는 마치 사냥 중인 한 마리의 표범이 사냥감을 쫓아서 이리저리 힘차게 내달리다가 갑자기 발걸음을 멈춘 것 같았다. 저런 자동차의 급정거는 내 가슴을 조마조마하게 했다. 나는 낮은 목소리로 소리를 질렀다.

"큰스님! 눈을 뜨고 보십시오. 진정으로 큰 인물이 나타났습니다."

큰스님은 뒤에 있는 마통신보다 훨씬 조용하게 앉아 있었다. 나는 이 노인이 저렇게 앉은 채 입적할까 봐 두려웠다. 그렇다면 누가 내 이야기를 들어줄 것인가! 그러나 나는 바깥 정경이 너무나 다채로웠기 때문에 큰스님의 신체에 내 시선을 뺏기고 싶지 않았다. 먼저 두 대의 은회색 볼보 승용차에서 네 명의 장정들이 내렸는데, 모두 검정색 파카를 입었고, 새까만 색상의 선글라스를 쓰고 있었으며, 그들의 새까맣고 짧은 머리는 마치 고슴도치 털처럼 바짝 세워져 있어서 사면이 사람 형태를 갖추긴 했지만 마치 콜타르 같았다. 잠시 후 캐딜락의 앞쪽 문이 열리면서 한 사람이 내렸는데, 그 사람도 같은 디자인의 검정색 옷을 입고 있었으며, 그 역시 콜타르 같았다. 그는 재빠른 걸음으로 차 뒤쪽으로 가서 문을 열었다. 그는 한 손으로 자동차 문짝의 윗부분을 짚었는데, 암흑색의 사내 한 명이 민첩한 동작으로 그러나 정중함을 잃지 않고 차에서 내릴 수 있도록 돕고 있었다. 그 사내의 키는 다른 사람보다 머리 하나는 더 컸으며 바깥쪽으로 드러난 커다란 귀는 마치 붉은 수정으로 조각을 해 붙인 듯싶었다. 다른 사내 역시 온몸이 새까만 색상이었다. 그러나 다른 사람들과는 달리 목에 순백색의 스카프를 두르고, 입으로는 광둥廣東식 소시지처럼 굵은 시가를 물고 있었다. 순백색의 스카프는 마치 거위의 깃털처럼 가벼워서 입김을 한 번만 불면 하늘로 올라갈 것 같았다. 나는 굳게 믿었다. 저 시가는 틀림없이 쿠바에서 수입한 것일 것이다. 만약 쿠바가 아니라면 필리핀에서 수입한 것일 것이다. 파란색 연기가 그의 입과 콧구멍에서 나와 햇살 아래에서 아름다운 도형을 만들어내고 있었다. 잠시 시간이 흐른 뒤 동쪽 시내 방향으로부터 미국제 지프차 세 대가 다가왔다. 차 위에는 초록색의 위장 그물이 씌워져 있었으며 그물에는 또 커다란 나뭇잎들이 달린 나뭇가지들이 꽂혀 있었다. 하얀 양복을 입은 사내들이 차에서 뛰어내렸는데, 그들은 하얀색 미니 스커트를 입은 젊은 여자를 호위하고 있었다. 그녀의 스커트는 너무도 짧아서 말로만 스커트였지 조금만 움직여도 팬티 가장자리 레이스가 드러났다. 옥기둥처럼 긴 두 개의 대퇴부는 분홍색을 띠고 있었다. 그리고 굽이 높은 두 갈래의 흰색 양가죽 부츠는 무릎 밑의 정강이까지 닿아 있었다. 그녀의 목에는 붉은색의 작은 실크 스카프가 걸려 있었는데, 그것은 마치 활활 타오르는 하나의 불꽃 같았다. 그녀의 얼굴은 작고 정교해 보였으며 커다란 검정색 선글라스를 걸치고 있었고, 아래턱은 약간 뾰족하였으며 왼쪽 입가에는 완두콩만 한 크기의 검은 점이 있었고, 헝클어진 금발의 머리카락은 어깨까지 드리워져 있었다. 그녀는 아주 대범하게 걸어가, 키가 큼직한 사내들의 약 일 미터 앞까지 다가갔다. 하얀 옷을 입은 네 명의 사내는 그녀의 뒤쪽, 대략 일 미터 오십 센티미터 정도 되는 곳에서 그녀를 호위하고 있었다. 그녀가 검은 안경을 벗자 근심으로 일그러진 듯한 슬픈 두 눈을 드러냈고, 처량하면서 고통스러운 모습으로 웃었다.

"란 대장님! 제가 바로 썬공다오沈公道의 딸 썬야오야오沈瑤瑤입니다. 만약 오늘 아빠가 이쪽으로 왔다면 저는 죽을 수밖에 없었을 거예요. 저는 아빠 술에 수면제를 넣어버렸죠. 그리고 저는 아빠를 대신해 죽으려고 찾아왔어요. 란 대장님! 이제 대장님은 저를 죽일 수 있어요. 그렇지만 우리 아빠는 살려달라고 이렇게 빌게요."

그 사내는 꼼짝하지 않고 서 있었는데 검정색 선글라스를 끼고 있었기 때문에 눈을 볼 수가 없어서 그의 기색을 판단할 수는 없었다. 하지만 그가 진퇴양난이라는 것을 나는 알고 있었다. 그 순백의 옷을 입은 여인 썬야오야오는 그 사내 앞에 조용히 서 있었고 높이 치켜들린 그녀의 가슴은 언제든지 총알을 맞을 준비를 하고 있었다. 란 대장은 손에 쥐고 있던 시가를 아무렇지도 않은 듯 세 대의 지프차 중 한 대를 향해 내던지더니 자신의 캐딜락 승용차를 향해 걸어갔다. 그의 운전기사가 한 발 먼저 승용차 문을 열었다. 캐딜락은 아주 빠른 속도로 후진을 하더니 방향을 바꾸면서 부웅 소리와 함께 큰길로 들어섰다. 검정색 옷을 입은 네 명의 장정이 파카의 앞섶을 제치자 총이 드러났다. 폭죽 터지는 소리와 같은 총소리가 들리더니 세 대의 지프차에 수많은 구멍이 뚫렸다. 두 대의 볼보 승용차가 큰길로 올라서더니 캐딜락을 따라서 먼지를 일으키면서 내달렸다. 코를 찌르고 가슴을 찢을 듯한 화약 냄새가 매우 강하게 사찰 내로 덮쳐 들어왔다. 나는 마음속으로 너무도 놀라 겁을 먹은 나머지 크게 재채기를 했다. 이것은 완전히 오리지널에 가까운 영화의 한 장면이었고, 실제로 그런 장면이 내 눈앞에 펼쳐진 것이었다. 이것은 꿈이 아니었다. 기름이 새고 바퀴가 납작하게 된 눈앞의 지프차가 그것을 증명했고, 나무로 만든 닭처럼 멍하니 서 있는 하얀 옷을 입은 네 사내가 증명했으며, 그리고 자태가 비범한 하얀 옷을 걸친 그 여자가 증명했다. 나는 두 줄기의 눈물이 그녀의 눈에서 흘러내리는 것을 보았다. 그녀는 선글라스를 끼고 두 눈을 가렸다. 그러나 나를 더더욱 흥분시키는 일이 연달아 발생하고 말았다. 그녀가 사찰의 문 앞으로 걸어왔다. 그녀의 걷는 모습은 무척이나 아름다웠다. 어떤 여자들은 예쁘게는 생겼어도 걷는 모습이 아름답지 않다. 또 어떤 여인들은 예쁘게는 걷지만 생긴 것은 아름답지 않다. 그녀는 몸매도 아름다웠으며 용모도 수려했고 또한 걷는 모습은 더더욱 보기 좋았는데, 진정 좀처럼 보기 어려운 특별한 미인이었다. 그러니 냉혹하기가 무쇠에 내려앉은 서리 비슷한 란 대장도 그녀에게 총을 쏘지 못했다. 그렇게 걷는 그녀의 모습에서 몇 분 전에 그녀가 가슴을 졸이며 조마조마한 사건을 겪었다는 흔적을 찾아보기란 어려운 일이었다. 나는 그녀가 사실은 투명한 스타킹을 신고 있는 것을 분명히 보았는데 투명한 스타킹을 신고 있는 그녀의 다리는 내 마음을 더더욱 들뜨게 했다. 그녀의 굽 높은 구두 양쪽에는 양가죽을 꼬아서 만든 술이 달려 있었다. 나는 그녀의 상반신을 쳐다볼 용기가 없었기 때문에 다만 그녀의 엉덩이 아랫부분만을 볼 수밖에 없었다. 그녀가 문턱을 넘어섰고 은은한 향기가 스며들어 내 마음 한구석에 슬픈 정서를 일으키고 있었다. 이처럼 고급스러운 감정은 나같이 비열한 인간의 마음속에서 생성된 적이라곤 없었는데 오늘 드디어 일어나고 만 것이다. 그 여자의 영롱한 무릎을 바라보고 있던 나는 문득 그 무릎을 먹고 싶어 죽을 것 같았다. 엎드려서 그 여자의 무릎에 입을 맞추고 싶었지만 차마 그럴 용기가 없었다.

큰스님! 저 뤄샤오퉁은 원래 이 세상에서 두려울 것이 없는 어린 망나니이고 황제의 부인인 황후의 젖통을 얻는 횡재를 얻는다면 감히 얼마든지 주무를 수 있습니다. 그러나 오늘 저는, 간이 오그라들고 말았습니다.

젊은 여자는 한 손으로 큰스님의 머리를 어루만졌다.

하느님 맙소사! 망측해라! 황당하구나! 그러나 행복하기도 하겠습니다. 큰스님의 머리여!

그러나 그 여자는 내 머리는 쓰다듬지 않았다. 눈물을 머금은 채 대담하게 고개를 치켜들어 그 여자가 내 머리를 쓰다듬어주기를 바라고 있을 때, 내가 목격한 것은 그 여자의 눈부신 뒷모습뿐이었다.

"큰스님! 당신은 계속해서 제 이야기를 들을 수 있겠습니까?"

점심때 아버지가 여동생을 안고 다시 우리집 마당에 나타났을 때 어머니의 표정이 너무도 평안해 보여서, 사실은 아버지가 집을 떠난 적이라곤 없고, 다만 아이를 안고 이웃으로 나들이를 다녀오는 것처럼 여겨졌습니다. 그리고 아버지의 표정도 나를 너무도 놀라게 했죠. 그의 표정은 안정되어 있었고 동작도 너무나 자연스러웠습니다. 미친 폭풍우 같은 사상 투쟁을 거치고 나서 다시 집으로 돌아온 정신 나간 사내가 아니라, 아이를 안고 시장을 다녀오는 충실하고 믿음직스러운 남편 같았습니다. 어머니는 겉옷을 벗고, 남들이 버린 폐품의 일종인 회색 천으로 만든 토시를 끼고, 매우 민첩한 자세로 가마솥을 닦았으며, 물을 붓고 땔나무를 가져다가 불을 지폈죠. 저는 놀람과 기쁨이 엇갈렸는데, 어머니가 불을 지피기 위해 사용한 땔감이 낡은 고무가 아니라 질이 가장 좋은 소나무 장작이었기 때문이었습니다. 그 소나무는 우리가 집을 짓고 남은 것이었는데 어머니는 그것을 도끼로 가지런히 팬 뒤 장작을 쌓아두곤 했죠. 그 모양은 마치 어떤 성대한 명절을 기다리는 듯했고, 어머니는 그것을 보물처럼 귀하게 보관해왔죠. 집 안에는 드디어 소나무 향이 넘쳐흘렀으며 불빛은 내 가슴속에 온정이 흘러넘치게 만들었습니다. 부뚜막 옆에 앉아 있는 어머니의 자태는 모처럼 득의양양해져서, 마치 좀 전에 온갖 쓰레기를 뒤섞은 폐품을 한 차 팔면서, 토산공사의 품질 검사원에게 발각되지 않았을 때의 그런 흐뭇한 표정과 얼추 비슷했습니다.

"샤오퉁! 조우 씨 집에 가서 순대 세 근을 사오너라."

어머니는 한 쪽 다리를 쭉 펴고 바지주머니에서 십 위안짜리 지폐 석 장을 꺼내 제게 넘겨주면서 매우 유쾌한 어조로 당부까지 했습니다.

"방금 쪄낸 것으로 달라고 하렴. 그리고 집으로 돌아올 때 구멍가게에 들러 칼국수 세 근을 사 오렴."

불그죽죽하고 기름기가 번지르르한 순대와 칼국수를 사 들고 집으로 돌아오자, 아버지는 이미 몸에 걸치고 있던 쇠가죽 같은 겉옷을 벗은 채였고, 쟈오쟈오 역시 발바닥까지 닿았던 오리털 파카를 벗고 있었습니다. 비록 아버지의 솜저고리는 찌든 때가 번질거렸고 단추도 온전하게 달려 있지 않았지만 겉옷을 벗으니 그래도 훨씬 더 단정해 보였습니다. 동생 쟈오쟈오는 흰색 바탕에 붉은색의 아기자기한 꽃무늬가 박혀 있는 면직물 저고리를 입었고, 아랫도리는 붉은 체크무늬의 면바지를 입고 있었으며, 가느다란 팔은 짧은 저고리 소매 바깥으로 드러나 있었습니다. 그 아이는 너무도 아름답고 온순해, 마치 곱슬곱슬한 털로 온몸을 뒤덮은 새끼 양 같아서 저는 연민의 정을 느껴야 했죠. 아버지와 쟈오쟈오 앞에는, 붉은색을 칠한, 개오동나무로 만든 다리가 짧은 식탁이 놓여 있었습니다. 그 식탁은 우리가 설날 명절 때마다 사용하는 것으로 어머니는 평소에 비닐 보자기로 정성스럽게 싸서 보배처럼 대들보 끝에 높이 걸어놓지 않았던가요. 식탁 위에 놓인 두 개의 사발에는 따뜻한 물이 담겨 있었고 그 사발에서 김이 뭉실뭉실 피어오르고 있었습니다. 어머니가 비닐봉지로 싸매놓았던 병들을 꺼내 봉지를 풀었고, 뚜껑을 열자 병 안에 가득 담긴, 매우 희고 반짝거리는 물질이 세상에 노출되자, 저는 민첩하게 코를 벌름거려 그것이 설탕이라는 것을 즉시 알아차렸습니다. 저는 천하에 얼마 되지 않는 걸신들린 아이였고, 따라서 어머니가 맛좋은 음식을 아무리 은밀한 곳에 숨겨놓아도 제가 그것을 찾아내 훔쳐 먹는 것을 막을 수 없었지만 그 설탕만은 발견하지 못했던 것입니다. 어머니가 그 설탕을 언제 사왔는지 혹은 이처럼 한 통 가득 찬 흰 설탕을 거리에서 주워왔는지 저는 알지 못했습니다. 그러니 어머니는 저보다 더더욱 교활하다는 것을 알 수 있었는데, 저는 어머니가 저 몰래 좋은 음식을 보다 많이 숨겨두었을 것이라는 의심이 들기 시작했습니다.

어머니는 저 몰래 설탕을 감춰둔 것에 대해서 아무런 부끄러움도 느끼지 않았습니다. 그렇게 하는 것이 필경 공명정대한 행위라고 생각했을 것이며, 그것을 반드시 찾게 될 사람이 어머니에게 걸려든 것도 아니었습니다. 어머니는 스테인리스 숟가락으로 설탕을 듬뿍 퍼서 자연스러운 손길로 쟈오쟈오 앞에 있는 물 사발에 퍼 넣었습니다. 그 행동은 아주 대범했고 전혀 거리낌 없는 모습이어서 마치 서쪽 산봉우리에서 해가 뜨는 격이었고, 닭이 거위 알을 낳는 격이었으며, 또한 돼지가 코끼리를 낳는 격이 아닌가요. 쟈오쟈오는 반짝거리는 눈에 약간의 두려움을 머금은 채 어머니의 얼굴을 바라본 뒤 또다시 아버지의 얼굴을 쳐다보았습니다. 아버지의 눈에서도 밝은 빛이 나고 있었습니다. 아버지가 커다란 손을 내밀어 쟈오쟈오가 쓰고 있던 털실로 짠 모자를 벗기자 어린 양의 털처럼 곱슬곱슬한 머리카락으로 뒤덮여 있는 동글동글한 머리가 드러났습니다. 어머니가 설탕을 한 숟가락 퍼 아버지의 물 대접 위까지 가져가더니 갑자기 멈추었습니다. 그 순간, 저는 어머니의 입이 마치 토라져 있는 소녀 입처럼 삐죽이 내밀어져 있고 얼굴이 빨갛게 되어 있다는 걸 발견했습니다. 어머니이긴 하지만, 저 여자는 정말로 알 수 없는 묘한 여인이구나! 어머니는 설탕이 담긴 병을 아버지 앞으로 불쑥 내밀며 낮은 소리로 중얼거렸습니다.

"당신이 직접 넣지 그래요! 내가 하는 짓이 이렇다 저렇다 또다시 불평만 하지 마시고!"

아버지는 곤혹스러운 표정으로 어머니의 얼굴을 바라보았고, 어머니는 얼굴을 돌려 그의 눈길과 마주치는 것을 피했습니다. 아버지는 스테인리스 숟가락을 병에서 꺼내 쟈오쟈오의 그릇에 넣고 나서 병마개를 아주 신중하게 덮더니 이렇게 대꾸했습니다.

"나 같은 사람은 설탕을 먹을 자격이 있소, 없소?"

아버지가 쟈오쟈오 그릇 속의 물을 저으면서 말했습니다.

"쟈오쟈오! 네 큰엄마에게 고맙다고 인사를 해야지!"

쟈오쟈오는 아버지가 시켰지만 두려워하는 표정이 역력했습니다. 어머니는 그다지 기분이 좋지 않은 듯 말했습니다.

"고맙기는! 어서 마셔라!"

아버지는 숟가락으로 설탕물을 떠 입가로 가져가 호호 불더니 쟈오쟈오의 입 가까이 가져갔습니다. 그러나 그는 곧바로 설탕물을 다시 사발에 부어놓고 주위를 찬찬히 둘러보더니 자기 앞에 있는 사발을 들고서 꿀꺽꿀꺽 마셨습니다. 뜨거운 물을 마시느라 아버지는 이를 드러내며 눈을 부라렸죠. 그리고 이마에는 땀방울이 맺혔습니다. 그는 쟈오쟈오의 사발에 있는 설탕물을 자신의 사발에 반쯤 부었습니다. 그리고 두 개의 그릇을 나란히 놓았는데 마치 설탕물이 많고 적은 것을 비교하는 것 같았습니다. 저는 처음에는 아버지의 의도를 알 수 없었지만 곧 그의 마음을 알아차렸습니다. 아버지는 설탕물이 담겨 있는 그릇을 저와 가장 가까운 거리의 식탁 한쪽에 내밀어놓고서 아주 안됐다는 어조로 입을 열었습니다.

"샤오퉁! 이건 네 몫이야!"

저는 이내 감동되었고, 뱃속 가득히 그것을 부어 넣고 싶던 욕심은 일종의 고상한 정신 때문에 일시에 짓눌려버렸습니다. 그래서 저는 곧바로 대꾸했습니다.

"아버지! 저도 이젠 다 컸어요. 그러니 안 마셔도 그만입니다. 그러니 동생에게 마시라고 하세요!"

어머니의 목구멍에서는 또다시 훌쩍이는 소리가 터져 나왔습니다. 어머니는 몸을 돌려 시커먼 타월을 집어 들더니 눈물을 닦고 나서 만면에 노기를 띠고 말했습니다.

"몽땅 마셔! 다른 건 없다지만 물마저 대주지 못할까?"

어머니는 발로 작은 의자를 걷어찼습니다. 의자는 정확하게 식탁 옆에 놓였는데, 어머니는 저를 쳐다보지도 않은 채 중얼거렸습니다.

"아직도 멍청하게 서서 뭘 하겠다는 거야? 아버지가 먹으라고 하면 먹을 것이지!"

아버지가 그 작은 의자를 똑바로 놓아주어서 저도 자리에 앉았습니다.

어머니가 순대를 묶은 타래붓꽃 줄기를 풀어 젖혔고, 순대를 우리들 앞에 나누어 주었습니다. 그중에서 가장 굵고 탐스러워 보이는 순대를 집어 특별히 쟈오쟈오의 손에 쥐어주면서 말했습니다.

"따뜻할 때 어서 먹으렴! 나는 어디 가서 국수를 끓여 오마."

제15 포
第十五炮

거리에서 북소리가 높이 울리더니 동서 양쪽에서 함께 울려 퍼졌다. 육식절肉食節의 행진 퍼레이드가 이미 가까워오고 있는 것이었다. 대략 삼십여 마리나 됨직한 노란색 들토끼들이, 놀랍게도 거리 양쪽의 들판에서 달려와 사찰 문앞에 모여 기웃거리고 있었다. 그 토끼들 중의 한 마리는 왼쪽 귀가 마치 시든 잎같이 축 늘어져 있었으며, 수염이 하얀 것으로 미루어 짐작하건대 늙은 염소 같았다. 토끼는 아주 괴상한 소리를 냈다. 나는 토끼들을 무척 깊이 있게 이해하고 있었다. 토끼는 상식적으로 저런 소리를 내지 않았다. 어떤 동물이든 비상 시기에 돌입하면 특이한 소리를 내 자기 동료들에게 비상 상황을 전하는 것이다. 과연 그 토끼들은 어떤 명령이라도 받은 듯 동시에 소리를 지르며 사찰 안으로 뛰어 들어왔다. 그들이 문턱을 뛰어넘는 동작은 너무나 아름다워서 어떻게 묘사할 수가 없을 정도이다. 모든 토끼들이 우통 신선상 뒤로 뛰어가더니 그곳에서 숨을 몰아쉬고 있었다. 그리고 찍찍거리면서 뭔가 의논하고 있었다. 나는 갑자기 조각상 뒤에 한 무리의 여우가 있다는 생각이 떠올랐다. 토끼들이 스스로 무덤을 판 것은 아닌가? 하지만 이런 일은 그 누구도 막을 수 없는 것이었다. 그러니 될 대로 되라고 할 수밖에 없었다. 내가 만약 달려가 토끼들에게 알려준다면 여우들이 화낼 것이 분명했다. 맞은편에 있는 무대에서 갑자기 귀청을 찢는 듯한 음악이 쏟아져 나왔다. 그 음악은 매우 기분이 경쾌해지는 반주였으며 선율이 아름다워 듣는 사람들로 하여금 저절로 춤이라도 추고 싶은 충동을 느끼게 했다.

큰스님! 저는 바깥세상에서 유랑 생활을 하면서 예전 그 언젠가 '에덴'이라는 이름의 단란주점에서 일한 적이 있습니다. 그곳에서 저는 깨끗한 유니폼을 입고 얼굴에는 가식적인 웃음을 띤 채 화장실을 지키고 있었지요. 그곳에서 저는 술 취한 사람이나 혹은 갑자기 욕정이 끓어올라 얼굴이 벌건 손님들에게 수도꼭지를 틀어주었고, 손님들이 손을 다 씻고 나면 그들에게 정사각형으로 미리 접어놓은 뜨거운 물수건을 건네주는 일을 했습니다. 그들이 어느 순간 손을 다 닦고 나서 저에게 다시 수건을 돌려주는 순간 저는 고맙다고 인사를 올립니다. 어떤 이들은 동전 하나를 꺼내 제 앞에 놓인 접시에 땡그랑 소리가 나도록 던져준답니다. 어떤 이들은 아주 너그럽게 십 위안짜리 지폐 한 장을 줄 때도 있습니다. 또 어떤 이는 배포가 아주 크게 백 위안짜리 지폐 한 장을 던져줄 때도 있습니다. 제 생각에 이런 사람들은 틀림없이 큰돈을 벌었으며, 또한 여자에게서도 만족을 얻었으며, 그러니 기분이 너무나 좋아져서 이처럼 너그럽게 대해주는 것이라고 생각했습니다. 어떤 이들은 아예 저를 상관하지도 않은 채 손을 다 씻고 나서는 벽에 걸려 있는, 전기로 된 손 말리는 전열기로 자기 손을 말리곤 했습니다. 우우거리는 소리 속에서 저는 아무런 표정도 없는 어떤 사람의 얼굴을 보았죠. 한눈에도 그 사람이 재수 없는 인간이라는 것을 알 수 있었습니다. 오늘 저녁 술에 잔뜩 취한 한 무리 사람들의 매상을 그가 떠안아야 할 가능성이 많은 것이죠. 그가 접대하고 있는 상전들은 대부분 권위 있고 부패한 사람들이라 그는 마음속으로는 그들을 원망하지만 얼굴에는 웃음을 띠고 그들의 시중을 들어줘야 하는 것입니다. 이런 재수 없는 이들에 대해 저는 하나도 동정하지 않았습니다. 왜냐하면 그 역시 뭐 특별히 좋은 물건이 아니기 때문입니다. 그런 술집에 찾아와서 돈을 푸는 인간들은 필경 별로 좋은 사람들이 아니기 때문입니다. 란 씨네 셋째 삼촌에게 부탁해서 기관총을 들고 와서 이들을 모두 쏘아버리라고 말하면 좋겠습니다. 하지만 더더욱 너무한 것은 진짜 인색해서 제 접시에 돈을 한 푼도 던져주지 않는 이가 있으니, 이런 인간들이야말로 정말 나쁜 놈들입니다. 그들의 붉으락푸르락하는 얼굴만 보아도 저는 화가 났습니다. 그러니 란 씨네 셋째 삼촌이 기관총으로 그들을 쏜다 해도 제 마음속의 원한을 다 없애버릴 수는 없을 테죠. 그때 당시에 저, 뤄샤오통도 이름 있는 큰 인물이었는데 지금은 땅에 떨어진 봉황이니 닭보다 못한 형편이 된 것입니다. 좋은 사내는 지난 일을 말하지 않고, 사람이 낮은 처마 밑에 있는 한 머리를 수그리지 않을 수 없는 것입니다. 큰스님, '소년은 기개가 살아 있으나 가문이 보잘것없구나,' 이런 말은 제 신세를 두고 하는 말입니다. 좀 어색한 얼굴로 여기 단란주점으로 찾아와 자기 멋대로 배설하는 손님들을 대하면서 마음속으로만 저의 휘황찬란했던 개인사와 고생이 많았던 지난 일들을 회상하곤 했습니다. 그리고 나가는 손님들의 등 뒤에다 대고 욕을 한 마디씩 뱉곤 했습니다. "씨발! 길을 걷다가 넘어지고, 물을 마시다가 목이 막히고, 고기를 먹다가 목에 걸리고, 잠을 자다가 숨이 막혀 죽어버려라."

　배설하는 인간이 아무도 없을 때면, 저는 때로는 열정적으로 때로는 물처럼 낭만적으로 울려 퍼지는 단란주점의 음악을 들었습니다. 그 음악 소리를 들으면서 저는 큰 사업을 해보겠다는 감정에 사로잡히기도 했고, 또는 그 어둠침침한 주점 안에서 어깨를 훤히 드러낸 채 머리카락에는 향기가 흘러넘치는 아가씨를 제 품에 안고서 천천히 스텝을 밟는 장면을 스스로 상상해보기도 했죠. 저는 환상이 극에 달할 때면 저도 몰래 음악의 반주에 맞추어 혼자서 스텝을 밟게 되는데, 이런 멋진 환상도 항상 불알을 움켜쥐고 달려 들어오는 씨발 놈들 때문에 중단되곤 했습니다. 큰스님! 제가 얼마나 극심한 모욕을 느꼈는지 아세요? 어느 날 저는 화장실에다 불을 질러놓았습니다. 그러나 저는 아주 빨리 소화기를 집어 들고 불을 잡고 말았죠. 그러나 그때 주점의 지배인은 저를 파출소로 끌고 갔지요. 그리고 방화죄를 적용했습니다. 저는 심문하는 경찰에게 이렇게 말했습니다.

　"불은 어떤 술 취한 손님이 놓은 것이고, 제가 불을 끈 것뿐입니다. 이치를 따지자면 저는 불을 끈 영웅이니 지배인은 당연히 저에게 상당한 액수의 상금을 주어야 하겠죠. 사실 지배인은 처음에는 상금을 주겠다고 큰소리를 쳤다가 나중에 후회한 것이죠. 그는 직공들의 피를 빨아 먹는 흡혈귀이며 사람을 잡아 처먹고도 뼈를 내뱉지 않을 위인입니다. 그놈이 저를 감옥소로 보내면 놈이 저에게 주겠다고 약속한 상금이 절약되는 것입니다. 그리고 미지급했던 삼 개월분 월급도 저에게 주지 않아도 되는 것 아닌가요? 경찰 아저씨들! 당신들은 모두 청렴한 사람들입니다. 그러니 세세하게 조사하시되 절대 홍 뚱보의 말을 들어서는 안 됩니다. 알겠습니까? 그는 화장실에 숨어서 항상 당신들을 욕하곤 하죠. 그 자식은 오줌을 누면서 당신들을 욕한다고요."

그래서 경찰은 저를 놓아주었습니다. 무죄 석방인 셈이었지요. 제가 무슨 죄가 있단 말입니까? 란 씨란 놈이야말로 죄가 있는 놈이죠. 하지만 란 씨는 시 정치협의회 상무위원이 된 지도 오래되었으며 텔레비전에 단골로 등장해 뻔뻔스러운 연설들을 했으니, 연설할 때마다 그는 셋째 삼촌 이야기를 했습니다. 그는 자기 삼촌은 애국주의자 화교이며, 예전에 그 굵고 커다란 성기로 그의 자손들에게 영광을 안겨다주었으며, 그의 셋째 삼촌은 귀국해서 돈을 기부하면서 우통 신선 묘를 재건하겠다고 말했다지요. 그래서 우리 지방 남성들의 기를 높여주겠다고 했습니다. 란 씨 이놈은 아무 말이나 마구 떠들었지만 그의 연설은 항상 박수갈채를 받았습니다. 아, 갑자기 생각났는데, 조금 전에 우리가 보았던 귀가 큰 사람은, 제 생각에는 란 씨의 셋째 삼촌이 젊었을 때 바로 그런 모습이었을 것입니다. 그는 주점 '에덴'에 수시로 나타났으며 바로 그 사내야말로 주점에 나타나면 파란색 지폐 한 장을 저에게 던져주었습니다. 훨씬 나중에야 저는 그 돈이 백 달러라는 것을 알았습니다! 아주 빳빳한 새 돈이었는데 가장자리가 너무도 예리해 제 손가락을 베는 바람에 저는 많은 피를 흘렸습니다. 그는 흰색 양복을 입고 목에는 붉은 타이를 매고, 키가 커다란 사람이었는데 그 모습은 한 그루의 백양나무를 방불케 했습니다. 아니, 그는 짙은 녹색 양복을 입고 황금색 넥타이를 맸고 키가 컸으니 한 그루의 까만 소나무 같았습니다. 또 붉은색 양복을 입고 하얀색 넥타이를 맸을 때, 그는 한 그루의 붉은 삼나무 같았죠. 저는 그가 춤을 추는 모습을 볼 수 없었지만 상상할 수는 있었습니다. 그는 하얗고 녹색이며 붉은색인 예복을 입었습니다. 백옥으로 조각한 것 같은 어깨와 팔을 드러낸 채, 너무도 찬란해 눈이 부시는 장식품들을 몇 개 걸친 채 큰 눈을 지닌데다, 입 가장자리에 까만색의 미인 점이 찍혀 있는, 그 '에덴' 주점에서 제일 아름다운 여인과 춤을 추고 있을 때, 얼마나 많은 시선이 그의 몸으로 쏠리는지 그는 미처 알 수 없을 것입니다. 박수갈채, 생화, 아름다운 술, 여인 등등은 모두 그에게 주어지는 것이었습니다. 저는 언젠가 그 같은 사람이 되는 장면을 상상했습니다. 돈을 물 쓰듯 하며 많은 여인들에게 포위되어, 몸에서 신비한 광채가 드러나고, 표범처럼 길을 걸으며 은밀하고 화려하게 만듭니다. 사람들은 유령처럼 신비한 그런 존재를 알 수 없게 되지요. 큰스님! 아직도 제 말을 듣고 계십니까?

저녁 무렵 가늘게 내리던 눈은 어느새 함박눈이 되었고 마당에는 눈이 두텁게 쌓였습니다. 어머니는 빗자루를 들고 눈을 쓸기 시작했는데 두어 번 쓸었을 때 아버지가 빗자루를 앗아갔습니다.

아버지는 육신의 힘을 모두 끌어 모으고 일을 했는데 그 동작은 무척 기운 차 보였습니다. 그런 동작 때문에 저는 마을 사람들이 아버지에 대해 거론하던 말이 생각났습니다.

"뤄퉁은 일을 잘하는데, 유감스러운 것은 애석하게도 좋은 말은 쟁기를 끌지 않는다는 말이 있지."

이런 식의 말이었죠. 무거운 저녁 기운과 하얀 눈이 반사되는 가운데 아버지의 체구는 유난히 단단해 보였습니다. 아버지 뒤에는 대문으로 향하는 작은 길이 재빨리 나타났습니다.

어머니는 아버지가 쓸어낸 작은 길을 따라 문 입구까지 가더니 묵직한 대문을 닫았습니다. 강철이 서로 부딪치면서 맑은 소리를 냈고 눈이 내리는 황혼의 길을 진동시켰습니다. 어둠이 곧장 내려앉았습니다. 하지만 땅에 쌓인 눈과 공중에서 흩날리는 눈은 아직 암흑 속에서 모호한 하얀 빛을 발산하고 있었죠. 어머니와 아버지는 처마 밑에서 다리를 떨면서 몸을 움직이고 있었는데 그 모습은 수건으로 서로의 몸에 묻은 눈을 털어주고 있는 것 같았습니다. 저는 그 돼지 대가리와 반 발자국 떨어진 벽 모서리에 기대앉아서 생고기 냄새를 맡았는데, 눈을 크게 뜨고 어둠 속에 드러난 아버지와 어머니의 표정을 살펴보려고 애를 썼지만 잘 보이지 않았고, 다만 움직이고 있는 몸만 보였습니다. 저는 앞에 앉아 있던 여동생이 색색 숨을 쉬는 소리를 들었습니다. 그 모습은 마치 암흑 속에 숨어 있는 어린 야수 같았습니다. 점심에 저는 실컷 먹었죠. 저녁이 되자 잘게 씹힌 소시지와 가닥가닥 휘감겨서 내려갔던 면발이 위로, 위로 솟구쳐 올라왔죠. 저는 그것을 다시 되씹어서 아래로 내려 보냈습니다. 듣자하니 이것은 아주 더러운 행위라고 하지만 저는 아까워서 버릴 수가 없었죠. 아버지가 집으로 돌아왔으니 저의 끼니때 반찬은 일정한 변화가 생길 수 있겠지요. 하지만 정말 어떤 변화가 일어날지 아직은 미지수였죠. 아버지의 암담한 얼굴과 자꾸만 고개를 수그리는 몰골을 보면서 아버지가 다시 돌아온 사실을 제가 고기를 다시 먹을 수 있겠다는 가능성과 연결시켜보았지만 필경 아무런 연관이 없어 물거품이 될 것이라는 예감이 들기도 했어요. 그래도 아버지가 돌아옴으로써 저는 소시지를 실컷 먹었죠. 소시지 속은 대부분 밀가루였지만, 필경 약간의 고기가 그 속에 감춰져 있었으며 얇은 껍질일망정 고기 종류에 속하는 물질이 포함되어 있었습니다. 순대를 배불리 먹고 나서 면을 두 그릇이나 먹었으며 게다가 커다란 돼지 대가리가 벽 모퉁이에 있는 도마 위에 놓여 있었으니 손만 내밀면 그 고기를 만질 수가 있었던 것입니다. 그것이 언제 제 입과 위 속으로 들어올까요? 어머니는 그 고깃덩어리를 다시 내다팔지는 않을까요?

점심을 먹을 때였죠. 저의 음식량과 밥 먹는 속도를 보고 아버지는 아주 놀라더군요. 나중에 어머니께서 하시는 말씀으로는 여동생의 양과 밥 먹는 속도를 보고 제 어머니도 놀랐다고 하더군요. 그러나 그때 당시 저는 동생이 밥 먹는 자세를 볼 시간과 여력이라곤 없었습니다. 하지만 저는 우리 남매가 굶은 귀신처럼 미친 듯이 음식을 먹고 있었다는 것을 상상할 수 있습니다. 그리고 우리가 채 씹지 않은 순대를 삼키다가 목에 걸려 목을 빼들고 눈을 부라리는 것을 보고서야 아버지와 어머니의 얼굴에는 비참한 표정이 동시에 떠올랐을 것입니다. 우리들의 탐욕스러운 모습은 두 양친에게 반감을 일으킨 것이 아니라 우리들에 대한 깊은 비애와 자책을 느끼게 했던 것입니다. 저는 어머니와 아버지가 바로 그 순간, 이혼할 생각을 버렸을 것이라고 생각했습니다. 그들은 부지런히 일을 해 저와 여동생에게 넉넉한 생활을 할 수 있도록, 행복한 생활을 창조해주려고 노력하리라 생각했죠. 어둠 속에서 트림을 하면서 음식을 열심히 씹던 저는 여동생의 트림 소리를 동시에 들었습니다. 그 애의 트림도 아주 성숙된 듯했고 숙련된 행위였으니, 만약 동생이 그곳에 앉아 있지 않았다면 저는 누군가 저를 때려죽인다고 해도 그런 트림을 한 사람이 네 살짜리 어린

애라는 걸 믿을 수 없었을 테죠.

눈꽃이 날리던 그 저녁, 뱃속에 가득 찬 소시지와 면발은 제 위장에 부담감을 증가시켰고, 고기를 먹고 싶다는 제 욕망은 약화되고 있었죠. 하지만 어둠 속에서 모호한 흰빛을 발산하는 돼지 대가리야말로 아직도 제게 환상을 품게 했죠. 저는 그것이 두 조각으로 나뉘어 무쇠 가마솥에서 끓어 넘치는 광경을 상상했으며, 순간 저는 돼지 대가리 고기의 특이한 향기를 맡은 듯싶었죠. 저는 한 발 더 나아가서 상상해보았죠. 우리 네 식구는 커다란 함지박을 둘러싸고 앉아 있는데, 커다란 함지박 속에는 푹 삶은 돼지 대가리가 담겨 있고, 풍부한 고기 냄새를 담은 뜨거운 기운이 위로 솟아오르며 향기는 사방으로 퍼지고, 저를 취하게 하니 마치 꿈속의 아름다운 상태에 빠진 듯하지요. 저는 어머니가 엄숙한 기색을 하고 붉은 젓가락 하나를 비장한 얼굴로 집어 들더니 갑자기 돼지 대가리에다 꽂는 모습을 봅니다. 그리고 어머니가 젓가락을 몇 번인가 움직이자 돼지 대가리의 뼈와 고기가 완전히 분리되죠. 어머니는 뼈들을 함지박에서 주워내면서 우리보고 아주 통이 크게 말합니다.

"얘들아! 어서 먹어! 허리띠를 풀고 먹어라. 오늘은 너희들을 실컷 먹게 할 거야!"

어머니는 다른 날과는 달리 비정상적으로 유리 덮개가 있는 석유등잔을 켜놓았으며 우리 기와집은 예전에 없던 광명으로 가득했습니다. 저는 우리들의 그림자가 아주 크게 흰색 벽에 비쳐 어른거리는 것을 보았습니다. 벽에는 마늘 타래와 고추 타래가 걸려 있었죠. 온종일 시달렸을 여동생도 점차 활발해졌습니다. 그 애는 등불을 빌려 작은 두 손을 교차시키더니 벽에다 개 머리 모양을 만들었죠. 그 애는 흥분해 소리를 질렀습니다.

"개야! 아빠! 개예요!"

아버지의 눈길은 아주 빠른 속도로 어머니의 얼굴을 스쳐 지나갔으며 비참한 어조로 그 애의 말에 대꾸했습니다.

"그래! 개구나! 쟈오쟈오의 그 검은 개랑 비슷하구나."

쟈오쟈오는 이내 손을 바꾸었고 벽에는 토끼 모양이 나타났습니다. 비록 완전히 똑같지는 않았지만 누구든 알아볼 수 있었죠.

"개가 아냐!"

동생이 말했습니다.

"토끼야. 토끼라고."

"그래! 토끼구나! 쟈오쟈오, 정말 영리하구나."

아버지는 자기 딸을 칭찬하더니 무척 미안한 듯한 어조로 어머니를 돌아보며 말했죠.

"애가 어려서 아무것도 모르는군."

"그 애가 몇 살인데, 뭘 알 수 있겠어?"

어머니는 이렇게 너그럽게 말했죠. 그리고 어머니 스스로 두 손을 교차시켜 머리를 쳐들고 꼬리를 치켜 올린 수탉 모양을 벽에다 만들었지요. 그리고 입으로는 닭 울음소리까지 냈어요. 전에 없던 이런 행동 때문에 저는 무척 놀랐습니다. 요 몇 년 사이에 제가 들은 것은 모두 어머니의 잔소리와 욕설뿐이었으며, 본 것은 어머니의 노기 띤 얼굴과 고통스러운 얼굴뿐이었습니다. 그런데 어머니는 손으로 그림자를 다 만들고 또한 수탉의 울음소리도 낼 줄 알더군요. 사실대로 말하자면 제 마음은 여러 가지 생각에 사로잡혀 있었습니다. 아침 일찍 아버지가 그의 딸을 업고 우리집 대문 앞에 나타났을 때부터 저는 줄곧 온갖 생각이 떠올랐습니다. 요상하다는 그런 비유 외에 저는 제 심정을 표현할 만한 단어를 찾을 수가 없었죠.

기쁨으로 들뜬 웃음소리가 여동생의 목구멍에서 흘러나왔고 아버지의 얼굴에도 쓴웃음이 피어올랐죠.

어머니는 온화한 눈길로 쟈오쟈오의 얼굴을 바라보더니 긴 한숨을 쉬면서 말했습니다.

"죄는 모두 어른들이 만든 거야. 애가 무슨 죄가 있을까!"

아버지는 머리를 수그리면서 말했죠.

"당신 말이 옳소. 천 가지 만 가지 모두 내 잘못이오."

"이미 일이 이렇게 되었는데 그런 말을 해서 뭘 해?"

어머니는 이렇게 대꾸하면서 일어서더니 아주 숙련된 솜씨로 토시를 끼고는 목소리를 높여 말했습니다.

"샤오통! 너, 이 자식! 난 네가 이 어미를 원망하고 있다는 걸 알고 있단다. 너도 구역질나는 어미를 만나 오 년 동안 고기 한 번 배불리 먹지 못했지. 그렇지? 오늘 이 어미가 과거의 관례를 무시하고 돼지 대가리를 삶을 거야. 고생한 사람들을 모두 먹일 테니 너도 실컷 먹어라!"

어머니는 도마를 가마솥 언저리에다 올려놓았죠. 그 돼지 대가리를 들어 올려놓고 작은 도끼를 치켜들더니 위치를 가늠해보고 도끼를 내리찍었습니다.

"금방 소시지를 먹었는데……"

아버지는 황급히 일어서면서 어머니를 저지했습니다.

"당신네 모자가 돈을 벌자면 쉽지 않았을 텐데 이 돼지 대가리를 팔아요. 사람의 배는 낡은 마대와도 같아서 겨나 야채를 먹어도 배가 부르고 고기나 물고기를 먹어도 배가 부르긴 마찬가지지……"

"이런 식의 말이, 당신이 뱉은 말이 맞아요?"

어머니는 무척 조롱하는 어조로 말했습니다. 하지만 어머니는 이내 어조를 바꾸더니 엄숙하게 대답했지요.

"나도 사람입니다. 나도 붉은 입에 흰 이빨을 가진 육신에 지나지 않아요. 그러니 고기가 맛있다는 것을 알아요. 예전에 내가 고기를 먹지 않은 것은 내가 바보였기 때문이고 또 뭘 몰라서였어요. 산 사람에게 제일 중요한 것은 바로 주둥이로 맛있는 음식이 들어가게 하는 행위가 아니겠어요?"

아버지는 입을 벌리고 손을 비비면서 뭔가 말하려는 것 같았지만 아무 말도 하지 않았습니다. 그는 뒤로 몇 발 물러섰다가 다시 앞으로 몇 발 나서더니 손을 내밀면서 어머니에게 말했습니다.

"내가 하겠소."

어머니는 잠깐 주저하다가 도끼를 도마 위에 내려놓고 한쪽으로 물러섰습니다.

아버지는 팔소매를 걷어 올리고 낡을 대로 낡은 속옷을 안으로 밀어 넣더니 도끼를 집어 든 채 조준도 하지 않고, 힘도 별로 들이지 않고, 한 번 두 번 내리찍었을 뿐인데 그 돼지 대가리는 두 조각으로 갈라졌지요.

어머니는 이미 한쪽으로 물러선 채 아버지를 가늠해보고 있었는데 얼굴 기색이 아주 사랑스러워 보였습니다. 그래서 어머니의 심사와 사유방식을 확실히 알고 있다고 여겼던 저도 지금 어머니가 무슨 생각을 하고 있는지 알 수가 없었습니다. 한마디로 말해서 아버지가 돼지 대가리를 두 조각 낸 뒤로부터 어머니의 정서는 아주 큰 변화를 일으켰습니다. 그녀는 입을 비죽거리면서 물 반 통을 가마에 부었습니다. 너무나 힘을 들였기에 가마에서 튄 물이 가마 주위에 놓여 있던 성냥개비를 적셨죠. 그런 뒤 그녀는 물통을 한쪽에 던져버려 물통에서 꽈-당 소리를 냈으며 우리는 놀라 마음을 졸였습니다. 한쪽에 서 있는 아버지는 표정이 어색했으며 어떻게 하면 좋을지 모르고 있었는데 그 모양은 보는 사람들을 안타깝게 하였답니다. 그리고 우리는 어머니가 돼지 귀를 들어서 돼지 대가리 반쪽을 가마에 던지는 것을 보았습니다. 그리고 또 다른 돼지 귀를 집어 들고서 다른 대가리 반쪽을 가마 속에 던져 넣는 것이었습니다. 저는 어머니에게 삶은 고기의 맛을 신선하게 하려면 가마 뚜껑을 덮기 전에 반드시 가마 속에다 회향, 생강, 파, 마늘 조각, 계피, 그리고 두구* 등등 조미료를 넣어야 한다는 것을 알려드리고 싶었으며, 또 당연히 조선 식초 한 숟가락을 넣어야 한다고 말하고 싶었죠. 이 방법은 야생 노새 고모의 요리 비법이었습니다. 예전에 아버지를 따라서 남몰래 그녀의 음식점으로 가서 고기를 먹을 때 저는 야생 노새 고모가 돼지 대가리를 삶는 모든 과정을 목격했답니다. 그리고 저는 아버지가 야생 노새 고모를 도와서 돼지 대가리를 쪼개는 정경도 보았습니다. 한 번, 두번, 많아야 세 번이면 모두 조각이 났답니다. 그러면 야생 노새 고모는 찬미하는 눈길로 아버지를 보았지요. 언젠가 그녀는 이렇게 말한 적도 있지요.

"뭐통! 뭐통! 무슨 일이든지 당신은 가르치는 사람이 필요 없이 너무 잘해요!"

*두구(豆蔲): 열대 지방의 풀 이름.

야생 노새 고모가 삶아낸 돼지 대가리는 특이한 맛이 있었습니다. 그래서 그녀의 이름은 온 마을에 퍼졌을 뿐 아니라 먹기를 좋아하는 이들은 그녀의 명성을 듣고 찾아왔지요. 십 리 밖에 있는 향촌에까지 전해져 진 정부에서 고급간부들의 음식을 관리하는 중임을 맡고 있는 한 씨마저 사흘이 멀다 하고 찾아왔으며 문 안으로 들어서기 전에 먼저 소리부터 질렀습니다. 그러면 야생 노새 고모는 이내 달려 나가서 아주 친절하게 '한 씨 오빠'라고 불렀습니다.

"삶아놓았나? 반을 남겨놓았나?"

"삶고 있습니다. 삶고 있어요. 잠깐만 기다리면 되니까 먼저 차나 마시면서 기다리세요."

야생 노새 고모는 얼굴에 웃음을 띠고서 날렵하게 차를 따르고 담배에 불을 붙여줬습니다.

"시에서 손님이 오셨는데 그들은 네가 만든 고기 맛에 입이 길들여져 있단다. 그리고 화 씨 시장이 여기까지 찾아와 너를 만나려고까지 했지. 너의 운수가 대통하는 거야. 넌 화 시장의 마누라가 불치병에 걸렸다는 말을 들은 적이 있니? 며칠 남지 않았단다. 이제 그 사람이 눈을 감으면 너를 데려다가 마누라로 삼을지도 모른단다. 만약 네가 잘돼서 시장 마누라가 된다면 이 한 씨를 잊어서는 안 돼!"

아버지는 무거운 기침을 했습니다. 마치 그런 행동으로 한 씨의 주의를 끌려는 것 같기도 했습니다. 한 씨는 과연 아버지를 발견했으며 툭 튕겨져 나온 눈을 부릅뜨고서 욕을 했습니다.

"뤄퉁! 씨발! 당신이었구나! 씨발! 그런데, 왜 당신이야?"

"씨발! 왜 나면 안 된단 말인가?"

아버지는 비굴하지 않게 대답했습니다. 한 씨는 아버지가 도리어 되받아 욕하는 소리를 듣더니, 처음에는 긴장되고 노기를 띠고 있는 것 같던 얼굴이 풀어지면서 석회처럼 하얀 이빨을 드러내고 웃더니 이상한 어조로 말했습니다.

"조심해! 이 건달아! 야생 노새는 당 승상의 고기란 말이야. 얼마나 많은 사람들이 먹고 싶어 하는지 알기나 해? 너 혼자 독점하다가 모두들 달려와서 네 성기를 베어버리지 않게 조심하란 말이야!"

야생 노새 고모가 화가 나서 말했지요.

"당신들! 더러운 입들은 그만 놀려요! 나를 노리개로 여기지 말고 또 밥 먹을 때 밑반찬으로 여기지도 마세요. 나를 건드렸다가는 당신들을 하나씩 모두 도끼로 작살을 내놓을 테니까요!"

"사나운 여자구먼! 방금까지만 해도 오빠라고 부르면서 친절하게 굴더니 이렇게 변색하면 단골손님까지 노엽게 할까 봐 두렵지 않아?"

한 씨가 말했습니다. 야생 노새 고모는 쇠고리로 이미 다 익은 돼지 대가리 반쪽을 끄집어냈습니다. 돼지 대가리 위에는 붉은 즙이 덮여 있었는데 코를 찌르는 향기가 풍기고 있었습니다. 저는 눈을 곤추세우고서 돼지 대가리에만 주의하고 있었으며 군침이 어느새 아래턱까지 흘러 내려와 있었습니다. 야생 노새 고모는 돼지 대가리를 도마 위에다 내려놓고 번뜩이는 칼을 집어 들고 재간을 피우더니 팍 하는 소리와 함께 주먹만 한 고깃덩이 하나를 베어내 쇠꼬치에 꽂은 뒤에 치켜들고서 저를 부르는 것이었습니다.

"샤오통아! 어서 먹어라! 이 배고픈 고양이야! 아래턱이 다 떨어지겠다!"

"그건 나한테 주려던 고기가 아니었나?"

한 씨는 급해서 소리를 질렀습니다.

"화 시장이 당신이 삶은 고기를 먹겠다고 지정했단 말이오!"

"무슨 씨발 같은 화 시장이야? 초 서기야? 그들이 당신을 관리할 수는 있겠지만 설마 나를 관리할 수 있겠어?"

"당신이 이겼소. 내가 투항하면 안 되오? 어서 연잎에다 고기를 싸주오."

한 씨가 말했습니다.

"거짓말이 아니라, 진짜 그 화 시장이 왔단 말이오!"

"당신의 그 화 시장은 내 양아들과 비교하자면 아무것도 아니야! 그렇지? 아들아!"

야생 노새 고모는 친절하게 저보고 말했습니다. 저는 이런 의미 없는 문제에 대해 대답할 겨를이 없었지요.

"됐소. 똥 냄새라면 되는 거요?"

한 씨가 계속 말했습니다.

"그 화 시장은 똥이고 우리 모두 그를 상관하지 않으면 되겠지? 아, 이 아줌마야! 어서 내게 고기를 주시오."

한 씨는 허리에 차고 있던 시계를 보면서 급히 말했습니다.

"우리는 오래된 관계인데 그 안면을 봐서라도 내 일자리를 보존하게 해주시오. 우리집 식구들은 내가 벌어서 먹인단 말이오!"

야생 노새 고모는 칼을 몇 번 휘두르더니 그 돼지 대가리에서 반 마리의 고기를 뼈에서 긁어냈으며 뜨거운 고통도 무릅쓰고 입으로는 실실 손가락을 영민하게 움직이면서 그 반쪽의 돼지 대가리를 만지작거렸는데 원래 대가리 모양으로 만들고 있었습니다. 그녀는 그 고기들을 파란 연잎에 싸고서 꽃창포로 묶더니 밖으로 내밀면서 말했습니다.

"어서 꺼져. 가서 당신 아버지들이나 모셔!"

만약 어머니도 야생 노새 고모가 삶아내는 그런 맛의 돼지 대가리를 삶아내려면 그 속에다 분말로 된 명반을 넣어야 했으니 그것도 역시 그녀의 비법이었습니다. 제 앞에서 야생 노새 고모는 아무것도 숨기지 않았죠. 그런데 어머니는 아무런 조미료도 넣지 않고 가마 뚜껑을 닫아버렸습니다. 맑은 물로 돼지고기를 삶다니, 어찌 맛이 있겠는가! 하지만 그것은 필경 돼지 대가리며, 저는 또한 고기 먹기를 아주 즐기면서도 몇 년 동안 고기를 얻어먹지 못한 청년이었습니다.

불길은 활활 타고 있었습니다. 그 불길로 인해 어머니의 얼굴이 붉어졌습니다. 소나무 땔나무는 기름이 섞여 있기에 잘 타고 오래 타서 빈번히 밀어 넣을 필요가 없었습니다. 그러니 어머니는 가마 곁을 떠나 다른 일을 얼마든지 할 수가 있었지만 그녀는 자리를 뜨지 않았습니다. 어머니는 두 팔꿈치를 무릎에다 대고 두 손으로 아래턱을 받치고 조용하게 온돌 앞에 앉아서 변화무쌍하면서도 그 주위를 떠나지 않는 화염을 바라보고 있었으며 눈을 반짝반짝 빛내고 있었습니다.

가마솥 속의 물은 약간 움직임이 있는 것 같았습니다. 순간순간 들려오는 찌르륵 소리는 아주 먼 곳에서 들려오는 것 같기도 했습니다. 문턱에 앉아 있던 저는 제 옆에 앉아 있는 동생이 하품하는 소리를 들었으며 이어서 그 애의 크게 벌린 입과 입 안에 있는 하얀 작은 이빨을 보았습니다.

어머니는 고개를 돌리지 않았고 아버지에게 냉정하게 말했습니다.

"저 애더러 자라고 해요."

아버지는 동생을 안고 문을 열고서 마당으로 나갔습니다. 마당에서 돌아올 때 동생의 머리는 이미 아버지의 어깨에 파묻혀 있었으며 가는 숨소리를 내고 있었습니다. 아버지는 어머니 뒤에 서 있었는데 뭔가 기다리고 있는 것만 같았습니다. 어머니가 말했지요.

"이불과 베개는 모두 온돌 위에 접어놓은 대로 있어요. 먼저 파란색 이불을 덮어주세요. 내일 다시 당신들에게 새 이불을 해줄게요."

"정말로 번거롭게 해서……"

아버지가 말했습니다.

"무슨 말이 그렇게 많아요? 그 애가 아니더라도, 당신이 거리에서 주워온 애라 해도 풀 더미 속에서 자게 할 수는 없지요?"

어머니가 말했습니다. 아버지는 여동생을 안고 안방으로 들어갔습니다. 그런데 어머니는 갑자기 저에게 화를 내는 것이었습니다.

"너도 가서 오줌 누고 자지 않고 여기 앉아서 뭘 기다리고 있는 거니? 약한 불로 돼지 대가리를 끓이는데 날 밝을 때까지 기다릴래?"

저의 눈은 갑자기 한데 붙었으며 사유도 모호한 상태가 되었답니다. 야생 노새 고모가 삶아낸 향이 독특한 돼지고기가 공중에서 날아다니는 것 같았으며 하나에 하나가 꼬리를 물고 다니면서 제가 눈을 감기만 하면 눈앞에 내려앉을 것만 같았습니다. 저는 일어서면서 물었습니다.

"저는 어디에서 자요?"

"네가 어디에서 자겠니?"

어머니가 말했지요.

"평일에 어디에서 잤으면 지금도 그곳에서 자면 되는 거지!"

저는 눈을 가늘게 뜨고 마당으로 나갔는데, 눈이 얼굴에 떨어져서 쏟아지는 잠을 깨웠습니다. 방 안의 불빛은 마당을 환하게 비추었으니 눈꽃이 날리는 형태를 확실히 볼 수 있었어요. 그날의 눈꽃은 매우 아름다웠으며 꿈결 같았습니다. 이런 아름다운 꿈속에서 저는 우리집 트랙터가 물건을 가득 실은 채 마당에 비스듬히 서 있는 것을 보았는데, 그 하얀 눈은 이미 그 낡은 물건들을 덮어버렸어요. 트랙터는 마치 하나의 커다란 살아 있는 이상한 물건 같았습니다. 하얀 눈은 저의 박격포도 덮어버리고 있었죠. 박격포는 강철의 색을 부분적으로 드러내고 있으면서 포의 모양을 보존하고 있었고 포신은 어두운 하늘을 향하고 있었습니다. 저는 이것이 아주 건강하고 정신을 일깨우는 박격포라고 믿었으며 탄알만 있으면 수시로 사격할 수 있다고 믿었습니다.

저는 방 안으로 들어가서 약간 주저하다가 그래도 여전히 엉덩이를 드러내고 옷을 다 벗어버리고서 이불 속으로 들어갔습니다. 제 차가운 발은 따뜻한 여동생의 몸에 닿았으며 저는 그 애가 몸을 움츠리는 것을 느낄 수 있었습니다. 그래서 저는 이내 발을 당겨왔답니다. 이때 어머니가 말했습니다.

"잠을 잘 자고 내일 아침 일어나서 고기를 먹어라."

어머니의 말소리를 들으니 어머니의 심정이 좋아진 것 같았습니다. 등불은 점차 어두워졌고 다만 온돌 불길만이 바깥방에서 움직이고 있었습니다. 방문도 조용히 닫혔습니다. 하지만 좁은 문틈으로 바깥방의 불길이 집중적으로 쏟아져 들어와서 안방의 궤를 비추었습니다. 어머니와 아버지는 어디에서 자는 것일까? 그들은 온밤 내내 잠도 자지 않고 돼지고기를 삶는단 말인가? 이런 모호한 문제가 제 머릿속에서 맴돌고 있었습니다. 이 문제는 저를 잠들지 못하게 했으니 저는 일부러 아버지와 어머니가 하는 말을 엿들으려고 한 것이 아니라 잠이 오지 않았기에 이불을 뒤집어쓰고 있다가 그들이 하는 말을 하나도 빠뜨리지 않고 듣게 된 것입니다.

"눈이 이렇게 많이 내리는 걸로 봐선 내년에는 풍년이 들겠소."

아버지가 말했습니다.

"당신의 머리도 이젠 바뀔 때가 되었어요."

어머니가 냉정하게 말했습니다.

"지금 농사꾼들은 예전과는 다르단 말이에요. 예전 농민들은 땅만 파서 음식을 먹어야 했고 하늘의 기색을 보면서 밥을 먹어야 했지요. 날씨가 좋으면 오곡이 풍성하고 가마솥 속에도 만두가 들어 있고 그릇에도 고기가 있었지만, 날씨가 안 좋으면 농사도 안 돼서 가마솥 속에는 탕이요, 그릇에는 겨가 담겨 있었지요. 그렇지만 지금은 바보가 아닌 이상 땅에서 그 죗값을 받지 않는단 말이에요. 십 헥타르나 되는 땅에다 땀을 흘리는 것이 돼지 껍질을 벗겨 도매로 파는 행위보다 못하단 말이에요…… 사실 당신이 떠날 때도 이미 이렇게 돼 있었어요. 그런데 내가 이런 말을 당신하고 해서 뭘 해요."

"모두들 곡식을 심지 않는다는 것도 말이 안 되는 소리지……"

아버지가 낮은 소리로 중얼거렸습니다.

"농민이라면 곡식을 심는 것이 본분을 지키는 것이지……"

"정말 해가 서쪽에서 떠오르겠어요."

어머니는 비웃으면서 말했습니다.

"예전에 당신이 집에 있을 때도 밭에 나가서 일한 적이 몇 번 안 되는데 이번에 돌아와서는 농민이 되겠다는 거예요?"

"곡식을 심는 일 외에 다른 일은 신뢰가 가지 않는단 말이오……"

아버지가 어색하게 말했습니다.

"소를 가늠하는 일도 필요 없게 되었고, 아니면 나도 당신들과 함께 낡은 물건이나 수집하면 안 되겠소?"

"당신은 그런 일을 하면 안 되지."

어머니가 말했습니다.

"당신은 그런 일을 할 사람이 아니란 말예요. 그런 일을 하려면 창피한 것을 두려워하지 말아야 하고 절반은 도둑질도 하고 빼앗기도 해야 한단 말이에요."

"나도 밖에서 이 지경까지 되었는데 또 무슨 볼 낯짝이 있겠소? 당신들이 할 수 있는 일이라면 나도 할 수 있소."

"저는 그런 어리석은 여자가 아닙니다. 당신도 돌아왔고 집도 있으니 저와 샤오통도 더 이상 폐품 수집하는 일은 하지 않을 거예요. 하지만 당신이 떠나간다면 저는 막지 않을 거예요. 사람을 잡으면서 마음까지 잡을 수 없다면 아예 잡아두지 않는 편이 낫거든요……"

어머니는 그렇게 말했습니다.

"내 속마음은 어제 애들 앞에서 이미 다 말했소."

아버지가 계속해서 말했습니다.

"나는 이 지경이 되었고 기개도 부족하고, 말은 마르고 털만 긴 격이고, 개 껍질을 쓰고 돌아와서 당신을 찾았으니 당신이 나를 받아준다면 나도 감지덕지할 것이오. 어디까지나 부부였으니 뼈를 부러뜨린다고 해도 힘줄은 이어져 있는 거요."

"정말로 인간이 되었네요."

어머니가 말했습니다.

"몇 년 못 보았더니 이런 말을 잘하는 입을 만들어냈군요."

"량위전!"

아버지의 목소리는 더욱 낮았습니다.

"내가 당신에게 진 빚을 나중에 당신의 소가 되고 말이 되어서 보답하겠소……"

"도대체 누가 말이고 소인지 모르겠어요."

어머니는 또 이렇게 말했죠.

"또 언젠가 야생 노새나 야생 말을 따라 도망갈지 누가 알아……"

"내 아픈 곳을 찌르지 마시오!"

아버지가 한 말이었습니다.

"당신도 아픈 것을 알아요?"

어머니는 분노하면서 말했습니다.

"당신의 마음속에서 저는 그녀의 발가락 하나보다 못하지요……"

어머니는 흐느끼기 시작했습니다.

"몇 번이고 나는 노끈을 가름대에다 매놓았죠. 샤오퉁이 아니라면 량위전이 열 명이라도 다 죽었지……"

"알고 있소. 내가 알고 있다니까……"

아버지는 쓰라리게 말했습니다.

"내 죄는 끝이 없소. 나는 죽어 마땅하지……"

아버지의 손이 어머니 몸에 닿았는지 어머니가 목소리를 낮추며 이렇게 말했습니다.

"나한테 손대지 마……"

하지만 아버지의 손이 여전히 그대로 놓여 있었던지 어머니는 이렇게 말했습니다.

"당신, 어서 가서 그 여자나 만져. 나같이 반쯤은 할머니인 여자를 만져선 뭘 해……"

짙은 고기 냄새가 밀물과 썰물처럼 문틈으로 밀려 들어왔습니다.

제16 포
第十六炮

동성東城에서 나타난 퍼레이드 대열의 선두는 장식을 한 컬러풀한 트럭이었다. 트럭의 머리는 노란색에 웃는 얼굴을 한 커다란 소였다. 나는 이 장면의 황당함을 당연히 알고 있었다. 육식절에 나타난 모든 동물들의 그림은 피비린내 나는 참살을 상징하는 것이었다. 나는 짐 승들의 비애에 잠긴 모습을 너무도 많이 보았고, 그들이 죽기 전에 지르는 비명 소리도 너무나 많이 들었다. 나는 현대인들은 도살도 문명적으로 한다는 것을 알고 있었다. 그들은 이제 도살당할 동물에게 먼저 뜨거운 물로 샤워를 시키고 경음악을 듣게 하며 심지어는 그들에게 전신 마사지도 시키는가 하면, 짐승을 최면시켜놓고 갑자기 칼을 집어 들어 순간적으로 그들을 죽이는 것이다. 나는 텔레비전에서 이런 도살 방법을 찬성하는 장면을 본 적이 있다. 그들의 말대로라면 이것은 인류 사회의 중대한 발전이라고 한다. 인류는 이미 동물의 몸에까지 자비를 베풀고 있었다. 하지만 인류는 한꺼번에 많은 사람들을 비참하게 죽이는 엄청난 살상 무기를 발명하고 있다. 살상이 클수록 그리고 사람을 비참하게 죽이는 무기일수록 더더욱 비싼 가격에 팔린다고 했다. 나는 비록 아직 불문佛門에 들어가지는 않았지만 인류의 수많은 언행들이 이미 아주 분명하게 불교의 정신을 위반하고 있다는 것을 느낄 수 있었다.

큰스님! 제가 한 말이 맞나요?

나의 깨달음을 긍정하는 것인지, 아니면 나의 천박함을 비웃는 것인지 큰스님의 얼굴에는 웃음이 떠올랐다. 이 소 모양의 컬러풀한 트럭에는 이십여 명의 사내들이 폭이 넓은 붉은색 바지와 하얀 조끼를 입은 채 머리에 양가죽 수건을 쓰고 허리에는 붉은 비단 천으로 된 허리띠를 두르고 서 있었다. 그들은 모두 붉은색으로 얼굴을 칠하고 있었으며 커다란 북을 둘러싼 채로 빨래 방망이 같은 북채를 들고 힘껏 북을 치고 있었다. 북을 치자 사람을 놀라게 하는 이상한 소리가 울려 퍼졌다. 컬러풀한 트럭 주위는 꽃으로 장식되어 있고, 정자체로 '건타 후 육류집단肯塔·胡肉類集團'이라는 글자가 적혀 있었다. 그들 뒤에서는 젊은 아가씨들로 이루어진 춤 추는 대열이 뒤따르고 있었다. 여자들은 하얀 바지에 붉은 겉옷을 입고, 허리에는 녹색 주단을 매고 있었는데, 꽃차 뒤를 따르면서 북소리에 맞추어 자신들의 허리와 엉덩이를 심하게 흔들어대고 있었다. 여자들 뒤로는 하얀 수탉 모양의 꽃차가 뒤따르고 있었는데, 자동차 위에는 수탉 한 마리와 암탉 한 마리가 서성거리고 있었다. 그 수탉은 몇 분에 한 번씩 목을 움직이면서 이상한 울음소리를 냈다. 그리고 그 암탉은 몇 분에 하나씩 커다란 알을 낳았으며 또한 꼬꼬댁 하고 울기까지 했다. 이 꽃차의 창의력은 매우 다채롭고 수탉의 모양도 실제와 아주 흡사해, 명절이 끝나고 나면 명성을 얻을 것이며, 일등할 가능성도 있어 보였다. 나는 수탉과 암탉의 뱃속에 모두 사람들이 숨어 있다는 것을 알고 있었다. 수탉의 울음소리와 암탉이 알을 낳는 모습은 모두 사람들이 안에서 조종한 것이다. 이 닭차의 표어는 그들이 '양어머니짐승연합회사楊姑姑禽蛋聯合會公司'에 속한다는 것을 상징한다. 닭차 뒤에는 네 줄로 종대를 이룬 남녀들이 뒤따르고 있었는데, 머리에는 모두 닭 벼슬 모양의 모자를 쓰고 있었으며, 팔에는 모두들 깃을 동여매고 있었는데, 길을 걸으면서 날개를 퍼덕거렸다. '건강하자면 동물이 필요합니다' '양어미 짐승은 너무너무 많습니다' 같은 표어까지 붙어 있었다. 서쪽 도시에서 들어오는 퍼레이드의 맨 앞에는 낙타 대열이 서 있었다. 처음에 나는 가짜 낙타인 줄 알았으나 가까이 다가온 것을 보니 모두들 진짜 낙타였다. 대략 헤아려보았더니 사십여 마리는 되었다. 그들은 모두 금방 표창을 받은 노동부대 모범대원들처럼 붉은 천을 두른 채 꽃을 달고 있었다. 그 낙타들 앞에는 작고 단단하게 생긴 사내가 있었는데 그는 몸을 가볍게 놀렸고 재간이 이만저만 아니었는데 몇 걸음에 한 번씩 공중제비를 돌았다. 그의 손에는 동전이 가득 든 꽃 몽둥이가 쥐여 있었는데 아래위로 흔들면서 잘랑잘랑 소리를 냈다. 낙타들은 그의 지휘 아래 여러 가지 번잡한 동작들을 했고, 목 아래 달아맨 구리 방울이 듣기 좋은 소리를 냈다. 이것은 훈련을 잘 받은 낙타 의장대였다. 낙타의 하얀 잔등에는 높은 막대기가 세워져 있었고 그 막대기에는 커다란 글자를 수놓은 유채색 천이 걸려 있었는데, 나는 그 천의 글자를 보지 않고도 란 씨 대열의 등장이라는 것을 알 수 있었다. 십 년 전에 내가 근무한 적이 있었던 육류 제품 가공공장 기지에 란 씨는 그의 희귀 동물 도축 회사를 세웠던 것이다. 그가 생산한 낙타 고기와 타조 고기는 아주 멀리까지 이름을 떨쳤는데, 사람들에게 풍부한 영양을 제공하게 되면서 그의 회사에 끊임없는 재물을 불러들였다. 듣자하니 이 씨발 놈이 자는 침대는 물침대라고 했다. 그리고 란 씨가 사용하는 변기통은 테두리가 금으로 도금이 되었으며 피우는 담배에는 인삼을 넣는다고 했다. 그리고 이 자식은 매일같이 낙타 족발 하나, 타조 발 한 개, 타조 알 하나를 먹는다고 했다. 낙타 대열 뒤에는 타조 대열이 따르고 있었는데 모두 스물네 마리의 타조가 두 줄로 종대를 이루고 있었다. 타조 위에는 모두 어린이들이 타고 있었다. 왼쪽 대열은 모두 사내아이들이고, 오른쪽 대열은 전부 소녀들이었다. 소년들은 하얀색 신발을 신었고, 붉은 무늬가 있는 목이 높은 양말을 신었으며, 남색 유니폼 반바지를 입은 채 하얀색 반팔 와이셔츠를 입었으며, 목에다 붉은색 타이를 매고 있었다. 소녀들은 하얀색 구두를 신고, 목이 낮은 하얀색 양말을 신었으며, 양말목은 겨우 복사뼈를 가렸다. 양말에는 두 개의 붉은색 공이 매달려 있었으며, 그들 또한 남색 유니폼 원피스를 입고 가슴에는 황금색 나비모양의 넥타이를 매달고 있었다. 소년들은 모두들 짧게 머리를 깎고 있어서 고무공 같았고, 소녀들은 한결같이 작은 갈래머리를 땋고 있었으며 머리에는 모두 붉은 주단을 매고 있었으니 수를 놓은 공 같았다. 아이들은 타조 잔등에서 허리를 곧게 펴고 가슴을 내밀고 앉아 있었다. 타조들도 삼각형 모양의 작은 대가리를 쳐들고 신바람이 나서 교만스레 걸어다니고 있었다. 타조들의 깃을 보고 있자니, 회색이 두드러져 소박하기만 할 뿐 결코 화려하다고는 볼 수 없었다. 타조들의 목에는 한결같이 붉은 끈이 매여 있었다. 타조들은 천천히 걸을

줄 모르는 것일까. 그들은 나타나자마자 큰걸음으로 달렸으며 한 번 내딛는 보폭은 일 미터 오십 센티미터가 되었으니, 앞에서 천천히 걷고 있는 낙타 대열이 그들의 걸음에 방해가 되었고, 그들은 초조해했다. 타조가 초조해하는 광경은 긴 목을 부단히 움직이는 것을 통해서 드러났다. 동서 두 도시의 퍼레이드 대열이 거리 중간에서 서로 합친 후 대열을 잠시 멈추었고, 더 이상 전진을 하지 않았으며, 북소리, 징소리, 음악 소리, 고함 소리가 여기저기에서 울렸는데 마치 소리들이 들끓는 듯했다. 하지만 또다시 혼란스러웠다. 카메라를 어깨에 멘 방송국 기자들이 각도를 달리하면서 긴장된 자세로 촬영하고 있었다. 낙타 대열을 촬영하던 기자 하나가 특별한 장면을 찍으려고 너무 앞에까지 다가가는 바람에 낙타들이 화가 났다. 낙타는 이빨을 드러내고, 입을 벌리면서 소리를 지르더니 진득한 액체를 뿜었는데, 그 액체가 카메라 렌즈를 뒤덮었으며 기자의 눈도 덮어버렸다. 그 기자는 큰 소리를 지르면서 한쪽으로 물러선 뒤에, 카메라를 내려놓더니 허리를 굽히며 얼굴을 닦아냈다. 지휘를 맡은 사람이 손에 작은 깃발을 들고, 큰 소리를 지르면서 퍼레이드 대열을 지휘해 주 회의장으로 입장을 시켰다. 소 모양의 꽃차와 닭 모양의 꽃차는 천천히 굽이돌아 주 회의장 앞에 있는 잔디밭으로 몰려 들어가고 있었으며 그 뒤로 끝이 보이지 않는 대열이 천천히 이동하고 있었다. 서쪽 도시에서 온 낙타 대열은, 좀 전의 재주가 범상치 않던 그 사내의 인도를 받아, 무척이나 빨리 잔디밭으로 들어갔는데, 그의 얼굴은 웃음을 띠고 있었다. 길 양쪽 옆에서는 재수 없게 생긴 그 기자가 뭐라고 욕하고 있었지만 그 누구도 아는 체하지 않았다. 낙타 대열은 그런대로 규칙이 있었지만, 스물네 마리의 타조 대열은 어쩐 일인지 화를 내고 있었다. 그 대열은 갑자기 혼란해졌으며 벌 떼처럼 사찰 마당으로 달려들었다. 어린이들은 새된 소리를 질렀고, 어떤 애들은 타조 잔등에서 굴러 떨어졌으며, 어떤 애들은 타조 목을 꽉 끌어안고 있었으나 작은 얼굴에 땀방울이 가득했다. 타조들은 마당에 한데 모여서 마구 뛰었다. 멀리서 보았을 때는 아무런 광채도 없던 타조 깃이 태양 빛 아래 놓이자, 너무도 화려하다는 것을 나는 문득 발견했다. 이것은 일종의 소박한 화려함이었으니, 진나라 시절의 황금 비단처럼 고귀해 보였다. 희귀 동물 도축 회사의 몇몇 사람들은 화가 나서 타조들을 내쫓았다. 하지만 그들의 노력은 타조들을 더더욱 초조하게 만들었다. 나는 그들의 작고 둥근 눈에 분노밖에 없음을 보았다. 그들은 넓은 주둥이로 쉰 소리를 내고 있었다. 분노한 타조 란 씨 공사의 한 직원의 무릎을 때렸다. 그 사람은 비명을 지르면서 땅바닥에 주저앉은 뒤에 손으로 무릎을 감싸 쥐었다. 어휴, 소리를 지르더니 그의 얼굴색은 노랗게 번들버렸고 이마에는 땀방울이 번들거렸다. 나는 달리고 있는 타조의 단단한 발들이 퍼드덕거리며 땅을 박차고 있는 것을 목격했다. 나는 그들의 다리 힘이 아주 세다는 것을, 말발굽의 힘보다 적지 않다는 걸 알고 있었다. 듣자하니 성년이 된 타조는 사자와도 싸울 수 있다고 했다. 그들은 오랜 시간 사막을 달리기 때문에 발가락이 마치 강철처럼 단련되었던 것이다. 땅에 앉아서 비명을 지르던 사람의 다리 상처는 아주 심한 것 같았다. 그의 동료 두 사람이 그를 부축해서 일으켜 세우려고 하였지만 그는 다시 땅에 주저앉고 말았다. 대부분의 아이들이 타조 목에서 내려왔는데, 여자 애 한 명과 남자 애 한 명만이 타조 잔등에서 완강하게 버티고 있었다. 그들 둘의 얼굴은 모두 긴장하고 있었으며 땀으로 얼룩져 화장을 한 그들의 얼굴에 많은 줄을 그려놓았으니, 그 몰골은 더러운 연료 그릇 같았다. 그 남자 애는 두 손으로 타조의 날개 밑 부분의 골격을 잡고 있었으며 타조의 동작에 따라 움직이고 있었다. 그의 엉덩이는 타조의 잔등을 떠났지만 그는 여전히 타조의 날개를 꽉 잡고 있었다. 타조는 더욱 발광적으로 뛰었으며 그 남자 애를 한쪽에 끌어내리고 있었다. 주위 사람들은 어안이 벙벙해서 바라보고만 있을 뿐 누구도 앞으로 나아가 그 애를 구하려 하지 않았다. 나중에 남자 애는 두 손으로 타조 깃을 쥐고서 땅에 누웠으며 한 사람이 다가가서 그 애를 부축했다. 그 아이는 아랫입술을 꽉 깨물고 있었는데, 얼굴에서 눈물이 흘러내렸다. 마침내 해탈을 얻은 타조는 타조 대열로 들어갔으며 입을 크게 벌리고 팔딱거리며 숨을 몰아쉬었다. 그 여자 애는 타조의 목을 꽉 잡고 놓지 않았다. 타조는 여자 애를 떨어버리려고 몸부림 치고 있었지만 긴장을 하면서 발산된 그 여자 애의 힘은 사람들이 놀라기에 충분했다. 나중에 그 기진맥진한 타조는 목과 머리를 땅에 대고 여자 애에게 눌렸으며 엉덩이를 높다랗게 쳐들었고, 두 다리는 뒤쪽을 쉴 틈 없이 걷어차 흙을 아주 멀리까지 차버렸다……

뱃속에서 돼지고기가 들끓자 저의 배는 아주 무거워졌습니다. 마치 돼지 새끼를 가진 것만 같았죠. 사실 저는 암돼지가 아니기에 암돼지가 새끼 돼지를 임신했을 때의 느낌이 어떤 것인지 알 수 없었습니다. 요 며칠 사이에 임신을 한 암돼지는, 땅에 뱃가죽을 끌면서 새로 개업한 '아름답고 수려한 이발관' 앞에 있는, 흰 눈에 뒤덮인 쓰레기 무더기에서 끙끙거리며, 있는지 없는지도 모르는 먹이를 찾고 있었습니다. 그놈은 건강하고, 느리고, 배가 크고 뚱뚱했는데, 그저

보기만 해도 행복한 암퇘지라는 것을 알 수 있었습니다. 우리집에서 길렀던 그 작은 돼지는, 너무 말라 늑대처럼 생겨먹었고, 인간에 대해 깊은 원한을 품고 있어서 성격이 극도로 날카로운 데 비해 이 돼지는 다른 계급이라는 걸 알 수 있었습니다. 랴오치廖七一 집에서는 개도 먹지 않는 고기 비계와, 고구마 전분과, 염료를 넣어서 붉게 만든 두부 껍질로 소시지를 만들었답니다. 그 집에서 만드는 소시지에는 얼마나 많은 화학원료가 들어갔는지 사람들은 몰랐습니다. 그런데 그 집 소시지는 색깔이 선명하고, 향기가 코를 찔렀기에 아주 잘 팔려서 재산이 저절로 굴러들어왔습니다. 암퇘지를 기르는 것은 다만 재미로 키우는 것이지 무슨 돈벌이를 위해서가 아니며 예전 사람들처럼 비료를 모으기 위해서는 더더욱 아니었습니다. 그러므로 그 집의 임신한 돼지가 이른 아침에 밖으로 나왔다는 것은, 먹이를 찾기 위해서가 아니라 하얀 눈을 밟으며 운동을 하기 위해서라는 걸 인정해야만 합니다. 저는 돼지의 주인인 랴오치가 겉으로 보아서는 우리집보다 못하지만, 실은 성곽처럼 견고한 자기 집의 층계에 서서, 왼팔을 오른쪽 겨드랑이에 밀어 넣고 오른손으로는 담배를 꼬나문 채 눈을 가늘게 뜨고, 자기 집 돼지를 취한 듯 바라본다는 걸 알고 있었죠. 붉은 태양은 그의 정방형 얼굴에다 마치 돼지볶음을 만들듯 광선을 내리비치고 있었습니다.

금방 돼지고기를 먹고 난 그날 아침, 저는 돼지를 보자 이내 강렬한 구역질을 느꼈으며, 암퇘지의 추한 모양이 제 눈앞에서 움직였고, 쓰레기 냄새가 제 위에서 뒤섞이고 있었습니다. 아! 더러운 사람들이여, 당신들은 어찌 돼지고기를 먹을 수 있단 말인가? 돼지는 똥과 쓰레기를 먹고 자란다. 그러니 돼지고기를 먹는다면 간접적으로 똥과 쓰레기를 먹는 것과 마찬가지다! 언젠가 제가 하늘만 한 권리를 쥔다면 저는 탐욕스레 돼지고기를 먹는 사람들을 모두 돼지우리로 빌어 넣을 것이다. 그리하여 그들도 더러운 돼지로 변하게 할 것이다. 저는 어머니가 삶아낸 아무런 조미료도 넣지 않고 위에 두터운 흰색 지방이 씌워진 돼지 대가리 고기를 어쩌면 그렇게도 탐욕스레 먹을 수가 있었던가? 아, 진짜 후회한다, 나는 진짜로 미련하다. 그것은 인간세상에서 제일 더럽고 제일 유치한 물건이다. 그러므로 그것은 음침한 곳에 숨어 사는 들고양이들에게만 맞는 물건이다……아…… 어, 우…… 토하다…… 저는 더러운 손으로 그 비틀거리는 더러운 물건을 집어서 입 안에다 밀어 넣었으며 자신의 배를 더러운 물건들만 담는 주머니로 간주했다…… 아…… 어…… 우…… 토하다…… 저는 다시는 되새김질하는 동물이 되지 말아야지……아…… 오, 우…… 토하다…… 저는 올라오는 물건을 아무런 미련도 없이 눈밭 위에다 토해버렸습니다. 정말로 역겨웠습니다. 그런데 스스로 토해낸 물건을 목격하고 나서 더더욱 역겨워서, 제 창자는 심하게 경련을 일으켰으며 또다시 심하게 토하고 말았습니다. 강아지 한 마리가 제 앞에서 묵묵히 기다리고 있었습니다. 아버지는 여동생의 손을 잡고 제 뒤에 서 있었으며 아무런 할 일이 없어진 자신의 커다란 손으로 제 잔등을 두드리면서 제 고통을 덜어주었습니다.

다 토해버리고 나자 제 배는 납작하게 되었으며 목구멍은 맵고 위장은 아팠습니다. 하지만 필경 새끼 돼지를 낳은 암퇘지처럼 많이 가벼워졌습니다. 저는 암퇘지가 아니기에 새끼 돼지를 낳고 난 뒤의 느낌을 알 수 없었습니다. 저는 눈물을 머금고서 아버지를 바라보았답니다. 아버지는 그의 손으로 제 얼굴을 닦으면서 말했습니다.

"토해냈으면 됐어……"

"아버지! 전 다시는 고기를 안 먹을 거예요! 맹세해요!"

"절대로 쉽게 맹세하지 마."

아버지는 불쌍히 여기는 눈길로 저를 바라보면서 말했습니다.

"아들아! 기억해두렴! 어떤 상황에서든지 절대로 맹세하지 마. 그것은 담장에 올라가서 거꾸로 사다리를 타고 있는 것과 같단다."

나중에야 모든 현상이 증명을 하듯 아버지의 말은 너무도 맞는 말이었습니다. 돼지고기를 토하고 난 뒤 삼 일이 지나서부터 저는 다시금 돼지고기를 생각하게 되었고 그러한 생각은 아주 오래 지속되었습니다. 저는 그날 아침 고기에 대해 반감을 표시하고 또한 고기를 모욕한 어린애가 저라는 것을 의심하였으며, 양심이 없는 또 다른 어떤 애가 한 말이라고 생각했습니다.

우리는 '아름답고 수려한 이발관' 앞에 끊임없이 돌아가고 있는 네온사인 기계 앞에 서서, 그 아래 유리 박스에 적혀 있는 가격표를 보고 있었습니다. 우리는 너무도 기름져 더 이상 비교할 데 없는 아침식사를 하고 나서 어머니의 명령에 따라 이 새로 개업한 '아름답고 수려한 이발관'으로 이발을 하러 왔던 것입니다.

어머니는 얼굴에 광채가 돌고 기분이 좋아 보였으며, 보아하니 무척 즐거워진 것 같았습니다. 그녀는 기름기가 가득한 그릇들을 가마 속에다 넣고서는 다가와서 도와주려는 아버지를 막으면서 말했습니다.

"비켜요. 이런 일들은 당신이 상관할 일이 아니죠. 이제 곧 새해가 될 텐데. 샤오퉁! 오늘이 몇 일이니? 이십칠 일이니? 이십팔 일이니?"

입을 벌리면 고기가 나올 지경인데 저는 어머니의 물음에 대답할 겨를이 없었습니다. 하물며 저는 날짜도 모르고 있었기에 대답하려고 해도 할 수가 없었습니다. 아버지가 돌아오기 전, 그 어두운 시절에 날짜와 저는 아무런 관계도 없었으며 아무리 중대한 명절이라도 저는 쉴 수 없었어요. 저는 철두철미한 어린 노예였거든요.

"애들을 데리고 가서 이발을 하고 오세요."

어머니는 보아하니 무척 원망스러워하는 것 같았지만 사실은 애틋한 눈길로 아버지를 바라보며 말했습니다.

"모두들 제대로 된 몰골인지 하나하나씩 거울을 들여다봐요? 모두 강아지 굴속에서 나온 물건 같단 말이에요. 당신들은 창피를 당해도 상관없을지 모르지만 나는 싫단 말이야!"

어머니의 입에서 이발이라는 말을 듣고, 저는 눈앞이 캄캄해지면서 기절해 뒤로 넘어질 뻔했습니다.

아버지는 머리를 긁으면서 말했습니다.

"그런 돈을 쓸 필요가 없지 않소? 가서 이발 기계를 사다가 아무렇게나 밀어버리면 될 텐데."

"그런 게 집에 있기는 하지만!"

어머니는 지폐 몇 장을 아버지 손에 쥐어주었습니다.

"오늘은 이발관으로 가서 이발을 하세요. 판챠오샤范朝霞의 솜씨는 괜찮아요. 그리고 가격도 싸단 말이에요."

"우리와 같은 이런 머리를?"

아버지는 손을 들어서 우리의 머리를 가리키면서 물었습니다.

"다 깎으려면 얼마나 드는 거요?"

"당신네 이 고슴도치 같은 머리는 한참 깎아야 할 거예요."

어머니는 말했습니다.

"제가 보건대 아마 십 위안은 줘야 할 거예요."

"뭐?"

아버지는 놀라면서 말했습니다.

"십 위안? 십 위안이면 쌀 반 자루는 살 수 있단 말이오."

"잘살고 못살고는 머리에 있는 것이 아니에요."

어머니는 너그럽게 말했습니다.

"그러니 애들을 데리고 가세요."

"그건……"

아버지는 우물거렸지요.

"농사꾼의 머리는 그런 값에도 못 미치는 건데……"

"만약 저더러 당신들 머리를 깎게 한다면?"

어머니는 교활한 눈길로 저를 보면서 말했습니다.

"당신 샤오퉁에게 물어봐요. 그 애가 원하는지?"

저는 손으로 배를 그러안고 마당으로 나가면서 절망적으로 말했습니다.

"아빠! 저는 이 자리에서 죽어도 엄마가 머리 깎는 것은 싫어요!"

귀티가 흐르는 랴오치가 조용히 걸어와서 먼저 머리를 앞으로 내밀고서, 한창 정신을 집중해 이발 요금을 이리저리 궁리해보고 있는 아버지의 목덜미를 갑자기 후려치면서, 소리를 질렀습니다.

"뭐 동지!"

"왜?"

아버지는 몸을 돌리면서 점잖게 말했습니다.

"자네가 맞는 건가요?"

"내가 아니면 누구겠소?"

"이 사람!"

랴오치는 흥분이 되어 말했습니다.

"떠놀아다니다가 이젠 머리를 돌린 건가? 야생 노새는?"

아버지는 머리를 흔들면서 말했습니다.

"나한테 물으면 나는 누구에게 물어야 하오?"

아버지는 과감하게 문을 열고는 우리를 데리고 이발관 안으로 들어갔습니다.

랴오치는 문밖에서 이렇게 말했죠.

"자네, 이 친구! 정말로 재간 있구먼. 마누라 하나, 첩 하나, 딸하나, 아들 하나, 도축 마을의 남자들치곤 자네가 제일 소탈하네!"

아버지는 문을 닫고, 랴오치를 문밖에 두었습니다. 랴오치는 문을 열고서 한 발은 문 안에 들여놓고, 다른 한 발은 문밖에 둔 채 계속 소리를 질렀습니다.

"몇 년 못 보았더니 정말 자네 생각이 나더군."

아버지는 쓴웃음을 지으면서 아무 소리 없이 우리 오누이를 끌고서 석탄 먼지가 가득하고, 더럽고, 많은 사람들이 만져보고 또한 짓눌렀을 유행 잡지가 몇 권 널려 있는 의자에 앉았습니다. 이 의자와 기차역 대합실에 있던 의자는 똑같이 생겼습니다. 만약 똑같은 목공이 만든 것이 아니라면, 이발관 주인이 대합실에 가서 훔쳐온 것이 틀림없었습니다. 이발관에는 디딤판이 있고 나사못이 달린 이발용 전문 의자가 놓여 있었으며 검은색 가죽에는 긴 칼자국이 드러나 있었는데, 그것은 누군가가 일부러 찢어놓은 것 같았습니다. 의자 앞 벽에는 장방형 모양의 거울이 걸려 있었습니다. 수은이 분산되면서 거울 면은 밝지 않았습니다. 거울 아래의 좁은 판자 위에는 여러 가지 헤어샴푸, 헤어스타일을 고정하는 무스와 풀과 젤 종류가 빼곡하게 놓여 있었습니다. 그리고 전동 이발기 하나가 벽에 있는 녹이 슨 못에 걸려 있었으며, 헤어스타일이 아주 멋진 청춘 남녀들의 컬러 사진이 수십 장이나 들어 있는 싸구려 도안이 벽에 붙어 있었는데, 어떤 것은 모서리가 들려서 금방이라도 떨어질 것만 같았습니다. 바닥에는 네모난 벽돌을 깔았지만 검은색, 흰색, 회백색 머리카락과 사람들이 밟아 들인 진흙이 벽돌의 색을 바꿔버렸습니다. 방 안에서는 향기롭지도 않고, 더럽지도 않은 이상한 향기를 풍기고 있었죠. 저는 코가 간지러워서 연속 세 번이나 재채기를 했습니다. 제 영향을 받았는지 동생도 연속 세 번이나 재채기를 했죠. 여동생은 재채기를 할 때 작은 눈과 작은 코를 한데 모았는데 그 모습이 아주 귀여웠습니다. 그 애는 눈을 깜박거리면서 물었습니다.

"아빠! 누가 저를 생각하고 있는 거예요? 엄마가 저를 생각하고 있는 거예요?"

"그래! 바로 엄마가 너를 생각하고 있단다."

아버지가 말했습니다.

랴오치의 표정이 심각하게 변했지만 여전히 두 개의 여우 꼬리처럼 한 발은 밖에 다른 한 발은 안에 놓아둔 채, 제법 진지한 척 말했습니다.

"뤄 씨! 자네가 돌아왔으니 잘됐네! 며칠 후 자네와 중요한 일을 상의할 것이 있다네."

그가 사라짐과 동시에 이발관의 문도 자동으로 닫혔습니다. 눈 내린 뒤의 신선한 공기는 밖에 머물고, 방 안의 더러운 냄새는 더더욱 짙어졌지요. 저와 여동생은 시합을 하듯 연달아 재채기를 해대다가 점차 이발소 냄새에 적응이 되었습니다. 이발소 주인은 보이지 않았지만 그녀는 분명히 금방 자리를 비웠음에 틀림없었습니다. 왜냐하면 우리가 문으로 들어서면서 이발소 한 구석에, 제가 시내에서 보았던 공용전화를 거는 곳처럼 생긴 반구형 모양의 장치가 놓여 있고, 몸에 붉은 옷을 입은 여인이 그 아래에 앉아 있는 것을 보았기 때문입니다. 그 여인은 목을 길게 뻗치고 여러 가지 집게가 꽂혀 있는 머리를 그 반구에 들이밀고 있었는데 그 모양은 우주비행사 같기도 하고 또한 새해가 되면 거리에서 춤을 추는 머리가 큰 어린이 같기도 했으며 또 친구 피또우皮豆의 엄마 같기도 했습니다. 사실 그녀가 바로 피또우의 엄마였지요. 피또우 아빠는 귀가 무척이나 큰 백정이니 피또우 엄마도 귀가 큰 백정의 부인인 것입니다. 그런데 한 곳은 피또우 엄마와 좀 달랐는데, 그것은 바로 입 안에다 고깃덩이를 물고 있는 것처럼 그녀의 두 볼이 불룩하다는 것이었습니다. 피또우 엄마의 눈썹은 원래 가난의 상징처럼 생긴 빗자루 눈썹이었는데, 지금은 그 빗자루 눈썹을 다 깎아버리고, 파란 가운데 붉은색을 띤, 가느다란 눈썹을 그리고 있었는데, 그것은 꼭 참깨를 먹고 있는 벌레 같았습니다. 그 화상은 그곳에 단정히 앉아서 두 손으로 화보를 받쳐 들고 있었는데, 화보를 든 손을 멀찍이 내밀고 있는 것으로 보아서 원시일 게 분명했습니다. 그녀는 마치 귀부인들이 거지들을 모른 척하듯 우리가 들어가도 고개를 쳐들지 않았습니다. 그러고는 아주 거만한 자세를 취했습니다.

"더러워! 온몸에 비계밖에 없는 것들! 자기 스스로 잘난 체하는 인간들아! 네가 머리털을 다 뽑아버리고, 얼굴의 가죽을 다 벗겨버리고, 이빨에다 돼지 피보다 더 붉은 색깔을 칠한들, 그렇게 화장을 해봐도 너는 어디까지나 피또우 엄마이고, 백정의 마누라야! 네가 우리를 알은체하지 않는다면 우리도 너를 알은체하지 않겠어!"

저는 아버지를 훔쳐보았는데 그의 기색은 냉정하면서도 아주 청렴하고 고상해 보였습니다. 마치 구름 한 점 없는 하늘처럼 청렴하고 또 소림사의 주지 스님처럼 청렴하며, 닭 무리 속의 학처럼 청렴하고, 양 무리 속의 낙타처럼 청렴했지요…… 이발 전문용 의자는 비어 있었고 흰색의 커다란 수건이 의자 등받이에 걸려 있었으며 그 수건에는 얼룩이 가득했고 작은 머리카락이 잔뜩 붙어 있었습니다. 그 머리카락들을 보자 저는 목이 간지러웠습니다. 그 머리카락들이 어쩌면 피또우 엄마의 머리카락일 수 있다고 생각하자 저는 더욱 심하게 간지러웠습니다.

제가 어릴 때부터 머리카락을 아낀다는 사실은 아버지도 알고 있는 일이었습니다. 이유는 매번 머리카락을 깎고 나면 그 작은 머리카락들이 너무 찔려서 이가 생긴 것보다 더더욱 견디기 어려웠기 때문입니다. 저의 한정된 살림도구 중에서 이발 기계는 손가락으로 헤아릴 수도 없을 만큼 많답니다. 아버지가 도망을 간 뒤 우리집에는 이발 기계가 생겼을 뿐만 아니라 이발 전문용 가위도 생겼으며 또한 쌍화살雙箭표 면도칼도 생겼습니다. 세트에 가까운 이발 공구들도 당연히 우리가 수집해온 것들이었죠. 어머니는 아버지가 도망을 간 후 돈을 절약하고 또한 이웃간의 인정도 남들 못지않다는 소리를 듣기 위해 노력했지요. 이웃에 사는 스꽈이四爰 형은 이발 기술이 무척 좋았지만 어머니는 결코 그의 손을 빌리지 않았습니다. 결국 어머니는 녹이 슨 그런 공구를 가지고 제 머리통에서 전쟁을 벌였고, 저는 고통을 견딜 수밖에 없었습니다……

큰스님! 제가 이발을 하면서 제일 두려웠던 광경을 말씀드리겠습니다. 약간 과장이 있을지도 모릅니다. 어머니는 어르고 위협을 해도 소용이 없는 막다른 상황에서 제 머리를 깎았고, 새해를 맞이한답시고 저를 의자에다 묶어놓기까지 했습니다. 어머니는 아버지가 도망을 간 후 강철 같은 골격을 연마했으며 특히 손아귀 힘이 세서 저는 안간힘을 다해야 했고 노새처럼 뒹굴기도 하면서 또한 개처럼 가랑이 사이로 빠져나가려고도 했지만 아무런 소용도 없었으며 나중에는 끝내 어머니의 손아귀에 붙잡혀 의자에 묶이고 말았습니다. 저는 몸부림치면서 어머니의 손목을 물었는지 이발하던 장소에 살갗이 타는 냄새가 남아 있었습니다. 실제로 저는 어머니를 물었습니다. 어머니도 저를 다 묶어놓은 후에야 저한테 물린 것을 발견했나 봅니다. 그녀는 오른손으로 왼손을 받쳐 들고, 손목에 난 피가 흐르는 두 개의 구멍과 열댓 개의 붉은색의 이빨 자국을 보면서 얼굴을 온통 일그러뜨렸습니다. 제 마음속에는 미안함과 두려움이 약간 있었지만 보다 뚜렷한 것은 어머니가 아파하는 것을 보고 즐거운 마음이 생겼다는 것입니다. 저는 그녀의 목구멍에서 우는 소리가 나는 것을 들었으며 곧바로 그녀의 눈에서 두 줄기의 누런 눈물이 흘러내리는 것도 보았습니다. 저는 어머니의 손목에 난 상처와 그녀의 비참한 모습을 발견하지 못한 것처럼 크게 소리를 내 울었습니다. 저는 일이 어떤 방향으로 전개될지는 몰랐지만 제게 좋은 결과가 아니라는 것만은 분명히 알고 있었죠. 과연 그녀의 눈에서는 더 이상 눈물이 흐르지 않았고 비참한 표정도 사라졌습니다. 어머니는 조롱하면서 욕을 했습니다.

"이 새끼야! 그래 좋다! 이 새끼야! 감히 나를 물어? 감히 네 친엄마를 물다니!"

어머니는 머리를 들어 하늘을 보면서 하소연했습니다.

"하느님! 눈을 뜨고서 보소서! 제가 어떤 아들을 키웠는가를 보십시오! 늑대 같은 자식이랍니다. 흰 눈깔을 가진 늑대랍니다! 제가 똥, 오줌을 거두면서 이렇게 힘들게 길러놓은 건 뭘 바라서 그랬을까요? 저를 물라고 길렀단 말입니까? 저는 무섭게 힘을 냈고, 땀을 흘리고, 또한 무수한 벌을 받으면서 살아왔습니다. 사람들은 황색 연꽃이 쓰다고 하지만, 저는 그보다 세 배는 더 쓰답니다! 사람들은 식초가 시다고 하지만 저는 식초보다 다섯 배는 더욱 신 생활을 합니다! 이제 와서 이런 결과라니! 넌, 지금 이빨이 다 나지 않았고 날개도 아직 단단하지 않은데 벌써 입을 벌려 나를 물다니, 이제 이빨이 다 자라고 날개가 단단해지면 나를 먹어버릴 거야! 이 새끼야! 네가 나를 잡아먹기를 기다리기보다 내가 먼저 너를 때려죽여버리겠다!"

어머니는 이렇게 욕하면서 아침에 움에서 파온 팔뚝만 한 무를 저의 머리에 내리쳤습니다. 저는 머릿속에서 윙윙 하는 소리를 들었으며 이내 무 반 조각이 눈앞에서 날아가는 것을 보았습니다. 이어서 제 머리 위에 무의 타격이 비처럼 쏟아졌습니다. 약간 아팠지만 심하지는 않았습니다. 저와 같은 쓰레기 악동에게 이 정도 고통을 참는 것은 장비가 콩나물을 먹듯이 쉬운 일이었으니까요. 하지만 저는 그래도 어머니에게 맞아서 기절한 것처럼 머리를 한쪽으로 기울였습니다. 제 어머니가 제 귀를 당겨서 제 머리를 똑바로 하는 것을 느낄 수 있었으며 또한 어머니가 하는 말을 들을 수 있었지요.

"내 앞에서 죽은 체하지 마! 네 수작을 엄마는 너무나 잘 알고 있단다. 너는 또 네 눈의 흰자위를 드러낼 줄도 알고 입에서 거품을 뿜을 줄도 알며 또 소처럼 뻗칠 줄도 알지 않니? 그러니 그런 짓들을 모두 해보란 말이야! 죽은 것처럼 해도 상관없고 또한 죽었다 해도 난 너의 이 고슴도치 같은 머리를 깎아버릴 거야. 나, 량위전은 오늘 너의 대가릴 깎지 않는다면 인간이 아니다!"

그리고 그녀는 뜨거운 물을 제 앞에 있는 걸상에다 놓았으며 제 머리를 힘껏 밀어 넣었습니다. 돼지털을 뽑는 것 같은 뜨거운 물속에서 저는 더 이상 침묵을 지킬 수 없었죠. 저는 물속에서 우우 욕을 했습니다.

"량위전! 량위전! 이 더러운 년아! 나는 아버지의 그 커다란 노새 같은 성기로 너를 찔러 죽게 하겠다!"

제 치욕스러운 욕에 찔렸는지 어머니는 괴성을 질러가며 우박 같은 주먹질을 제 머리에 퍼부었습니다. 저는 젖 먹던 힘까지 내서 소리 내어 울면서 요귀나 마귀가 나타나거나 혹은 천공자모가 나타나서 저를 이 혹형에서 구해주기를 바랐습니다. 누가 저를 구해준다면 저는 그에게 세 번 절할 것입니다. 아니 여섯 번, 아홉 번이라도 할 것입니다. 저는 심지어 저를 구해준 사람을 높은 소리로 아빠라고 부를 것이며 아니, 친아빠라고 부를 것이었습니다. 엄마는 무슨 엄마, 량위전이지, 흉악한 년이고 나의 아버지가 포기한 년이다. 바로 이런 년이 허리에다 베이지색 플라스틱 앞치마를 두르고 팔소매를 높이 걷어 올리고서 손에다 면도칼을 들고 눈썹을 찡그리고 저를 향해 다가오고 있었습니다. 이것은 머리를 깎는 것이 아니라 사람을 잡는 행위랍니다. 저는 고함을 질렀습니다.

"사람 살려요…… 사람 살려요…… 사람을 죽이는구나…… 량위전이 사람을 죽여……"

제 소리가 너무나 생떼 같아서인지 원래 조직 폭력배 같던 량위전이 웃음소리를 내더군요.

"씩――"

이렇게 말입니다.

어머니는 이렇게 말했습니다.

"너! 이 짐승 같은 자식아! 넌 어쩌면 이렇게 수작이 많은 거니?"

이때 저는 한 무리의 행복한 애들이 우리집 대문 입구에 모여서 호기심에 찬 눈길로 우리를 바라보고 있는 것을 보았습니다. 그 애들은 랴오치네 펑소우豊收, 천깐陣杆네 핑두平度, 큰 귀네 피또우 그리고 송스구宋四顧네 펑어鳳娥 등등의 아이들이었습니다. 아버지가 도망을 간 뒤 저와 이 애들은 모두 내왕이 끊어졌습니다. 제가 그 애들과 내왕하기 싫어서가 아닙니다. 아버지, 저는 그 애들과 함께 놀 시간이 없었던 것입니다. 량위전이 학교를 다니지 못하게 하고, 제게 어린 나이에 힘든 일을 하게 하였으니 구사회의 지주네 집에서 방목하던 어린이보다 열 배나 되는 고생을 하게 하였단 말입니다. 이 여자가 제 친엄마가 맞아요? 아버지, 당신들은 강가에 있는 기와를 굽는 굴속에서 처녀가 기르던 사생아를 주워다 기른 것이 아닌가요? 만약 아니라면 친엄마가 어떻게 자기 친아들에게 이와 같은 독한 행동을 할 수가 있겠어요? 좋아요. 저는 이미 너무 힘들어요. 아예 이 애들 앞에서 량위전에게 저를 죽여달라고 할 거예요! 저는 그녀의 손에 쥐여진 칼이 차갑게 다가오는 것을 느낄 수가 있었으며 제 머리는 안전하지 않았습니다. 제 목은 마치 위험에 닥친 거북처럼 저도 몰래 줄어들었죠. 애들은 마치 쥐가 고양이 엉덩이를 핥듯이 점차 담이 커져서 우리집 대문을 넘고 마당을 지나서 안방으로 접근해서는 문턱 양쪽에 서서 웃으면서 구경하고 있었습니다. 량위전이 말했습니다.

"우는 것이 부끄럽지도 않니! 사람들이 비웃는단 말이야! 펑소우야! 펑두야! 피또우야! 너희들도 머리 깎을 때 우니?"

펑두와 피또우가 말했습니다.

"우리는 울지 않아요. 우리가 왜 울겠어요? 머리 깎는 일은 아주 시원한 일이잖아요?"

"못 들었니?"

량위전은 이발 기계를 높이 치켜들고서 말했습니다.

"호랑이도 자기 새끼를 안 먹는다고, 엄마가 친아들을 해칠까 봐 그래……"

큰스님, 제가 머리 깎는 일과 관련된 일들을 회상하고 있을 때 말입니다, '아름답고 수려한 이발관' 주인인 판챠오샤가 하얀 가운을 입고 두 손을 호주머니 속에 넣고서 마치 산부인과 의사처럼 방 안에서 걸어 나왔습니다. 그녀는 날씬하고 키가 컸으며 검은 머리에 하얀 피부를 지니고 있었죠. 얼굴에는 붉은색 여드름이 많이 나 있었고, 입에서는 뜨거운 루어마초騾馬草 향이 풍기고 있었습니다. 저는 판챠오샤와 란 씨가 아주 특별한 관계라는 것을 알고 있었으며, 란 씨의 머리는 모두 판챠오샤가 직접 깎아준다는 것도 알고 있었습니다. 그리고 저는 또 판챠오샤가 란 씨에게 수염을 깎아줄 때마다 한 시간씩이나 걸린다는 말도 들었습니다. 판챠오샤가 란 씨에게 수염을 깎아주면 란 씨는 코를 골면서 잠을 잔답니다. 또 어떤 이들이 하는 말로는, 판챠오샤는 란 씨의 무릎에 앉아서 수염을 깎아준다고 했습니다. 저는 란 씨와 판챠오샤 이야기를 아버지께 말씀드리고 싶었지만 아버지는 머리를 수그리고 저를 거들떠보지도 않았습니다.

"판챠오샤! 이젠 다 된 거 아니니?"

피또우 엄마는 반듯하게 들고 있던 책을 내리면서 눈길을 날려서, 얼굴에 여드름이 나 있고 또한 냉정한 표정의 여자에게 물었습니다. 판챠오샤는 손목을 들고 금시계를 들여다보면서 말했습니다.

"아직도 이십 분 더 기다려야 합니다."

판챠오샤는 손가락이 가늘고 길었으며 손톱에는 붉은색 페인트를 칠하고 있어서 더욱 요염해 보였습니다. 어머니는 입술연지를 바르고 매니큐어를 한 여인들을 모두 요정 무리에다 넣었습니다. 그런 사람들을 볼 때마다 그녀는 이를 악물고 몰래 욕을 하곤 했는데 마치 그 사람들과 깊은 원한이라도 있는 것 같았습니다. 어머니의 영향을 받아서 저는 붉은 입술에 붉은 손톱을 한 여인들에 대해 좋은 기억이 없었습니다. 하지만 지금, 제 관점은 변하고 말았습니다. 큰스님! 저는 정말 참회합니다. 지금 저는 여인들의 붉은 입술과 붉은 손톱을 보면 가슴이 쿵쿵 뛰어서 더더욱 보고 싶은 생각을 어쩔 수 없습니다. 판챠오샤는 의자에 걸어놓았던 수건을 들더니 펴놓으면서 두 번 털더니 냉정하게 물었습니다.

"누구 먼저 깎아요?"

"샤오통! 네가 먼저 깎아라."

아버지가 말했습니다.

"아니요, 아버지 먼저 깎으세요."

제가 말했습니다.

"어서요!"

판챠오샤가 말했습니다.

아버지는 저를 한 번 바라보더니 이내 일어나 두 손을 비비면서 매우 어색하게 의자 앞으로 다가가더니 자리에 앉았으며 의자의 스프

링이 그의 엉덩이 밑에서 찌걱거리는 소리를 냈습니다.

판챠오샤는 아버지의 깃을 접어 넣고 수건을 아버지의 목에다 밀어 넣었습니다. 저는 그녀의 얼굴이 벽에 걸려 있는 거울 속에 나타나는 것을 보았죠. 그녀는 입을 쭉 내밀고 이마를 찡그리고 있었는데 아주 보기 흉했습니다. 아버지의 얼굴이 그녀의 아래쪽에 나타났습니다. 그곳은 수은이 마구 널려 있었고, 거울이 맑지 않아서, 아버지 얼굴은 비뚤게 변형되어서 아주 추해 보였습니다.

"어떻게 깎을 건데요?"

판챠오샤가 이맛살을 찡그리며 물었습니다.

"삭발해주시오."

아버지는 울리는 목소리로 대답했습니다.

"어머나!"

피또우 엄마는 놀라 소리를 지르면서 지금 막 아버지를 발견하기라도 한 듯 말했습니다.

"이게……"

아버지는 무거운 소리를 한 번 내면서 의자에 단정하게 앉아 있을 뿐 그녀의 말에 응하지도 않고 머리는 더욱 돌리지 않았습니다.

판챠오샤는 벽에 걸린 전동 이발기를 내려서 스위치를 넣었으며, 그러자 이발기는 윙윙 소리를 냈습니다. 그녀는 아버지의 머리를 내리누르고 이발기를 그 너저분한 머리숲으로 들이밀었습니다. 순간 아버지의 머리 가운데는 하얀 통로가 나타났고, 한데 마구 엉켜 있던 머리카락들은 마치 펠트 조각처럼 땅에 아무렇게나 떨어졌습니다.

아버지의 머리카락이 땅에 떨어지는 모습을 바라보면서 나는 머릿속으로 다음과 같은 현상을 연상하고 있었다. 그 란 씨라는 소탈한 사내와 아래에 서술하는 정경은 란 씨가 말했던 것과 꼭 같았기에 란 씨의 셋째 삼촌이라고 해도 괜찮을 것이다. 입가에 검은 기미가 나 있는 아름다운 여인인 썬야오야오가 어떤 우아한 교회에서 서양식 결혼식을 올리고 있다. 그는 검은색 양복에다 하얀 와이셔츠를 입고 목에는 검은색 타이를 매고 있다. 앞가슴 호주머니에는 자홍색 꽃 한 송이가 꽂혀 있다. 그의 신부는 하얗고 긴 치마를 입고 있는데, 치마가 너무 길어서 어떤 소년 같은 두 어린이가 받쳐 들고 있다. 신부의 얼굴은 복숭아꽃 같고, 눈은 별 같으며, 행복이 흐르는 물처럼 그녀의 얼굴을 적시고 있다. 촛불, 음악, 생화와 미주美酒는 더 이상 비할 바 없는 낭만적인 분위기를 만들어주고 있다. 하지만 바로 십 분 전, 교회로 통하는 길에서 어떤 백발의 늙은이가 그의 자가용 안에서 가슴에 총을 맞는다. 코를 찌르는 연기가 사찰에까지 밀려오고 있다.

큰스님! 당신은 또 변신술을 쓰고 있나요?

이어서 나는 그 여인이 아버지의 시체 위에 엎드려서 큰 소리로 울고 있는 모습을 보았는데, 검은 눈물이 그녀의 얼굴에서 흘렀다. 그 소탈한 사내는 아무 소리도 없이 한쪽에 묵묵히 서 있다. 그리고 나는 아주 호화로운 방 안에서 그 여인이 자기의 아름다운 머리카락을 한 올 한 올 잘라내는 모습을 보았다. 벽에 걸린 거울로 나는 그녀의 얼굴이 창백하고 입가는 아래로 드리워져 있으며 주름이 가득한 것을 보았다. 나는 또 그 여인이 머리를 자를 때, 뇌리에 떠올랐다는 뜬구름 같은 영상을 보았다. 어떤 배경이 어렴풋한 곳에서 그 소탈한 사내와 여러 가지 자세를 취하면서 달콤한 사랑을 나누고 있는 모습이었다. 그녀의 격정에 넘치는 얼굴이 나를 향해 덮쳐왔다. 그녀의 얼굴은 거울에 부딪쳐서 무수한 조각을 냈다. 나는 그녀가 청색 옷을 입고 파란 바탕에 하얀 꽃이 있는 수건으로 머리를 덮고서 어떤 늙은 비구니 앞에 꿇어 앉아 있는 모습을 보았다.

큰스님! 제가 당신 앞에 꿇어 앉아 있는 모습이랑 꼭 같아요.

그 늙은 비구니는 그녀를 받아주었지만 큰스님은 아직도 나를 받아주지 않았다.

큰 스님, 한 가지 물어볼 일이 있는데요, 그 소탈한 사내가 저 아름다운 여인의 아버지를 살해한 교살자가 아닌가요? 그리고 또 한 가지가 있는데요, 그들이 다투는 것은 무엇 때문이지요? 저는 당신이 제 물음에 영원히 대답하지 않는다는 것을 알고 있습니다. 하지만 제가 당신에게 의문을 제기함으로써 저는 이러한 문제들을 잊게 됩니다. 아니면 그것들은 제 머리에 꽉 차서 제 신경에 이상이 생기게 만들겠지요. 큰스님! 십 몇 년 전의 어느 여름날 오후, 백정 마을의 사람들이 모두 꿈나라에 들었을 때 저는 큰길에서 마치 아무런 할 일이 없는 강아지처럼 동에서 냄새를 맡고 서에서 엿듣고 남에도 가보고 북쪽도 돌아보고 그랬습니다. 저는 '아름답고 수려한 이발관' 문 밖에서 얼굴을 유리창에 대고 안을 훔쳐보았지요. 저는 먼저 높이 걸린 팬이 움직이는 것을 보았고, 이발사 판챠오샤가 하얀 겉옷을 입고 란 씨의 아랫도리를 타고 앉아서, 손에 얇은 면도칼을 쥐고 있는 것을 보았습니다. 처음에 저는 그녀가 란 씨를 죽이려는 줄 알았지요. 하지만 자세히 보니 그들은 그런 일을 하고 있었습니다. 판챠오샤는 란 씨를 찌를까 봐 칼 쥔 손을 높이 쳐들고 있었습니다. 저는 판챠오샤가 두 다리를 벌리고서 이발 의자 양쪽의 손잡이에 타고 있는 모습을 보았습니다. 그녀의 얼굴은 격동에 못 이겨서 일그러져 있었습니다. 하지만 그녀는 손에 쥔 칼을 끝내 놓아버리지 않았는데 마치 그런 모습 때문에 밖에서 훔쳐보고 있는 사람들에게 자기네는 일을 하고 있는 것이지 섹스를 하고 있는 것이 아니라는 것을 알리려는 것 같았습니다. 저는 이발소에서 벌어지고 있는 기이한 장면을 다른 사람들에게 알려주고 싶었습니다. 하지만 거리에는 사람 그림자라곤 없었으며 털이 완전히 까만색인 어떤 강아지 한 마리가 오동나무 밑에 앉아서 혀를 내밀고 숨을 헐떡거리고 있을 뿐이었습니다. 저는 뒤로 몇 발자국 물러서서 벽돌 한 장을 찾았으며 그것을 힘껏 던져버리고서 이내 도망을 가버렸습니다. 저는 뒤에서 들려오는 유리창 깨지는 소리를 들었습니다. 큰스님! 이런 지극히 나쁜 행위를 고백하기는 정말로 거북스럽습니다. 하지만 저는 만약 제가 스님에게 말하지 않는다면 스님에 대한 충성심에 문제가 있다고 생각했습니다. 비록 사람들이 저를 대포 아이라고 부르기는 하지만 그것은 지나간 일이고, 지금 제가 말하는 것들은 모두 사실입니다.

제17 포
第十七炮

돼지 꽃차, 양 꽃차, 노새 꽃차, 토끼 꽃차…… 등등 동서 두 도시의 카 퍼레이드 대열은 아직도 잔디밭으로 모여들고 있었다. 자기의 시체를 사람들에게 제공해서 식품으로 만드는 동물 꽃차들은 여러 형태의 사람들 무리 중에서 잔디밭의 예정된 위치로 들어와 진을 이루면서, 큰 인물의 사열을 기다리고 있었다. 다만 란 씨의 타조들만이 아직도 마당에서 뛰어다니고 있었다. 타조 두 마리가 흙이 가득 묻은 오렌지 색깔의 옷을 두고 마치 그것이 먹을 수 있는 음식인 양 싸우고 있었다. 나는 어제 폭우가 내릴 때 나타났던 그 여인을 떠올렸더니 가슴이 어쩐지 쓸쓸해졌다. 타조들은 수시로 사찰 안으로 목을 들이밀고, 작은 눈을 굴리면서 호기심을 보이기도 했다. 그 남자애들과 여자 애들은 무너진 담장 흙 위에 앉아 있었으나 모두 기운이 없는 듯했는데 그 모습은 타조들과 아주 현격한 대조를 이루고 있었다. 란 씨 공사의 직원들은 휴대폰으로 누군가와 연락하고 있었다. 또 타조 한 마리가 머리를 들이밀었는데 그놈은 넓은 주둥이로 큰스님의 머리를 쪼아보기까지 했다. 나는 신발 하나를 던졌는데, 큰스님은 아무렇지도 않게 손을 들어 그것을 땅에 떨어뜨려버렸다. 그는 눈을 뜨고서 온 얼굴에 웃음을 띤 채 그 타조를 바라보았는데, 그 모습은 어떤 자상한 할아버지가 아장아장 걷는 손자를 바라보는 모습과 꼭 같았다. 검은색 벤츠 한 대가 서쪽에서 경적을 울려대며 달려왔다. 그 차는 꽃차들을 지나서 작은 사찰 앞까지 오더니 급정거했다. 차에서 아랫배가 튀어나온 어떤 사내가 내렸다. 그는 회색에 단추 두 줄이 달린 양복을 입었으며, 넓고 큰 붉은 체크무늬가 있는 타이를 매고 있었는데, 소매에 달린 상표를 보아하니 그가 입고 있는 양복은 매우 유명한 메이커라는 것을 얼른 알 수 있었다. 하지만 그가 아무리 이름 있는 포장을 하고 있다고 해도, 나는 그의 노랗고 큰 눈을 바라보고서 그가 바로 나의 원수인 란 씨라는 것을 이내 알아보았다.

큰스님! 몇 년 전에 저는 연달아 마흔한 발의 대포를 쏘았고, 또한 마흔한번째 발포가 란 씨의 허리를 두 동강 내는 것을 보고서 저는 소리 없이 사라졌습니다. 나중에 저는 그가 죽지 않았다는 소리를 들었으며, 죽지 않았을 뿐만 아니라 사업이 더욱 번창했으며 건강도 더욱 좋아졌다고 들었습니다.

란 씨와 함께 빠져나온 그 뚱뚱한 여인은 붉은색 치마를 입고, 새빨간색의 굽 높은 구두를 신고 있었으며, 머리는 곱슬곱슬한 파마 머리를 하고 있었고, 머리 꼭대기에는 한 줌의 빨간색 염색을 하고 있었다. 그 모양은 마치 닭 벼슬 같았다. 그녀는 두 손에 모두 여섯 개의 반지를 끼고 있었는데, 세 개는 금이고 다른 세 개는 백금이었다.

목에도 두 개의 목걸이를 하고 있었는데, 하나는 금이고 다른 하나는 진주 목걸이였다. 그녀는 비록 뚱뚱해졌지만 나는 그녀가 바로 판챠오샤라는 걸 알아보았다. 바로 그 예리한 면도칼을 들고서 란 씨와 섹스를 하던 여인이었다. 내가 유랑하던 무렵 그녀가 란 씨와 결혼했다는 소식을 들었다. 눈앞의 사실이 증명하듯 그것은 사실이었다. 그녀는 차에서 내리자 이내 담장 아래 앉아 있는 아이들을 향해 달려갔다. 아까 타조와 마지막까지 싸워서 끝내 타조를 땅에 꿇어앉게 했던 그 여자 애도 팔을 벌리고 달려왔다. 판챠오샤는 여자 애를 안고서 커다란 입으로 여자 애의 얼굴에다 닭이 모이를 쪼듯 뽀뽀를 해댔으며, 보배야, 하고 말했다. 나는 그 예쁜 여자 애를 보면서 심정이 아주 복잡했다. 란 씨라는 놈이 또 이처럼 착한 애를 만들어낸 것이었다. 이 여자 애는 나의 배 다른 여동생 쟈오쟈오를 떠오르게 했다. 만약 그 애도 살아 있다면 이미 열다섯 살 소녀가 되었을 것이다. 란 씨는 자기 앞에 손을 내려뜨리고 서 있는 직원들에게 욕질을 했는데 그 가운데 한 직원이 뭔가 말을 하려다가 그의 침 세례를 받고 말았다. 그의 타조 대열은 원래 오늘 육식절의 개막식에서 춤을 공연할 예정이었다. 그렇게 되면 정말로 떠들썩한 효과가 있는 절경이었을 것이며, 전국 여러 곳에서 찾아온 상인들과 여러 지도자들에게 깊은 인상을 남겼을 것이다. 그렇게 되면 박수갈채와 상품 주문이 꼬리에 꼬리를 물고 찾아들 것이었다. 하지만 좋은 연극이 시작되기도 전에 이 바보 같은 부하들 때문에 계획은 산산조각이 나고 말았던 것이다. 개막식이 막 시작되려고 하는데, 란 씨의 머리는 땀방울로 얼룩지고 있었다. 란 씨는, 만약 너희들이 타조를 무대로 들여보내지 못한다면, 나는 너희들을 타조 캔으로 만들어버릴 것이다, 라고 말했다. 그러자 몇몇 직원들이 앞에 나가서 타조들을 쫓았지만 타조들이 수시로 쳐드는 말발굽 같은 다리는, 그들을 더 이상 전진하지 못하게 했다. 란 씨는 팔소매를 걷어 올리고, 자기가 직접 나가서 붙잡으려고 했지만 타조 똥을 밟고서 뒤로 넘어지고 말았다. 여러 직원들은 급히 앞으로 나가서 그를 부축했다. 모두들 웃고 싶었지만, 웃지 못하고 이상한 표정만 짓고 있었다. 란 씨는 그들을 보면서 날카롭게 말했다.

"우스워? 그러면 웃으란 말이야! 웃어봐! 너희들은 왜 웃지 못하는 거니?"

제일 젊은 직원이 더 이상 참지 못하고 피씩 하고 웃어버렸다. 그러자 다른 직원들도 따라서 웃었다. 란 씨도 웃었다. 그런데 세 번 크게 웃더니 갑자기 큰 소리를 질렀다.

"씨발! 아직도 웃어! 누가 다시 한 번만 더 웃으면 난, 그 자식 물건을 잘라버릴 거야!"

직원들은 모두 참아야 했고, 웃을 엄두를 내지 못했다. 란 씨는 총을 갖고 다시 돌아와서 이렇게 말했다.

"씨발! 이런 납작한 털을 가진 짐승들을 모두 총살해버려!"

새해가 지난 지 사흘째 되던 날 우리집 네 식구는 접고 펼 수 있는 둥근 식탁에 마주 앉아서 란 씨가 오기를 기다렸습니다. 바로 그 명문 가문 출신이고, 하늘 아래 이름을 떨친 물건을 가진 셋째 삼촌이 있으며, 또 제 아버지와 원수를 진 란 씨란 말입니다. 바로 제 아버지의 손가락 하나를 끊어놓았지만 아버지에게 귀를 절반 물어뜯긴 란 씨이며, 고량주 제조 방법을 발명한 란 씨이며, 유황으로 동물을 그을리는 방법을 발명하고, 또한 표백 방법을 발명했으며, 또한 포르말린에 담그는 방법을 발명하고, 백정들을 한림학사라고 부르고, 촌장 노릇을 하며, 촌민들을 부의 길로 이끌어가며, 마을에서 한마디하면 누구도 두 마디를 하지 못하며, 절대절명의 권위를 가지고 있는 바로 그 란 씨를 기다리고 있었던 것이죠. 어머니에게 경운기 모는 방법을 가르쳐 주었고, 또 이발사 판챠오샤와 이발용 의자에서 섹스를 했으며, 또한 모든 타조를 다 총살해버렸죠. 그뿐인가요. 그 사람 생각을 하면 제 마음이 일순간 심란해지는 그런 란 씨였습니다, 존경하는 큰스님!

상에 가득한 닭, 오리 고기를 먹지도 못하고, 또한 눈앞의 닭, 오리 고기가 점차 열기와 향기를 날려 보내는 것을 보고도 먹지는 못했습니다. 이것은 세상에서 사람을 제일 고통스럽게 하고, 제일 괴롭게 하며, 반감을 자아내게 하며, 또한 분노하게 만드는 일일 겁니다. 확실히 저는 다음과 같은 결심을 한 적이 있었습니다.

"만약 내게 천하에서 제일 큰 권력이 주어진다면, 나는 돼지고기를 먹는 사람들을 전부 멸종시켜버릴 것이다."

하지만 저는 여러 번 게걸스럽게 돼지고기를 먹었으며 또한 급성 장염에 걸린 적도 있었습니다. 인간은 수시로 변하는 동물이며 시기에 따라 어떤 말을 해야 하는지 알고 있는 동물이니 이것은 모든 인간들이 다 인정하는 진리입니다. 그런 상황하에서 돼지고기 생각을 해 복통을 증폭시키는 것도 가속화의 지름길인 것이고, 몇 마디 잔소리를 보태는 것도 아주 정상적인 일이 아니겠습니까? 하물며 저는 어디까지나 열 살밖에 안 된 아이였던 것을요. 그런데 당신들은 열 살짜리 아이더러 황제처럼 말한 말들을 뜯어고쳐야 한다고 요구할 것입니까? 그날 '아름답고 수려한 이발관'에서 돌아온 후 어머니는 다시 아침에 먹다 남은 돼지 대가리 고기를 올려놓았을 때, 저는 위장의 통증을 참아가며 어머니에게 맹세를 했습니다.

"저는 더 이상 돼지고기를 먹지 않을 거예요. 만약 제가 다시 돼지고기를 먹는다면 저는 돼지예요!"

어머니는 조소하는 어조로 말했습니다.

"정말이니? 내 아들이 머리 깎고 가서 계를 지키면서 돼지고기를 먹지 않는다니 출가해서 스님이 되려는 거 아니니?"

"나중에 봐요."

저는 맹세했지요.

"만약 제가 돼지고기를 먹는다면 저는 정말 출가해서 스님이 될 거예요."

어머니에게 한 맹세가 아직 귓가에 울리고 있었고 겨우 한 주일밖에 지나지 않았는데 돼지고기에 대한 갈망은 다시 타오르고 있었습니다. 저는 돼지고기가 먹고 싶었을 뿐만 아니라 쇠고기도 먹고 싶었고 닭고기도 먹고 싶었으며 노새 고기도 먹고 싶었고 이 세상의 모든 동물들의 고기를 먹고 싶었죠. 점심을 먹고 나서부터 아버지와 어머니는 바삐 움직이기 시작했습니다. 어머니는 미리 사온 쇠고기조림과 돼지고기절임과 소시지랑 모두 일정한 크기로 납작하게 썰어서 쑨창성孫長生네 집에서 빌려온 징떠전景德鎭 도자기 그릇에 담아놓았습니다. 아버지는 젖은 걸레로 역시 쑨창성네 집에서 빌려온, 폈다 접었다 하는 식탁을 힘껏 닦고 있었습니다.

쑨창성의 부인과 제 어머니는 외사촌간이기에 이번에 우리집에서 손님을 초청할 때 필요한 가구와 조리용 기구들을 그집에서 빌려 올 수밖에 없었습니다. 쑨창성은 뭐라고 말하지 않았습니다. 비록 얼굴색이 별로 좋아 보이지 않았지만, 오히려 어머니의 외사촌 언니가 얼굴을 내려뜨리고 물건을 가지러 온 제 아버지와 어머니에게 성질을 냈습니다. 어머니의 외사촌 언니는 사십이 가까웠는데 벌써 머리숱이 아주 적었습니다. 하지만 그녀는 체신도 없이 머리카락을 땋고 있었는데, 마치 말라버린 콩줄기같이 머리 뒤끝이 들려 있어서 바라보는 사람들은 그 모양이 우스워 이빨이 떨어져나갈 지경이었습니다. 그녀는 어머니가 적어놓은 요구대로 궤에서 그릇들을 꺼내면서 투덜거렸는데 소리가 점점 더 높아졌습니다.

"량위전! 내가 말하지만 너희들처럼 생활하는 사람은 없단다. 아무것도 마련하지 않고 살다니? 큰 기물들은 그렇다 하더라도 어쩌면 젓가락 한 뭉치도 없단 말이니?"

어머니는 웃으면서 말했습니다.

"우리집 형편은 언니도 알고 있잖아요. 우리는 돈을 모아서 집을 짓는 데만 신경을 쓰다 보니……"

어머니의 외사촌 언니는 아버지를 흘겨보면서 말했습니다.

"살림을 살면서 당연히 있어야 할 물건들은 갖추어야 해. 빌린다는 것은 어디까지나 불편하거든."

어머니는 이렇게 대답했습니다.

"그것도 막 생각해낸 거예요. 관계를 잘 처리하려면 잘 접대해야지요. 그 사람은 필경 우리 마을 촌장이고, 또 우리를 관리하고 있는데……"

"란 씨가 도대체 어떻게 생각할지…… 정신없이 굴다가 너희들끼리 먹게 되지나 말게."

어머니의 외사촌 언니는 덧붙였습니다.

"만약 내가 란 씨라면 나는 안 갈 거야. 지금이 어떤 시대야? 누가 너희가 해주는 한 끼니 밥을 먹는 걸 대단하게 생각하겠어? 만약 관계를 잘 유지하려면 아예 봉투를 보내는 편이 낫지."

그러자 어머니는 이렇게 대답했습니다.

"샤오퉁을 보내 세 번씩이나 초대했더니 결국 찾아온다고 대답했어요."

"창호지에다 코를 그리는 격이네. 샤오퉁은 아주 대단한 녀석이네!"

어머니의 외사촌 언니는 다시 말했습니다.

"손님을 청하려면 번듯하게 청해야지. 아무것도 준비하지 않고 사람을 웃기지 말게. 돈이 아까우면 아예 손님을 청하지 말고, 손님을 청하려면 돈을 쓰는 것을 두려워하지 말게. 나는 너를 너무나 잘 알고 있단 말이야. 작은 돈을 허리춤에다 차고 쓰지 않는 그런 행위가 바로 치사하거든!"

"언니! 사람은 산 같은 존재가 아니니 변하지 않는 것은 아무것도 없어."

어머니는 얼굴을 붉혔고 화가 난 것 같았습니다.

"다만 말이야. '강산은 변하기 쉬워도 본질은 변하기 어렵다'는 격이 될까 걱정이야!"

어머니의 외사촌 언니는 한 발도 물러서지 않고 말을 되받았으며 어머니를 궁지로 몰아 넣었습니다. 그러자 쑨창성마저 너무 안되었던지 부인에게 소리를 질렀습니다.

"됐소! 당신, 그 주둥이가 가려우면 벽에다 대고 문질러! 머리를 한 번 들이박고 방귀를 세 번 뀌는 게 당신이 지금 이처럼 벌 받을 행동을 하는 것보다 훨씬 낫겠어! 당신처럼 행동하다가는 물건을 빌려주고도 친척 사이에 감정이 상하게 생긴단 말이오."

"저도 저 애들을 위해서 하는 말이에요!"

어머니의 외사촌 언니는 소리를 질렀습니다.

어머니는 곧장 이렇게 말했습니다.

"형부! 괜찮아요. 저는 언니 성격을 잘 알고 있거든요. 절친한 친척이 아니면 저도 이곳으로 빌리러 오지 않았을 거고, 또 그런 친척이 아니라면 언니도 말을 하지 않았을 거예요."

쑨창성은 담배 한 대를 꺼내 아버지에게 주면서 관심 있는 어조로 말했습니다.

"그렇게 생각하면 옳은 거야. 다른 집 처마 밑에 살면서 머리를 수그리지 않을 순 없지?"

아버지는 그렇다는 듯이 머리를 끄덕였습니다.

저는 어머니의 외사촌 언니 집에 물건을 빌리러 오던 과정을 처음부터 끝까지 한번 회상해보면서 기다리기 힘든 시간을 소모했습니다. 그 덮개가 씌워진 등잔불 기름이 대략 일 인치는 아래로 내려갔으며 작년 설을 쇨 때 쓰고 남은 양초도 이미 커다란 꽃이 매달려 있었지만 란 씨는 아직도 오지 않았습니다. 아버지는 어머니를 바라보면서 조심스레 말했습니다.

"먼저 초를 끄는 것이 어떨까?"

"놔둬요."

어머니는 이렇게 담담하게 말하면서 오른손 중지를 들어 등불을 조준하더니 매우 빠른 속도로 한 번 튕겨서 그 불꽃을 멀리 날려 보냈습니다. 그러자 초는 갑자기 밝아졌으며 방 안도 더더욱 밝아졌고, 테이블 위의 고기 음식, 특히 구운 닭고기의 붉은 껍질에서는 매혹적인 빛이 뿜어져 나왔습니다.

어머니가 이 구운 닭을 뜯을 때 저와 여동생은 가마솥 언저리에 서서 눈 한 번 깜박이지 않고 그녀의 손을 바라보았습니다. 그녀의 손은 그처럼 교활하게 닭고기를 찢어내고 있었습니다. 닭다리 하나가 접시에 놓이더니 또 다른 닭다리 하나가 접시에 놓였습니다. 저는 어머니에게 이렇게 물었습니다.

"엄마! 다리 세 개 달린 닭은 없나요?"

어머니는 웃음을 띠고 말했습니다.

"있을지도 모르지? 하지만 엄마는 본 적이 없단다. 하지만 엄마는 다리가 네 개 달린 닭이 있었으면 좋겠구나. 그러면 엄마는 너희들에게 다리 하나씩 줄 수 있으니까. 그러면 너희들의 그 먹고 싶은 심정을 덜어줄 수 있으니까."

그것은 동 씨네 구운 닭이었습니다. 동 씨네 집에서는 이 지방 닭을 사용했으므로 배합 사료를 먹고 자라 멍청하면서도 고기는 시든 버들개지 같으며 뼈는 썩은 나무 같은 닭이 아니라, 야생 풀과 야생 열매를 먹고, 베짱이를 먹으면서 자라 근육은 발달하고 골격은 단단하며, 그래서 매우 똑똑한 토종닭이었습니다. 이런 닭은 영양이 풍부하고 맛도 아주 좋습니다.

"그런데 저는 핑산천의 아들인 핑두에게 들었는데 동 씨네 닭은 야생 닭을 집에서 기르는 것이고, 그리고 생전에 호르몬을 먹였을 뿐만 아니라 죽은 후에도 알데히드를 사용한다고 들었습니다."

제가 말했지요.

"알데히드고 뭐고 하여간에 농민들의 위는 그렇게 귀하지 않아."

어머니는 이렇게 말하면서 형체가 사라진 고기 부스러기를 쟈오쟈오의 입에다 밀어 넣었습니다.

쟈오쟈오는 이미 그녀의 활발한 천성을 회복하고 있었으며 어머니와의 관계에도 아주 큰 변화를 가져오고 있었습니다. 그 애는 입을 크게 벌리고, 그 고기들을 이내 입에다 넣었으며, 작은 입을 짭짭거리면서 먹어대더니 눈으로 제 어머니의 손만 바라보았습니다. 어머니는 닭의 등가죽에서 고기 한 줄을 뜯어내서 닭의 껍질까지 함께 제 입에다 밀어 넣었습니다. 저는 입을 벌리고 그것을 받아서 물었으며, 씹지도 않고 삼켜버렸지요. 마치 제가 닭고기를 삼켜버린 것이 아니라 그것이 스스로 제 목구멍 속으로 들어간 것 같았습니다. 쟈오쟈오는 선홍색의 혀를 내밀고, 입술을 빨고 있었습니다. 어머니는 또한 하얀 닭고기 한 조각을 뜯어서, 그 애의 입에다 밀어 넣었습니다. 그러고는 이렇게 말했습니다.

"착한 애들아! 조금만 참고 기다려라! 손님이 먼저 먹고 나머지는 모두 너희들이 먹어라."

쟈오쟈오의 눈은 여전히 어머니의 손을 바라보고 있었습니다. 이때 아버지가 대꾸했습니다.

"됐어! 나쁜 습관 들이지 말아요. 애들은 예절을 지킬 줄 알아야 하오. 그러니 나쁜 습관 들이지 말아요."

아버지는 마당에 나가서 한 바퀴 돌고 들어오더니 다시 말했습니다.

"오지 않을 것 같소. 내가 애당초 그 양반에게 너무 심하게 굴었거든."

"아닐 거예요."

어머니의 대답은 단호했지요.

"그가 오겠다고 대답했으니 올 거예요. 란 씨라는 사람은 말한 대로 실천하는 사람이거든요."

어머니는 고개를 돌려 제게 물었습니다.

"샤오퉁! 그 양반이 대체 뭐라고 말한 거야?"

저는 아무런 느낌도 없이 그저 이렇게 대답했습니다.

"제가 여러 번 말했는데요, 그 아저씨 하는 말이, 좋다, 난 너를 보고 대답을 하겠어, 그랬다니까요."

"샤오퉁에게 한 번 더 가보라고 하면 어떨까?"

아버지가 이렇게 덧붙였지요.

"잊어버렸을 수도 있지 않소?"

"필요 없어요."

어머니는 단호하게 대답했습니다.

"잊지는 않았을 거예요."

"그런데 반찬은 이미 다 식었잖아요."

저는 화가 나서 말했습니다.

"촌장이 뭐 대단하다고 그래요?"

아버지와 어머니는 서로 마주보면서 담담한 미소를 지었습니다.

사실 그놈은 그때 작은 촌장에 지나지 않았다. 들리는 말에 의하면 우리 도축 마을은 이미 시에서 경제개발구로 지정되었으며 대량의 외국 자본을 끌어들이고 있다고 한다. 수많은 공장과 빌딩이 건설되었고 그리고 또한 커다란 인공 호수도 생겼다고 한다. 호수에는 고니 모양과 오리 모양의 유람선이 떠 있다고 한다. 그리고 호수 주위에는 세련되고 매우 근사한 별장들이 있는데 마치 동화에 나오는 세계 같다고 한다. 이런 곳에서 살고 있는 남자들은 모두 벤츠, 재규어, 뷰익, 볼보 등의 고급 승용차를 모는데 제일 품질이 뒤떨어지는 것이 중국 차라고 한다. 그리고 이런 곳에서 살고 있는 여자들은 모두 발발이, 귀부인 강아지, 서양 강아지, 나비 강아지 그리고 그냥 보면 분명히 양인데 실은 강아지인 것들, 즉 고급 강아지들을 끌고 다니는데, 더러는 호랑이처럼 크고 용맹한 강아지도 있다고 한다. 피부가 하얗고 손가락은 길며, 숨도 가늘게 쉬는 어떤 여인이 커다란 마스티프 두 마리를 끌고 호숫가를 거닐고 있었다. 이 귀여운 첩은, 몸을 뒤로 살짝 젖히며 걸었는데, 그녀의 자세는 호숫가의 물이 뒤로 미끄러지는 것 같았고 또한 논밭에서 밭갈이를 하고 있는 것 같았다.

큰스님! 이 사회는 근면한 노동자는 푼돈밖에 벌지 못하고, 심지어 어떤 사람들은 푼돈조차 벌지 못하고 겨우 기본적인 생활밖에 하지 못합니다. 다만 간이 크고 나쁜 심보를 가진 무지막지한 놈들만이, 큰돈을 벌고 재벌이 되는 것입니다. 란 씨와 같이 나쁜 놈들도 돈을 원하면 돈이 생기고, 명예를 원하면 명예가 생기며, 지위를 원하면 지위가 생기는데, 그들이 이 세상에 특별한 공덕을 쌓은 겁니까?

큰스님은 미소를 지을 뿐 아무 말이 없었다. 나는 이런 분노는 아주 싼값이라는 것을 알고 있었다. '거지가 이빨을 악물어봐도 소용이 없다'는 격이다. 그러나 나의 수준은 이처럼 높은데, 내가 머리를 깎고 스님이 된 뒤로 삼 년 동안 수행을 하고 나면 마음이 평온해질지도 모른다.

저는 있는 사실만을 말하는 사람입니다. 큰스님! 그러니 스님은 제 성격을 봐서라도 저를 제자로 받아줘야 할 것입니다. 제가 만약 불문佛門에 들어온 뒤에도 여전히 각오를 하지 않는다면 당신은 그 막대기로 저를 쫓아내면 되지 않나요? 큰스님! 어서 와서 보세요. 란 씨라는 나쁜 놈이 정말로 총을 가져왔습니다. 그놈은 정말 총을 쏘아서 선인들이 건립한 이 우통 신선묘를 피바다로 만들려는 것입니까?

나는 그가 그렇게 할 수 있다는 것을 알고 있었다. 나는 이 사람을 너무나 잘 이해하고 있었다. 그는 땀을 가득 흘리고 숨을 헐떡거리는 부하의 손에서 거칠게 생긴 총을 받아 쥐었다. 이런 총은 정확하게 말해서 포라고 불러야 한다. 비록 모양은 추하지만 위력은 아주 세다. 우리 아버지도 그런 것들을 가지고 놀았다. 란 씨는 더러운 욕을 퍼붓고, 눈에서는 금빛을 내뿜었는데 비록 양복 차림이라고는 하지만 아주 생생한 강도의 몰골이었다. 그는 한창 대가리를 갸우뚱거리면서 자신을 쳐다보고 있는 타조들을 향해 과녁을 당겼다. 바로 이때 새똥이 그의 코에 떨어져 그는 목을 움츠렸고, 총을 높이 쳐들자 한 줄기의 불씨와 무수한 탄알들이 사찰 문 위의 기와를 덮쳤다. 하늘과 땅이 진동하는 소리와 함께 박살이 난 기와들이 문밖에 떨어졌는데 그곳은 우리와 두 발자국밖에 떨어지지 않았다. 나는 너무도 두려워서 나도 몰래 이상한 소리를 질렀다. 그러나 큰스님은 여전히 온화한 모습 그대로였다. 란 씨는 고래고래 소리를 지르면서 총을 땅에다 던져버리고 부하가 주는 종이를 받아 쥐고 얼굴의 새똥을 닦았다. 그는 얼굴을 들고 하늘을 보았다. 하늘에서는 검은 구름이 몰려가고 있었으며, 구름에 가려지지 않은 하늘은 먹물 같았다. 하얀 뱃가죽을 드러낸 한 무리의 까치들이 지저귀면서 북에서 남으로 아무렇게나 날아가고 있었다. 란 씨의 콧잔등에 떨어진 새똥도 바로 그것들이 떨어뜨린 것이었다. 이때 란 씨의 어떤 부하가 하는 말이, 사장님! 이것은 까치의 똥입니다. 까치 똥은 대길大吉입니다,라고 말했다. 그러자 란 씨는 그자를 향해 험악하게 욕했다.

"씨발! 아무데서나 아양을 떠는 거야! 까치 똥도 똥이란 말이야!

어서 총알이나 재우란 말이야! 난, 이 씨발놈들을 몽땅 죽여버릴 거란 말이다!"

한 부하가 오른쪽 무릎을 꿇고 앉아 총의 개머리판을 왼쪽 다리에 받쳐놓고는 기름이 반지르르한 화약 조롱박 총에다 화약을 채워 넣었다. 란 씨는 큰 소리를 질렀다.

"많이 처넣으란 말이야! 씨발! 난 오늘 정말 재수가 더럽단 말이야. 그러니 총을 쏘아 이 더러운 기운을 없애야 한단 말이다."

그 부하는 입술을 악물고 무쇠 장총의 구멍에다 총알을 열심히 밀어 넣었다. 판챠오샤가 아이를 안고 다가와서 란 씨를 욕했다.

"당신이 무슨 일을 했는지 보세요. 쟈오쟈오가 이렇게 고생하고 있잖아요."

나는 가슴 한구석이 덜컥 내려앉았다. 분노와 비애가 뒤섞이면서 머리끝까지 분노가 차 올라왔다. 그네들의 딸도, 내 동생처럼 쟈오쟈오라고 부르고 있는 것이었다. 나는 그들이 의식적으로 한 짓인지 아닌지 알 수가 없었고, 또 그들이 좋은 의미에서 그러는 것인지 아니면 그 반대인지 도무지 알 수 없었다. 쟈오쟈오, 내 동생의 귀여운 얼굴과 그녀가 죽기 전에 고통스러워하던 얼굴이 내 머릿속에서 교차되면서 나타났다. 얼굴이 수려하게 생긴 란 씨의 부하 하나가 가까이 다가가더니 겸손하게 공경을 표하면서도 아주 단호한 태도로 말했다.

"사장님! 사모님! 여기서 시간을 낭비할 일이 아닙니다. 우리는 당연히 회의 장소로 가서 낙타 부대의 퍼레이드를 새로 조직해야 합니다. 만약 낙타 부대가 공연에 성공을 거두면 그 수확이 클 것입니다. 타조 부대야 내년에 다시 훈련시키면 됩니다."

판챠오샤는 찬성하는 눈길로 그 젊은이를 바라보면서 란 씨를 욕했다.

"이 양반은 성질이 날강도 같단 말이죠."

그러자 란 씨는 눈을 부릅뜨면서 말했다.

"날강도 같은 성질이면 어때? 날강도 같은 성질이 아니었다면 오늘 같은 날이 있었겠소? 얌전한 선비가 반란을 일으킨다면 십 년이 지나도 효과가 없지만, 강도들이 반란을 일으킨다면 대포 한 대면 성공을 한단 말이오! 넌, 아직도 뭘 하고 있는 거야?"

그는 총에 화약을 넣는 부하를 보고 소리를 질렀다.

"다 넣었으면 가져오란 말이야!"

그 부하는 총을 들고서 조심스럽게 란 씨에게 넘겨주었다. 란 씨는 판챠오샤에게 말했다.

"당신, 쟈오쟈오를 안고 저 쪽으로 피하시오. 그리고 애기 귀를 막아주오. 아니면 고막이 터질 수도 있단 말이오."

"씨발! 당신은 못된 버릇을 고치지 못하고 있어요."

판챠오샤는 이렇게 투덜거리면서 쟈오쟈오를 안고 뒤로 물러섰다. 그 예쁘게 생긴 여자 애가 한쪽 팔을 내밀면서 새된 소리를 질렀다.

"아빠! 나도 총을 쏠 거야!"

란 씨는 총을 받쳐 들고 타조들 무리를 조준하면서 투덜거렸다.

"너희들, 납작한 털을 지닌 짐승들아! 칭찬해주는 것도 받아들이지 않는단 말이지! 너희들에게 춤을 추라고 했더니 춤을 추지 않았지. 그럼 염라대왕에게 가서 등록을 하란 말이다!"

그의 앞가슴에서 갑자기 노란 불덩이가 일더니 아주 큰 소리가 울렸고 이어서 검은 연기가 피어올랐다. 발사된 총알은 사면팔방으로 날아갔으며 커다란 란 씨는 멍하니 서 있다가 이내 뒤로 넘어졌다. 판챠오샤는 새된 소리를 질렀고, 품속에 안고 있던 쟈오쟈오도 땅에 떨어졌다. 모든 사람들은 순간 어안이 벙벙해지면서 서로를 바라보며 어찌할 바를 모르고 있다가 그제서야 갑자기 깨달은 듯 함께 달려들며 마구 소리를 질렀다.

"사장님! 사장님……"

제18 포
第十八炮

　부하들은 두 손에 피가 가득하고 온 얼굴이 검은 란 씨를 받쳐 들었다. 그는 한편으로 몸부림을 치면서 한편으로 날카롭게 소리를 질렀다.

　"눈! 눈! 내 눈이 보이지 않는단 말이야! 셋째 삼촌! 이 조카가 당신을 보지 못하게 되었소이다."

　이 자식은 자신의 셋째 삼촌에 대해 정말 깊은 정을 느끼고 있었다. 그도 그럴 것이 그의 란 씨네 일가들 중 대부분은 총살당했고 얼마 남지 않은 몇 사람도 나중에 힘겨웠던 세월을 거치며 모두 죽어버렸으며, 다만 그가 아직도 만나보지 못한 셋째 삼촌만이 위대한 조각상처럼 그의 뇌리에서 빛을 뿜고 있었던 것이다. 부하들은 그를 베이커 승용차 뒷좌석에 밀어 넣었다. 판챠오샤는 아이를 안고 앞좌석에서 뭉개고 있었다. 승용차는 비틀거리면서 길 위로 올랐으며 계속해서 소리를 내면서 서쪽으로 급히 달려갔다. 맞은편에서 달려오던 죽마놀이 부대는 승용차 때문에 대열이 흐트러졌다. 그 가운데서 아저씨 하나가 길 옆으로 다가가더니 자기 다리에 묶어놓았던 나무 막대기를 끌렀다. 나무 막대기는 길 옆에 있는 푹신한 흙 속에 빠져들었으며 그 아저씨의 몸은 곧 흔들거렸다. 죽마놀이에 빠져 있던 몇몇 사람들이 시멘트 포장도로에서 뛰어내리면서 구원의 손길을 내밀어 길 옆에 빠져 있는 자기들 동료를 끌어내리려고 했다. 그 모습은 내게 십 년 전 추석인가, 나와 여동생이 꼬리를 딱딱한 땅속에다 파묻고서 알을 까고 있는 베짱이를 강제로 뽑아내던 일을 생각나게 했다. 그때, 내 어머니는 이미 죽었고, 아버지도 잡혀간 뒤라서 나와 여동생은 고아가 되었다. 우리는 박격포 탄알을 찾으러 남산으로 떠났는데 동쪽 하늘에는 은백색의 달이 떠올랐고 서쪽에서는 붉은 태양이 내려가고 있는 황혼이었다. 우리는 배가 고팠고 처량했다. 가을바람이 가볍게 불어 길 옆에 있는 농작물 잎사귀들이 쓱쓱 소리를 냈으며 가을벌레들이 풀숲에서 처량하게 울고 있었다. 나와 동생이 길에서 베짱이를 뽑아내자 그놈의 배가 아주 길게 늘어났다. 우리는 마른 풀들을 모아 불을 지피고 배가 길게 늘어난 베짱이를 불 속에다 던져 넣었다. 베짱이는 불 속에서 오그라들었으며 특이한 냄새를 풍겼다.

큰스님! 저의 죄악은 너무나 깊습니다. 한창 알을 까고 있는 암베짱이를 먹었으니, 사실 제가 먹은 것은 수백 마리의 어린 베짱이와 다름없다는 걸 저도 알고 있습니다. 하지만 그 시절 우리가 그 베짱이를 먹지 않았다면 우리는 아마 굶어 죽었을지도 모릅니다. 이 문제에 대해서 저는 오늘까지도 확실하게 알지 못하고 있습니다.

큰스님은 예리한 눈길로 나를 한 번 보았는데 그 의미는 불명확했다. 서쪽에서 달려오고 있던 죽마대열은, 샹만로우香滿樓 음식점에 속하는 것이었으며, 그들이 입고 있는 하얀 유니폼과 높다란 요리사 모자에는 모두 그 음식점의 글자가 적혀 있었다.

큰스님! 이곳은 아주 오래된 음식점이며 완전히 만한전석滿漢全席*을 갖추었다고 할 수 있습니다. 음식점의 주방장은 청나라 황궁에서 요리하던 사람들의 후대이며, 손재주가 아주 뛰어납니다. 그러나 그는 성격이 아주 까탈스러워, 홍콩의 매우 큰 음식점에서 매달 홍콩 화폐 이만 달러를 주고 모셔가려고 해도 결코 가지 않았답니다. 해마다 일본 손님들과 타이완 손님들이 이곳에 와서 만한전석을 먹는답니다. 다만 이럴 때만이 그는 자기가 직접 요리를 하고, 평일에는 음식점에 앉아서 찻주전자를 들고 우롱차만 마시며, 이빨을 거무죽죽하게 만듭답니다.

이 죽마 대열은 운수가 좋지 않았다. 그들이 잔디밭에 들어서자 나무 막대기는 땅속으로 빠져 들어갔고 정연하던 대열은 이내 모양을 잃고 말았다. 서쪽 성의 죽마 대열과 대응되는 대열은, 동쪽 성의 러커우푸樂口福 소시지 회사의 퍼레이드 대열이었다. 그들의 대열은 대략 삼십 명가량 되었는데, 사람마다 손에 붉은 끈을 들고 있었으며, 끈에는 굵고 붉은색의 소시지 모양의 기구가 이어져 있었다. 기구의 상승력은 아주 컸으니 그 사람들은 모두 발끝으로 땅을 딛고 서 있었는데 마치 수시로 기구를 따라 하늘로 날아오르는 것 같았다.

제가 어머니의 명령을 받고 처음으로 란 씨를 부르러 갔을 때는 태

---

* 만한전석(滿漢全席) : 모든 요리가 갖추어진 중국 궁중 요리를 말한다. 오늘날도 국빈이 찾아오면, 특급 호텔의 식당에서 만한전석을 손님에게 접대한다.

양이 높이 떠 있는 점심때였습니다. 거리에 쌓였던 눈은 녹고 있었으며 가을에 새로 깔아둔 아스팔트 길은 더러운 물이 뒤섞여 있었으니 다만 차가 금방 지나간 곳만이 검은 황토색을 드러내고 있었습니다. 우리 마을에서 아스팔트 길을 깔 때 촌민들에게서 돈을 모은 것이 아니라 란 씨가 혼자 다 해결했답니다. 아스팔트 길과 도시로 통하는 넓은 길이 이어짐에 따라서 마을 사람들이 도시로 들어가는 데 아주 편리하게 되었으며, 란 씨의 위신도 자연히 높아졌습니다.

저는 란 씨가 한림학사 거리라고 명명한 길을 걸으면서 집집마다 태양을 마주한 처마 한쪽 끝에 진주처럼 번득이는 고드름이 주렁주렁 달려 있는 것을 보았습니다. 고드름에서 떨어지는 물소리는 너무도 맑았고 약간의 흙냄새를 내포한 눈발이 제 콧속으로 들어오고 있었는데, 그것들이 머릿속으로 들어오자 제 정신은 맑아졌습니다. 저는 거리 옆에 있는 집들 뒤켠에 쌓인 눈과 쓰레기 위에 쌓인 눈 위에서 닭과 강아지들이 호시탐탐 걸어가고 있는 것을 보았는데, 그것들이 무엇을 하고 있는지는 알 수 없었습니다. '아름답고 수려한 이발관'으로 사람들이 드나들고 있었습니다. 처마 밑으로 뻗어나온 연통에서는 노랗고 짙은 연기가 뿜어져 나오고 검은 기름이 연통 옆으로 흘러내려서 처마 밑에 있는 눈을 어지럽게 했습니다. 랴오치는 자기 집 층계에 서서 늘 취하던 그 자세로 담배를 피우고 있었는데, 그의 굳은 얼굴은 마치 중대한 문제를 고려하고 있는 것 같았습니다. 그는 저를 보자 손을 흔들었습니다. 저는 원래 알은체를 하려고 하지 않았고, 약간 주저하다가 그래도 그의 앞으로 걸어갔으며, 얼굴을 들고 그를 보았습니다. 그러고는 그가 저를 모욕했던 지난 일을 생각했습니다. 아버지가 도망간 후 여러 사람들이 모여 있는 자리에서 그는 제게 이렇게 말했습니다.

"샤오통! 집에 가서 엄마에게 오늘 저녁에는 내게 문을 열어주라고 말해라!"

여러 사람들이 크게 웃었죠. 저는 화가 나서 이렇게 말하고 말았습니다.

"이 늙다리 라오치야! 나는 네놈의 팔대 조상들과 씹해버릴 거야!"

저는 아주 악하고 더러운 말을 준비하고 있었으며 수시로 그의 조소에 반격할 준비를 하고 있었습니다. 그런데 그는 아주 화기애애한 기색으로 저에게 묻는 것이었습니다.

"샤오통 조카! 네 아버지는 지금 뭘 하고 있지?"

"우리 아버지가 뭘 하고 있는지 내가 당신에게 보고를 해야 해요?"

저는 이렇게 냉담하게 말했죠.

"그 자식! 성질 대단하네!"

그는 이렇게 덧붙였지요.

"돌아가서 네 아버지에게 말하렴. 내가 상의할 일이 좀 있다고 말이다."

"필요 없어요. 나는 당신 말을 전할 의무도 없고, 내 아버지는 당신네 집에 가지 않을 거예요."

저는 이렇게 단호하게 대답했습니다.

"성질 정말 대단하구나! 역시 고집불통이구나."

그가 말했습니다.

저는 라오치를 뒤에 두고 란 씨네 넓은 골목으로 굽어들었습니다. 이 골목과 마을 뒤에 있는 오용하위에 있는 한림 다리와 서로 통했으며 한림 다리를 지나면 바로 현 정부로 통하는 고속도로였습니다. 저는 란 씨네 문 앞에 산타나 승용차 한 대가 서 있는 것을 보았죠. 기사는 차 안에서 노래를 듣고 있었으며 몇몇 아이들이 차를 둘러싸고 손가락을 내밀어서 차를 만져보고 있었습니다. 차체 아래쪽은 검은 흙이 묻어 얼룩반점이 가득했습니다. 저는 란 씨네 집에 틀림없이 어떤 간부가 있다는 것을 알았습니다. 이때면 한창 점심을 먹을 때였으므로 저는 골목에 서서 이미 란 씨네 집에서 풍기는 구름 같은 향기를 맡을 수 있었습니다. 저는 이런 향기에 필경 어떤 고기 냄새가 내포되어 있다는 것을 정확하게 식별할 수 있었습니다. 저는 어머니의 가르침을 생각했습니다.

"다른 집에서 식사를 할 때는 절대로 들어가지 말아야 한다. 그렇게 되면 그 집 사람들이 어색해할 것이고 너도 어색하게 된단다."

그러나 다시 생각해보면 저는 그를 청하러 그의 집에 온 것이지 밥을 빌어먹으러 온 것이 아니었습니다. 그리하여 저는 그의 집으로 뛰어 들어가서 어머니가 저에게 준 임무를 완성하려 하였습니다.

저로서는 난생 처음으로 란 씨네 대문을 들어서는 것이었습니다. 란 씨네 집은 밖에서 보아하니, 우리집보다 뭐 특별한 기풍은 없었지만 그의 집 마당에 들어선 뒤, 저는 그의 집과 우리집이 근본적으로 다르다는 것을 깨달았지요. 우리집은 하얀 만두 껍질에다 싸놓은 야채 속이라면 란 씨네 집은 검은 만두 껍질에다 싸놓은 해물 속이라고 해야 합니다. 그 검정색 껍질도 여러 가지 이름 있는 잡곡을 혼합해 가공한 것이며 영양가도 아주 풍부하고 오염이 없는 검은 밀가루였으며, 우리집의 하얀 만두 껍질은 아주 하얗게 세련돼 보였지만 실제로는 표백제로 탈색한 것이었으며 인체에 해를 입히는 쓰레기 같은 밀가루였죠. 이런 밀가루는 창고에다 오래 보관해두었고 영양가가 없으며 전쟁 준비로 갈무리해두었던 밀들을 분쇄해 만든 가루들이었습니다. 만두로 우리들 두 집안을 비유한다는 것이 무척 어색하다는 것은 저도 물론 알고 있습니다. 큰스님! 저를 이해해주십시오. 저는 교육 수준이 그다지 높지 않기 때문에 더 뛰어난 비유를 할 수 없습니다.

대문으로 들어서자 두 마리 늑대 강아지가 저를 향해 위엄 있게 짖어댔습니다. 그놈들은 화려한 강아지 줄에 매어져 있었으며 목에는 니켈로 도금한 금줄을 매달고 있었는데 그 금줄은 절렁거리는 소리를 냈습니다. 저는 의식적으로 몸을 움츠러뜨렸으며 그놈들의 공격에 대응할 준비를 했습니다. 하지만 그 두 마리 강아지는 도대체 저를 눈에 두지 않았기에 저에 대해서 소리를 질러 자신들의 임무를 완성하려는 의도에 지나지 않았습니다. 저는 그놈들 앞에 놓인 그릇에 맛있는 음식들이 담겨 있는 것을 보았죠. 뼈다귀가 하나 들어 있었고, 그 뼈다귀에는 아직 고기가 붙어 있었습니다. 맹수들은 반드시 생고기를 먹어야만 그것들의 천성을 유지할 수 있으며, 흉악한 호랑이라 해도 오랫동안 매일 고구마만 먹인다면 그 어떤 호랑이도 돼지로 변할 것입니다. 이 말은 란 씨가 한 말이었으며 마을에 널리 알려져 있었습니다. 란 씨는 또한, 개들은 여기저기 다니면서 똥만 주워먹지만 늑대는 고기만 먹는다,라고 했으며 자신의 천부적 성질은 견고해서 바꾸기 힘들다고 말했습니다. 이 말도 마을에 널리 전해지고 있었답니다.

머리에 하얀 모자를 쓰고 손에다 음식 박스를 든 채로 란 씨네 동쪽 곁방에서 나오던 사내가 저와 막 마주칠 뻔했습니다. 저는 그가 바로 화석 개고기 점포의 요리사 백 씨라는 것을 알아보았습니다. 그는 개고기 요리의 고수였으며 개 전문 황빠오의 첩과 먼 친척이었습니다. 백 씨가 동쪽 곁방에서 나왔으니 손님 접대는 그곳에서 진행되고 있음이 틀림없었습니다. 란 씨네 집에서 벌어지고 있는 손님 접대였기에 란 씨도 틀림없이 참가할 것입니다. 저는 대담하게 동쪽 방문을 열었습니다.

사람의 혼을 빼앗아 갈 수 있는 개고기 향기와 함께 제 눈에 들어온 것은 커다란 회전 테이블 한가운데 놓인, 뜨거운 김이 피어오르는 구리로 만들어진 붉은 가마솥이었습니다. 란 씨를 포함한 몇 사람이 그 가마를 에워싸고 한참 먹고 마시고 있었습니다. 저마다 얼굴에서는 빛이 나고 있었으며 반은 땀이고 반은 기름이 흐르고 있었습니다. 그들은 가마에서 즙이 줄줄 흐르는 개고기를 덩이째 집어 입 안으로 밀어 넣었으며 소리를 내 씹고는 냉동한 맥주로 입 안을 식혔습니다. 맥주는 고급스런 칭타오 맥주였고 높다란 유리컵에 부어졌으며 황금색과 마노 빛이 치파오 무리들 속에서 아름답게 채워지고 있었습니다. 얼굴이 홍옥처럼 생긴 뚱뚱한 부인이 제일 먼저 저를 발견했습니다. 하지만 그녀는 아무 말도 하지 않았고 다만 입놀림을 멈추고 두 볼을 불룩하게 하고 저를 바라보고만 있었습니다.

란 씨가 머리를 돌리고 놀라더니 웃으면서 말했습니다.

"뤄샤오퉁! 넌, 뭘 하러 왔니?"

제가 대답도 하기 전에 그는 뚱뚱한 부인에게 말했습니다.

"세상에서 제일 처먹기 좋아하는 놈이 찾아왔군."

그리고 그는 제게로 눈길을 돌리면서 물었습니다.

"뤄샤오퉁! 듣자하니 너 이놈! 누구든지 네게 고기를 한 끼니만 배불리 먹이면 그 사람을 생부라고 부르겠다고 했다지?"

"예! 저는 확실히 그렇게 말한 적이 있습니다."

저는 분명하게 대답했습니다.

"그럼 아들아! 어서 와서 앉아! 오늘 내가 네게 고기를 실컷 먹게 해주마. 이것은 화석의 개고기란다. 이 가마솥 안에는 삼십여 가지 조미료가 들어 있는데 난 네가 이런 고기를 여태껏 먹어보지 못했다는 걸 알고 있어."

"오너라, 애야!"

그 뚱뚱한 부인도 외지 말투로 말했습니다. 그녀의 옆에 있던 사람이, 직위는 틀림없이 그녀보다 낮은 사람일 터이지만, 그 소리에 장단을 맞추며 말했습니다.

"오너라, 애야!"

저는 군침을 삼키면서 말했습니다.

"그것은 지나간 일입니다. 지금 제 아버지가 돌아왔으니 다른 사람을 아버지라고 부를 필요가 없게 되었죠."

"너의 못난 아버지는 왜 돌아온 거냐?"

란 씨가 말했습니다.

"이곳은 아버지가 태어난 곳이고, 할머니와 할아버지 묘지도 모두 여기에 있으니, 아버지는 당연히 돌아올 수 있죠."

저는 아버지를 위해 아주 당연하게 변호했습니다.

"좋아! 어린 나이에 아버지를 대신해 변호를 하다니…… 아들이라면 당연히 그렇게 해야 하는 거야. 뤄퉁은 쓸모없지만 그의 아들은 쓸모없는 애가 아니구나."

란 씨는 머리를 끄덕이면서 맥주 한 모금을 마시고 물었습니다.

"말해봐! 무슨 일인데?"

"제가 오고 싶어서 온 것이 아닙니다. 제 어머니가 저더러 촌장님을 모셔오라고 했습니다. 촌장님을 오늘 저녁 우리집으로 초청해 술을 마시겠다고 하셨거든요."

란 씨는 웃으면서 말했습니다.

"이건 완전히 기적이로군. 네 엄마는 전 세계에서 제일 인색한 여자야. 개가 먹다 버린 뼈다귀도 주워다가 국을 끓여 먹더니 오늘은 어떻게 손님을 청해서 술 마실 생각을 다 했을까?"

"그러기에 당신은 더더욱 당연히 가야 합니다."

제가 단호하게 말했습니다.

"이 애 이름이 뭐라고 했지?"

그 뚱뚱한 부인은 개고기를 입 안에다 물고서 우물우물거리면서 말했습니다.

"그래! 뤄샤오퉁이라 했었지! 뤄샤오퉁! 너 몇 살이니?"

"몰라요."

저는 그렇게 대꾸했지요.

"자기 나이도 몰라? 우리와 말하기 싫어서 그러는 거지? 넌, 정말 오만하구나. 촌장 앞에서 이렇게 말하다니? 어떤 학교에 다니고 있지? 중학생이니? 초등학생이니?"

뚱뚱한 부인이 물었지요.

"제가 왜 학교를 다녀요? 저는 학교하고는 원수가 진걸요."

저는 멸시하는 어조로 대답했습니다.

그 부인은 아주 크게 웃었습니다. 너무 웃어서 눈물까지 흘렸죠. 저는 그 웃음의 의미를 알 수 없었습니다. 저는 그녀가 시장의 어머니든 성장省長의 부인이든 아니면 자신이 시장이든 그도 아니면 더 큰 어떤 장長이든 상관없이, 먹는 몰골이 추한 그 여인은 상관하지 않고, 다만 란 씨에게 정중하게 말했습니다.

"오늘 저녁 잊지 말고 저희 집에 오셔서 술을 드세요."

"그래. 알았다. 네 얼굴을 봐서 대답할게."

란 씨가 허락했습니다.

제일 마지막 퍼레이드가 길에서 서로 만났다. 서쪽 도시에서 온 것은 전문 가죽 제품을 생산하는 유명한 의류 회사인 몽단나梦丹娜 가죽 회사였다. 그때 당시 청년들의 꿈은 바로 몽단나 고급 가죽 옷 한 벌을 얻는 것이었지만 호주머니가 납작했던 것이다. 이 회사의 유행 대열은 남자 모델 이십 명과 여자 모델 이십 명으로 이루어졌다. 한여름이었는데도 불구하고, 남녀 모델들은 모두 이 회사에서 생산한 각양각색의 가죽 옷들을 입고서 서쪽에서 다가왔다. 주 회의장에 가까워올 때 맨 앞에 선 인솔자가 어떤 동작을 취하자 모델들은 원래 걷고 있던 모양새를 바꿔 고양이 걸음으로 걸었다. 남자 모델들은 모두 짧은 머리를 하고 있었는데 그들의 표정은 무척 차가웠다. 여자 모델들은 모두들 머리카락을 여러 가지 색상으로 염색했다. 여자 모델들의 눈길은 매우 차가웠고, 허리를 꼬면서 걸었다. 몸에는 여러 가지 가죽 옷을 입고 얼굴에는 아무런 표정이 없었는데, 그런 몰골은 마치 한 무리의 진귀한 동물 무리 같았다. 그처럼 덥고 습도가 높은 날씨에 그들은 제 계절의 옷을 입고 있는 게 아니었음에도 땀을 흘리지 않았다.

큰스님! 들리는 말에 의하면 화롱단火龍丹이라는 것이 있는데 그것을 인간이 삼키면 삼한 추위에 얼음을 깨고 들어가 목욕을 해도 괜찮다고 들었습니다. 지금 보니 그런 뼁시에단冰雪丹이라는 것이 있는 것 같아요. 사람이 잘 먹으면 삼복에 가죽 옷을 입고도 태양 아래에서 걸어 다닐 수 있나 봐요.

동쪽에서 다가온 것은 안캉安康 의약 회사의 꽃차였다. 꽃차는 거대한 약으로 위장되었으며 약에는 화루단火肉丹이라는 세 글자가 커다랗게 적혀 있었다. 이상한 것은 이처럼 이름 있는 의약 회사에 자기네 의장대가 없다는 것이었다. 다만 고독하게 꽃차 한 대가 달려오고 있었으며 멀리서 바라보니 한 알의 약이 큰길에서 자기 스스로 굴러오는 것 같았다. 나는 오 년 전부터 이 화루단이라는 약을 알고 있었다. 그때 나는 어떤 이름 있는 도시에서 유랑하고 있을 때였는데 그 도시의 거리 양쪽 가로등 전선줄에 화루단 광고 깃발이 바람에 흩날리고 있는 것을 보았다. 그리고 그 도시의 제일 큰 플라자에 있는 디지털 텔레비전에서도 화루단 광고를 본 적이 있었다. 그 광고 화면은 창의적인 아이디어로 방영되고 있었는데 그것은 좀 기이하고 묘했다. 고기 음식으로 꽉 찬 어떤 요리 위에다 화루단 한 알을 넣었더니, 그 고기들은 이내 흰 연기로 변해 입으로 연기가 나오는 장면이었다. 하지만 광고의 카피만큼은 아주 일반적이었다. '이 기묘한 알갱이 한 알이면 당신은 소 한 마리를 먹는다고 해도 걱정할 것이 없다.' 이 카피를 쓴 자는 틀림없이 고기에 대해 모르는 놈일 것이다. 사람과 고기의 관계는 얼마나 복잡한 것인가? 사람과 고기의 복잡한 관계를 진정으로 이해하는 사람이 나를 제외하고 이 세상에 또 몇 명이나 있을까? 내 시각에서 볼 때 화루단을 발명한 사람은 당연히 우통 교외에 있는 잔디밭으로 끌고 가야 한다. 그곳은 동쪽 도시에 있고 사람들이 총살하는 장소이다. 그 자리에서 총살해버려야 한다. 사람들이 고기를 먹고 나서 조용히 앉아 위에서 고기가 소화되는 것을 느낄 때 그것은 당연히 제일 행복한 느낌일 것이다. 하지만 이 자식은 화루단을 발명한 것이다. 이런 경우에 바로 우리는 인류의 타락을 목격할 수 있는 것이다.

큰스님! 제 말이 옳은가요?

제19포
第十九炮

　　모든 퍼레이드 대열이 마침내 잔디밭의 지정된 곳으로 들어왔다. 사찰 앞의 거리는 잠시 조용해졌다. 하얀색 공구차가 서쪽에서 질풍같이 달려와 사찰 앞에서 굽이돌더니 은행나무 아래에 멈췄다. 차에서는 건장한 사내 셋이 내렸으며 그 가운데 한 사람은 너무 여러 번 빨아서 빛이 바랜 군복을 입고 있었는데 살펴보니 이미 중년인 듯했지만 여전히 동작이 민첩했으며 그의 행동을 바라보고 있자니 아주 비범하다는 것을 알 수 있었다. 나는 그가 바로 우리집과 여러 번 교제를 했지만 시종일관 나에게 신비한 느낌으로 남아 있는, 란 씨의 시종 황빠오라는 것을 알아보았다. 그들은 차에서 그물 하나를 내리고는 그것을 쫙 펴더니 두 사람이 받들고 타조들이 있는 곳으로 접근해갔다. 나는 타조들에게 재수 없는 시간이 다가왔다는 것을 깨달았다. 황빠오는 당연히 란 씨가 보내온 것이었다. 지금 그는 란 씨의 보호 아래 경비대장 노릇을 하고 있을 게 분명했다. 타조들은 무슨 영문인지도 모르고, 쫙 펼쳐진 그물을 향해 다가가고 있었다. 세 마리 타조의 모가지가 그물에 걸렸다. 그러자 다른 타조들은 뭔가를 발견하고서 고개를 돌려 도망갔다. 그물에 걸린 타조들은 쉰 듯한 소리를 내고 있었다. 황빠오는 차에서 원예 정원사들이 사용하는 커다란 가위를 내렸으며, 그물에 걸린 세 마리 타조의 가는 모가지를 모조리 베어버렸다. '찰칵' '찰칵' '찰칵' 세 마리 타조의 모가지들이 그물 밖으로 떨어졌다. 대가리가 없는 타조의 몸뚱어리는 비틀거리면서 몇 걸음 달리다가 땅에 엎어졌으며 큰 구렁이처럼 긴 목은 아무렇게나 움직이면서 검은 피를 토해냈다. 피비린내가 사찰 안에 퍼졌다. 이때 황빠오 패거리의 라이벌이 나타났다. 바로 '악한 사람은 악한 사람대로 번뇌가 있기 마련!'인 것이 아닌가. 얼굴은 냉혹하고 몸에는 까만 옷을 걸친 다섯 명의 사람들이 사찰 뒤에서 돌아 나왔다. 그들 중에서 까만 선글라스를 끼고 입에 담배를 꼬나문 키가 가장 큰 자가 바로 그 신비한 인물 란따관이었다. 네 명씩이나 되는 그의 부하는 황빠오네 앞으로 달려들더니 앞가슴에서 황급히 검은 고무 막대기를 꺼내서는 아무런 말도 하지 않고 소리 없이 상대를 내리쳤다. 막대기가 머리를 내리칠 때마다 진득거리는 듯한 괴이한 소리가 났고 그 때문에 질질 흐르는 피들을 보는 순간 나는 반사적으로 두려움을 느꼈다. 필경, 이 황빠오는 내 옛 고향 사람이다. 황빠오는 머리를 감싸쥐고 소리를 질렀다.

"너희들은 어떤 놈들이야? 왜 사람을 때리는 거야?"

그의 손가락 사이로 피가 흘러내렸다. 그 막대기를 든 사람들은 아무런 소리도 내지 않고 다만 막대기를 높이 쳐들고서 황빠오의 머리를 내리치기만 했다. 황빠오, 그 당당한 사내는 눈앞의 이익이나 손해를 따지지 않는다는 격으로 소리를 지르면서 엎어지고 자빠지면서 길 위로 올라갔다.

"자식들! 어디 두고 보자."

지금까지 얘기한 것이 이치에 어긋나는지 모르겠지만 분명히 내가 직접 목격한 사실이다. 란따관은 대가리가 떨어진 타조 앞으로 가서 쭈그리고 앉더니 손가락으로 아직도 움직이고 있는 깃을 찔러봤다. 그는 다시 일어나서 하얀 실크 손수건을 꺼내서 오염된 손가락을 닦더니 그 손수건을 던져버렸다. 그 손수건은 바람에 날려 마치 아주 큰 호랑나비처럼 사찰을 넘어서 나의 시야에서 사라졌다. 그는 사찰 문 앞까지 걸어와서는 잠깐 서 있다가 검정색 선글라스를 벗었는데 일부러 나로 하여금 그의 얼굴을 보게 하려는 것 같았다. 나는 세월이 그의 얼굴에 남긴 흔적을 보았으며, 그리고 그가 뭔가 주저하는 눈길도 보았다. 회의 장소 쪽에서 새된 소리가 들려왔는데 바로 커다란 나팔에서 나오는 소음이었다. 그리고 어떤 아저씨의 말소리가 울려왔다.

"두 도시의 제십회 육식절 개막식! 육신묘 기초 의식 행사를 시작하겠습니다!"

마침내, 란 씨는 군복 니트 속옷을 입고 겉에는 노란 색상의 그물옷을 걸친 채 하품을 늘어지게 하면서 우리집의 등불과 촛불 속에 나타났습니다. 그의 군복은 진짜였으며 깃과 어깨에는 모두 천연색 꽃과 견장을 달았던 흔적이 남아 있었습니다. 그의 겉옷도 진짜 교관들의 옷이었으며 금속 단추는 눈부신 빛을 뿜고 있었습니다. 십 몇 년 전에 우리가 살던 곳에서 니트 군복을 입는 사람들은 모두 향鄕 정부나 진鎭 정부의 지방간부였는데, 이는 마치 전설에 나오는 것처럼 칠십년대에 디첼량的确良 옷을 입는 것이 정부공사 간부를 나타냈던 것과 같은 격이죠. 란 씨는 비록 향촌 간부라고는 하지만 그는 니트 군복을 입고 마음대로 다니는 것입니다. 이런 측면에서 란 씨는 일반적인 향촌 간부가 아니라는 것을 알아볼 수 있습니다. 마을에서 란 씨와 시장은 결의형제이며 그는 향진鄕鎭 간부들과의 교제로는 원래 성에 차지 않는다고 말했습니다. 오히려 그 향촌이나 진 정부의 간부들이 진급하기 위해, 또는 재벌이 되기 위해 늘 그의 집으로 찾아와 그와 밀접한 관계를 가졌다고 말했습니다.

란 씨는 등불이 휘황찬란한 우리집 안방으로 들어서면서 어깨를 으쓱했고, 그 노란 그물 겉옷은 이내 뒤에서 바싹 따르고 있던, 남들이 보아하니 아무런 생각도 없게 생겼지만 사실은 영리하기 그지없는 황빠오 손에 떨어졌습니다. 황빠오는 겉옷을 받아 쥐고서 깃대처럼 그의 뒤에 서 있었습니다. 그가 바로 백정의 칼을 내려놓고 강아지를 기르는 황빠오의 사촌동생이었지요. 물론 황빠오의 그 아름다운 첩의 삼촌이기도 했구요. 그는 무예를 알고 있을 뿐 아니라 총을 다룰 줄 알았으며 또 날아다닐 줄 알았답니다. 명예로 보자면 마을의 민병대장이었지만 실제로는 란 씨의 경호원이었습니다. 란 씨는 그에게 이렇게 명령을 했지요.

"나가서 기다려."

"나가면 안 되지요?"

어머니는 열정적으로 말했습니다.

"어서 앉으세요!"

하지만 황빠오는 몸을 돌려 나가더니 우리집 마당으로 사라졌습니다.

란 씨는 손을 비비면서 미안하다는 듯이 말했습니다.

"미안합니다. 오래 기다리게 해서. 시에 가서 어떤 일을 의논하느라 늦게 돌아왔어요. 눈이 많이 내렸기에 차를 빨리 몰 수 없었답니다."

"촌장은 할 일도 많은데 우리 입장을 봐서 이렇게 와주시니 우리는 너무나 황송합니다."

아버지는 우물쭈물 일어서면서 테이블 한쪽에 서서 이렇게 말했습니다.

"하하하! 뭐통!"

란 씨는 마른 웃음을 웃으면서 말했습니다.

"몇 년 동안 못 보았더니 당신도 많이 변했구먼!"

"늙었소."

아버지는 모자를 벗어 자기 대머리를 만지면서 말했습니다.

"흰머리가 다 났단 말이오."

"내가 말하는 것은 그런 뜻이 아니오. 우리 모두 늙어가고 있소. 내 말은 몇 년 못 보았더니, 당신, 입을 잘 놀리게 되었다는 소리지. 그 야만적이던 성질은 다 없어지고 아주 이치에 밝게 말을 하니 완전히 지식인 같단 말이오!"

"당신은 나를 웃기고 있군. 몇 년 전에 나는 어리석은 일들을 저질렀소. 요 몇 년 동안 혹독하게 시달림을 겪고 나서, 내가 잘못했다는 것을 알았소. 그러니 당신의 양해를 구하오……"

"이건 무슨 뜻이오?"

란 씨는 무의식적으로 그 상한 귀를 만졌고, 아주 너그럽게 말했습니다.

"살다 보면 누구나 어리석은 일 몇 가지는 저지른단 말이오. 성인이나 황제도 예외가 아니란 말이오."

"됐어요. 그런 말은 그만두고 어서 앉으세요, 촌장님!"

어머니는 열정적으로 손님을 접대했습니다.

란 씨와 아버지는 서로 양보하더니 어머니가 외사촌 언니 집에서 빌려온 나무 의자에 앉았습니다.

"모두 앉소. 모두 앉소. 량위전! 당신도 앉으시오."

란 씨가 말했습니다.

"반찬이 다 식었으니 제가 계란을 다시 볶아올 게요."

어머니가 말했습니다.

"먼저 앉아요."

란 씨가 말했습니다.

"내가 볶으라고 할 때 볶아주오."

란 씨가 가운데 앉았고, 옆에 있는 긴 걸상에는 순서대로 제가 앉고, 어머니가 앉고 그 다음에 쟈오쟈오와 아버지가 앉았습니다.

어머니는 술병을 열어 잔에다 가득 붓더니 술잔을 들고 말했습니다.

"촌장님! 와주시니 진정 감사합니다."

"뤄샤오퉁이라는, 장차 큰 인물이 될 친구가 직접 찾아와 청하는데 내가 오지 않을 수가 없지?"

란 씨는 잔에 있는 술을 한 번에 마시고 말했습니다.

"내가 한 말이 맞지? 뤄샤오퉁 대인?"

"우리집에서는 여태껏 손님을 청하지 않았어요. 누구를 청하면 그 누구든 평범한 사람처럼 취급하기 때문입니다."

"아무 소리 하지 마."

아버지는 저를 흘겨보고 나서 송구스럽다는 어조로 입을 열었지요.

"애들이 하는 말이니 너무 신경 쓰지 마시오."

"말은 잘했어요. 저는 용기 있는 애들을 좋아합니다. 어렸을 때부터 앞날이 보인다고, 뤄샤오퉁은 장래가 밝습니다."

란 씨가 말했습니다.

어머니는 닭다리 하나를 집어서 란 씨의 접시에 놓으면서 말했습니다.

"촌장님! 저 애를 칭찬하지 마세요. 애들은 칭찬하면 자기밖에 없는 줄 압니다."

란 씨는 그 닭다리를 제 접시에다 내려놓고 또다시 큰 접시에서 나머지 닭다리를 집더니 아버지 곁에 붙어 앉은 쟈오쟈오 앞에 놓았습니다. 저는 그녀의 눈에 처량하고 가여워하는 동정의 빛이 어려 있다는 것을 목격했습니다.

"어서 고맙다고 해야지."

아버지가 말했습니다.

"고맙습니다."

쟈오쟈오가 대답했습니다.

"이름이 뭐요?"

란 씨가 아버지에게 물었습니다.

"쟈오쟈오라고 해요."

어머니가 대답했습니다.

"벌써 철든 애랍니다."

란 씨는 큰 접시에 담긴 돼지고기와 생선을 잔뜩 집어 저와 쟈오쟈오의 접시에 놓더니 이렇게 말했습니다.

"애들아! 어서 먹어라! 먹고 싶은 것을 어서 먹어라."

"어서 드세요."

어머니가 말했습니다.

"초라하다고 생각하시지 말고 어서 드세요."

란 씨는 땅콩 하나를 집어서 입 안에 넣고 씹으면서 말했습니다.

"만약 단순히 먹기 위해서라면 내가 하필 당신네 집으로 오겠소?"

"우리는 알아요. 당신은 촌장이고 명예와 이름이 한 아름씩이나 된다는 것도 알고 있어요. 시나 성의 유명한 큰 인물들을 포함해서 이 세상에서 당신이 먹어보지 못한 음식은 없을 겁니다. 당신을 초대한 것은 저희들의 성의를 표시하기 위해서입니다."

어머니가 말했습니다.

"술이나 한잔 따라주오."

란 씨는 술잔을 어머니 곁에 놓으면서 대꾸했지요.

"죄송해요……"

어머니는 말했습니다.

"저 사람에게도 술을 부어야지."

란 씨는 아버지 앞에 놓인 잔을 가리켰지요.

"정말 죄송합니다."

어머니는 술을 부으면서 사과했습니다.

"손님을 청한 적이 없어서 어떻게 대접해야 하는지 모르겠군요."

란 씨는 술잔을 들고 아버지 앞으로 가져가면서 입을 열었지요.

"뭐 동지! 애들 앞에서 지나간 얘기는 그만둡시다. 이제부터 만약 당신이 이 란을 인간 취급할 거라면 이 술잔으로 우리 모두 건배를 합시다!"

아버지는 손을 떨면서 술잔을 들고 말했습니다.

"나는 털이 뽑힌 닭이고, 비늘 뜯긴 고기이니 아무런 기운이 없소."

"그렇지 않소."

란 씨는 술잔을 무겁게 테이블에다 놓고 아버지의 눈길을 주시하면서 말했습니다.

"난 당신이 뤄퉁이라는 것을 알고 있소!"

제 20 포
第二十炮

    웅장한 음악 소리와 함께 통통하게 살진 수천 마리의 비둘기들이 날개를 퍼덕이면서 칠월의 하늘을 날아올랐다. 비둘기들을 따라서 수천 개의 오색 풍선이 하늘 높이 날아 올라갔다. 비둘기들이 사찰 위의 공중으로 날아 오를 때 떨어진 회색의 깃털들이 땅에 굴러다니던 피 묻은 타조 날개의 깃털과 함께 뒤섞였다. 액운을 면한 타조들은 커다란 나무가 바로 그들의 보호자인 양 모두들 나무 아래에 모여 있었다. 황빠오에게 목이 잘린 세 마리의 타조 시체는 사찰 앞에 쓰러져 있었는데, 보기만 해도 가슴을 아프게 했다. 란 두목은 사찰 문 앞에 서서 얼굴을 들고 북풍에 날려 남쪽으로 날아가고 있는 풍선들을 바라보면서 비애에 잠긴 듯 한숨을 지었다. 얼굴색은 붉었으나, 머리카락이 허연 늙은 비구니가 두 명의 젊은 비구니의 부축을 받아 사찰 뒤에서 나오더니 란 두목 앞에 서서 비열하지도 않고 거만하지도 않은 태도로 이렇게 말했다.

"시주여! 이 늙은 비구니에게 무슨 용무가 있는지요?"

란 두목은 두 손을 합장해 가슴 앞으로 가져가면서 예를 갖추어 말했다.

"스님! 제 아내 썬야오야오가 잠시 귀사에 머무르고 있는 것으로 알고 있습니다. 잘 부탁드립니다."

늙은 비구니가 말했다.

"시주! 야오야오는 이미 머리를 깎고 비구니가 되었으며 법명이 훼이밍慧明입니다. 바라오니 시주는 훼이밍 스님이 수행하는 데 별다른 영향을 끼치지 않기를 바랍니다. 이건 훼이밍의 뜻이기도 합니다. 소승더러 시주께 이 말을 전해달라고도 했습니다. 삼 개월 후 중요한 물건을 당신에게 줄 것이 있는데 그때 시주께서 다시 여기로 오셔서 받아가시기 바랍니다. 그럼 소승은 이만 물러가겠습니다."

란 두목이 수표 한 장을 꺼내면서 말했다.

"스님! 제가 보니 이 암자는 오랫동안 수리를 하지 않았군요. 사찰을 수리하는 데 사용하시라고 보시를 하고 싶습니다. 그러니 스님께서 받아주시기 바랍니다."

늙은 비구니가 두 손을 합장하고 말했다.

"시주께서 보시를 한다면 그 공덕은 무량하니, 관세음보살께서 시주를 굽어 살필 것입니다!"

란 두목은 수표를 늙은 비구니의 뒤에 있는 젊은 비구니에게 넘겨주었고, 비구니는 미소를 머금고 받아 고개를 숙여 액수를 헤아려보더니 놀란 눈썹을 움찔거렸다. 나는 그 젊은 비구니가 살구 눈에 복숭아 빛 볼을 하고 있으며, 빨간 입술에 하얀 이, 그리고 파르스름한 두피 등등 모든 것에서 청춘의 기색이 넘쳐흐르고 있다는 것을 느꼈다. 늙은 비구니 뒤에 있던 또 다른 젊은 비구니는 입술이 두껍고 눈썹이 칠흑 같았으며 피부는 마치 옥처럼 매끄러웠다. 나는 이렇게 아름답게 생긴 젊은 여자들이 비구니가 되었다는 사실이 매우 유감스러웠다.

큰스님! 저는 이런 생각이 매우 속되다는 것을 알고 있습니다. 하지만 저는 반드시 마음속의 생각을 말해야만 합니다. 아니면 저의 죄악은 더더욱 깊어만 갑니다. 그렇지요?

큰스님도 그렇다는 듯이 머리를 끄덕였다. 행사는 다섯번째 순서인 매스게임에 접어들고 있었다. 메인 행사장의 스피커가 또다시 천지를 뒤흔들면서 첫번째 막인, '봉황이 하늘에서 내려와 온갖 짐승들을 거느리고 춤을 추다'라는 내용을 소개했다. 메인 행사장 쪽이 한바탕 소란스럽더니 곧 조용해졌다. 스피커에서는 고전풍의 소박한 음악이 울려 퍼졌고, 듣는 사람들로 하여금 옛 감정에 젖어들게 했다. 나는 란 두목이 정신이 나간 듯, 세 비구니들의 뒷모습을 바라보는 것을 목격했다. 회색 승복, 눈처럼 하얀 깃, 파르스름하게 깎은 머리카락 등 모든 것이 시원해 보였다. 두 마리의 화려한 봉황이 행사장 상공에서 맴돌고 있었는데, 고귀하고 신비한 분위기를 만들어주고 있었다. 이번 육식절은 십회째라서 특별히 성대하게 열릴 것이며 개막식에서는 다채로운 행사가 있다고 들었다. 연날리기의 고수들이 만들어서 지금 하늘에서 맴돌고 있는 봉황도 아주 다채로운 행사 중의 하나라고 할 수 있었다. 온갖 짐승들이 추는 춤은, 실제의 짐승과 짐승 모습을 한 사람들이 함께 나와서 출 것이었다. 두 도시에는 무슨 동물이든지 다 있었지만, 마치 새들 한가운데 봉황이 없는 것처럼 기린은 없었다. 나는 란 씨네 낙타 대열이, 댄스 퍼레이드에 참여한 대열 중에서 가장 멋진 표현을 할 것이라고 생각했는데, 란 씨네 타조 대열이 비참하게 무너진 것은 참으로 유감스러운 일이었다.

란 씨의 몇 마디 칭찬에 저는 득의양양해졌고 마음속의 언짢은 기분들이 모두 풀렸으며, 몸이 팽창되는 것 같았고, 순식간에 어른들과 마주 앉을 수 있는 지위를 얻게 되었습니다. 그러므로 그들이 빈번히 술잔을 부딪칠 때 저는 앞에 놓인 물 사발을 비우고 어머니 앞으로 내밀면서 말했습니다.

"저도 조금 주세요."

어머니가 깜짝 놀라면서 말했습니다.

"뭐라고? 너도 술을 마시겠다고?"

아버지도 말했죠.

"이 녀석아! 이런 못된 버릇은 배우지 말아라."

"저는 지금 기분이 아주 좋아요. 오랫동안 이런 기분을 느껴보지 못했어요. 그리고 제가 보기에 모두들 기분이 좋은 것 같아요. 그러니까 우리들의 좋은 기분을 축하하기 위해서 저도 조금 마셔야겠어요."

란 씨가 눈을 반짝이면서 말했어요.

"기가 막히는군! 똑똑한 샤오퉁 조카! 이야기 속에 일리가 있고 술술 한 편의 문장이구먼. 그 같은 말을 하는 사람이라면, 나이가 많고 적고 간에 누구든지 술을 마실 자격이 있지. 이리 와! 내가 한잔 따라줄게."

"란 형! 그러지 마세요. 그 애는 그럴 자격이 없어요."

어머니가 말했습니다.

"술병을 이리 주게. 내 경험에 의하면 이 세상에서 두 부류의 사람들은 건드리지 말아야 하네. 한 부류는 부랑자들인데 그들은 룸펜 프롤레타리아트에 속하는 사람들이지. 그런 사람들은 서 있으면 하나같지만, 누우면 한 줄기라서 한 사람만 배불리 먹어도 온 집안 식구들이 배고프지 않은 사람들이네. 따라서 집도 있고, 사업도 있으며, 뿌리도 있고 계승자도 있는 사람과 권력도 있고 세력도 있는 사람들은 모두 그런 사람들과 시비가 벌어질 일을 하지 말아야 하네. 그리고 다른 한 부류는 바로 생김새는 하잘것없는 이들인데 누런 콧물을 줄줄 흘리고 엉덩이에는 먼지를 잔뜩 묻히고 깨진 기왓장을 들고 다니는 마치 비루먹은 개처럼 사람들에게 이리 차이고 저리 차이는 아이들인데, 이런 아이들이 커서 강도나 공이 큰 관리나 장군이 될 가능성은, 예의범절을 지키고 옷을 단정하게 입고 다니는 아이들보다 더 크단 말이야."

란 씨는 제 그릇에 술을 조금 따르면서 말했습니다.

"이리 오게. 뭐샤오퉁. 뭐 선생. 란 가가 한잔 권하겠네!"

저는 호기롭게 그릇을 들고서는 란 씨의 술잔과 부딪쳤습니다. 도자기와 유리가 부딪치면서 색다른 소리를 냈는데 그 소리는 귀와 마음을 즐겁게 했습니다. 란 씨는 단숨에 술잔을 비우고 말했습니다.

"경의를 표하는 뜻으로 먼저 마셨네!"

란 씨는 술잔을 거꾸로 들어 내게 보이면서 그의 성의를 표시했습니다.

"나는 잔을 비웠으니 자네도 알아서 하게."

저는 술이 입술에 닿기도 전에 짙고 맵고 코를 찌르는 술 냄새를 맡았는데, 그 느낌이 별로 좋지는 않았지만 아주 흥분되어 벌컥 한 모금을 마셨지요. 목구멍에서 불이 나는 것 같았고, 그 불길은 목구멍을 따라 위장까지 굴러 들어갔어요. 어머니가 제 술그릇을 빼앗으면서 말했습니다.

"됐다. 맛을 봤으면 됐다. 커서 다시 마셔."

"아니에요, 전 지금 마실 거예요."

저는 손을 내밀어 술그릇을 달라고 했습니다.

아버지가 걱정스레 저를 바라보았지만 아무런 반응도 나타내지 않았습니다. 란 씨는 술그릇을 받아서 자신의 술잔에 부으면서 말했습니다.

"조카, 사내대장부란 내밀 줄도 알고 거둘 줄도 알아야 한다네. 내가 반을 마실 테니 나머지는 자네가 마시게나."

그의 술잔과 제 그릇이 두번째 부딪치면서 맑은 소리를 냈고, 각자 잔을 비웠습니다.

저는 아주 좋았어요. 그들에게 기분이 이처럼 좋은 적이 없었다고 말했죠. 붕 떠오르는 느낌이 들었거든요. 아니, 그것은 바람 속을 나는 것과는 달랐습니다. 바람 속에서 날아다니는 것은 닭털이고, 저는 물속에서 떠오르는 것입니다. 저는 둥그스름한 수박처럼 물에 떠가고 있었습니다. 제 눈은 갑자기 동생의 기름이 번지르르한 손에 빨려 들어가버렸습니다. 저는 그때서야 우리 어른들이, 술을 권하고, 건배를 하고 있을 때, 수정처럼 투명하고 예쁜 여동생을 잊고 있었던 것을 생각해냈죠. 그러나 제 여동생은 무척 총명했습니다. 마치 오빠인 뤄샤오통처럼 말이죠. 어른들이 떠들고 있을 때 그 아이는 '자기 스스로 수족을 움직여야만 풍족하게 먹고 입을 수 있다'는 옛 가르침에 따라서 젓가락도 사용하지 않고 아예 손으로 접시에 있는 생선 요리와 고기 혹은 다른 맛있는 음식들을 잽싸게 집어 먹고 있었습니다. 그 아이의 손과 양쪽 볼에는 모두 기름이 번지르르 했습니다. 제가 그 아이를 주시할 때 그 아이도 저를 보고 웃었는데, 아주 귀여웠습니다. 제 마음은 무엇과도 비교할 수 없는 따스함을 느꼈는데, 심지어 매년 겨울에 동상으로 온통 엉망진창이 된 두 발을 뜨거운 물에 담그고 있을 때처럼 간질거리면서 야릇한 기분이 좋았습니다. 저는 장어 통조림 캔에서 가장 예쁜 장어 한 마리를 집어서 몸을 일으켜 동생의 얼굴 앞에 가져가서 말했죠.

"입을 벌려!"

동생은 얼굴을 치켜들고 입을 크게 벌렸는데 마치 작은 고양이처럼 고기를 삼켰어요.

"마음껏 먹어, 동생. 천하는 우리 것이고 이제부터 우리는 고난의 진흙 구덩이에서 기어 나왔단 말이다."

제가 말했죠.

어머니는 미안한 듯 란 씨에게 말했습니다.

"저 아이가 술에 취했어요."

"나 취하지 않았어요. 정말로 취하지 않았습니다."

제가 말했어요.

"식초 있소?"

저는 란 씨가 우우거리는 콧소리가 섞인 소리로 묻는 것을 들었습니다.

"아이에게 식초를 조금 먹여요. 만약 붕어탕이 있다면 가장 좋은데."

"어디 가서 붕어탕을 구해요?"

어머니가 무기력하게 말했습니다.

"식초도 없는데. 냉수나 마시고 자게 하지요."

"그러면 안 되지."

란 씨는 양 손을 치켜들어 손뼉을 쳤고, 지금까지 우리들에게 잊혀져 있던 황빠오가 표범처럼 날렵하면서 씩씩하고 힘찬 발걸음으로 아무 소리 없이 우리 앞에 나타났습니다. 만약 그가 문을 열 때 찬바람이 밀려들지 않았다면 우리는 그가 하늘에서 내려왔는지 땅에서 솟아났는지 알 수 없었을 겁니다. 그는 번쩍이는 눈으로 란 씨의 입을 바라보면서 명령이 떨어지기를 기다리고 있었죠.

"가서 붕어탕 한 그릇을 구해오게. 최대한 빠르게. 그리고 그들에게 상어 고기로 소를 넣은 만두 두 근을 끓여 오라고 하게. 탕을 먼저 가져오고 뒤따라서 만두를 가져오게."

란 씨가 낮은 소리로 말했죠. 그러나 그 소리는 매우 위엄이 깃들어 있었어요. 황빠오는 한 마디 대답을 하고 나더니 좀 전에 갑작스럽게 나타날 때처럼 돌연 사라졌습니다. 그가 문을 여닫는 순간, 1991년 1월 3일 밤의 찬바람에 얼어붙은 땅 기운과 하늘에 가득한 별들의 정기가 우리집 안으로 달려 들어왔고, 제게 위대한 인물의 신비함과 장엄함, 그리고 명령은 지켜야 하고 금지 사항은 행하지 말아야 한다는 것 등을 느끼게 했습니다. 어머니는 대단히 미안하다는 어조로 말했죠.

"이걸 어쩌면 좋죠? 원래 우리가 초대를 해놓고 식사를 하자고 한 것인데, 이렇게 번거롭게 해서?"

란 씨가 통쾌하게 웃으며 말했죠.

"량위전! 어떻게 당신은 아직도 못 알아차리나? 나는 이번 기회를 빌려서 당신의 아들과 딸에게 잘 보이려고 하는 거요. 우리는 이제 모두 사십에 가까운 사람들이라고. 그러니 이제 얼마나 더 뛰어다니겠나? 세계는 애들 거요. 다시 십 년만 지나면 저 애들이 기량을 펼 거라고."

아버지가 술 한 잔을 따르고 아주 정중하게 말했습니다.

"란 씨! 예전에 나는 당신에게 기가 죽지 않았소. 그러나 지금 나는 당신을 인정하오. 당신이 나보다 훨씬 낫소. 지금부터 나는 당신을 따라서 뭐든지 할 거요."

"우리 둘." 란 씨는 식지로 아버지를 가리키고 나서 또 자기를 가리키면서 말했습니다.

"우리 두 사람은 똑같은 놈들이오."

이 잊기 어려운 밤에 제 부모와 란 씨는 모두 많은 술을 마셨죠. 그들의 얼굴색도 모두 변했습니다. 란 씨의 얼굴은 술을 마실수록 노랗게 되었고 아버지는 마실수록 하얗게 되었으며 어머니는 술을 마실수록 붉어졌습니다.

제 21 포

第二十一炮

황혼 무렵이 되자 동서 양쪽 시내에서 참가했던 퍼레이드 행렬은 모두 흩어졌고, 잔디밭과 큰길에는 헤아릴 수 없이 많은 음료수 캔과 찢어진 작은 깃발들이 널려 있었으며, 그 외에도 종이를 접어 만든 수없이 많은 꽃과 가축들이 사용했던 분뇨 자루가 나뒹굴었다. 노란 색 조끼를 입은 수십 명의 청소부들이 손에 확성기를 쥔 몇몇 지도자들의 인솔 아래 부지런히 쓰레기들을 치우고 있었다. 그와 함께 경운기, 삼륜차, 말이 끄는 수레 등에는 바비큐용 기구와 전기 오븐, 튀김 기계 등 고기구이용 기기들이 실려서 속속 몰려들고 있었다. 시내의 환경을 오염시키지 않기 위하여 육식절 기간 동안에는 이곳에 야시장을 개설하여 각종 고기구이 행사를 거행하도록 했던 것이다. 커다란 괴물같이 생긴 발전기는 아직 그대로 있었는데 그것은 이제 고기구이 야시장에 전기를 공급할 것이다. 오늘 저녁 이곳은 대단한 열기로 들끓을 것이다. 나는 이곳에서 하루 종일 말을 했고 또 기이한 모습들도 많이 보았기 때문에 기력 소모가 심했다. 비록 어제 저녁에 신비한 좁쌀죽을 여러 그릇 먹었고 또 그것이 다른 음식과 비교했을 때 빨리 소화되지는 않았지만 그래도 그것은 죽이라서 태양이 서쪽으로 기우는 순간부터 배에서 꾸르륵 소리가 났으며 시장기가 돌기 시작했다. 나는 큰스님을 슬그머니 훔쳐보았다. 나는 스님이 시간이 많이 흘렀다는 것을 알아차리고는 나를 데리고 법당 뒤에 있는 작은 방으로 가서 휴식을 취한 후 식사를 하기 바랐다. 어쩌면 나는 그곳에서 어제 저녁에 만났던 그 신비한 여인과 다시 만날지도 모르고, 그녀는 다시금 자신의 옷을 아낌없이 벗어버리고 달콤한 젖으로 나의 육체를 양육하고 또한 나의 영혼을 키워줄지도 몰랐다. 그러나 큰스님은 눈을 꼭 감고 있었으며, 귓속에 있는 검은 털이 움직이고 있는 것으로 보아 그는 지금 정력을 집중해서 내가 하는 지나간 이야기들을 듣고 있는 것이 분명했다.

그 잊을 수 없었던 저녁, 붕어탕을 마시고 또 상어 고기 만두를 먹고 나서 여동생은 잠을 자고 싶다고 칭얼댔고 란 씨도 그만 가야겠다면서 자리에서 일어났습니다. 그러자 아버지와 어머니는 황망히 일어나서(아버지는 품속에 쟈오쟈오를 안고서 아주 숙련되게, 그러나 어색하게 동생의 엉덩이를 다독거렸습니다) 우리 마을의 비범한 인물을 배웅했습니다.

황빠오는 아주 때맞추어 방 안으로 들어왔고, 란 씨의 어깨에 외투를 걸쳐주었습니다. 그러고 나서 그는 미끄러지듯 문 앞으로 다가가서 문을 열고 란 씨를 위해 길을 내주었습니다. 그러나 란 씨는 서두르고 싶지 않은 눈치였습니다. 그는 우리 아버지 어머니에게 뭔가 할 말이 있는 것 같았습니다. 그는 몸을 아버지 쪽으로 돌려서는 고개를 숙여 아버지의 어깨에 걸쳐진 여동생의 얼굴을 보더니 감개무량하게 말했습니다.

"그야말로 틀에 박은 듯이 꼭 닮았구나."

란 씨의 이 말이 우리 식구들의 마음을 무겁게 만들었습니다. 어머니는 어색한 듯 마른기침을 했고 아버지도 고개를 기울여 쟈오쟈오의 얼굴을 보려고 했습니다. 아버지는 애매모호한 어조로 말했죠.

"쟈오쟈오, 큰아빠라고 불러봐. 어서."

란 씨는 외투 주머니에서 붉은색 봉투를 하나 꺼내 쟈오쟈오와 아버지 사이에 밀어 넣으면서 말했습니다.

"처음 만났는데, 길하기를 빈다."

아버지는 황망히 봉투를 꺼내 들면서 연거푸 말했죠.

"안 되오. 란 씨, 이건 절대로 안 된단 말이오!"

"왜 안 된단 말이오?"

란 씨가 말했습니다.

"자네에게 주는 것이 아니라 아이에게 주는 거란 말이오."

"누구라도 안 돼……"

아버지는 가련하게 우물거렸죠.

란 씨는 호주머니 속에서 또 다른 봉투를 꺼내 직접 내게 내밀면서 교활하게 눈을 껌벅거리며 말했죠.

"우리는 오랜 친구야. 어때, 내 얼굴을 봐서 받아줘야지?"

저는 아무런 주저 없이 손을 내밀어서 봉투를 받았습니다.

"샤오퉁!"

어머니가 고통스럽게 소리를 질렀습니다.

"당신네들 마음 다 알고 있소."

란 씨는 두 팔을 외투 소매에 집어넣으면서 짐짓 엄숙하게 말했습니다.

"당신들에게 말하지만 돈이란 엿 같은 놈이오. 태어나면서 가져오지 못하고 죽을 때도 가져가지 못한다고."

그의 말은 마치 무거운 납덩이가 바닥에 떨어지면서 내는 소리 같았습니다. 아버지와 어머니의 표정과 눈빛이 갑자기 멍청해졌는데 마치 란 씨가 한 이야기에 숨어 있는 묘한 의미를 순간적으로 알아채지 못한 것 같았죠.

"량위전! 돈을 버는 것만 생각하지 마시게."

란 씨는 우리집 방문 앞에 서서 어머니에게 진지하게 말했어요.

"아이들에게 공부를 시키란 말이오."

저는 봉투를 꽉 쥐고 있었고 아버지와 쟈오쟈오도 봉투를 끼고 있었으니 사실 우리는 이미 란 씨의 봉투를 받은 거나 다름없었죠. 사실 우리들은 란 씨의 봉투를 거절할 능력도 없었습니다. 우리들은 복잡한 심정을 안고 란 씨를 방문 밖까지 배웅했습니다. 방 안의 등잔불과 촛불 빛이 문틀을 지나 마당을 비췄으며 우리는 어머니의 경운기와 제가 미처 집 안 깊숙이 보관하지 않은 박격포를 보았죠. 포신 위에는 누런 방수포가 씌워져 있었는데 그 모양은 마치 강철 같은 의지를 가진 병사가 위장을 하고 숲 속에 엎드려서 상관의 명령을 기다리고 있는 것 같았습니다. 저는 며칠 전에 란 씨의 집을 포로 폭파시키겠다고 맹세한 일을 생각하고는 잠시 걱정스럽고 불안해졌습니다. 제가 어쩌면 그런 기괴한 생각을 할 수 있었을까요? 란 씨는 사실 나쁜 사람이 아니며 오히려 그는 제가 숭배하는 당당한 사내입니다. 그런데 제가 어떻게 그에게 커다란 원한을 품고 있었던 것일까요? 생각할수록 어리석었다는 생각뿐이었으며 따라서 더 이상 생각하지 않기로 했습니다. 어쩌면 제가 기이한 꿈을 꾸었던 것일 수도 있습니다. 꿈, 꿈, 꿈. 반대의 반대는 정正이다, 어머니가 그렇게 말한 적이 있었습니다. 어머니는 그녀의 악몽을 그렇게 해몽한 적이 있었고 제 악몽을 해몽하면서 그렇게 말한 적도 있었습니다. 내일, 아니, 란 씨를 보내고 나면 저는 그것을 창고로 옮길 것입니다. '총검은 창고에 집어넣고, 말은 남산에 풀어줄 것이다.' 그렇게 되는 순간 천하는 태평하리라.

란 씨는 걸음이 매우 빨랐습니다. 비록 저는 란 씨가 약간 비틀거리는 모습을 보았지만 그는 정말로 빨리 걸었습니다. 어쩌면 란 선생이 비틀거리면서 걷는 것이 아니라 제 발걸음이 불안한 것일 수도 있었습니다. 그것은 제가 난생처음으로 술을 마신 후의 느낌을 경험하게 된 것이며, 또한 처음으로 어른들과 한자리에 동석하는 권리를 얻게 된 것이었고, 더욱이 처음으로 어른들과 동석을 하면서 그것도 다른 사람이 아닌 비범한 사람인 란 씨와 함께한 것이므로 그것은 참으로 커다란 영광이 아닐 수 없었습니다. 저는 이미 성인들의 세계에 들어섰다고 느꼈으며 평소우, 핑두, 피또우 등등 이전에 저를 업신여겼던 바보 같은 녀석들을 소년이라는 굴레 안에 내동댕이친 것 같은 기분이었습니다.

황빠오는 이미 우리집 대문을 열어놓았는데 그의 기민한 표정과 힘 있는 발걸음과 가볍고 정확한 동작들은 저로 하여금 감탄을 자아내도록 했습니다. 이 기나긴 밤, 우리들은 방 안에서 난로를 에워싸고 술을 마시고, 그는 실외의 찬바람 속에서, 아직 녹지 않은 눈 속에서, 온 신경을 팽팽한 활시위처럼 긴장시키고, 눈으로는 사방을 관찰하고, 귀로는 팔방에서 나는 소리를 들으면서, 나쁜 사람들의 습격을 방지하고, 또 야수들의 침입을 방지하면서 란 씨의 안전을 보호하고 있었고, 란 씨와 함께 술을 마시고 있는 우리들도 그의 보호를 받고 있었던 것입니다. 그러한 희생정신을 우리는 배울 가치가 있지요. 그는 경호 임무를 집행해야 할 뿐만 아니라 귀를 기울이고 란 씨의 손뼉 소리에 응해야 했습니다. 손뼉 소리가 나면 그는 즉시 아무런 기척도 없이 마치 유령처럼 란 씨 옆에 나타나서 란 씨가 내리는 임무를 받고 번개처럼 어떤 이유나 반문도 없이 완벽하고 철저하게 란 씨의 명령을 관철하고 실행했습니다. 예를 들면 란 씨가 붕어탕을 원했을 때 아무런 준비도 안 된 상황에서 그는 단지 반시간 만에 우리의 식탁 위에 붕어탕을 가져왔던 것입니다. 마치 그 붕어탕은 우리와 그리 멀지 않은 곳에 있는 난로에서 끓이고 있다가 그가 가서 그냥 들고 온 것 같았죠. 우리집까지 들고 왔을 때 그 그릇에서는 아직도 김이 나고 있었으며 만약 급하게 떠 마셨다면 입 안과 혀를 델 수도 있었죠. 붕어탕을 내려놓고 그는 곧바로 몸을 돌려 나갔고 붕어탕이 아직 식기도 전에 상어 고기 만두를 들고 돌아왔죠. 물론 그것 역시 마치 끓는 솥에서 금방 담아낸 것처럼 김이 모락모락 나는 것이었죠. 그 모든 것이 제게는 신기하고 불가사의한 것들이었으며, 제 경험으로는 근본적으로 이해할 수가 없었습니다. 이것은 간단히 말해서 전설적인 소매치기꾼의 몸동작 같아서 그가 만두를 들고 들어올 때, 그의 기색은 아주 평온하였고, 손은 떨리지도 않았으며, 숨을 헐떡거리지도 않아서 만두를 끓인 곳이 바로 우리집 식탁에서 겨우 한 발짝

거리에 있었던 것 같았습니다. 만두를 내려놓고 그는 몸을 돌려 곧바로 나갔는데, 갑자기 나타났다가 홀연히 사라지고 하는 것이 마치 은신술에 능통한 검객 같았습니다. 그때 당시 저는 제가 만약 노력을 한다면 란 씨와 같은 사람이 될 수는 있어도 감히 황빠오 같은 사람은 되지 못할 것이라고 생각했습니다. 황빠오는 천생 경호원이 될 인물이어서 만약 시간이 거꾸로 흘러서 이백 년 전으로 돌아간다면 그는 틀림없이 청나라 황제의 어전 앞에서 칼을 차고 황제를 지키는 보위대였을 것이며, 진정한 황궁의 고수였을 것인데, 유감스럽게도 그는 때를 잘못 만난 것이었죠. 그의 존재는 우리들에게 고전적인 정서를 불러일으키도록 했으며, 우리들에게 지나간 역사를 다시 상기하게 했고, 그리고 또 우리들에게 역사 속의 전기와 전설에 대해 의심할 바 없는 태도를 가지게 했습니다.

우리가 대문 앞에 다가섰을 때 비로소 두 마리의 검은 말이 길가의 전봇대에 매여 있는 것을 발견했습니다. 반달이 빛을 발하지 못한 채 하늘에 암담하게 걸려 있었고, 별들은 찬란한 빛을 뿜으며 온 하늘을 밝히고 있었죠. 말의 몸에서는 작은 별들이 반사되고 있었으며 말의 눈은 야광주처럼 빛나고 있었습니다. 말의 커다란 윤곽을 보았는데, 저는 비록 그것들의 진정한 자태를 감지할 수는 없었지만 그것들이 평범한 말이 아니라 천마일 것이라고 생각했습니다. 저는 피가 끓어오르는 것 같았고 가슴이 두근거렸으며, 달려가서 말의 목을 끌어안고 말 잔등에 올라타고 싶었지만 이미 란 씨가 황빠오의 부축을 받으며 말 잔등에 올라갔고 황빠오도 비둘기처럼 사뿐히 잔등에 올라탄 뒤였습니다. 두 마리의 말은 평범하지 않은 두 사람을 싣고 서로를 뒤따라 걸었으며 마을의 중앙을 가로지르는 한림내로를 따라서 처음에는 천천히 달리다가 이내 질풍같이 달려갔는데, 그 모습은 마치 두 개의 찬란하게 빛나는 유성 같았으며, 순식간에 우리의 시야에서 사라져버렸고, 우리들의 귓가에 맑고 낭랑한 말발굽 소리를 남겼습니다.

참으로 멋지고도 신기하기 그지없는 밤이었습니다. 그 무엇과도 비길 수 없는 신비한 밤이었으며, 제가 이 세상에 태어난 후 반복적으로 회상할 수 있는 가장 가치 있는 밤이었습니다. 그날 밤이 우리 집에 얼마나 큰 의미가 있었는지는 시간이 흐를수록 분명하게 나타났습니다. 우리는 넋이 나간 듯이 그 자리에 서 있었는데 마치 황홀한 가을 빛 속에 얼어붙어버린 나무들 같았죠.

한 줄기 북풍이 제 얼굴을 스치고 지나갔는데 술기운에 피부가 충혈되어 열이 나고 있었으므로 아주 상쾌한 느낌이었습니다. 제 부모들 역시 기분이 아주 좋지 않았을까요? 그 당시 저는 몰랐지만 나중에 알게 되었죠. 나중에 알게 된 것이란 제 어머니는 술을 마실수록 열이 나는 체질이라는 것이며, 만약 겨울이라면 어머니는 한편으로는 술을 마시고 다른 한편으로는 땀을 흘리면서 옷을 벗어버리는데, 외투를 벗고 이어서 스웨터를 벗었으며, 스웨터를 벗고 나서는 내의를 벗었고, 내의를 벗고 나서는 더 이상 벗지 않았죠. 반면 제 아버지는 술을 마실수록 추위를 타는 체질이라는 것도 나중에 알게 되었죠. 아버지는 술을 마실수록 몸을 움츠리고, 마실수록 얼굴이 하얗게 되어서 마치 한 장의 창호지 같았으며, 또 방금 칠을 해놓은 석회 벽 같았어요. 저는 아버지의 얼굴에 온통 소름이 돋아 있는 것을 보았는데 그 모습은 마치 털을 뽑은 닭 껍질 같았죠. 심지어 저는 그가 덜 덜 떨면서 치아를 부딪치는 소리마저 들었습니다. 아버지는 술을 마셔서 열기가 올라올 때면 마치 학질 환자에게 한기가 덮친 것 같았어요. 마치 제 어머니가 술기운이 오를 때는 엄동설한이라도 땀을 뚝뚝 흘리는 것과 같이 아버지는 유월 삼복이라도 술을 많이 마시면 추위와 끊임없이 전쟁을 하는데, 마치 상강이 지난 후 노란 잎이 모두 떨어진 버드나무 가지 끝에서 남은 목숨을 겨우 부지해 나가는 매미 같았습니다. 그러므로 이러한 상황을 갖고 추측해본다면, 우리집에 있어서 큰 의미가 있는 연회 후 우리가 거리에서 란 씨와 황빠오를 배웅할 때 불던 한 줄기 작은 북풍이 어머니의 얼굴을 스쳤을 때 어머니의 기분은 매우 상쾌했을 것이고, 똑같은 바람이지만 아버지가 느끼기에는 감당하기 어려운 것이어서 마치 칼로 살을 에이는 듯했을 것이며 또 완전히 소금물에 절인 채찍으로 맞는 것 같았을 것입니다. 동생의 느낌을 저는 알 수가 없었습니다. 그것은 동생이 술을 마시지 않았기 때문입니다.

어느덧 태양은 이미 완전히 넘어갔고 대지는 어둠 속에 파묻혔다. 그러나 큰길 맞은쪽의 대회장은 대낮처럼 밝았다. 호화로운 승용차가 끊임없이 달려왔고, 자동차의 전조등이 명멸했으며, 스피커에서는 노래가 흘러나왔고, 일종의 고급스러운 분위기를 빚어내고 있었다. 차에서 내리는 사람들은 모두 유행을 따르는 젊은 여자들과 존귀한 신사들이었다. 그들의 대부분은 캐주얼한 옷을 입고 있어서 보기에는 평범해 보였지만 사실은 아주 비싼 명품들이었다. 나는 입으로는 오래 묵은 지난 일들을 말하면서 눈으로는 밖의 정경들을 빠짐없이 구경하고 있었다. 행사를 경축하는 폭죽이 공중에서 찬란하게 터지는 순간 사찰 안도 휘황찬란해졌다. 나는 큰스님의 얼굴이 마치 황금을 도금한 것처럼 보였으며 이 순간 그는 이미 금분을 칠한 미라가 된 것 같은 느낌을 받았다. 폭죽이 공중에서 연속적으로 터지면서 그 소리가 그렁그렁 들려왔다. 폭죽이 터질 때마다 고개를 치켜들고 바라보던 사람들은 경탄의 소리를 내질렀다. 큰스님 역시 바로 폭죽처럼……

사람들에게 즐거운 시간은 언제나 순식간에 흘러가버리고 고통의 시간은 언제나 일 분 일 초도 감당하기 어렵습니다. 그러나 그것은 단지 사정의 한쪽 면이고, 또 다른 면에서는 사람들을 즐겁게 했던 시간들은 무한히 긴데, 왜냐하면 그것을 겪었던 사람들이 항상 반복적으로 그것을 회상하기 때문이며, 또 그것을 회상하는 가운데 부단히 말을 덧붙여서 더욱 풍부하게 하고, 팽창되게 하며, 또 더욱 복잡하게 만들어서 그곳으로 빠져들고 나면 곧 빠져나오기 어려운 미로로 만들어버리기 때문입니다. 고통의 시간은 너무나 고통스러웠기에 그것을 경험한 사람들은 급성 전염병을 피하듯이 그런 것들에서 도피하려고 하는데, 설령 조심하지 않아서 마주쳤더라도 역시 갖은 방법을 동원해서 벗어나려고 합니다. 그리고 도저히 벗어날 수가 없다 하더라도 정도를 최대한 약화시키고 간단하게 만들거나 잊어버리려 하고, 결국 최후에는 모호한 연기처럼 만들어 한 입 불면 날아가버리게 합니다. 그렇다면 제게 있어서 그날 밤 자리를 뜨지 못하고 기억들을 되살리며 서술한 이야기들은 근거를 찾는 것입니다. 저는 앞으로 나아가기가 아쉬웠습니다.

저는 하늘에 가득한 별들이 아쉬웠고, 약한 북풍이 아쉬웠으며, 별빛에 비춰진 한림 거리가 아쉬웠으며, 두 마리 말이 거리에 남긴 아름다운 향기가 더욱 아쉬웠죠. 내 육신은 우리집 문 앞에 서 있었지만 영혼은 이미 란 씨와 황빠오 그리고 그림 같은 두 마리의 말을 따라가버렸죠. 만약 어머니가 저를 잡아끌지 않았다면 저는 날이 밝을 때까지 거리에 서 있었을 겁니다. 저는 사람의 혼이 나간다는 이야기를 들어보았지만 그것을 미신으로 여겨왔고 아무렇게나 하는 말이라고 여겼었죠. 그러나 그날의 진수성찬 이후 큰 말들이 질주해가던 시각에 저는 진짜로 영혼이 밖으로 빠져나가는 느낌을 체험했습니다. 그것은 제 느낌에 제 육체에서부터 빠져나왔는데 마치 새끼 새가 껍질을 부리로 깨고 세상 밖으로 나오는 것 같았습니다. 제 육체는 부드러워지고 가벼워져서 마치 깃털 같았으며 지구의 인력은 제게 아무런 작용도 못하는 것 같았죠. 저는 단지 발가락 끝만이 땅에 닿아 있었고 육체는 마치 공처럼 튕겨오를 것 같았죠. 당시 새로운 제 눈에는 북풍의 모습이 보였는데 그것은 마치 공중에서 유유히 흐르고 있는 물줄기 같았고, 저는 몸을 자연스럽게 그 바람 위에 엎드려서 바람이 부는 대로 함께 유영할 수 있었으며 앞으로 나아가고 멈추는 것을 마음대로 할 수 있었죠. 몇 번은 제 몸이 나무와 부딪힐 뻔했지만 제 관념이 작용하자 바람은 곧바로 저를 높이 들어 올렸죠. 그리고 몇 번은 마주 다가오는 장벽과 도저히 피할 수 없게 되었지만, 제 의식이 작용을 하자 제 몸은 아주 투명하고 얇은 종이로 변했고, 장벽에 있는 육안으로는 거의 발견하기 어려운 틈새로 빠져나갔죠.

어머니는 저를 억지로 집 안으로 끌고 들어갔으며, 철 대문이 닫히면서 내는 철커덩 소리에 제 영혼은 싫은 듯이 다시 원래의 자리로 돌아왔습니다. 전혀 과장을 하지 않고 말하면, 제 영혼이 돌아올 때 저는 머리가 갑자기 차갑게 느껴졌는데, 그런 느낌은 밖에서 오랫동안 꽁꽁 얼었던 아이가 뜨거운 이불 속에 기어들어갔을 때의 느낌과 비슷했으며, 이것 역시 영혼이 존재한다는 증명입니다.

아버지는 이미 잠든 쟈오쟈오를 캉* 위에 눕히고 나서 그 봉투를 어머니에게 주었습니다. 어머니는 봉투를 열고 한 뭉치의 백 위안짜리 지폐를 꺼내서 헤아려보았는데 모두 열 장이었습니다. 어머니는 황당하고 불안해하는 모습으로 아버지를 한 번 쳐다보고 나서 손가락에 침을 바르고 재차 헤아려보았지만 여전히 열 장, 일천 위안이었습니다.

"이것, 인사치고는 너무 많은 것 아니에요?"

어머니가 아버지를 보면서 말했습니다.

"이렇게 많은 돈을 우리가 어떻게 감당할 수 있어요?"

"샤오퉁에게도 있지 않소?"

아버지가 말했습니다.

"가져 와."

어머니는 화가 난 듯이 말했습니다.

저는 할 수 없이 봉투를 어머니에게 건네주었죠. 어머니는 습관대로 먼저 대충 헤아려보고 다시 손가락에 침을 바르고 나서 자세히 헤아렸습니다. 여전히 백 위안짜리 열 장, 천 위안이었습니다. 그 당시에 이천 위안은 거금이었습니다. 그러므로 어머니는 썬캉에게 빌려준 이천 위안을 생각하기만 하면 분노에 치를 떨곤 했지요. 그 당시 밭갈이를 할 수 있는 건장한 소 한 마리를 구입하더라도 칠팔백 위안이면 충분했으며, 일천 위안이면 큰 수레를 끌 수 있는 노새 한 마리를 살 수 있었죠. 그러니 란 씨가 우리 남매에게 인사로 준 선물은 두 마리 큰 노새였던 것입니다. 토지개혁 시기에 집에서 만약 두 마리의 노새를 기르고 있다면 틀림없이 지주 성분으로 구분되었을 것입

* 중국식 온돌.

320

니다. 일단 지주로 구분되고 나면 고난의 문이 활짝 열리는 셈이었죠.

"이를 어쩌면 좋아요?"

어머니는 눈썹을 찡그리고 칠팔십 먹은 노파처럼 중얼거렸습니다. 그녀는 두 팔을 쭉 뻗고 등을 약간 구부리고 있었는데 손에 쥐고 있는 것이 돈 뭉치가 아니라 무거운 벽돌인 것 같았습니다.

"그럼 되돌려줍시다."

아버지가 말했습니다.

"어떻게 돌려줘요? 당신이 가서 돌려줄 거예요?"

어머니는 골치 아픈 듯한 목소리로 말했습니다.

"샤오퉁을 보내구려. 아이들이야 체면을 따질 것도 없고, 그 사람도 섭섭해하지 않을 거요."

아버지가 말했습니다.

"애들도 체면을 따지지 왜 안 따져요?"

어머니가 말했어요.

"당신 마음대로 결정하시구려. 난 당신의 의견대로 할 거요."

"할 수 없이 잠시 동안 맡아둘 수밖에 없어요."

어머니는 꺼림칙한 듯이 말했습니다.

"도대체 우리가 무슨 손님을 초청한 거예요? 손님이 붕어탕을 끓여오고 상어 고기 만두를 삶아오고 또 이렇게 큰 선물까지 주다니?"

"이걸 볼 때, 그가 진정으로 우리와 가까이 지내겠다는 뜻이오."

아버지가 대꾸했습니다.

"사실 그 사람은 당신이 생각했던 것처럼 속이 좁은 사람은 아니에요."

어머니가 말했습니다.

"당신이 없을 때 그는 우리 모자에게 아주 많은 도움을 주었어요. 경운기도 고철 값에 우리에게 팔았고, 선물도 받지 않고 집 지을 땅을 승인해주었어요. 얼마나 많은 사람들이 선물을 갖다 바치고도 마음에 드는 집터를 못 구했다고요. 그가 없었다면 우리는 아예 집을 짓지도 못했을 거예요."

"모두 나 때문이오."

아버지가 한숨을 지으면서 말했습니다,

"이후 그의 수하가 되어 보답하겠소. 그가 복숭아를 주면 우리는 살구로 보답합시다."

"그렇다면 쓸데없이 사용하지 말고 먼저 은행에 가서 저축할게요."

어머니가 말했어요.

"그리고 설을 쇠고 나면 샤오퉁과 쟈오쟈오를 학교에 보낼게요."

폭죽이 명멸하면서 찬란함과 암흑을 만들어냈다. 내 마음은 약간 두려워졌고, 마치 몸이 생사의 경계에 서서 음의 세계와 양의 세계를 돌아보고 있는 것 같았다. 그 짧은 찬란한 경계에서 나는 종종 출현하는 란 두목을 보았으며, 그는 늙은 비구니와 다시금 사찰 앞에서 만났다. 늙은 비구니는 보자기 하나를 그에게 넘겨주면서 말했다.

"시주님! 훼이밍의 속세의 인연은 이젠 끝났습니다. 그러니 당신은 알아서 하세요."

폭죽의 불꽃이 사라지자 눈앞의 모든 것이 암흑 속으로 사라졌다. 나는 어떤 영아의 울음소리를 들었으며, 폭죽이 다시 터질 때 나는 입을 크게 벌리고 울고 있는 작은 얼굴을 보았고, 또 란 두목의 냉담한 듯한 얼굴도 보았다. 나는 그의 가슴속에서 온갖 감정이 뒤얽혀

극에 달했다는 것을 알았는데, 왜냐하면 그의 눈에서 무언가 축축한 것이 반짝이는 것을 보았기 때문이다.

제22포
第二十二炮

　또 하나의 폭죽이 공중에서 터졌다. 먼저 네 개의 붉은색 원이 회전을 하더니 네 개의 녹색 글자로 변했다. '천하태평天下太平.' 천하태평의 글자가 순간 와해되면서 수십 개의 기다란 꼬리가 달린 녹색 유성으로 변하더니 이내 어두운 밤하늘로 사라졌다. 또 한 줄기의 불꽃이 공중에서 밝은 빛을 발산했다. 그것들은 먼저 불꽃이 남긴 연기들을 비춰주었으며 공기 중에는 점차 화약 연기가 가득했고 내 목구멍도 가려웠다.

　큰스님! 제가 큰 도시에서 유랑할 때 낮에는 화려한 옷을 입고 퍼레이드를 하고 밤에는 폭죽을 터뜨리는 열렬한 경축대회를 여러 번 겪었습니다. 그렇지만 오늘처럼 이렇게 문자와 도안이 함께 어우러진 불꽃을 보여주는 폭죽은 처음 봅니다. 시대가 발전하고 사회가 진보하다 보니 폭죽을 만드는 기술도 한 단계 더 발전한 것입니다. 단순히 폭죽을 만드는 기술만이 발전한 것이 아니고 고기를 굽는 기술 또한 한층 더 발전을 했습니다. 큰스님! 십 년 전에 이곳에서는 목탄으로 굽는 양고기 꼬치구이밖에 없었지만 지금은 한국식 구이, 일본식 구이, 브라질식 구이, 타일랜드식 구이, 몽골식 고기구이 등이 있답니다. 그리고 메추리 철판구이, 양 꼬리 돌판구이, 양고기 숯불구이, 간 자갈구이, 소나무 닭구이, 복숭아나무 오리구이, 배나무 거위구이 등등, 이 세상에는 구이로 하지 못할 물건이 없는 것 같습니다.

사람들의 환호성 속에서 폭죽 행사를 마친다는 소리가 들려왔다. '성대한 연회는 반드시 끝이 나며 좋은 구경거리는 오래가지 못한다'는 것을 생각하니 나는 슬퍼졌다. 마지막으로 커다란 폭죽이 기다란 불꼬리를 달고서 지상에서 오백 미터 정도 되는 공중으로 올라가서 폭발했고, 붉은색으로 커다란 '肉육' 자를 만들어냈다. 그 모양은 마치 방금 전에 가마솥에서 꺼낸 커다란 고깃덩이같이 육수에 흠뻑 젖어 국물을 흘리고 있는 것 같았다. 관람자들은 모두 얼굴을 들고 눈을 입보다 더 크게 떴으며, 입은 주먹보다 더 크게 벌리고, 마치 공중에서 고기가 자신의 입으로 떨어지기를 기다리는 듯했다. 수 초 후에 '肉육' 자가 와해되면서 수십 개의 작은 백색 낙하산으로 변해서 하얀 끈을 달고 천천히 내려왔다. 불꽃이 꺼진 후 나의 눈앞은 칠흑처럼 어두워졌다. 잠시 시간이 흐른 뒤 나는 시력을 회복했다. 나는 큰길 맞은편 공터에 수백여 고기구이 집들이 모두 전등을 켜놓은 것을 발견했다. 전등에는 모두 붉은색 덮개를 씌웠는데 아주 신비한 분위기를 만들어내고 있었다. 그 모습은 전설 속에 등장하는 유령의 도시와 아주 흡사해서 눈과 코가 분명치 않은데다 예리한 이빨에 녹색 손톱 그리고 투명한 귀에 감출 수 없는 꼬리를 가진 귀신들의 그림자가 어른거렸다. 고기를 파는 것은 귀신이고 고기를 먹는 것은 사람이었다. 혹은 고기 파는 이가 인간이고 고기를 먹는 것이 귀신일지도 모른다. 혹은 고기를 파는 이든 먹는 이든 모두 인간이거나 혹은 고기를 파는 이나 먹는 이나 모두 귀신일지도 모른다. 한 사람이 만약 이러한 야시장에 들어왔다면 생각지도 못했던 수많은 일들과 부딪칠 것인데, 비록 생각을 하면 두렵기는 하겠지만 한평생 자랑할 만한 이야깃거리를 남길 수 있을 것이었다.

큰스님! 당신은 인간의 고난을 해탈한 사람이기에 당연히 유령의 도시에 관한 이야기를 들어본 적이 없을 겁니다. 저는 피와 고기가 뒤섞인 도축 마을에서 자라면서 유령의 도시에 대한 이야기를 들었답니다. 그들이 하는 말이, 어떤 사람이 잘못해서 유령 도시에 들어갔는데, 뚱뚱한 누군가가 자신의 다리를 숯불 위에 올려놓고 구우면서 한편으로 칼로 그것을 베어서 먹고 있었답니다. 그 사람은 너무 놀라서 "조심하시오! 절름발이가 될지도 모르오." 이렇게 소리를 질렀답니다. 자신의 다리를 굽고 있던 사람은 칼을 내던지고 소리를 내어 울었는데 그는 정말로 절름발이가 되었다는 것입니다. 만약 그 사람이 그런 말을 하지 않았다면 그는 절름발이가 되지 않았을 것이랍니다. 그리고 또 한 사람은 아침 일찍 자전거를 타고 고기를 팔러 가다가 방향을 잃었는데 앞에서 등불이 반짝이고 있기에 다가가서 보았더니 성대한 고기 시장이었답니다. 연기와 불꽃이 피어오르고 향기가 코를 찔렀으며 고기를 파는 사람들은 정신없이 큰 소리를 질러 대고 고기를 먹는 사람들 또한 땀을 뻘뻘 흘리면서 먹는 데 열중해 있을 정도로 장사가 잘되고 있었답니다. 그 사람은 너무 기뻐서 자전거를 세우고 판자를 펴놓고는 김이 무럭무럭 나는 삶은 고기를 꺼내

326

놓았답니다. 그러고는 단 한 번 소리를 쳤는데 사람들이 무리를 지어 다가와서는 가격도 묻지 않고 저것 한 근, 이것 두 근 하며 주문하는데 고기 파는 사람이 속도가 느리자 기다리던 사람들도 급한지 돈을 고기 파는 사람 앞의 바구니 속에 던져 넣고 고기를 쥐고 그 자리에서 뜯어먹더랍니다. 한창 먹고 있는데 얼굴이 일그러지고 눈에서는 녹색 빛을 뿜었답니다. 그 사람은 상황이 좋지 않다고 느끼고 바구니를 들고 달아났답니다. 그는 캄캄한 어둠 속에서 넘어지면 일어나고 일어나서는 다시 달리고 했는데 닭이 홰를 치고 동쪽 하늘이 밝아올 때까지 계속 달렸답니다. 날이 밝자 그는 자신이 허허벌판에 서 있다는 것을 깨달았답니다. 바구니 안을 보았더니 모두 종이를 태운 재뿐이었답니다. 큰스님! 지금 벌어지고 있는 고기구이 야시장은 두 도시에서 열린 육식절의 중요한 행사의 일부분이므로 도깨비 시장은 아니겠지요. 설령 도깨비 시장이라고 한들 무슨 상관이 있겠습니까? 큰스님! 요즘 사람들이 가장 좋아하는 것이 귀신과 즐기는 것이랍니다. 요즘 사람들도 귀신을 보면 역시 두려워한답니다.

고기를 파는 사람들은 흰색의 원형 요리사 모자를 쓰고 있었는데 위는 무겁고 아래는 가벼운 느낌을 주었다. 요리사들은 그곳에 서서 손을 멈추지 않으면서 과장된 언어로 소리를 지르면서 손님들을 부르고 있었다. 목탄 냄새와 고기 냄새가 합쳐져서 아주 오래된 냄새를 풍기고 있었는데, 십만 년 전의 냄새가 일 제곱킬로미터 되는 곳에 넘쳐나고 있었다. 검은색 연기와 하얀 연기는 혼합되어서 천연색 연기를 형성했으며 공중에 올라가서 밤하늘을 날고 있는 새들의 머리를 어지럽게 만들어서 방향을 돌리도록 했다. 고기를 먹고 있는 남녀들은 모두 시시덕거리고 있었다. 어떤 사람들은 한 손에 맥주병을 들고 다른 한 손에는 양고기 꼬치구이를 쥐고 있었으며, 고기 한 조각을 먹고 맥주 한 모금을 마시고 연달아 트림을 했다. 또 어떤 사람들은 남녀가 서로 마주 앉아 있었는데, 여자가 고기 하나를 남자 입에 넣어주면 남자도 고기를 여자 입에 넣어주곤 했다. 또 어떤 사람들은 더욱 친밀하게 행동했다. 남녀가 서로 마주하고 고기 한 조각을 함께 물고 먹었는데, 다 먹을 때까지 그런 자세를 취했으며, 고기를 다 먹고 나서는 키스를 했으며, 주위에서 보던 사람들은 박수갈채를 보냈다.

큰스님! 저는 배도 고프고 또 너무 먹고 싶지만 다시는 고기를 먹지 않겠다고 맹세를 했습니다. 저는 눈앞의 이 모든 것이 스님이 저를 시험하는 것임을 압니다. 그러므로 저는 이야기를 함으로써 그 유혹에 대항할 것입니다.

춘절春節 전후로 우리집에는 아주 많은 중요한 사건들이 발생했습니다. 먼저 할 이야기는 양력 설날이 지난 지 나흘째 되던 날, 즉 우리가 란 씨를 초청해서 식사를 한 이튿날 오전이었죠. 빌려온 식기들과 가구를 미처 씻지 못해서 아버지와 어머니가 그것들을 씻으면서 한담을 주고받고 있었습니다. 한담이라고 할 수도 없었죠. 그들이 주고받은 말은 두세 마디도 안 돼서 곧 란 씨에 관한 이야기로 넘어갔기 때문입니다. 저는 그들의 수다 소리를 너무 많이 들었기 때문에 마당으로 나가서 박격포를 덮고 있던 방수포를 벗기고 그리스grease를 가져다가 창고에 보관하기 전의 마지막 손질을 했습니다. 란 씨와 우리집 사이의 관계가 좋아짐에 따라서 나의 적은 이미 존재하지 않았습니다. 그러나 적이 존재하지 않는다고 해도 무기는 잘 보존해야 했습니다. 아버지와 어머니가 그 당시 며칠 동안 반복적으로 한 얘기가 있었습니다. 즉 '영원한 적은 없으며 또 영원한 친구도 없다'는 것입니다. 그러므로 오늘의 적이 어쩌면 내일에는 친구일 수 있고, 또 오늘의 친구가 내일은 적이 될 수도 있다는 것입니다. 그리고 친구가 적이 되었을 때에는 일반적인 적보다 훨씬 더 흉악하다는 것이죠. 그러므로 저는 반드시 포를 잘 보관해놓았다가 유사시에는 꺼내서 전투에 투입시켜야 하며, 절대로 고철로 팔지는 않을 작정이었습니다.

저는 우선 먼지가 앉은 그리스를 솜에 묻혀서 박격포를 닦았죠. 포신으로부터 받침대까지, 또 받침대에서부터 조준간까지, 또 조준간에서부터 밑받침까지 닦아댔죠. 포의 구석구석까지 아주 세밀하게 닦았습니다. 손이 들어가지 않는 포신 속은 나무 막대기에 솜을 감아서 수백 번 닦아댔습니다. 그리스를 바른 포는 강철 본래의 색을 드러냈죠. 수십 년간 녹이 슬어서 생긴 울퉁불퉁한 상처는 여전히 표면에 남아 있었는데 이것이 가장 큰 유감이었지만 저로서는 어떻게 할 방법이 없었죠. 벽돌과 사포로 그것들을 문질러서 매끄럽게 만들려고 여러 번 시도를 했지만 포신이 얇아지면 발사할 때 안전에 영향을 미치지 않을까 걱정되어 그만두었습니다. 오래된 오일을 닦아내고 나서 손가락에 깨끗한 그리스를 묻혀서 균일하게 포에 발랐습니다. 물론 아주 작은 부분도 빠뜨리지 않았죠. 제가 사용하고 있는 그리스는 비행장 부근의 어느 마을에서 수거해온 것이었습니다. 그 마을 사람들은 비행기를 제외하고는 도둑질하지 않는 물건이 없었죠. 그들의 이야기에 의하면 제가 사용하는 그리스는 원래 비행기 엔진을 정비할 때 사용하는 것이라고 했습니다. 저는 그들이 거짓말을 하지는 않았다고 믿었죠. 비행기에 사용하는 그리스로 제 포를 손질하니 이놈도 복이 있는 것입니다.

제가 박격포를 손질하고 있는 사이에 동생은 줄곧 제 뒤에 서 있었죠. 저는 머리를 돌리지 않고도 동생이 눈을 둥그렇게 뜨고 있다는 것을 알 수 있었습니다. 그리고 눈을 한 번도 깜박이지 않고 제가 하는 동작을 바라보고 있었다는 것도 압니다. 동생은 제가 일을 하고 있는 동안에 아주 유치한 질문을 하기도 했습니다. 말하자면 '그건 이름이 뭐야?' '박격포는 어디에 쓰는 물건이야?' '그럼 언제 포를 쏘는 거야?' 등의 질문들이었습니다. 저는 동생을 좋아하기 때문에 동생의 질문에 하나도 빠뜨리지 않고 대답을 해주었습니다. 동생의 질문에 대답을 하는 동안 저는 선생이 된 듯한 기쁨도 느꼈습니다.

제가 박격포 손질을 끝마치고 덮개를 씌우려 할 때 마을의 전기 수리공들이 우리집 마당으로 들어섰습니다. 그들은 놀란 기색으로 눈에서 빛을 뿜으면서 주저하는 걸음걸이로 박격포 앞에까지 다가왔습니다. 그들은 이미 스무 살을 넘긴 나이였지만 얼굴 표정은 마치 견문이 적은 어린아이들처럼 유치하고 우스웠습니다. 그들이 제기한 질문은 동생이 제기한 것과 비슷했으며 심지어 동생이 제기한 문제보다 심도가 깊지 못했죠. 그러니 그들 두 사람도 보고 들은 것이 적은 멍청이들이었는데, 최소한 무기에 관련된 지식에 관해서는 아는 것이 너무 적었습니다. 그들을 대할 때 저는 동생을 대하던 것처럼 인내심을 발휘하지 못했습니다. 저는 그들의 질문에 냉담하게 대답했으며, 심지어 고의적으로 그들을 혼란스럽게 만들었죠. 말하자면 그들이 "이 포는 얼마나 멀리 쏠 수 있니?"라고 물었을 때 저는 "멀리 못 나가요. 그렇지만 당신네 집까지는 문제없을 거예요. 못 믿겠어요? 그러면 한번 실험을 해볼까요? 단 한 발로 당신네 집을 평지로 만든다고 장담할 수 있어요"라고 대답했습니다. 그들은 저의 고의적인 대답을 듣고도 화를 내지 않았습니다. 그들은 번갈아가면서 허리를 굽히고 머리를 갸우뚱거리고 눈을 가늘게 뜨고 눈길을 포신 속으로 가져갔는데 마치 그 속에 어떤 비밀이라도 갈무리해둔 것 같았습니다. 제가 포를 한 번 치면서 큰 소리로 말했습니다.

"준비…… 발사!"

그러자 그 두 사람은 놀란 표정으로 토끼처럼 뛰어서 한쪽으로 비켜섰지요. 저는 "겁쟁이!"라고 소리쳤습니다. 제 동생도 앵무새처럼 말했습니다.

"겁쟁이!"

그러자 그 두 사람은 히히거리면서 웃었죠.

그때 어머니와 아버지가 다가왔습니다. 그들은 모두 팔소매를 높게 걷어 올리고 맨살을 드러내고 있었습니다. 어머니의 팔은 하얗고 아버지의 팔은 검은색이었죠. 만약 아버지의 팔과 비교할 수 없었다면 저는 어머니의 팔이 이처럼 하얀 줄 몰랐을 겁니다. 그늘의 손바닥은 차가운 물에 불려져서 빨갛게 되어 있었죠. 아버지는 두 사람의 이름을 잊었는지 우물거리고 있었습니다. 그러나 어머니는 그들의 이름을 부르면서 얼굴에 웃음을 띠고 말했습니다.

"퉁광同光, 퉁훼이同輝, 너희들 정말 오랜만이구나."

어머니는 얼굴을 돌려 아버지를 보면서 말했습니다.

"이 사람들은 펑彭 씨네 형제예요. 우리 마을의 전기기사요. 당신은 모르는 모양이네요?"

펑 씨네 두 형제는 어머니에게 고개를 숙이고, 허리를 굽히면서 아주 겸손한 모습으로 말했습니다.

"아주머니, 촌장이 저희들을 보냈습니다. 아주머니 집에 전기를 연결해주라고요."

"우리는 전기를 연결하겠다는 말을 한 적이 없는데?"

어머니가 말했습니다.

"이것은 촌장이 저희들에게 내린 임무예요."

통광이 말했습니다.

"촌장 말이 다른 일은 못하더라도 아주머니 집에 먼저 전기를 끌어다 주라고 했어요."

"돈이 많이 드는 거 아니냐?"

아버지가 물었습니다.

"그건 모릅니다. 우리들은 전기선을 늘이기만 하면 되거든요."

통훼이가 말했죠.

어머니는 한참을 주저하다가 말했습니다.

"촌장이 보내셨다니, 그럼 어서 전기선을 늘여라."

"그래도 아주머니가 결단성이 있네요. 사실 촌장은 우리들에게 원가만 받으라고 했어요."

통광이 말했죠.

"어쩌면 원가도 받지 않을지 모릅니다. 촌장이 시킨 일이니까요."

통훼이가 말했어요.

"당연히 내야 할 돈은 내야지. 우리는 공금을 사적으로 슬쩍하는 그런 소인배가 아니야."

어머니가 대답했습니다.

"뭐 아주머니가 통이 크다는 것은 마을 사람들이 다 알고 있는 사실이지요."

통광이 웃으면서 말했죠.

"들리는 말에 의하면 아주머니는 수거해온 뼈다귀도 가마솥에 넣고 끓여서 샤오퉁 동생에게 먹인다면서요?"

"저런 못된 놈! 전기를 연결하려면 하고 그렇지 않으려면 썩 꺼져 버려!"

펑 씨네 두 형제는 웃으면서 곧바로 거리로 나가더니 사다리와 전선, 콘센트, 전기 계량기 등 물건을 가지고 들어왔어요. 그들은 허리에 갈색의 넓은 가죽 벨트를 매고 있었답니다. 벨트에는 펜치와 가위와 드라이버 등 붉고 푸른 공구들이 꽂혀 있었는데 아주 위풍이 있어 보였죠. 저와 어머니는 시의 화학비료 공장 뒤에 있는 작은 골목에서 이런 공구 세트를 수집한 적이 있었는데 어머니가 백화점 뒤에 있는 철물점 거리에 내다 팔아 십삼 원을 벌었죠. 어머니는 기분이 좋아서 내게 고기 속을 넣어 구운 빵을 사주었죠. 펑 씨네 두 형제는 허리에 공구를 차고 전선을 끌면서 처마 밑에서 오르락내리락하다가 집 안으로 들어갔습니다. 어머니도 그들을 따라서 집 안으로 들어갔고 아버지는 쪼그리고 앉아서 우리의 포를 보면서 말했죠.

"이것은 82식 박격포란다. 일본에서 만든 거야. 항일 전쟁 시기에 만약 이런 박격포를 노획했다면 아주 큰 공을 세운 거야."

"아버지, 그런 것을 알고 있을 줄은 생각도 못했어요."

저는 기뻐서 소리쳤습니다.

"포탄은 어떤 모양인지 보셨어요?"

"나는 민병대에 참가해서 현에 가서 훈련을 받았었지. 그때 현의 민병대에서 이런 포는 네 개의 문을 지니고 있었고, 나는 이등 포수여서 전문적으로 포탄을 날렸다."

"빨리 알려주세요."

저는 흥분이 되어 말했습니다.

"포탄이 어떤 모양인지 말해주세요."

"그 모양은 바로……"

아버지는 나뭇가지 하나를 주워 땅에다 앞부분은 뾰족하고 중간 부분은 뚱뚱하며 꼬리 부분에는 작은 날개가 달린 물건을 그리고서 말했죠.

"바로 이런 모양이야."

"포를 쏴보셨어요?"

"그래, 쏴보았다 해도 과언이 아니지. 나는 이등 포수였고, 주로 포탄을 일등 포수에게 넘겨주는 일을 했지. 일등 포수는 내 손에서 포탄을 받아서," 아버지는 허리를 굽히고 다리를 엇갈리게 한 뒤 포 신 뒤쪽에 자리를 하고는 두 손으로 마치 날개 달린 폭탄을 안은 듯 한 모습으로 말했습니다.

"바로 이렇게 안에다 넣으면 포탄은 쾅 하고 날아갔단다."

제 23 포
第二十三炮

전신이 페인트로 얼룩진 사람들 몇 명이 바퀴가 두 개인 수레를 밀고 작은 사찰 앞에 나타났다. 그들은 밝은 곳에 있고 우리는 어두운 곳에 있었기 때문에 그들은 우리를 볼 수 없었지만 우리는 그들을 확실히 볼 수 있었다. 그 가운데서 키가 크고 어깨가 약간 굽은 늙은이가 투덜거렸다.

"저 사람들은 언제까지 먹을 건가?"

키가 작은 사람이 말했다.

"고기 값이 저렇게 저렴하니 그들은 아마도 목숨을 걸고 먹어대겠죠."

옆에 있던 아래턱이 들린 사람이 말했다.

"내가 보기에 이 육식절은 노동자들의 재산을 탕진하는 날이라고 불러야 옳을 것 같소. 매회 열릴 때마다 지난 회보다 성대하게 행사를 벌이고, 또한 비용도 더더욱 많이 써가면서, 이제 십 년째 애써왔지만 그들이 더 많은 투자가들과 자금을 끌어들이는 것은 보지 못했소. 반대로 해마다 고기를 즐기는 배 큰 늑대들만 끌어들였지."

"황 선배, 이 육신肉神을 어디에 모실까요?"

키가 작은 사람이 어깨가 구부정한 늙은이에게 물었다. 저 네 사람은 우리 도축 마을에서 그리 멀지 않은 짐승 촌락 사람들일 것이 분명했다. 그 마을 사람들은 아주 먼 옛날부터 여러 가지 신상을 조각하는 기술을 갖고 있었다. 그들은 단지 진흙과 헝클어진 삼으로 신상을 만들 뿐만 아니라 또 나무를 조각해서 신상을 만들기도 했다. 이 우통 신상도 어쩌면 그들의 조상들이 만들었을 것이다. 훗날 미신을 타파하자 마을 사람들은 뿔뿔이 흩어져서 어떤 사람은 미장이가 되었고 어떤 이들은 목공이 되었으며 어떤 사람들은 페인트공이 되었고 어떤 이들은 화가가 되었다. 그런데 요즈음 여러 곳에서 사찰을 짓게 되자 그들이 다시 필요하게 된 것이다. 어깨가 굽은 늙은이가 주위를 둘러보고 나서 말했다.

"잠시 사찰 안에 두자고. 그것이 우통신과 함께 있는 것도 괜찮을 것이구먼. 하나는 커다란 성기 신이고 하나는 육신이니 모두 신선이라고 할 수 있지 않겠나?"

어깨가 굽은 늙은이가 하하 웃으면서 말했다. 아래턱이 위로 들린 사람이 말했다.

"그렇게 해도 될까요? 산 하나에 두 마리 호랑이가 살 수 없고 하나의 구유를 말 두 마리가 사용할 수 없듯이 작은 사찰에서 두 신선을 용납할 것 같지 않은데?"

키 작은 사람이 말했다.

"저 두 신은 모두 올바른 신이 아니야. 우통신은 전문적으로 예쁜 여자만을 괴롭히고, 저 육신은 들리는 말에 의하면 도축 마을에서 고기 먹는 것을 가장 좋아하고 또 제일 많이 먹는 어린아이라네. 그의 부모들에게 문제가 생긴 뒤부터 그는 가는 곳마다 신처럼 행세를 하면서 깃발을 세우고 도처에서 사람들과 고기 먹기 시합을 벌였다지. 풍문에 의하면 그 아이가 한번은 팔 미터나 되는 순대와 개 다리 두 짝과 돼지 꼬리 열 개를 먹은 적이 있었대."

"그렇지 않았다면 어떻게 신선이 되었겠나?"

얼굴이 삐쩍 마른 사람이 감탄하는 어조로 말했다. 그들은 한담을 나누면서 수레에 반듯하게 누워 있는 길이가 이 미터쯤 되고 굵기가 한 아름은 될 듯한 육신을 끌어내렸는데, 밧줄 하나는 육신의 목에 또 다른 밧줄은 다리에 묶고 각각의 밧줄에 멜대를 걸어 소리를 지르면서 어깨에 메었다. 네 사람은 모두 몸을 한쪽으로 기울이고, 육신을 메고는 힘겹게 사찰을 향해 다가왔다. 그들이 잡아맨 밧줄이 너무 길어서 앞에 선 사람이 사찰 안에 발을 들여놓은 후 가로 들려 있던 육신의 머리가 문지방에 부딪치면서 통통 소리를 냈다. 나는 눈앞이 아찔해지는 느낌을 받았다. 마치 문턱에 머리를 박고 있는 것이 진짜 내 머리인 것 같았다. 뒤에서 따르던 어깨가 굽은 늙은이가 문제의 근원을 발견하고서 큰 소리로 외쳤다.

"억지로 잡아끌지 말고 내려놓게. 내려놔!"

앞에 선 두 사람이 멜대를 어깨에서 급하게 내렸고 육신이 땅바닥으로 떨어졌다.

"이 개 씹 같은 육신, 더럽게 무겁네!"

아래턱이 치켜들린 사람이 욕을 해댔다.

"자네 입 좀 깨끗하게 하지 못하나! 육신이 나타나 영험을 보일 수
도 있다고."

다른 사람이 말했다. 그러자 턱이 치켜들린 사람이 말했다.

"무슨 영험을 보인단 말이야? 혹시 고깃덩어리라도 내 입으로 떨
어진단 말인가?"

어깨가 굽은 늙은이가 밧줄을 짧게 고쳐 메고 나서 다시 구호를 외
쳤다. 멜대가 네 사람의 어깨에 걸쳐지고, 네 사람이 다시 허리를 펴
자 육신은 땅에서 들려졌고, 육신의 뒤통수가 문지방을 스치면서 천
천히 사찰 안으로 끌려 들어왔다. 어느 순간 육신의 둥근 머리가 큰
스님의 대머리와 부딪힐 뻔했는데 다행히 앞에서 걷던 두 사람이 급
히 방향을 돌렸기 때문에 부딪히지 않았다. 또 그때 육신의 발이 내
입과 부딪힐 뻔했지만 뒤쪽에서 메고 가던 두 사람이 급히 방향을 바
꿔서 위기를 모면했다. 나는 사람들의 몸에서 나는 흙냄새와 페인트
냄새 그리고 나무의 향을 맡았다. 손전등을 쥔 남녀 몇이 하나의 문
제를 가지고 쟁론을 벌이면서 사찰 앞에 나타났다. 나는 그들이 하는
이야기를 통해서 논쟁의 원인을 알아차렸다. 이번 육식절은 원래 육
신 사찰의 기공식과 함께 진행하기로 했던 것이다. 사람들로 성황을
이루고 있는 맞은편의 야시장이 원래는 육신 사찰의 터로 계획 중이
던 장소였다. 그러나 오늘 육식절에 왔던 관료의 우두머리가 두 도시
에서 육신 사찰을 짓는 것에 대해 비난을 했던 것이다. 마치 영민하
고 준수한 사내처럼 생긴, 머리카락을 짧게 자른 여자 간부가 분을
참지 못하면서 말했다.

"그 사람 너무 보수적이잖아요? 우리에게 신을 만든다, 미신을 믿
는다,라고 말을 하는데, 신을 만들어내면 어떻고 미신을 믿는다고 하

면 또 어때? 신이라는 것은 모두 사람들이 만들어낸 거잖아? 아니 미신을 믿지 않는 사람이 어디에 있어? 내가 듣기로는 그 사람은 종 종 윈따이산雲臺山에 가서 직접 점괘를 뽑고, 또 불상 앞에서 무릎을 꿇고 엎드려서 머리를 조아린다고 하더라고."

그러자 점잖아 보이는 중년 간부가 말했다.

"쟈오쟈오! 그만 하게!"

여자 간부가 불만이 가라앉지 않은 듯 투덜거렸다.

"제가 보기에 그에게 준 봉투가 너무 얇았나 봐요."

중년 간부가 그녀의 어깨를 두드리면서 말했다.

"동지! 시끄럽게 만들지 말아요. 본인을 곤란하게 만들지 말고."

그 여자는 여전히 투덜거렸지만 목소리는 점점 작아졌다. 그들의 손전등 빛줄기가 교차되면서 사찰 안을 비췄다. 강렬한 빛이 마통신의 얼굴과 큰스님의 얼굴과 내 얼굴을 스치고 지나갔다. 나는 눈을 찡그렸고 마음속에서는 반감이 일었다. 설마 그들은 이렇게 강한 빛으로 사람을 비춘다는 것이 예의에 크게 어긋나는 행위라는 것을 모른단 말인가? 그 빛줄기는 육신을 어깨에 들쳐 메고 사찰 안으로 들어온 네 사람의 얼굴을 비추고 나중에는 땅에 누워 있는 육신상의 얼굴을 비추었다. 중년 간부가 화를 내면서 소리쳤다.

"아니, 어떻게 된 거야? 육신상을 땅바닥에 누워 있게 하다니? 어서 일으켜 세워! 일으켜 세워!"

육신상을 메고 들어왔던 네 사람은 멜대를 한쪽에 내려놓고, 육신상의 몸을 묶고 있던 밧줄을 풀고, 육신상의 상반신 쪽으로 몰려가서 각자 힘을 쓸 수 있는 곳을 붙잡고 함께 소리를 쳤다.

"세워!"

길이가 약 이 미터쯤 되는 육신상이 똑바로 일으켜 세워졌다. 조각상이 세워지자 나는 그것의 웅장함을 느낄 수 있었다. 그것은 통나무를 깎아서 만든 것이었다. 나는 아주 오래된 수많은 신상들이 모두 향나무로 만들어졌다는 것을 알고 있었다. 그러나 환경보호를 중요시하고 나무를 보호하고 있는 요즘에 이처럼 굵은 향나무는 근본적으로 구할 수가 없을 것이다. 비록 심산유곡에서 찾을 수 있다고 해도 절대로 나무를 자르도록 허락을 받지는 못할 것이다. 그럼 저 육신상은 어떤 나무로 조각된 것이란 말인가? 조각상에는 온통 페인트가 칠해져 있기 때문에 목재의 본래 색을 알 수가 없는데다 또 페인트를 칠한 지 얼마 안 되었는지 코를 찌르는 페인트 냄새가 원래 목재의 냄새를 뒤덮어버렸기 때문에 육신상의 재질을 판단할 수 있는 중요한 근거가 사라져버렸다. 따라서 만약 그 간부가 묻지 않았다면 나는 나와 아주 밀접한 관계가 있는 육신상이 과연 무슨 나무로 만들어졌는지 알 수가 없었을 것이다. 간부가 물었다.

　"이것은 향나무로 만든 거요?"

　그러자 어깨가 굽은 늙은이가 말했다.

　"어디 가서 향나무를 구해요?"

　"향나무가 아니라면, 그럼 무슨 나무란 말이오?"

　간부가 다그쳐 물었다. 어깨가 굽은 늙은이가 말했다.

　"버드나무요."

　"버드나무? 벌레들이 가장 좋아하는 나무가 버드나무인데, 몇 년 지나고 나면 벌레들이 온통 구멍을 내버릴 것이잖소?"

　그러자 늙은이가 대답했다.

　"조각상을 만들기에는 버드나무가 분명히 적합하지 않습니다. 하지만 이처럼 큰 버드나무를 구하는 것 또한 그리 쉬운 일은 아니지요. 벌레들이 생기는 것을 방지하기 위해서 조각하기 전에 약을 탄 불에 불렸다고요."

안경을 낀 젊은 간부가 말했다.

"이 아이의 조각이 비례가 맞지 않아요. 머리가 너무 큰 것 같아요."

어깨가 굽은 늙은이가 냉랭하게 말했다.

"이것은 애가 아니라 신이오. 신의 머리이니 일반 사람과 당연히 같지 않은 거요. 저, 우통신을 보시오. 머리는 사람이고 몸통은 말이잖소. 지구상에서 누가 저런 동물을 본 적이 있소?"

한 줄기의 손전등 빛이 마통 신상을 비췄다. 빛은 아주 매력적인 조각상의 얼굴로부터 목 부분으로 옮겨졌다. 인간의 목 부분과 말의 목을 교묘하게 연결시킨 부분이 강렬한 색정을 일으키게 하고 있었다. 그러고 나서 빛줄기는 신상의 뒷부분과 아래쪽으로 이동했으며 마지막으로 극도로 과장된 수컷의 성기 부분에서 멈췄다. 고환은 마치 잘 익은 모과 같았고 음경은 반쯤 노출되어 있었는데, 그 모습은 마치 다듬이 방망이가 붉은 소매 속에 감추어져 있는 것 같았다. 어둠 속에서 남성들이 킥킥거리며 웃는 소리가 났다. 여자 간부는 손전등 빛을 육신상의 얼굴에 비추더니 잔뜩 화가 나서 식식거리며 말했다.

"앞으로 오백 년만 지나면 저 아이는 진짜 신이 될 거야."

전등으로 인두마 신상을 비추고 있던 사람이 고증을 하는 듯한 어투로 말했다.

"이 신상은 우리들에게 아주 먼 옛날에 인간과 짐승들이 통간을 했었다는 것을 말해주고 있습니다. 여러분들은 무측천과 당나귀 태자의 이야기를 들은 적이 있습니까?"

간부 한 명이 말했다.

"여보게! 당신이 아는 것이 많다는 것은 알고 있네. 그러니 여기서 과시하지 말고 돌아가서 논문이나 쓰게나."

중년 간부가 네 명의 인부들에게 말했다.

"당신들은 책임지고 육신상을 잘 보호하시오. 뭐라고 해도 언젠가는 육신 사당을 지어야 할 거요. 이것은 미신이 아니라 풍요로운 생활에 대한 국민의 동경이란 말이오. 날마다 고기를 먹는다는 것은 생활수준이 좋아졌다는 중요한 지표란 말이오."

그들의 손전등이 다시 한 번 육신상의 얼굴을 비췄다. 나는 확실히 비례가 맞지 않게 커다란 아이의 머리에서 십 년 전 나의 종적을 찾아보려고 노력했지만 보면 볼수록 애매모호해졌다. 그것은 둥그런 머리에 둥근 얼굴을 하고 있었으며 긴 눈은 실눈을 뜨고 있었고 두 볼은 불룩하게 튀어나왔는데 입가에는 두 개의 보조개가 있고 귀는 작은 손을 편 것 같았다. 그것의 얼굴 표정은 매우 유쾌한 것 같았다. 저것이 어떻게 내 모습이란 말인가? 나의 기억에 십 년 전의 세월은 고통과 번뇌의 날이 유쾌하고 행복한 적보다 더욱 많았다. 어깨가 굽은 늙은이가 중년의 간부에게 말했다.

"처장님! 육신을 행사장까지 모셔오면 우리들의 임무는 완료된 것입니다. 우리들에게 계속 지키고 있으라고 하면 당연히 일당을 주어야 합니다."

"육신을 지키고 보호하는 것은 공덕을 쌓는 것인데 무슨 일당을 달라는 거요?"

그러자 중년 간부가 말했다.

"일당을 주지 않으면 우리들은 어떻게 살란 말입니까?"

네 명의 인부가 함께 소리쳤다.

설날 그믐날 오전, 서리에서 오토바이 소리가 늘려왔습니다. 저는 그 오토바이 소리가 우리집과 어떤 연관이 있을 거라고 예감했습니다. 과연 그 오토바이 소리는 우리집 대문 밖에서 멈춰 섰죠. 저와 동생은 달려 나가서 대문을 열었고 표범같이 민첩한 황빠오가 손에 부초로 엮어 만든 꾸러미를 들고 우리를 향해 걸어오고 있는 것을 보았습니다. 저와 동생은 금동옥녀처럼 대문 양쪽으로 비켜서서 황빠오를 맞이했죠. 제 코는 이미 꾸러미에서 풍겨 나오는 비린내를 감지했어요. 황빠오는 우리를 향해 미소를 지었는데 친절한 것 같기도 했고 약간은 냉정하기도 했으며 겸손한 가운데 오만함도 숨겨져 있는 것 같았는데 전체적으로 아주 품위가 있었습니다. 그의 파란색 오토바이도 그의 주인과 마찬가지로 친절하기도 하고 냉정하기도 하며 겸손하면서 오만했으며 마치 귀한 신분의 한 남자가 어깨를 비스듬히 하고 길가에 서 있는 것처럼 풍모 있게 길 옆에 비스듬히 서 있었죠. 황빠오가 우리집 마당의 중앙에 도착했을 때 어머니가 집 안에서 마주 나왔습니다. 어머니와 이 미터 정도의 거리를 두고 아버지가 뒤따라 나오고 있었습니다. 어머니는 만면에 미소를 띠고 말했습니다.

"황빠오 동생이구먼! 어서 들어오시게!"

"뭐 형수님!"

황빠오가 격식을 차려서 예를 표시했습니다.

"촌장께서 설날 음식을 갖다 드리라고 하셔서 찾아왔습니다."

"이러면 미안해서……"

어머니는 놀라고 불안해하면서 말했습니다.

"우리는 아무런 좋은 일을 한 적도 없는데 어떻게 촌장님이 보낸 것을 먹을 수 있겠어요?"

"이것은 촌장의 명령입니다."

황빠오는 꾸러미를 어머니 앞에 내놓으면서 말했습니다.

"저는 가야 합니다. 새해 복 많이 받으세요!"

어머니는 황빠오를 잡으려는 듯이 두 팔을 벌렸지만 그는 이미 대문까지 걸어가고 있었습니다.

"정말 미안해요……"

어머니가 말했습니다.

황빠오는 머리를 돌려서 우리에게 손을 저어 보이고 홀연히 나타났던 것처럼 홀연히 사라졌습니다. 거리에는 오토바이 소리가 울려 퍼졌죠. 우리는 대문 앞까지 나가서 오토바이가 그의 사타구니 아래에서 하얀 연기를 뿜으면서 붕붕거리며 서쪽으로 달려가고 있는 것을 보았고 곧바로 란 씨네 골목으로 사라지는 것을 보았습니다.

우리집 식구들은 모두 대문 앞에서 오 분 동안은 족히 서 있었으며 익힌 고기를 파는 쑤저우森州가 자전거를 타고 기차역 방향에서 달려오고 있는 것을 보았는데 그는 장사가 잘되었는지 의기양양한 모습이었죠. 그가 큰 소리로 물었습니다.

"량 씨! 새해도 되었는데 고기 좀 사지 않을 거요?"

어머니는 그에게 알은체도 하지 않았습니다.

그가 더욱 큰 소리로 말했습니다.

"돈 아껴서 묘 터를 살 거요?"

"제기랄! 너희 집이야말로 묘 터를 사야 돼!"

어머니는 쑤저우를 향해 욕을 한마디하고 나서 우리들을 대문 안으로 끌어들이고는 대문을 닫아버렸습니다.

집 안에 들어서서 어머니는 그 축축한 부초 꾸러미를 풀었는데 그 속에서 붉은 것과 하얀 해물이 얼음과 함께 나타났습니다. 어머니는 그것들을 하나하나 들어내면서 저와 동생의 물음에 대답을 했죠. 이전에 저는 집에서 이런 진기한 물건을 본 적이 없었지만 어머니는 해물에 관해 해박한 지식을 갖고 있었고 그것들을 모두 알고 있었습니다. 아버지도 그것들을 알고 있는 것 같았지만 덧붙여 설명을 하지는 않았죠. 아버지는 집 안 가운데 있는 화로 옆에 앉아서 집게로 불씨 하나를 집어서 담배에 불을 붙이고는 빡빡 피우기 시작했죠.

"이렇게 많이. 이 란 씨가 정말."

어머니는 생선과 새우들을 뒤척이면서 걱정스레 말했습니다.

"다른 사람의 음식을 먹으면 할 말도 못하고, 다른 사람의 물건을 받으면 손을 내밀지 못하는 건데."

"이미 보내온 거니 그냥 먹읍시다."

아버지가 결단성 있게 말했습니다.

"내가 그 사람 밑에서 일을 하면 돼요."

그날 밤 밝은 전등 빛이 집 안을 환하게 비추었는데, 석유등잔을 사용하던 암담했던 세월은 이미 우리들 뒤로 밀려났습니다. 눈부신 전등 아래에서, 어머니가 란 씨의 은덕을 치하하는 가운데 아버지는 아주 어색한 표정을 지었는데 우리는 그런 가운데서 설날을 보냈죠. 그것은 내 기억에 있어서 유일무이하게 풍성한 춘절이었으며 우리들의 춘절 음식상에 처음으로 밀가루 반죽을 밀 때 사용하는 밀대 굵기의 대하 찜이 올랐으며 또 게 찜도 처음으로 올라왔습니다. 마치 말발굽같이 커다란 게였습니다. 그리고 또 기름에 뒤긴 병어도 처음으로 상에 올랐는데 그 병어는 아버지의 손바닥보다 더 큰 것이었죠. 그리고 또 내가 한 번도 먹어보지 못했던 해물들이 있었는데 말하자면 해파리, 오징어 등이었습니다. 그것들은 내게 이 세상에는 원래 고기처럼 맛있는 것이 수없이 많다는 것을 처음으로 알게 해주었습니다.

제 24 포
第二十四炮

네 명의 인부들이 수레를 에워싸고 술과 고기를 먹고 있었다. 수레에는 신문을 한 장 펼쳐놓았는데 그것이 바로 그들의 식탁이었다. 나는 신문 위에 놓인 고기를 볼 수 없었지만 고기 향기를 맡을 수는 있었다. 따라서 그들이 두 종류의 고기를 먹고 있다는 것을 알았다. 하나는 숯불에 구운 양꼬치였는데 아주 많은 양념을 섞었고, 다른 하나는 몽골식 구이였는데 치즈를 풍족하게 넣은 것이었다. 길 맞은편의 번화한 야시장은 아직도 성황을 이루고 있었다. 한 무리의 손님들이 떠나버리면 또 다른 한 무리의 손님들이 찾아왔다. 아래턱을 위로 치켜든 어떤 사람이 갑자기 뺨을 움켜쥐고 소리를 질러댔다. 무슨 일인지 다그치자 뺨을 움켜쥔 사내는 이빨이 아프다고 말했다. 어깨가 굽은 늙은이가 차갑게 웃었고, 키가 작은 사내가 대답했다.

"그러니까 아무렇게나 떠들어대지 말래도 자네는 믿지 않더니만.

지금은 믿겠지? 그건 육신肉神이 자네에게 맛을 좀 보여준 거고, 그보다 심한 응징은 나중에 있을 거야."

아래턱을 위로 치켜든 사람이 입을 움켜쥐고 우물거리면서 말했다.

"아이고 어머니! 이놈 아파 죽겠소!"

늙은이가 담배를 깊게 빨아들이자 담뱃불이 늙은이 입 주위의 짧은 수염을 비췄다. 치통을 호소하던 사람이 말했다.

"사부님! 저를 좀 구해주시오."

어깨가 굽은 늙은이가 전혀 호의적이지 않은 목소리로 답했다.

"잘 기억해. 어떤 나무토막이든 일단 조각이 완성된 다음이면 나무토막이 아냐."

치통을 호소하던 사람이 말했다.

"사부님! 정말 아파요."

"아직도 여기서 끙끙거리고 있는 거냐? 어서 사찰 안으로 들어가서 무릎을 꿇고, 주둥이를 움켜쥔 채 이빨이 아프지 않을 때까지 있으란 말이야."

아래턱을 위로 치켜든 사람이 손으로 뺨을 움켜쥐고 휘청거리면서 사찰 안으로 들어가더니 육신상 앞에 엎드려 울면서 빌었다.

"육신님! 육신님! 다시는 그러지 않겠습니다. 그러하오니 넓으신 아량으로 자비를 베푸시어 용서해주십시오……"

아래턱을 위로 치켜든 사내는 기도를 하다가 손을 들어 자신의 입을 팍팍 때렸다.

정월 초하루 오전, 줄곧 우리를 피해 다니던 썬캉이 제 발로 직접 우리집을 찾아왔습니다. 그는 대문 안으로 들어선 뒤 전통적인 예법

대로 우리집 조상님의 위패 앞에 무릎을 꿇고 앉아 머리를 조아리며 예를 표하더니 우리 방으로 들어왔습니다. 그가 나타나자 우리집 식구들은 너무나 의아스러웠고 어머니는 밑도 끝도 없이 이런 말을 꺼냈습니다.

"당신이 어떻게?"

평소에 우리를 보면 항상 죽은 돼지가 뜨거운 물조차 무서워하지 않는 듯한 시큰둥한 표정이었던 썬캉이 오늘은 눈을 내리깔고 무척 온순한 표정을 지은 채 품속에서 두둑한 봉투를 하나 꺼내면서 어색하게 말했습니다.

"형수님, 이 동생이 재주가 없어서 장사를 하다가 실패를 해 형수에게 빌린 돈을 줄곧 갚지 못했습니다. 작년에 부지런히 일해서 돈을 조금 챙겼으니 어찌 됐든 형수에게 진 빚은 갚아드려야지요. 이것은 삼천 위안입니다. 형수님께서 확인해보십시오……"

썬캉은 봉투를 어머니 앞에 내밀고 뒤로 한 발 물러서더니 캉 앞에 놓인 긴 걸상에 앉아 호주머니에서 담배 두 개비를 꺼낸 다음 몸을 일으켜서 캉의 가장자리에 걸터앉아 있는 아버지에게 권했습니다. 아버지가 담배 한 개비를 받았습니다. 썬캉은 나머지 한 개비를 어머니에게 넘겨주었지만 어머니는 그 담배를 받지 않았습니다. 어머니는 합성섬유로 짠 목까지 올라오는 붉은색 스웨터를 입고 있었는데 얼굴마저 빨갛게 비춰져서 아주 젊어 보였습니다. 연탄이 난로 속에서 활활 타고 있었고 방 안은 매우 따뜻했습니다. 아버지가 돌아온 뒤 우리집에는 좋은 일이 연달아 일어났으며 어머니의 심정도 매우 밝아져서 사납던 표정도 사라졌고 목소리마저 바뀌었죠. 어머니가 상냥하게 말했습니다.

"썬캉! 나도 자네가 손해를 봤다는 것을 알고 있네. 아니면 이렇게 오랫동안 갚지 않을 수 없었겠지. 애당초 피땀 흘려 번 돈을 자네에게 빌려줄 때는 자네가 성실한 사람이었기 때문이지. 자네 스스로 찾아와 이렇게 갚으리라고는 꿈에도 생각하지 못했어. 자네는 나를 정말 감동시키네. 그 일 때문에 이 형수가 듣기 싫은 말을 좀 했지만 자넨 달리 생각하지 말게. 우리는 여전히 좋은 이웃이고, 자네 형도 돌아왔으니 앞으로 우리가 만날 일이 많을 거야. 만약 우리가 도울 일이 있다면 절대 송구스럽다고 생각지 말고 부탁하게. 이 일 때문에 이 형수는 자네가 정말 믿을 만한 사람이라는 걸 보다 확실하게 알게 되었네······"

"형수님, 그래도 헤아려보세요······"

"그래! 마주하면 징이고 돌아서면 북이라고, 돈을 주고받을 때는 그 자리에서 헤아려보아야지. 한 장이 적은 것은 괜찮지만 만약 한 장이라도 더 많으면 어쩌지?"

어머니는 말을 하고 나서 봉투에서 돈뭉치를 꺼내 손가락에 침을 묻히고 한 번 세어보더니 아버지에게 넘겨주면서 말했죠.

"당신이 한 번 더 세어보시구려."

아버지는 아주 날렵하게 돈을 헤아려보더니 다시 어머니 앞에 놓으면서 말했죠.

"삼천 위안이오. 틀림없소."

썬캉이 일어나서 입을 헤벌리고 미안하다는 듯 대답했죠.

"형수님, 그 차용증을 제게 돌려줘야 하는 게 아닌지요?"

"자네가 말하지 않았다면 정말 잊을 뻔했네. 그런데 차용증을 어디에다 두었나? 샤오퉁, 엄마가 그 차용증을 어디에 두었는지 아니?"

"몰라요."

어머니는 캉에서 뛰어내려 상자를 뒤집고 궤짝을 엎더니 결국 차용증을 찾아냈습니다.

썬캉은 차용증을 받아 신중하게 몇 번을 훑어보고 확인을 한 다음 조심스레 속옷 주머니 속에 넣고 돌아갔죠.

그 인부가 자신의 입을 때리고 있을 때 나는 작은 목소리로 큰스님에게 내 이야기를 들려주었다. 나는 원래 내 이야기가 저 네 명의 인부들의 주의를 끌어 그들이 다가와 귀를 기울여 들어줄 것으로 생각했는데, 고기에 대한 그들의 관심은 나에 대한 관심을 훨씬 초월하고 있었다. 나는 그들에게 내가 바로 육신의 원형인 뤄샤오통이라고 말하려는 생각도 했지만, 입 가까이 터져 나왔던 말을 다시 삼켜버렸다. 나는 큰스님이 내가 그렇게 말하는 걸 좋아하지 않을 거라고 생각했고, 설령 내가 말을 했다고 하더라도 그들은 나를 믿지 않았을 것이다.

정월 초이틀 밤, 자기 스스로 자신이 훌륭하다고 생각하면서 줄곧 란 씨와 가까이 지내려 하던 랴오치姚七가 마오타이 주를 한 병 들고 우리집에 나타났습니다. 그때 우리집 식구들은 방에서 새로 들여놓은 사각형 식탁에 둘러앉아 식사하고 있었죠. 랴오치가 나타난 건 정말 의외였는데 그는 단 한 번도 우리집을 찾은 적이 없었기 때문입니다. 어머니는 저를 한 번 쳐다보았죠. 저는 평소 어머니가 식사를 하기 전에 대문을 잠그라고 한 것을 지키지 않아서 어머니가 저를 나무라고 있다는 걸 알아차렸습니다. 어쨌든 그 때문에 저 인간이 들어오게 된 것이니까요. 랴오치는 목을 길게 빼고 식탁 위의 음식을 둘러보더니 저를 화나게 하는 어조로 말했죠.

"야! 푸짐하네!"

아버지가 입을 벌리고 뭔가 말을 하려다 그만두었죠.

"우리집이 어떻게 당신네 집과 비교가 되겠어요? 변변치 않은 음식으로 단지 배만 채울 뿐이오."

어머니가 대꾸했습니다.

"변변치 않은 음식이 아닌데!"

"이것은 어제 우리가 먹다 남은 것들이에요. 우리는 어제 저녁에 큰 새우, 꽃게, 오징어 등등을 먹었어요……"

제가 끼어들어 한마디했습니다.

"샤오퉁!"

어머니가 내 말을 끊더니 눈을 부릅뜨고 말했죠.

"밥으로 입을 틀어막지 못하겠니?"

"우린 새우를 먹었어요."

동생은 손으로 크기를 나타내면서 말했습니다.

"이렇게 큰 거요……"

"애들은 거짓말을 하지 않죠."

랴오치가 대꾸했죠.

"제수씨, 뤄퉁이 돌아오고 나더니 가풍이 무척 크게 변했구려."

"우리가 그전에 볼품없는 몰골이었다면 지금 또한 그 모양이오. 밥을 배불리 먹고 나서 소화시킬 곳이 없어 우리집에 입씨름을 하러 온 건 아니겠지요?"

어머니가 따졌습니다.

"사실은 뭐통 아우와 상의할 일이 있어서 찾아왔소."

랴오치가 정중하게 대답했죠.

아버지가 젓가락을 내려놓고 말했습니다.

"그럼 안으로 들어가서 말을 하시구려."

"그 뭐 사람들 귀를 무서워할 대단한 일이라고 방 안까지 들어가 상의하겠소?"

어머니가 아버지를 향해 눈을 치켜뜨고 전등을 쳐다보면서 대꾸했습니다.

"전등 하나를 더 켜면 전기료는 돈이 아니에요?"

"그 말투 속에서 다시 영웅 티를 드러내는구려, 제수씨!"

랴오치는 어머니를 풍자하는 말을 한마디하고 나더니 아버지에게 말했죠.

"사람들 귀를 두려워할 일이 아니라면 나, 랴오치는 거리로 나가 마이크를 들고 온 동네에 방송을 할 거요."

그는 마오타이 주 병을 부뚜막 위에 올려놓고 품속에서 종이 두루마리를 꺼내 아버지 앞에 내밀면서 대꾸했죠.

"이것은 내가 란 씨 비리를 폭로할 자료인데 당신도 여기 서명을 하시오. 우리가 함께 손을 잡고 란 씨를 무너뜨려서 악질 지주의 후대인 그놈이 천하를 좌지우지하는 일이 없도록 막잔 말이오."

아버지는 그것을 받지 않고 어머니를 한 번 쳐다보기만 했죠. 어머니는 고개를 숙이고 생선 토막에 있는 가시를 골라내고 있었어요.

아버지가 잠시 뜸을 들이고 있다가 이야기를 꺼냈죠.

"랴오치 씨, 난 집을 나가서 방황하다가 돌아왔으니 맥이 탁 풀렸고 의지가 많이 약해져 아무 생각하지 않고 오로지 조용히 살고 싶소. 그러니 다른 사람을 찾아서 서명을 받도록 하시구려. 난 그 이름 밑에 서명하지 않을 거요."

랴오치가 냉소를 지으며 대답했죠.

"난 란 씨가 당신네 집에 전기를 끌어대고 황빠오를 통해 썩은 물고기와 새우들을 보내왔다는 걸 알고 있네. 그러나 자네는 뤄퉁이잖소. 자네 눈이 이렇게까지 낮아졌단 말인가? 사람을 꾀기 위한 란 씨의 작은 선심에 벌써 매수되었단 말인가?"

"랴오치! 뤄퉁을 불구덩이 속으로 끌어들이지 말아요. 몇 년 전에 저 사람이 당신과 함께 란 씨와 맞섰다가 결국 어떻게 되었어요? 당신은 뒤에서 어설픈 제안을 해놓고 죽은 고양이를 나무에 올려놓은 것처럼 뤄퉁을 우롱했잖아요. 까놓고 말해 당신은 란 씨를 쓰러뜨리고 본인이 촌장이 되려는 거 아니오?"

어머니가 생선의 살코기를 집어 동생의 그릇에 놓으면서 차갑게 말했습니다.

"제수씨, 난 내 자신을 위해서가 아니라 여러 사람들을 위해 이러는 거요. 란 씨가 당신네 집에 전기를 끌어대고 해물을 보내주는 등등 이런 곳에 사용한 돈은 구우일모九牛一毛*에 지나지 않소. 다시 말하자면 그 돈은 그 사람 돈이 아니라 여러 사람들의 재물이란 말이오. 최근 몇 년간 놈은 마을 땅을 몰래 어떤 사기꾼 부부에게 팔았는데 말로는 과학기술단지를 개발해 미국산 당송**을 심는다지만 그들 부부가 비밀리에 이백 무의 땅을 따툰야오大屯窑 공장에 되팔았단 말이오. 자네가 가서 한 번 보시게. 평평한 땅을 이미 석 자 깊이까지

---

*구우일모(九牛一毛): 아주 작은 돈.
**나무의 품종.

파놓았지. 그 비옥한 좋은 땅을 말이야. 그 장사를 통해 란 씨가 얼마나 많은 돈을 벌었는지 당신들은 알기나 하오?"

"란 씨가 이백 무의 버려진 농경지를 팔았든지 아니면 온 마을을 팔든지 우리는 상관하지 않을 거요. 재주 많은 사람들 보고 나가서 해보라고 해요. 아무튼 우리집 뤄퉁은 나서지 않을 거예요."

어머니가 대꾸를 했습니다.

"뤄퉁, 자네 정말로 목을 움츠린 거북이처럼 살 건가?"

랴오치가 그 고발장을 흔들면서 계속해서 말했습니다.

"그의 작은 처남인 쑤저우도 서명을 했다고."

"누구든지 원하는 사람이 있으면 그 사람에게 서명을 하라고 하시구려. 어찌 됐든지 우리는 서명을 하지 않을 거예요."

어머니가 단호하게 말했습니다.

"뤄퉁, 자네 정말 나를 실망시키는구먼."

"랴오치, 당신 시치미 떼지 말아요. 당신이 촌장이 되면 란 씨보다 더 잘할 것 같아요? 설마 당신이 어떤 사람인지 우리가 모르는 줄 아우? 란 씨가 탐욕스럽다고 하지만 당신이 그 양반보다 더 탐욕스러운 인간이니 무섭단 말이오. 뭐라고 떠들든 하여간 그래도 란 씨는 효자죠. 누구처럼 자기는 대궐 같은 기와집에서 살면서 노모를 초가집으로 내쫓지는 않을 거란 말이오."

어머니가 말하자 랴오치가 고함을 질렀습니다.

"당신이 말한 사람이 누구요? 량위전, 내뱉은 말은 책임을 져야해!"

랴오치가 고함을 질렀습니다.

"나는 촌부에 지나지 않소. 말하고 싶은 대로 말할 뿐, 책임은 무슨 개좆같은 책임이야!"

어머니는 결국 그녀의 본색을 드러내고 아무런 거리낌 없이 말했습니다.

"내가 말한 사람은 바로 자라 새끼 같은 당신이라고. 자기 친어미에게 그렇게 독한 사람이 다른 사람들이야 오죽하겠나? 당신에게 눈치가 있다면 즉시 술병을 갖고 사라지고, 그렇지 않으면 내가 듣기 좋은 말을 충분히 더해줄 테니 가만히 듣구려."

랴오치는 들고 온 물건들을 챙겨 우리 방을 나갔습니다. 어머니가 큰 소리로 말했습니다.

"당신 술병을 가지고 가라니까!"

랴오치가 고개를 돌리고 말했죠.

"제수씨, 술은 뤄통에게 주겠소. 서명과는 상관없소."

"우리집에도 술은 있어요."

어머니가 대답했지요.

"자네 집에 술이 있다는 것을 나는 알고 있네. 란 씨를 따라다니면 술뿐 아니라 뭐든지 다 갖게 되지. 그러나 내가 한마디 충고하는데 자네들 멀리 내다보면서 살게. 옛말에 '인무천일호, 화무백일홍人無千日好, 花無百日紅'이라고 했고, 란 씨는 '다행불의필자폐多行不義必自斃'*라고 했소."

"우리는 누구도 뒤쫓아 다니지 않을 거요. 누가 관리를 하든 우리들은 민초이니 능력 있는 당신들이나 나서서 싸우시오. 우리와는 상

---

*人無千日好, 花無百日紅, 多行不義必自斃: 천 일 동안 좋은 사람 없으며 백 일 동안 피는 꽃이란 없으니(이 세상의 모든 사물은 언제까지 성할 수 없다) 악한 행동을 많이 하면 반드시 목숨을 잃는다. 중국 고사에서 유래된 숙어이다.

관없소."

아버지가 술병을 들어 랴오치에게 넘겨주면서 말했죠.

"당신의 마음은 알겠지만 술은 가지고 가시오."

"뭐통, 자네도 나를 이렇게 깔보는가? 자넨 내가 자네 앞에서 이 술병을 깨버리는 걸 정말 보고 싶은가?"

랴오치가 화를 내면서 말했습니다.

"화 내지 마시게. 그럼 내가 받아두면 될 게 아닌가."

아버지는 술병을 들고 랴오치를 마당까지 바래다주면서 당부했습니다.

"랴오치 형, 내가 보건대 당신도 시끄럽지 않게 하는 게 좋겠소. 지금 잘살고 있는 거 아니오? 그런데 더 이상 뭘 얻겠다는 거요?"

"뭐통, 자네는 마누라와 함께 좋은 날을 보내게. 난 이대로 밀고 나갈 테니까. 란 씨를 넘어뜨리지 않는다면 내 이름은 랴오치가 아니란 말이야. 자넨 란 씨를 찾아가 내가 그놈과 한바탕 싸울 준비를 하고 있다는 말을 전하게. 난 조금도 두렵지 않다고 말이야."

"난 아직 그 정도까지 타락하지 않았소."

아버지가 말을 되받았습니다.

"모를 일이야! 여보게, 자네 둥베이東北 지방에 한 번 다녀오더니 불알마저 흘려버리고 온 것 같구먼."

랴오치는 그렇게 비아냥거리다가 고개를 숙여 아버지의 아랫도리를 바라보면서 물었죠.

"아직도 쓸 수 있는가?"

제 25 포
第二十五炮

　한밤중이 되자 네 명의 인부들은 얼굴을 가슴에 파묻고 입을 다시
면서 잠이 들었다. 그 고독한 고양이가 나무 굴 속에서 기어나와 수
레 위에 인부들이 먹다 남긴 고기들을 연신 물어 갔다. 땅 위에서 하
얀 안개가 피어오르자, 야시장의 붉은 등불은 더더욱 신비하고 몽롱
했다. 마대 자루와 기다란 손잡이가 달린 그물망 그리고 쇠망치를 든
세 사람이 몸에 짙은 마늘 냄새를 풍기며 어둠 속에서 슬금슬금 다가
오고 있었다. 길가에 임시로 설치해둔 전등의 창백한 불빛을 이용해
나는 그 인간들의 교활하고 나약한 눈빛을 목격했다.

　큰스님, 어서 보십시오. 고양이 사냥을 하는 사람들이 왔어요.

　큰스님은 못 들은 척했다. 내가 듣기로는 육식절 축제 기간 동안
몇몇 음식점에서는 남부 지방에서 찾아온 고객들의 까다로운 미각을
맞추기 위해 고양이 고기를 주 재료로 사용한 메뉴 세트를 개발해놓

았다고 했다. 내가 대도시에서 밤에 노숙할 때 저렇게 전문적으로 고양이만을 사냥하는 인간들과 한데 어울려 다닌 적이 있기에 그들의 손에 들린 도구를 보고 그 인간들이 무엇을 하려는 것인지 알 수 있었다.

큰스님, 말하자면 정말 부끄럽군요. 저는 대도시에서 살아나갈 방법이 없어서 저런 사람들과 함께 고양이를 잡으러 다닌 적이 있었지요. 저는 시내에 있는 집에서 사육하고 있는 고양이들이 일반적인 고양이가 아니라 아들딸처럼 귀하게 여기는 애완용이라는 것을 알고 있었습니다. 그런 고양이들은 일반적으로 밤에는 밖으로 나오지 않는데 다만 발정기 때에는 안락한 보금자리를 떠나 거리로 나와서 색다른 즐거움을 찾곤 했습니다. 연애하는 사람들이 종종 이성을 잃듯 연애 중인 고양이들도 멍청이들이죠. 큰스님, 그때 저는 세 명의 사내들을 따라 야밤에 출행했습니다. 그리고 모골이 송연해지는 고양이 울음소리를 들으며 놈들이 즐겨 모이는 장소로 조용히 접근해 갔죠.

그곳에는 살이 쪄서 새끼 돼지만 한 고양이와 쥐들을 보면 벌벌 떠는 바보 같은 고양이들이 한데 엉켜 있었다. 놈들이 서로를 막 끌어안을 때 그물망을 쥔 사내가 정확하게 덮어씌웠다. 고양이는 그물 속에서 몸부림을 쳐댔다. 그러면 쇠망치를 쥔 사내가 달려가 고양이 대가리를 겨냥해 한 번 내리친 뒤 그 다음에 다시 한 번 퍽 하고 내리치면 엉겨붙은 두 놈들은 아무 소리도 내지 못했다. 손에 아무것도 들지 않은 사내는 두 마리의 고양이를 주워 마대 자루에 집어넣었다. 그리고 그들은 담장 밑을 따라 슬그머니 사라져서 고양이들이 즐겨 모이는 다른 장소로 이동하기 마련이었다. 가장 많이 노획하는 날이면 우리는 자루 두 개에 가득 잡았는데 사백 위안을 받고 음식점에 팔았다. 나는 그들의 정식 일원이 아니었고 단지 들러리였기 때문에 놈들은 내 몫으로 오십 위안만 주었다. 오십 위안을 들고 작은 음식점에서 한 끼를 배불리 먹었다. 내가 다시 지하 통로로 내려가 그놈들을 찾았을 땐, 그들은 이미 종적을 감춘 뒤였다. 낮에는 그들을 찾을 수 없었으니 나는 밤에만 고양이를 사냥하는 장소로 찾아가 그들과 합류하고자 했다. 그런데 그곳에 도착하자마자 나는 도시의 방범대원들에게 붙잡히곤 했다. 방범대원들은 아무 말도 하지 않고 다짜고짜 나를 때렸다. 나는 고양이를 잡는 사람이 아니라고 변명했지만 방범대원들은 내 옷에 묻은 피를 가리키면서 거짓말을 한다며 또 때렸다. 그리고 그들은 나를 어떤 곳으로 끌고 갔는데 그곳에는 고양이를 잃은 사람들이 모여 있었다. 그 사람들 가운데는 백발이 성성한 늙은이도 있었고 보석이 빛을 발하는 부인들도 있었으며 눈물을 흘리는 어린아이들도 있었다. 고양이 도둑을 잡았다는 소리를 듣자 그들은 호랑이처럼 달려들었다. 그들은 한편으로 울면서 한편으로는 내게 복수를 했다. 남자들은 발로 내 정강이뼈와 고환을 걸어찼는데 대개 가장 아픈 곳이었다. 아이고 어머니! 여자들의 복수는 더욱 소름이 끼쳤다. 여자들은 내 귀를 비틀었고 눈을 후벼 파냈으며 코를 비틀었고 또한 손에 경련을 일으키던 늙은 할머니는 사람들을 비집고 들어와 손을 내밀더니 얼굴을 할퀴고 그것으로 성이 차지 않았는지 고개를 숙여 내 머리를 물어뜯었다. 나는 언제 정신을 잃고 넘어졌는지 알 수 없었다. 깨어났을 때는 커다란 쓰레기 더미 위에 누워 있었다. 나는 몸을 짓누르고 있는 쓰레기를 힘껏 밀어버리고 고개를 내밀고서 공기를 몇 모금 마신 뒤 긴 한숨을 내쉬었다. 그리고 있는 힘을 다해 쓰레기 무더기에서 빠져나왔다. 높은 쓰레기 더미 위에 올라앉자 발아래로 펼쳐진 번화한 도시가 내려다보였다. 온몸은 아팠고 배는 고팠으니 이젠 죽음 가까이에 닿았다고 생각했다. 나는 갑자기 부모와 동생을 생각했으며 심지어 란 씨마저 떠올렸고 내가 도축 마을에서 현장 주임으로 있을 때 마음껏 고기를 먹고, 술을 마시며 여러 사람들의 존경을 받던 시절을 생각했는데, 그러자 눈물이 줄 끊어진 구슬처럼 흘러내렸다. 손가락 하나 까딱할 기운조차 없이 도시의 쓰레기 더미 위에 쓰러져 곧장 죽을 것 같았다.

바로 그 위기의 시각, 큰스님! 제 손에 부드러운 물건이 다가왔고 또 코는 오랜만에 노새 고기 향기를 맡을 수 있었습니다. 저는 그것을 움켜쥐고 포장을 뜯었습니다. 귀여운 노새 고기가 눈앞에 나타났습니다. 저는 그 고기가 무척 억울하다는 투로 말하는 소리를 들었습니다. "뤄샤오퉁, 나를 평가해다오. 다른 인간들은 유효기간이 지났다고 나를 이렇게 쓰레기 더미에 내다버렸어. 사실 내 모든 기능은 아직 생생하단 말이야. 영양가도 여전하고 향기도 풍기고 있어. 뤄샤오퉁, 어서 나를 먹어줘. 만약 네가 나를 먹는다면 나는 불행 중 다행이라고 여길 거야." 저는 감정을 억제하지 못하고 그것을 움켜쥐었습니다. 입은 저절로 열렸고 이빨도 끊임없이 떨렸습니다. 그러나 큰스님, 노새 고기가 제 입에 닿는 순간 저는 갑자기 제가 했던 결심을 떠올렸습니다. 동생이 고기 중독으로 죽을 때 저는 하늘에 대고 영원히 고기를 먹지 않겠다고 맹세했으며 다시 고기를 먹을 때는 죽어버릴 것이라고 했는데. 하지만 지금은…… 저는 노새 고기를 쓰레기 더미에 놓아버렸습니다. 그러나 저는 너무도 배가 고팠습니다. 너무도 배가 고파 이제 죽음의 언저리에서 헤매고 있었습니다. 그래서 저는 다시 그것을 집어 들었으나 달빛에 비친 여동생의 얼굴이 허옇게 나타나는 게 아니겠습니까. 큰스님, 그때 고깃덩이가 차갑게 웃으면서 말하더군요.

"뤄샤오퉁, 너는 맹세를 지키는 사람이구나. 나는 너를 테스트하려고 찾아온 거야. 이제 곧 죽을 사람이 고기를 보고 맹세를 지킨다는 건 쉬운 일이 아닌데! 바로 이런 점 때문에 내가 예언하겠는데, 넌 이제 아주 크게 출세할 거야. 만약 기회를 잘 만난다면 너는 심지어 이 세상에 이름을 드날리는 신이 될 수도 있겠지! 사실대로 고백하자면 나는 노새 고기가 아니라 달의 신이 너를 테스트하기 위해 파견한 인조 고기야. 내 주요 성분은 콩 단백질이고 거기에다 부재료로 첨가제와 전분을 넣었어. 그러니 너는 걱정하지 말고 나를 먹어. 내가 비록 고기는 아니지만 너 같은 육신에게 먹힌다는 것도 행운이야."

나는 인조 고기의 말을 듣고 다시 한 번 뜨거운 눈물을 흘렸다. 하늘이 나를 살려준 것이었다. 나는 노새 고기와 별다른 점이 없는 인조 고기를 먹으면서 많은 것을 생각했다. 그 가운데 하나는 바로 적당한 시기가 되면 욕망으로 가득한 이 세상 속에서 뛰어나와야겠다는 것이었다. 부처가 될 수 있으면 부처가 될 것이고, 부처가 될 수 없다면 신선이라도 될 것이며, 신선이 못 된다면 마귀라도 될 것이다.

저는 오늘도 아버지 어머니와 함께 란 씨네 집에 새해 인사를 하러 갔던 그날 밤을 잊을 수 없습니다. 비록 그 일은 이미 십 년이 거의 지났고 저도 이제 성인이지만, 또한 억지로라도 잊어버리려 애썼지만, 그날 밤 일어난 일은 세부적인 일까지 모조리 잊지 못하고 있죠. 그 세세한 일들이 마치 제 뼛속에 박혀 빼낼 수 없는 탄알처럼 아픔으로 남아 그 존재의 위력을 증명하고 있습니다.

사건은 랴오치가 다녀간 다음 날 발생했습니다. 그러니까 그해 정월 초이튿날이었습니다. 저녁을 대충 먹고 난 뒤 어머니는 답답하게 담배만 피우고 있는 아버지를 재촉했습니다.

"어서 가요. 일찍 갔다가 빨리 돌아오도록 해요."

아버지는 담배 연기 속에서 머리를 쳐들면서 난처하게 말했죠.

"꼭 가야 되겠소?"

"당신, 어떻게 된 영문이에요?"

어머니는 기분 나쁘다는 듯 따졌죠.

"오후에 다 말했잖아요. 시간이 되자 또 변하는 거예요?"

"무슨 일인데요?"

저 역시 호기심에 차 물었습니다.

"무슨 일이에요?"

여동생도 물었습니다.

"애들이 상관할 일이 아니야."

어머니가 대답했습니다.

아버지는 가련한 눈길로 어머니를 바라보면서 말했습니다.

"나는 가지 않는 편이 좋을 것 같소…… 꼭 가야 한다면 당신이 샤오퉁을 데리고 다녀오시구려. 당신이 내 의사를 전해도 되잖소……"

"어디로 가는데요?"

저는 흥분되어 물었습니다.

"저는 갈 거예요."

"너는 상관하지 마."

어머니는 저를 훈계하고 나서 고개를 돌린 뒤 아버지에게 말했습니다.

"저도 당신이 낯간지러워서 그런다는 건 알아요. 하지만 새해 인사를 하는 건데 당신 위신이 떨어질 것은 없어요. 그 양반은 촌장이고 우리는 백성이니, 백성이 촌장에게 새해 인사를 하는 건 아주 정상적인 행위죠!"

"다른 사람들이 떠들어댄단 말이오."

아버지는 퉁명스럽게 대답했습니다.

"나는 다른 사람들이 내가 란 씨 엉덩이를 핥는다고 떠들어대는 소리를 듣기 싫단 말이오."

"새해 인사하는 게 엉덩이를 핥는 행위인가요?"

어머니가 계속해서 대들었지요.

"그럼 란 씨가 사람을 보내 전기선을 늘여주고, 음식을 보내주고, 애들에게 용돈을 보내주는 것도 당신 엉덩이를 핥는 일이겠네?"

"그건 다른 얘기지……"

아버지가 대꾸했지요.

"당신이 제게 한 맹세는 모두 거짓말이에요……"

의자에 앉은 어머니 얼굴이 창백해지더니 눈물을 흘리며 고통스럽게 한마디했죠.

"결국 당신은 우리와 함께 잘 살아볼 생각이 없군요."

"란 씨는 인물입니다!"

비록 저는 어머니에게 별로 호감은 없었지만 눈물을 흘리는 걸 보니 안쓰러워서 한마디 거들었습니다.

"아버지! 저는 갈래요. 란 씨는 아주 재미있는 사람이에요. 우리 가족은 당연히 그 사람과 친구 사이로 지내야 합니다."

"네 아버지에게 란 씨가 눈에 들겠니?"

어머니가 말했습니다.

"네 아버지는 랴오치만 친구로 사귀려고 한단다."

"아버지, 랴오치는 좋은 사람이 아니에요. 아버지가 집에 없을 때 그 사람은 아버지를 욕했단 말이에요."

"샤오통, 어른들 일에 참견하지 마."

아버지가 퍽 겸연쩍은 듯 말했죠.

"제가 보기에는 샤오통이 당신보다 더 식견이 있어요."

어머니가 씩씩거리며 말했습니다.

"당신이 집 나간 뒤 진짜로 우리를 돌보아준 사람은 그래도 란 씨였단 말이에요. 랴오치 같은 인간은 오직 우리가 사는 걸 구경만 할 뿐이었죠. 그럴 때에 좋은 사람과 나쁜 사람이 분명히 구별되는 거예요."

"아버지, 저도 갈래요."

여동생이 참견했지요.

아버지는 길게 한숨을 내쉬었습니다.

"됐어! 그만 떠들구려. 내가 가면 되잖소."

어머니는 궤짝에서 파란색 나일론 중산복을 꺼내 아버지에게 넘겨주면서 두 마디 말을 할 필요조차 없다는 투로 말했죠.

"바꿔 입어요."

아버지는 입을 벌렸지만 결국 아무 말도 하지 않았습니다. 아버지는 어머니의 말에 순종해 기름때가 번지르르한 재킷을 벗고 새 옷으로 갈아입었어요. 어머니가 단추를 끼워주려고 하자 아버지가 밀쳐버렸고 어머니는 아버지의 뒤로 돌아가서 아버지의 옷매무새를 잡아주었는데 아버지는 그것까지 뿌리치지는 않았죠.

우리 네 식구는 함께 문을 나섰습니다. 한림 거리에는 설날 전에 새로 설치한 수십 개의 가로등이 이미 밝은 빛을 내뿜고 있었습니다. 한 무리의 아이들이 거리에서 뛰놀고 있었습니다. 어떤 젊은이는 가로등 밑에서 책을 보고 있었고, 몇몇 남자들은 가로등 밑에서 팔짱을 끼고 한담을 나누고 있었죠. 그리고 네 명의 젊은 사내들이 새 오토바이를 타고 거리에서 자신들의 기교를 자랑하고 있었죠. 그들은 일부러 액셀러레이터를 세게 당겼고, 그 바람에 오토바이가 굉음을 질렀죠. 동네에서 수시로 폭죽 터지는 소리가 들려왔습니다. 수많은 집들의 대문 앞에는 붉은 등불이 두 개씩 걸려 있었는데 땅 위에는 두꺼운 종이 부스러기가 쌓여 있었죠. 그건 폭죽을 터뜨리고 난 잔해였죠. 섣달 그믐날 저녁에 아버지가 놀란 표정으로 말한 적이 있었습니다.

"폭죽을 저렇게 많이 터뜨리네. 한마디로 세계대전이 일어난 것 같구나!"

"돈이 많아야 폭죽도 많이 터뜨리는데 저것은 모든 사람들이 돈을 많이 벌었다는 걸 설명하는 거라고요. 그리고 란 씨의 지도력이 괜찮았다는 것을 말해주는 거죠."

어머니가 아버지의 말을 받아서 설명했지요.

한림 거리를 걸어가는 우리는 란 씨의 지도력이 정말 괜찮다는 걸 느낄 수 있었죠. 사방 백 리 안의 마을에서 아스팔트 길을 내고 거리에 가로등을 설치한 곳은 우리 도축 마을밖에 없었죠. 우리 동네에는 대부분 기와집을 지었고 대다수의 집에는 많은 돈을 들여 인테리어 장식까지 했답니다.

아버지는 동생의 오른손을 잡고 저는 동생의 왼손을 끌고 어머니는 내 왼손을 잡고서 우리 네 식구는 한림 거리를 걷고 있었어요. 그런 모습으로 거리에 나서기는 우리집에서는 처음이자 마지막이었어요. 저는 난생처음으로 일종의 긍지와 행복감을 느꼈죠. 동생은 매우 기뻐했고 아버지는 약간 어색해했으며 어머니는 무척 편안해하는 모습이었죠. 거리에서 사람들이 우리를 보고 인사하면 아버지는 다만 "예, 예" 하고 말았지만 어머니는 아주 명랑하게 응답했습니다. 우리가 란 씨네 집으로 통하는 한림교가 있는 넓은 골목으로 접어들기 위해 길을 꺾어 들었을 때 아버지의 모습은 더욱 부자연스러워졌습니다. 그 골목에도 가로등이 설치되어 있었죠. 가로등은 골목 양쪽에 있는 검게 칠한 집 대문에 새빨간 글씨로 써 붙여놓은 대련對聯*을 비추고 있었어요. 멀리 보이는 한림교 위에도 십여 개의 오색 전등이 설치되어 있어서 다리의 모습을 돋보이게 했죠. 강 맞은쪽은 바로 진鎭 정부기관의 광장이었는데 그곳은 더욱 휘황찬란했어요.

저는 아버지의 마음을 알고 있었는데 아버지는 바로 그런 불빛을 두려워하고 있었던 것이죠. 아버지는 골목이 칠흑같이 어두워 우리네 식구의 모습을 가려주기를 바라고 있었죠. 어둠 속에서 아버지는 란 씨에게 새해 인사를 마치길 원했으며 다른 사람들이 우리를 발견하지 못했으면 하고 갈망했던 것입니다. 그러나 어머니의 심리는 정반대여서 사람들이 우리가 란 씨네 집으로 새해 인사를 간다는 것을 알리고 싶었으며, 우리집과 란 씨네가 이미 좋은 관계를 맺고 있으며, 자기 남편이면서 제 아버지인 그가 잘못을 고치고 바른 길로 돌아왔으며, 성실하지 못하게 허송세월을 보내던 한량으로부터 훌륭한 남편이자 착한 아버지로 변했다는 것을 알리려고 했던 것이죠. 저는 마을의 많은 사람들이 우리집에서 발생한 일들을 이야기할 때 어머

*대련(對聯): 대문 문설주에 붙이는 부적.

니에 대해 우러러 탄복한다는 걸 알았죠. 그들은 말하기를 "량위전은 정말로 대단한 여자야. 고생할 줄도 알고 인내력도 있으며 또 멀리 내다보는 안목도 있으니 사리에 밝아서 그녀는 분명히 속에 든 것이 있는 무서운 인물이야." 이렇게 말했습니다. 그리고 어떤 사람들은 "이제 두고 봐. 그 집은 이제 곧 잘살게 될 거야." 이런 말을 하기도 했습니다.

란 씨네 대문은 그다지 출중하지 못했죠. 이웃집의 대문과 비긴다면 심지어 초라해 보였으며 우리집 대문보다 기품이 떨어졌죠. 우리는 대문 앞의 계단에 서서 문고리를 잡고 두드렸죠. 우리는 곧 셰퍼드가 미친 듯이 짖는 소리를 들었는데 그 소리조차 낮고 위엄이 있었어요. 동생은 긴장을 해서 내 품속으로 숨어들었답니다. 나는 그 아이를 위로해주었죠.

"겁내지 마. 쟈오쟈오! 이 집 개는 사람을 물지 않아."

어머니가 계속해서 문을 두드렸지만 셰퍼드가 미친 듯이 짖어대는 소리 외에는 아무런 기척도 없었죠. 아버지가 소리를 낮추어 말했습니다.

"그냥 돌아갑시다. 집에 없을 수도 있잖소."

"그렇다고 해도 집을 지키는 사람은 있을 거 아니에요?"

어머니가 말했습니다.

어머니는 고집스럽게 문고리를 두드렸는데, 그 소리는 강하지도 약하지도 않았으며 속도 또한 빠르지도 느리지도 않았습니다. 그것은, 만약 누가 나와서 문을 열지 않는다면 계속해서 두드리겠다는 뜻이었죠.

어머니의 노력은 마침내 회답을 얻었죠. 우리는 먼저 개 짖는 소리

속에서 방문이 여닫히는 소리를 들었고, 그리고 여자 아이의 맑은 소리가 들려왔어요. 그 여자 아이는 셰퍼드에게 "개야, 짖지 마!"라고 소리 치고 나서 타박타박 소리를 내면서 대문 가까이 접근해왔습니다. 이어서 우리는 대문 안쪽에서 퍽 귀찮아하는 듯한 목소리가 들려오는 걸 들었습니다.

"누구세요?"

"우리야. 너 톈꽈恬瓜지? 나는 량위전이야. 뤄샤오퉁의 엄마인데, 너희 집에 세배하러 왔단다."

어머니가 말했죠.

"량위전?"

우리는 여자 아이가 대문 안에서 의심스럽게 자문자답하는 소리를 들었죠.

어머니는 나를 찌르면서 말을 하라고 눈치를 주었습니다. 저는 톈꽈가 란 씨의 무남독녀이며, 퍽 많이 컸을 것이고 그 애 엄마는 이미 둘째 아이를 낳아도 될 것인데 아직 낳지 않고 있다는 걸 알고 있었죠. 저는 란 씨의 부인이 중병에 걸려서 출입을 하지 않는다는 말을 얼떨결에 들은 적이 있었죠. 저는 저 톈꽈를 알고 있었는데 그 아이는 노란 머리카락을 지녔고 코에는 두 줄기의 누런 콧물을 항상 달고 다녔으며 저보다 더 칠칠치 못했죠. 그 여자 아이와 제 동생과는 서로 비교할 수도 없었으므로 저는 그 아이를 조금도 좋아하지 않았죠. 어머니가 제게 말을 하라고 하다니? 설마 제가 나서는 것이 어머니가 나서는 것보다 낫다는 말인가요? 저는 겨우 다음과 같이 말했습니다.

"톈꽈! 문 열어. 나 뤄샤오퉁이야."

열린 문틈으로 탠쫘의 얼굴이 나타났죠. 저는 그 애가 이젠 누런 코를 흘리지 않을 뿐 아니라 무척 예쁘고, 작은 솜저고리를 입고 있는 걸 보았죠. 머리카락도 제 기억 속에서처럼 노랗고 흐트러진 머리가 아니었어요. 전체적으로 그 아이는 제 기억에 있던 여자 아이보다 훨씬 예뻤죠. 그 아이는 눈을 가늘게 뜨고 저를 가늠해보았는데 얼굴 표정이 아주 괴상했어요. 그녀의 노란 머리와 가는 눈은 저로 하여금 그리 멀지 않은 과거에 보았던 여우를 떠올리게 했어요——또다시 여우네요, 큰스님. 정말 죄송합니다. 저는 두 번 다시 여우에 대해 말하고 싶지 않지만 여우는 항상 저를 찾고 있어요——그 여우들은 처음에는 진귀한 동물로 간주되어 대대적으로 사육되고 번식되다가 나중에는 팔리지가 않아 결국 우리 마을의 도축업자들에게 헐값에 팔려서 도축되어 개고기 속에 섞여 팔려나갔어요. 우리 마을의 도축업자들은 여우를 잡을 때도 여우 고기 속에 물을 주입시키는 것을 잊지 않았답니다. 물론 소나 돼지고기 속에 물을 주입하기보다 더욱 어려웠는데 그것들이 그만큼 교활하고 애를 먹였기 때문이죠. 내가 여우에게 물을 주입시키는 정경을 생각하고 있을 때 노란 머리의 탠쫘가 말했습니다.

"아빠는 우리집에 계시지 않으신데요."

우리는 어머니의 인솔하에 아무런 설명도 하지 않고 그 집 대문 안으로 밀고 들어서면서 손으로 문을 짚고 서 있는 탠쫘를 한쪽으로 밀어냈습니다. 저는 굉장히 큰 셰퍼드 몇 마리가 사납게 공중으로 뛰어오르는 것을 보았는데 눈과 이빨이 등불 아래에서 번뜩였으며 쇠사슬이 그것들의 목 아래에서 절그렁절그렁 소리를 냈죠. 그것들의 생김새는 늑대와 전혀 구별할 수 없었으며 만약 쇠사슬에 매여 있지 않앗다면 그것들은 우리 몸을 덮쳐서 갈기갈기 찢어놓았을 겁니다. 얼마 전 제가 혼자 란 씨네 집에 뛰어들었을 때는 그것들이 이처럼 두렵게 느껴지지 않았죠. 그러나 오늘 저녁 아버지 어머니와 동생이 함께 있는데도 오히려 셰퍼드들이 더욱 무섭게 느껴졌어요. 그 집의 대문 안으로 들어선 후에 어머니가 말했습니다.

"탠꽈, 네 아버지가 너희 집에 계시지 않아도 괜찮아. 네 엄마를 좀 뵙고 또 너를 좀 보고 잠깐 앉았다가 곧 갈게."

탠꽈가 대답하기 전에 우리는 위대한 란 씨가 동쪽 방문 앞에 서 있는 것을 보았죠.

제 26 포

第二十六炮

그 세 명의 사내들은 훈련이 잘된 듯했는데, 매우 표독스러운 동작으로 그 암고양이를 단 한 번에 덮쳤으며, 그리고 대뜸 한 번에 정신을 잃게 한 뒤, 꼬리를 쥐고 마대자루 속에 집어넣었다. 나는 일어나서 고양이를 구해주고 싶었지만 한동안 무릎을 꿇고 앉아 있었기 때문에 발이 저려 일어날 수가 없었다. 나는 큰 소리로 "그것은 방금 새끼를 낳은 어미 고양이야. 어서 놓아줘!"라고 소리를 질렀다. 그런데 나는 내가 지른 소리가 칼처럼 날카롭다고 여겼지만, 그들은 아무런 반응도 보이지 않았다. 그들은 담장 모퉁이에 모여 앉아 잠을 자고 있는 타조들을 발견하고는 흥분해서 달려들었는데, 그런 몰골은 세 마리의 늑대들 같았다. 그 바람에 놀라서 깨어난 타조들이 비명을 지르면서 그들과 격투를 벌였다. 수컷 타조 한 마리가 발을 휘둘렀고, 그물을 쥐고 있던 사내의 코가 타조의 발길에 걸어차였다. 타조들은 목을 치켜들고 비틀거리며, 매우 혼란스럽게 사방으로 마구 내달리더니 한 곳으로 모여서 맞춘 듯 일정한 발걸음으로 거리를 향해 날려 나갔다. 그것들이 달리는 발굽 소리가 어둠 속에서 전해졌다가 점차 약해지더니 어디론가 사라졌다. 타조의 발길질에 코를 얻어맞은 사내가 땅에 꿇어앉아 코를 싸쥐고 있었는데, 피가 그의 손가락 틈으로부터 새어 나오고 있었다. 상처를 입지 않은 두 사내는 동료를 끌어안아 일으키면서 나지막한 소리로 위로하고 있었다. 그러나 그들이 손을 놓자 상처를 입은 사내는 곧 자리에 털썩 주저앉았는데 그런 동작은 뼈가 다 녹아버리고 고깃덩어리만 남아서 몸을 지탱하지 못하는 것 같았다. 두 사내가 그를 다시 위로하자 그는 엉엉 소리를 내서 울고 말았는데 그 소리는 매우 억울한 누명을 쓴 어린아이의 비명 같았다. 두 사내들 중 하나가, 죽은 타조 세 마리를 발견하고는 흥분이 되어 뛰어오르면서 소리를 질렀다.

"형님, 그만 우시오. 고기가 생겼소!"

사내가 울음을 그치면서 코를 움켜쥐고 있던 손을 얼굴에서 떼어 냈다. 세 사내의 여섯 개의 눈동자는 세 마리의 죽은 타조를 뚫어지게 쳐다보았고, 그들은 잠시 얼이 나간 듯 서 있었다. 그러고 나서 그들은 모두들 하나같이 무척 기뻐하며 자리에서 일어났고, 상처를 입은 사내도 펄쩍 뛰어 일어났다. 그들은 어미 고양이를 마대 자루에서 쏟아버렸다. 어미 고양이는 땅에서 야옹거리면서 그 자리에서 빙빙 돌았는데 그 모습을 보니 몹시 어지러웠다. 그들은 죽은 타조들을 마대 자루 속에 집어넣으려고 했지만 타조들이 너무 커, 자루 안으로 집어넣을 수가 없었다. 그들은 하는 수 없이 마대 자루를 버리고 마치 수레를 끄는 노새처럼 타조의 두 다리를 붙잡아 끌며 큰길을 향해 걸어갔다. 나는 그들의 기다란 그림자가 길에 늘어서 있는 것을 보면서 눈으로 배웅했다.

란 씨네 동쪽 행랑채 방에는 두 대의 전기난로가 켜져 있었고, 굵은 텅스텐 필라멘트는 투명한 덮개 속에서 붉은 빛을 내고 있었습니다. 저는 어머니를 따라서 폐품을 수집하던 그 몇 년 동안 보다 많은 지식을 얻었는데, 그 가운데 하나가 바로 전기 방면의 지식이었습니다. 저는 이런 전기난로는 전력 소모량이 아주 많다는 것을 알고 있었으며, 그래서 일반적인 가정에서는 감히 사용할 엄두를 내지 못한다는 것도 알고 있었습니다. 실내의 온도는 아주 높았는데, 란 씨는 단지 굵은 털실로 짠 브이넥 조끼를 입고 있었으며, 와이셔츠의 칼라는 눈처럼 하얗고 목에는 붉은 체크무늬의 넥타이를 매고 있었습니다. 그의 얼굴에 드리워진 노란 구레나룻은 깔끔히 면도를 해버린 상태였고, 머리를 아주 짧게 이발을 했는데, 반쪽이 잘린 귀가 더욱 선명하게 눈에 띄었습니다. 수염 흔적이 있는 그의 두 볼은 약간 아래로 처져 있었고 눈꺼풀도 조금 부어 있는 것 같았지만, 그렇더라도 제 마음속에 있는 그의 참신한 모습은 변함이 없었습니다. 그의 어디가 촌사람 같은가요? 그는 분명 관가의 녹을 먹는 간부의 모습이었죠. 그의 치장한 모습과 행동거지는, 나일론으로 만든 중산복을 걸친 아버지를 단번에 시골뜨기로 만들었지요. 란 씨는 우리가 갑자기 나타난 것을 별로 개의치 않는 것 같았습니다. 그는 매우 친절하게 우리를 향해 앉으라고 자리를 권했고 또한 제 머리를 다독거리기도 했습니다. 검정색 소파에 앉자 저는 엉덩이가 아주 편안하다는 느낌을 받았죠. 그런데 편하기는 무척 편했지만 의자 같은 느낌이 없어서 마치 구름 위에 앉아 있는 것 같았습니다. 동생은 가죽 소파에 앉아서 엉덩이를 까불거리면서 깔깔 웃음소리까지 냈습니다. 아버지와 어머니는 아주 어색하게 소파의 가장자리에 앉아 있었습니다. 그들의 자세는 란 씨네 가죽 소파의 편안함을 느낄 수 없게 만들 정도였지요. 란 씨는 벽 모서리에 있는 장식장에서 화려한 철제 상자 하나를 꺼내더니, 뚜껑을 열고 금종이에 포장된 초콜릿을 꺼내 저와 동생에게 먹으라고 권했습니다. 동생이 초콜릿을 한 입 깨물더니 곧 뱉어버리면서 말했습니다.

"약이다!"

"약이 아니라 초콜릿이야!"

제가 동생 말을 고쳐주었는데 그것은 단지 제가 어머니를 따라다니면서 쓰레기를 주울 때 얻어들은 지식을 자랑하는 것이 아니었습니다.

"먹어봐! 영양가가 아주 많아. 그리고 열량도 매우 높아서 운동선수들도 모두 이것을 먹는다고."

저는 란 씨가 칭찬하는 눈길로 저를 쳐다보고 있는 걸 목격했으며 저도 모르게 마음속으로 득의양양해졌습니다. 사실 제가 알고 있는 지식들은 그 외에도 많았습니다. 폐품은 하나의 백과사전이었으며 그것들을 수집하고 분리하는 과정은 바로 백과사전을 열심히 독파하는 과정이었습니다. 나이가 듦에 따라 저는 어머니를 따라서 폐품을 수집했던 그 몇 년간이 제 인생에 있어서 아주 많은 것들을 얻게 했다는 것을 알게 되었으니, 그것이 곧 저의 초등학교였고 중고등학교였으며 대학교였던 것입니다.

동생은 여전히 초콜릿을 먹지 않았습니다. 란 씨는 장식장에서 개

암, 아몬드, 은행, 호두 등이 잔뜩 들어 있는 그릇을 내려서 다탁 위에 올려놓았죠. 그리고 그는 우리 앞에 앉아서 작은 망치로 호두와 개암을 깨서 그 속에 든 살을 세세히 파내어 동생 앞에 놓아주었습니다.

어머니가 말했습니다.

"촌장님, 애들은 신경 쓰지 마세요."

란 씨는 밑도 끝도 없이 말했습니다.

"량위전, 당신은 정말로 복이 있소!"

"무슨 소리예요? 저처럼 원숭이 볼에다 뾰족한 주둥이를 지닌 여자가 무슨 복이 있다고 그러세요?"

란 씨가 어머니를 쳐다보더니 미소를 지으면서 말했습니다.

"자기 스스로를 낮추어 말하는 사람은 다시 봐야 한다니까."

어머니가 얼굴을 붉히면서 말했습니다.

"촌장님! 당신 덕분에 저희들은 한 해를 아주 잘 보냈습니다. 우린 촌장님께 세배를 하러 찾아온 거예요. 샤오퉁, 쟈오쟈오! 너희 남매가 함께 무릎을 꿇고 큰절을 올려!"

"아냐, 아냐……"

란 씨는 다급히 일어나 커다란 손을 흔들면서 말했습니다.

"량위전, 당신이 어떻게 이런 생각을 다 할 수 있단 말이오? 이처럼 큰 선물을 내가 어떻게 받을 수 있다고 그러는 거요? 당신은 자신이 어떤 자식들을 키우고 있는지도 모르오?"

란 씨는 허리를 굽히고 저와 동생의 머리를 다독이면서 과장되게 말했습니다.

"이 아이들은 금 덩어리 같은 사내놈에다 보배로운 여식이라고. 앞날이 창창하단 말이야. 우리는 아무리 애를 써봐도 개울 속의 미꾸라지라서 용이 될 수 없지만, 얘들은 다르단 말이오. 나는 말 새끼 관상은 볼 줄 모르지만 사람 관상은 볼 줄 알지."

란 씨는 커다란 손으로 저와 동생의 얼굴을 보듬어 잡고 자세히 살펴보더니 고개를 들어 우리 부모에게 말했습니다.

"자네들도 보게나. 이렇게 잘생긴 얼굴들이니 틀림없어. 그러니 자네들은 애들 덕에 잘살 준비나 하시게."

"촌장님, 애들을 너무 치켜세우지 마세요. 애들이 너무 어려서 땅 넓고 하늘 높은 것을 아직 몰라요."

어머니가 대답했습니다.

그러자 아버지도 "촌장, 용은 용을 낳고 봉황은 봉황을 낳는다고 그랬는데 나 같은 아비가……"라고 했습니다.

"말은 그렇게 하는 것이 아니네."

란 씨가 아버지의 말을 끊으면서 아주 격앙된 목소리로 말했습니다.

"뤄 씨, 우리 농민들은 바보처럼 몇십 년을 웅크리고 살면서 얻은 것이라고는 자신 스스로를 업신여기는 것밖에 없네. 십여 년 전 나는 성省 소재지에 가본 적이 있었지. 어떤 음식점에 들어가서 식사를 하려고 메뉴판을 들고 이리저리 뒤적였지만 단 한 가지의 음식도 주문하지 못했소. 그때 종업원이 귀찮다는 듯이 볼펜으로 식탁 모서리를 두드리면서 말하기를 '당신들 농민들이 무슨 음식을 주문한다고 그래요. 내가 추천을 하겠는데 따휘이 차이를 하나 주문해요. 값도 싸고 양도 많으니까.' 그렇게 말하더군. 따휘이 차이가 뭐냐고? 그것은 다른 사람들이 먹다 남은 반찬을 솥에 넣고 조리를 해 내놓는 그런 요리지. 나와 함께 동행했던 사람들은 그것을 먹자고 했지. 그렇지만 내가 안 된다고 했소. 어떻게 남들이 먹다 남긴 음식을 먹을 수 있단 말인가. 우리가 돼지란 말이오? 나는 기어코 그럴듯한 음식을 주문하고야 말겠다고 했지. 나는 칭룽워슈에靑龍臥雪 한 접시와 친야차오로우芹芽炒肉를 주문했어. 그런데 식탁에 올라온 것을 보니 칭룽워슈에가 뭔지 아나? 글쎄 오이 하나에 설탕 한 줌을 곁들인 요리였지. 나는 종업원에게 따져댔는데 종업원이 눈을 까뒤집고 하는 말이 '이것이 바로 칭룽워슈에야!'라고 하면서 돌아서서는 '토박이 촌놈!'이라고 말하더란 말이오. 나는 얼마나 화가 나는지 온몸의 구멍이란 구멍에서 연기가 새어 나왔지만 참을 수밖에 없었어. 그때 나는 결심했지. 언젠가 이 촌 토박이가 너희들 도시 토박이놈들을 다스릴 것이라고."

란 씨는 철제 담뱃갑에서 중화 담배 두 개비를 꺼내서 아버지에게 하나를 던져주고 자신도 불을 붙여서 피웠는데 표정이 딱딱하게 굳어졌습니다. 아버지가 우물쭈물 말했습니다.

"그 시절의 일들을…… 어떻게 말할 수 있을는지……"

"그래서 말이야, 뤄 씨! 우리는 반드시 돈을 벌어야 한단 말이오. 지금 이 시대에 돈 있는 사람은 할아버지이고, 돈 없으면 바로 손자란 말이오. 돈 있으면 허리에 힘을 바짝 세울 수가 있고 돈이 없으면 허리가 구부러지는 거라고. 이 보잘것없는 촌장이란 직책은 나, 란 가에게는 눈에 차지 않는다고. 우리 란 씨네 족보를 펼쳐보라고. 관리를 했던 사람들 중에서 가장 낮은 직급이 따오타이道台였단 말이오. 나는 꼭 여러 사람들이 부유해지도록 하겠단 말이오. 나는 동네 사람들을 잘살게 할 뿐만 아니라 동네도 부유해지도록 할 거요. 우리는 이미 길도 새로 닦았고 가로등도 가설했고 또 다리도 보수했으니 다음은 학교와 유아원 그리고 양로원을 건립하는 것이오. 물론 학교를 새로 세우려는 데는 내 사심도 없지 않소. 하지만 순전히 그 때문만은 아니라오. 나는 우리 란 씨의 장원을 원래의 모습으로 회복하고 대외에 개방해서 관광객들을 끌어들여 수입을 올리고, 그것을 우리 마을의 소유가 되도록 할 것이란 말이오. 뤄 씨, 우리 두 집은 대대로 교분을 이어온 집안이라고 할 수 있소. 우리집 대문 밖에서 거리를 향해 큰 소리로 욕을 했던 당신의 그 거지 할아버지는 나중에 우리 할아버지와 마음을 터놓는 절친한 친구가 되었잖소. 그리고 우리 셋째 삼촌이 외국으로 도망갈 때도 자네 할아버지가 마차로 바래다주었단 말이오. 그때의 일을 우리 란 씨 가문에서는 결코 잊을 수 없단 말이오. 그러므로 형씨, 우리 둘이 협력해서 일을 하지 않을 이유가 없으며 내 마음속에 모든 계획이 세워져 있으니 함께 큰일을 벌이자구!"

란 씨는 담배를 한 모금 빨고 나서 계속 말했습니다.

"뤄퉁, 나는 자네가 사람들이 고기에 물을 주입하는 것에 대해 불만이 있다는 것을 알고 있네. 하지만 눈을 뜨고 주위를 살펴보란 말이야. 우리 마을에서만 고기에 물을 넣고 있는 것이 아니라 모든 현縣, 모든 성省 심지어 전국에서 벌어지고 있는 현상이란 말이오. 어디에 가서 물을 주입하지 않은 고기를 찾을 수 있단 말이오? 모두들 다 물을 넣고 있을 때 만약 우리가 물을 넣지 않는다면, 우리는 돈을 벌 수 없을 뿐만 아니라 심지어 손해 보는 장사를 하게 된단 말이오. 만약 사람들이 모두 고기 속에 물을 주입하지 않는다면 우리도 당연히 물을 주입하지 않을 테지만 말이오. 지금은 바로 이런 세월이란 말이오. 학식 있다는 사람들의 말로 하자면 원시적루原始積累란 말이오. 원시적루란 무엇이오? 원시적루란 바로 모든 사람들이 수단과 방법을 가리지 않고, 돈을 긁어모은다는 뜻이오. 모든 사람들의 돈에는 온통 다른 사람들의 피가 묻어 있단 말이오. 그 단계가 지나고 나면 사람들은 모두 분수를 지키게 될 것이고, 그렇게 되면 우리도 분수를 지키게 된단 말이오. 하지만 만약 다른 사람들이 모두 규칙을 지키지 않을 때 우리가 그 규칙을 지킨다면 우리는 굶어 죽을 수밖에 없단 말이오. 뤄 씨, 그 밖에도 많은 일들이 있는데, 나중에 우리 함께 앉아서 진지하게 이야기를 나눕시다. 그런데, 내가 당신들에게 차를 대접하는 것을 잊고 있었네. 무슨 차를 마실까?"

"아니 괜찮아요. 안 그래도 촌장님 시간을 많이 빼앗았는데 그냥 조금 더 앉아 있다가 갈게요."

어머니가 말했습니다.

"기왕에 온 것인데, 좀더 오래 앉아 있다가 가구려. 뤄 씨, 당신은 정말로 귀한 손님이라고. 우리 마을 남자들 중에서 자네가 처음으로 우리집에 온 것이네."

란 씨는 자리에서 몸을 일으키더니 장식장에서 와인 잔 다섯 개를 꺼내면서 말했습니다.

"차는 그만두고 술이나 조금 마십시다. 서양식으로."

그는 장식장에서 양주 한 병을 꺼냈으며 저는 그 술이 마르텔 XO급이며 백화점에서 사려면 한 병에 적어도 천 위안 정도는 주어야 한다는 것을 알고 있었습니다. 저와 어머니는 도시의 유명한 유흥가에서 저런 술을 얻은 적이 있었습니다. 우리는 그 사람들에게 한 병에 삼백 위안을 주고 사서 다시 사백오십 위안을 받고 기차역 부근의 작은 상점에 팔았었지요. 우리는 우리들에게 술을 판 사람들이 모두 관직에 있는 사람들의 가족이라는 것을 알고 있었습니다. 이런 술들은 모두 다른 사람들이 선물로 그들에게 준 것들이었습니다.

란 씨는 다섯 개의 술잔에 술을 따랐고, 어머니가 말했습니다.

"애들은 마시지 말아야지요."

"조금만 줄 테니 맛이나 보게 하라고."

황금색의 술이 술잔 속에서 기이한 광채를 뿜고 있었고 란 씨가 술잔을 들자 우리 모두 그를 따라서 술잔을 들어올렸습니다. 란 씨가 술잔을 우리 앞으로 내밀면서 말했습니다.

"새해를 즐겁게 보내십시오!"

술잔들이 서로 부딪치면서 맑은 소리를 냈습니다.

"새해를 즐겁게 보내십시오!"

우리도 인사를 했습니다.

"맛이 어때요?"

란 씨는 술잔을 들고 잔을 흔들어 술이 술잔의 가장자리에서 빙빙 돌게 하더니 그 술을 쳐다보면서 말했습니다.

"이 술에 얼음 조각을 넣어도 되고 또 차를 넣어도 된다네."

"독특한 향이 있네요."

어머니가 말했습니다.

"농부가 좋은지 나쁜지 어떻게 안다고 그러시오? 이런 술을 마시는 것은 낭비요."

아버지가 말했습니다.

"뤄 씨, 당신이 그런 말을 하면 안 되지. 나는 당신이 둥베이東北로 가기 전의 뤄통이기를 바라네. 난 자네가 이렇게 쓸모없이 되는 것이 싫단 말이오. 뤄 형, 허리를 펴란 말이오. 오랫동안 허리를 굽히고 다니면 펴려고 해도 펴지 못하게 된단 말이오."

"아버지, 란 씨의 말이 옳아요."

제가 말했습니다.

"샤오통, 어린애가 무슨 말을 그렇게 하는 거니? 네가 감히 '란 씨'라고 함부로 부를 수 있는 호칭인 줄 아니?"

어머니가 나를 한 대 때리면서 훈계했습니다.

"괜찮아!"

란 씨가 웃으면서 말했습니다.

"샤오통, 네가 란 씨라고 불러도 괜찮다. 이제부터 그냥 그렇게 불러. 아주 듣기 편안하구나."

"란 씨!"

동생도 그렇게 불렀습니다.

"참 좋구나! 얘들아. 그냥 그렇게 불러라."

란 씨가 흥분된 목소리로 말했죠.

아버지는 술잔을 란 씨 앞으로 가져가 술잔을 부딪치더니 고개를 뒤로 젖히고 술을 모두 들이켠 다음 말했습니다.

"란 씨, 거두절미하고 한마디로 압축해 표현하자면 난 그저 당신이 하자는 대로 따라서 할 거요."

"나를 따라서 하는 것이 아니라 우리가 함께하는 거요."

란 씨가 말했습니다.

"한 가지 생각한 것이 있는데 방수포 공장의 건물을 옮겨 대형 육류연합 가공공장을 세울 생각이오. 믿을 만한 소식통에 의하면 도시 사람들이 고기에 물을 주입하는 것에 대해 퍽 많은 불평을 한답디다. 때문에 시에서는 '안심하고 먹을 수 있는 육류 사업'을 추진할 것이며 이제 곧 개인 도축업자들을 집중 단속할 것이라는 거야. 우리 동네의 좋았던 시절도 얼마 남지 않았다네. 그러니 우리는 그들이 사업을 추진하기 전에 육류연합 가공공장을 세워야 한단 말이오. 마을 사람들 가운데 가입하려는 자들은 함께하는 것이고 가입을 하지 않는다고 해도 근로자를 모집하는 문제는 걱정할 필요가 없소. 어느 마을에서든지 놀고 있는 사람들이 많으니까······"

이때 전화벨 소리가 울렸습니다. 란 씨는 수화기를 들고 간단하게 몇 마디 대답하고는 곧 수화기를 내려놓더니 벽에 걸린 전자시계를 보면서 말했습니다.

"뭐 씨, 곧 다른 볼일이 있으니 우리 나중에 다시 이야기합시다."

우리는 일어나서 란 씨와 작별을 했습니다. 어머니는 기회라고 생각하고 검정색 비닐 가방 속에서 마오타이 주 한 병을 꺼내 탁자 위에 내려놓았습니다. 란 씨가 멸시하는 투로 말했습니다.

"량위전, 이거 뭐 하는 짓이오?"

"촌장님, 화내지 마세요. 제가 선물을 드리는 것이 아니에요."

어머니는 의미 깊게 웃으면서 말했습니다.

"이 술은 랴오치가 어제 저녁에 우리집에 와서 뭐퉁에게 선물로 준 겁니다. 이렇게 귀한 술을 우리가 어찌 감히 마실 수 있겠어요? 그래서 당신께 드리려는 겁니다."

란 씨는 술병을 들고 등불 아래로 가져가서 위아래로 몇 번 훑어보더니 술병을 제게 넘겨주면서 말했습니다.

"샤오퉁, 네가 감별해보아라. 이 술이 진짜인지 아니면 가짜인지."

저는 술병을 쳐다보지도 않은 채 아무런 망설임도 없이 이렇게 말했습니다.

"가짜네!"

란 씨는 술병을 벽 모서리에 있는 휴지통에 던져버린 뒤에 큰 소리로 통쾌하게 웃으면서 제 머리를 다독이며 말했습니다.

"조카님, 안목이 대단하네!"

(2권에서 계속)